THE ONE

vol. 1

디퍼런트 페이스
Different Face

더 원 1 디퍼런트 페이스
ⓒ남궁현 2018

초판1쇄 인쇄	2018년 2월 26일
초판1쇄 발행	2018년 3월 6일
지은이	남궁현
펴낸이	박대일
편집	이문영 · 임유리 · 신지연 · 박현주 · 전보라
교정	김미영
마케팅	송재진 · 임유미
디자인	이매진
펴낸곳	파란미디어
출판등록	2004년 9월 14일 제313-2004-00214호
주소	04072 서울시 마포구 성지1길 32-36 (합정동)
전화	02.3141.5589 영업부 070.4616.2012 편집부
팩스	02.3141.5590
전자우편	paranbook@gmail.com
카페	http://cafe.naver.com/paranmedia
페이스북	http://www.facebook.com/paranbook
ISBN	978-89-6371-479-0(04810)
	978-89-6371-478-3(전3권)

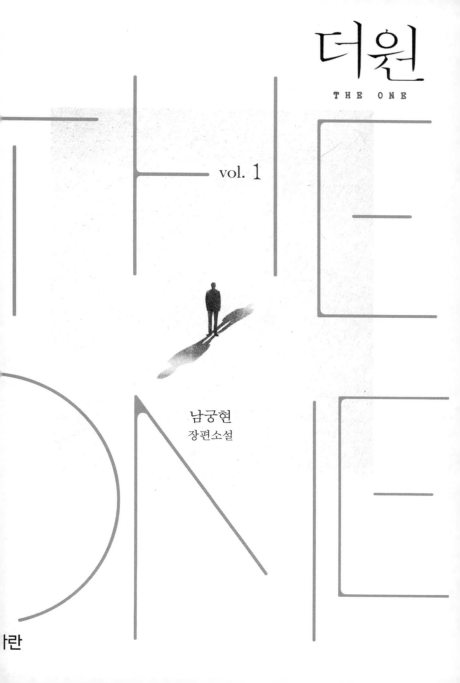

더원

THE ONE

vol. 1

남궁현
장편소설

나란

INTRO

ON AIR

"만 3년. 모르던 두 사람이 만나 사랑에 빠지고, 결혼하고, 아이까지 낳을 수 있는 시간을 〈미드나이트 무비〉와 함께 보냈습니다. 누군가를 죽을 만큼 사랑한다는 건…… 그만큼 자신이 공허함으로 가득 차 있다는 걸 증명하는 거래요. 자기 자신을 불같이 사랑하면 타인을 그렇게 사랑하기 어렵다고 하더군요. 스스로든, 남이든, 죽을 만큼 사랑하는 게 어떤 건지 전 아직 모르겠어요. 그래서 오늘의 이별이 슬프지만은 않습니다. 살아 있다면 언젠간 다시 만날 수 있겠지요. 365 곱하기 3. 계산할 수 있는 시간을 함께 보냈지만, 고마운 마음을 수치로 계산하는 건 쉽지가 않네요. 고맙습니다. 더는 감사함을 표현할 말을 찾지 못했어요. 그동안 저와 함께해 주신 〈미드나이트 무비〉 청취자 여러분, 자신을 더 사랑하세요. 그리고 그 모습으로 누군가와 사랑에 빠져 보세요. 영화 〈장화, 홍련〉의 OST 〈돌이킬 수 없는 걸음No Path Back〉 풀 버전 띄워 드리면서 저는 물러갑니다. 성현이었습니다."

OFF AIR

준유

'네가 먼저 나를 놓을 때까지 무슨 일이 있어도 너를 사랑할 것이다.'

이런 식의 대사 질린다. 대본은 이미 다 외웠다. 파트너의 대사까지도. 드라마 속 남자 주인공들 중엔 순정파가 많다. 세상에 없을 것 같은 절절한 사랑을 하고, 세상에 다시없을 아픈 이별을 한다. 그리고 어떤 유혹이 와도 지나간 사랑을 배반하지 않는다. 절대 잊지도 않는다.

4회 대본까지 읽어 보니 김재현, 이 남자도 그 범주에서 크게 벗어나지 않는 것 같다. 나로선 해 본 적도 없고 꿈에서조차 마주치지 않을 사랑이지만, 이 남자의 사랑을 비웃을 마음은 없다. 다만 10년 전이나 10년 후나 여자들이 바라는 남성상은 거기서 거기일 거라는 생각에 마른 웃음이 난다.

나와는 너무 거리가 먼 남자. 난 지금 김재현으로 바뀌기를 기다리고 있다.

거울 속의 모습이 마음에 안 든다. 생각 탓일까. 얼굴선이 흐트러진 것 같다. 메이크업 전 피부는 노골적인 조명 아래 더 칙칙해 보인다. 잠을 설쳤다는 핑계를 대면 탁해진 흰자위가 조금은 이해될까.

한동안 맵고 짜고 기름진 음식에 술까지 자제하지 못했다. 이렇게 얼굴에서 지난 시간이 가감 없이 드러나는 게 짜증스럽다. 속마음을 완전히 숨기지 못하는 거울 속 내 얼굴에 다시 한번 짜증이 솟구친다. 눈을 감자, 기다렸다는 듯 누군가 나직이 입을 열었다.

"실장님, 머리 조금만 잘라야겠죠? 1, 2센티 정도만? 전체적으로 루즈 한 스타일로 가니까?"

또 다른 누군가가 되받아 말한다.

"길이가 문제가 아니라 염색을 다시 해야 할 것 같아. 머릿결이 좀 상해 보이는데? 불빛에 잘 비춰 봐. ……이거 봐. 안 되겠다. 집중 케어 들어가자."

처음 말을 꺼냈던 여자의 목소리가 다시 들려왔다.

"상한 데 먼저 치죠. 보라색을 약간 넣을까요?"

"그거 화면에선 티 잘 안 날 텐데. 조명 잘못 받으면 싼 티 나고."

"재유가 하면 싼 티 안 나요. 흐흐흐."

"자르지 말고 아예 스타일을 확 바꿔 볼까?"

이 모든 '누군가'는 모두 나를 위해 일하는 스태프들이다. 헤어 디자이너, 메이크업 아티스트, 코디네이터가 내 머리통을 둘러싼 채 새 드라마 캐릭터에 맞는 헤어스타일과 의상에 대해 떠들고 있다.

데뷔 후 수도 없이 거울 앞에 앉아야 했다. 신물 나게 지겹다. 그러나 내색은 하지 않는다. 여자들의 목소리는 하나로 겹쳤다가 셋으로 흩어졌다 다시 둘로, 하나로 사선과 직선을 그으며 나뉘곤 한다. 한꺼번에 음 소거시키고 싶지만, 뜻대로 되지 않는다.

나도 안다. 그녀들이 문제가 아니라 내가 문제라는 걸. 신경이 너무 날카로워졌다. 참견할까 말까 잠시 고민해 본다. 일단 아무 말 하지 말아야겠다고 생각한다.

다행히도 이 착한 여자들은 늘 내 결정을 따라 주곤 한다. 내가 싫다면, 내 마음에 들지 않는다면 나 이상 고집부리는 사람은 없다. 같이 일하는 사람이든 팬이든 그게 누구든 간에 내 식으로 길들여 놓는 게 편하다. 사람들은 그걸 '서재유 식'이라고 부른다.

여자들의 침묵은 짧았다. 다시 누군가의 목소리가 들려왔다.

"근데 왜 하필 한물간 여배우야? 게다가 여섯 살 차이? 조카와 이모 사이도 아니고. 여주 진짜 맘에 안 들어. 우리 재유한테 가당키나 해? 아무리 상상해 봐도 케미Chemistry가 안 살잖아. 케미가!"

"그래도 연기는 잘하잖아. 예전에 상도 몇 번 받았을걸."

"그럼 뭐 해? 방송에선 통 볼 수가 없는걸. 한마디로 잊혀진 여자지."

"라디오 DJ 하지 않나. 새벽 2, 3시쯤 영화음악 소개하는? 프로그램 이름이 뭐더라?"

"개나 소나 다 하는 DJ? 언니, 솔직히 CF 하나 못 하는 연예인이 연예인이야? 도대체 마음에 차는 구석이 한 개도 없잖아. 잘나가는 여배우들 다 제치고, 왜 하필 그 여잔데? 쳇! 그따위 파트너는 개나 주라고 해!"

갑자기 중요한 밀담이라도 나누는 것처럼 그중 한 여자가 작게 속삭였다.

"그 여자요, 감독이나 제작사 비위 맞추는 짓 절대 안 한대요. 그 얼굴에 그 연기력에 그렇게까지 못 나가는 데는 이유가 있지 않겠어요?"

"어쩔. 대단치도 않은 사람이 콧대만 높구먼. 스캔들 메이커 주제에 우리 재유 파트너씩이나! 아주 계 타셨네요."

"실장님, 혹시 실제로 본 적 있어요? 인상이 좀 세 보이던데?"

"포스터 촬영할 때 봐. 나도 오랜만에 보는 거라."

정연 누나의 목소리다. 세 여자 중 내가 가장 믿는 사람.

"실물로 보고 다시 얘기하자고. 아무리 떠들어 봐야 이미 결정 난 일이야. 억울하면 수정이 니가 제작해. 작가를 하든지. 그드라마 작가가 굳이 그 배우를 써야겠다는데 뭘. 게임 오버!"

이어지는 정연 누나의 짧은 웃음소리.

"언니는, 뒷담화도 못 해요? 원래대로 하수현이 하면 좀 좋

아. 주예담이나. 실장님, 그 여자 김성유하고 스캔들 났던 거 알죠? 어떻게 유부남하고 바람을 피워? 강적이다!"

말이 많은 게 흠인 지수정 메이크업 아티스트. 이름값 못 하는 말을 참 잘한다. 그녀의 입에서 듣고 싶지도, 알고 싶지도 않은 내 새 파트너에 대한 질 낮은 발언들이 연달아 흘러나왔다. 여자들은 이렇게 끝이 없다. 그러니 내가 적당한 때 잘라 줘야 다음 일이 진행된다.

"다들 그렇게 시간이 많아요? 나만 바쁜가 봐?"

"아, 미안. 미안! 머리 조금만 자르고 염색은 내일쯤 하자. 재유 너 오늘 되게 피곤해 보인다. 달달한 거 한잔 줄까?"

"아니, 비타민 워터요."

배가 고프다. 하지만 먹으면 안 된다. 지난 몇 주 사이 7킬로 넘게 불었던 살을 겨우 5킬로 뺐다. 작가가 굳이 그럴 필요는 없다고 했지만, 촬영이 들어가기 전 여분의 살을 싹 덜어 낼 생각이다.

20킬로칼로리가 채 넘지 않는 음료수를 천천히 나눠 마시며 정연 누나의 설명을 들었다. 쓸데없이 말이 길어지는 건 싫다. 기분이 안 좋을수록 더더욱. 세 명의 스타일리스트가 결정한 '김재현 스타일'은 나쁘지 않아 보인다.

"어때?"

거울을 통해 정연 누나가 질문을 던졌다. 나 역시 거울을 향해 짧게 대답했다.

"괜찮아요."

"재유야, 백 실장 30분 뒤에 온대. 잠깐이라도 자 둬. 너무 피곤해 보여."

고개를 살짝 끄덕인 나는 말 잘 듣는 아이처럼 눈을 감았다.

"자니?"

조심스러운 목소리. 정말 잠들었던 건가. 그저 눈을 감았다가 뜬 건가.

충혈된 눈을 보니 잠들었던 것 같다. 내 토막잠을 깨우지 않기 위해 얼마나 조심스럽게 행동했을지 짐작이 간다. 하지만 고맙다는 말은 꺼내지 않는다. 칙칙했던 피부와 눈 아래 짙은 그늘은 메이크업으로 교묘하게 가려져 있었다. 머리 길이도 약간 짧아졌다. 앞머리를 내려 이마를 반쯤 가린 모습이다.

거울 안의 서재유가 거울 밖의 서재유를 가만히 응시한다. 나는 누구인가, 따위의 생각은 이제 하지 않는다.

바뀐 머리 스타일에 맞춰 따뜻한 눈빛을 만들어 본다. 나를 바라보는 나는 어이없게도 세상 누구보다 착해 보인다. 난 그저 착하기만 한 사람은 그리 좋아하지 않는다. 그러나 착하게 보이는 건 좋다. 광고가 잘 들어오니까. '서재유'의 선한 이미지는 내게 내 또래 남자들이 상상 못 할 큰돈을 벌게 해 주었다.

머리 스타일을 바꾼 것만으로 2킬로그램의 살이 마저 빠진 것 같다. 스타일이 바뀔 때마다 이미지가 천차만별로 달라지는 건 내게 큰 장점이자 단점이 됐다. 가수 활동할 때의 나와 연기하는 나를 아예 다른 이로 보는 사람들도 꽤 많다. 충직한 나의 팬들은 간지럽지도 않은지 이런 별명을 붙여 주었다. 천의 얼굴 서재유.

기다렸던 것처럼 백호민 실장님이 싱글벙글 웃으며 등장했다. 늘 생각하지만 이름과 잘 어울리는 사람이다.

"히야! 진짜 참하다. 너 내가 아는 서재유 맞아? 완전 굿! 베리 굿! 의상 갈아입어. 차 대기시켰어. 〈온리 원〉 오정혜 작가 말이야, 내가 뒷조사 좀 해 왔는데. 궁금하지? 박지형 감독 연출 스타일도 알고 싶지? 그지?"

그가 한꺼번에 쏟아 내는 말 중 궁금한 건 솔직히 없다. 그래도 성의가 고마워서 씩 웃어 주었다. 백 실장님이 두꺼운 엄지손가락을 내밀며 다시 한 번 정말 다른 사람 같다고 반복했다. 잔물결처럼 번지는 웃음이 그의 눈가에 자잘한 주름을 만들어 낸다. 이렇게 자연스러운 주름이 부럽다. 나는, 제 나이에 맞는 주름조차 생겨선 안 되는 인생을 살고 있다.

"백 실장님. 작가 말고 그 여자 뒷조사나 좀 하시지. 뭐 그리 비하인드 스토리가 화려하대요?"

"뭐? 아, 그……?"

"지수정, 이제 그만. 넌 실제로 본 적도 없는 사람이잖아. 우리가 그런 말 하면 안 되지. 재유 루머 들으면 제일 화내는 건 너 아니었니?"

"실장님은. 그거랑 이거랑 같아요? 재유 루머는 진짜 말도 안 되는 것들만……."

"이제 몇 달 동안 재유 파트너 할 배우야. 이쯤에서 닥치지?"

나지막한 정연 누나의 경고에 수정 누나가 입을 꾹 다물었다. 당사자가 없을 때 그 사람에 대해 이러쿵저러쿵 떠드는 건 내가 제일 싫어하는 행동 중 하나다. 나 역시 수도 없이 씹히며 살고 있으니까. 백 실장님이 수정 누나를 보며 털털하게 웃었다.

"지 코디, 그래도 나랑 같은 성씨인데 그런 짓은 못 하지. 나 그렇게 한가한 사람 아녀."

"어머! 그 여자도 백씨예요?"

"그래. 이름이 남자 같다고 성을 떼어 버렸다지 아마."

"성 떼어 내면 여자 같나? 그게 그거구만."

"그래도 이름 덕을 좀 봤지. 특이하잖아. 기억하기도 쉽고."

"반짝반짝 지수정 정도는 돼야 안 잊어버리죠. 흐흐흐."

수정 누나의 발언에 나만 빼고 다들 웃었다. 저 얘기가 웃긴가. 처음 듣는 말도 아닌데.

"형, 금방 내려갈게요."

"배 안 고프냐? 완전 초 저칼로리 샌드위치 사 왔는데 반쪽만 먹을래? ……4분의 1쪽?"

눈썹을 찡그리는 나를 보던 백 실장님이 사람 좋은 얼굴로 이어 말했다.

"뺄 살이 어디 있다고 그러냐. 알았어. 내가 다 먹으면 되잖아. 나 같으면 차라리 술 안 마시고 밥을 먹겠다. 오케이! 알았다고. 얼른 갈아입고 와."

준비된 의상은 짙은 갈색에 검정. 평소 내가 제일 즐겨 입는 색이다. 바지 주머니에 지갑을 옮겨 넣고 두 개의 휴대폰을 챙겼다. 본인들이 막 꾸며 낸 '서재유'라는 작품을 호들갑스럽게 감탄하는 여자들을 뒤로하고 유리문을 열었다. 정연 누나가 따라 나와 긴장하지 말고 첫 리딩 잘하고 오라는 마지막 멘트를 던졌다. 나는 뒤돌아보지 않았다.

계단을 내려가며 사진 이미지와 영상으로 첫 대면했던 그 여자를 떠올렸다. 눈이 크고 가무잡잡한, 내가 데뷔하기 전 꽤 잘나가는 배우였다는, 그러나 지금은 심야 라디오 DJ를 하고 산다는, 아니 그것조차 프로그램 자체가 없어진다는, 잘나지도 대단치도 않으면서 콧대만 높다고 추측되는, 루머와 스캔들로 얼룩진 20대를 보낸, 결과적으로 서른이 넘은 지금 CF 하나 못 하는 한물간 여배우가 돼 있는 짧은 이름을 가진 여자.

그렇다면 그날 내가 실제로 봤던 그 여자는 어디까지가 진짜일까. 아, 정말 싫다. 이제 와서 부질없지만 그 생각을 다시 한 번 해 본다. 이 모든 것이 정말 싫다고.

성현

드라마 〈온리 원〉의 여주인공 선우진은 나를 위해 만들어진 캐릭터가 아니다. 누가 헤픈 친절을 베풀며 알려 주지 않아도 잘 안다. 돌고, 돌고, 돌다가 나한테까지 온 게 처음은 아니니까.

자존심? 그런 거로 자존심 상할 것 같으면 이 직업 때려치워야 한다. 아주 오랜만에 주인공 역할이다. 다시는 하지 못할 줄 알았던.

인터넷엔 벌써 찬반양론, 갑론을박이 대단하다고 한다. 깊이 알고 싶지 않다. 잘나가는 차세대 한류 스타 서재유의 연인? 성현이 그의 파트너로 가당키나 해? 큰누나와 막냇동생뻘이구면. 한쪽은 젊디젊은 톱스타, 한쪽은 한물간 비호감 여배우. 지금 장난하나? 이 정도 반응은 양호한 편일 거라고 짐작해 본다. 서재유가 연기에 서툰 점이 그나마 욕을 덜 먹게 한 유일한 이유가 됐다.

나는 서재유의 팬들을 이해한다. 그네들의 영웅인 서재유와 성현은 꿈에서도 상상 안 해 본 최악의 조합이었을 테니까.

지난주, 드라마 작가가 직접 전화를 걸어와 날 설득했다. 오정혜 작가는 예전에 출연했던 영화의 시나리오 작가였다.

꽤 오래전 일이지만 그 영화로 나는 여우조연상을, 오 작가는 신인 작가상을 받았다. 오 작가와는 몇 년 전 자연스럽게 연락이 끊겼다. 작은 키에 마르고 섬세한 얼굴. 나이보다 어려 보이던 낭창한 목소리. 그땐 꽤 친하게 지냈다고 생각했는데 모난 세월이 전화선을 타고 들어온 목소리조차 낯설게 만들었다.

휴대폰 너머의 목소리가 또박또박 자신을 소개했다. 오정혜를 기억하느냐고.

"그럼요. 이렇게 전화로 인사드리네요. 잘 지내시죠?"

— 나야 뭐 맨날 집구석에서 하던 거 하며 살지. 바로 본론으로 들어갈게요. 내가 이번에 드라마를 하게 됐어요. 혹시 들어 본 적 있어요? 〈온리 원〉이라고?

"기사로 읽었어요. 갑자기 드라마 하신다고 해서 좀 놀랐어요. 잘하실 거로 생각하지만요."

— 어쩌다 보니 그렇게 됐네. 그냥 돈 때문이라고 하자.

오 작가의 짧은 웃음 뒤로 뜻밖의 말이 이어졌다.

— 그 드라마에 내가 자기 추천했어. 여주인공으로.

어젯밤에 무슨 꿈을 꿨더라. 갑작스러운 제안에 흥분되기보다는 이래도 되나, 하는 생각이 먼저 들었다. 얼마 전까지 누가 봐도 그럴 만하다고 생각되는 여배우들이 거론되는 걸 봤었다. 그런데 왜 내게?

"캐스팅 다 된 거 아니었어요? 다음 달부터 촬영 들어간다고 기사에서 본 것 같은데."

— 다음 달 초부터 촬영은 맞아요. 근데 여주가 아직…… 현재 공석이야. 이거 해요. 와서 내 얼굴 좀 살려 줘. 아무리 생각해도 자기밖에 없네.

아무리 생각해도 자기밖에 없네, 라니. 이런 투의 말을 너무 오랜만에 들어서 얼떨떨했다. 차곡차곡 커리어를 쌓아 온 데다 지난해 800만 관객을 들게 한 시나리오를 써서 더 유명해진 작가다. 그런 사람이 굳이 아까운 시간을 내 가며 농담을 해 올 리는 없을 테니. 혹시, 어젯밤 용 열 마리가 동시에 승천하는 꿈을 꾼 게 아닐까? 기억을 못 할 뿐이지?

"갑자기 그렇게 말씀하시니까 좀. 드라마 한 지도 오래됐고요."

— 연극하고 뮤지컬도 한 거 알아요. 남주가 다 좋은데 연기가 좀 약해. 솔직히 많이 약하지. 근데 그게 젤 중요한 거잖아. 서재유한테 맞춰 줄 배우, 이제 자기밖에 안 떠오르네?

"서재……. 상대역이 어린 배우 같던데요?"

— 스물여섯이 아주 어린 나이는 아니지. 오래 못 기다려. 이번 주까지 오케이 해 줘요. 오케이?

"저…… 이 캐스팅, 작가님 혼자 생각이세요?"

— 그건 내가 알아서 처리할게. 성현 씨가 한다고만 하면.

세상에 둘도 없는 대단한 배역이라도 당장 수락할 수는 없었다. 그 전에 생각할 것이 몇 가지 있었다. 몇 년째 소속사도 없이 일해 온 데다 매니저는커녕 고정 스타일리스트도 없는 상태다. 작가가 아무리 원한다 해도 방송사나 감독이 싫어할 수도 있다. 그럴 가능성이 더 크다.

오정혜 작가는 전화로 대화하기가 답답했는지 내게 작업실로 와 달라고 요구했다. 잠시 망설이던 나는 오랜만에 인사도 드릴 겸 가겠다고 대답했다. 이 캐스팅은 그저 작가의 생각일 뿐, 결국 안 될 거라는 생각이 컸기 때문에 실망할 것도 없다고 마음먹고 집을 나섰다. 이젠 이런 일로 좌절하지 않는다. 너무나 익숙한 일이 되었으므로.

차에 시동을 걸다가 다시 집으로 올라가 김치와 밑반찬 몇 가지를 밀폐 용기에 담아 챙겼다. 어제는 하루 종일 김치를 담그고 반찬을 만들었다. 스케줄이 하나도 없어서. 일주일에 4, 5일을 녹음하던 라디오 방송이 없어진다고 생각하니 내내 심란했던 터였다. 〈미드나이트 무비〉는 내게 고정적인 수입을 가져다 준 고마운 프로그램이었다. 정도 많이 들었다. 그 방송이 아니었다면 그 긴 시간을 어떻게 버텼을까.

그 시절 우리는 늘 배고프고 가난했었지, 라는 표현이 모든 연예인에게 해당되지는 않는다. 그러나 어느 분야에서나 그렇듯, 배우든 작가든 일부 잘나가는 사람들을 제외하곤 대부분 어렵고 힘들다. '어렵고 힘들다'고 간단히 말하지만 자존심 하나로 버티는 사람일수록 그 복잡다단한 사정을 티 내고 다닐 수는 없다.

오정혜 작가는 영화 〈순정의 정원〉의 시나리오를 썼을 때만 해도 신출내기였다. 고만고만한 지방 대학을 나와 학원 강사를 전전하다 그나마 때려치우고, 벌어 둔 돈을 야금야금 갉아먹으며 오기와 집념 하나로 버티던 작고 마른 여자. 두 평 남짓한 고시원에서 낡은 노트북을 두드리며, 글을 팔아 살 수 있기를 기원하던 흔하디흔한 작가 지망생 중 하나.

영화를 찍을 동안 그녀는 촬영 현장에 종종 나타나 나를 포함한 배우들에게 자신이 생각한 연기 방향을 조언했다. 일부 배우와 감독은 그걸 지시라고 생각했다. 감히 신인 작가 주제에! 당연히 감독과 종종 다투기도 했으나 결국 오 작가가 의도한 대로 촬영 방향이 바뀔 때가 많았다. 연기라곤 단 한 시간도 배워 본 적 없는 사람이지만, 감독이 술자리에서 술김에 인정했듯 감성과 감각을 타고난 사람이었다.

내가 만들어 간 도시락을 맛있게 먹는 걸 보고 가끔 오 작가가 오는 날에 맞춰 반찬이 든 종이 가방을 슬쩍 내밀곤 했다. 주는 나도, 받는 오 작가도 작가를 향한 신인 여배우의 아부라고 생각하지 않았다. 그러기엔 그녀나 나나 순수했고, 서로에게 영향력이 없는 존재였다.

7년이 지난 지금 난 그저 그런 배우로 잊혀 가고 있지만, 오정혜 작가는 꿈을 이뤘다. 누구라도 꿈을 이뤄야 하지 않겠는가.

오 작가는 마지막에 봤을 때보다 꽤 살이 붙어 보였다. "너무 쪄서 못 알아보겠지?"라는 말로 내게 첫 인사를 건넸지만, 빈말이 아니라 훨씬 보기 좋았다. 눈빛은 여전히 날카로웠으나 약간은 강퍅했던 인상이 다른 사람처럼 부드러워졌다.

운동화를 벗고 반찬이 든 천 가방을 슬쩍 내밀었다.

"별거 아니지만 드세요."

아주 오래전 그때처럼 말하며. 그녀가 그런 나를 보며 호탕하게 웃었다.

"이걸 줘서 하는 말이 아니라, 자긴 어쩜 그렇게 하나도 안 늙었니? 산에서 막 수도하다 내려온 사람 같네. 나는 세월을 직통으로 받았는데. 살이 좀 빠진 것 같은데? 아닌가? 더 예뻐졌어요. 이것도 빈말 아니야."

"나이 드니까 얼굴 살이 점점 빠지더라고요. 몸무게는 늘었어요."

"화면발은 잘 받겠는데? 맨얼굴에 트레이닝복 입고 다니는 건 여전하네. 일부러 미모를 감추고 사는 거 아니에요?"

"감추긴요."

"뭘, 들은 말이 있는데. 전화번호 언제 바뀌었어? 알아내느라 고생 좀 했네."

"몇 년 됐어요."

"성격이 어디 안 가네. 참, 안 징징거려. 사람이 적당히 비비고 치댈 줄도 알아야 사는 게 편하지."

나는 힘들수록 누구에게 하소연하거나 기대는 성격이 아니다. 그깟 근거도 희박한 스캔들 몇 번으로 내리막길을 걸은 데는 이런 내 성격도 한몫했다.

커피를 만들어 한 잔씩 껴안고 바로 작품 이야기로 들어갔다. 너도 못 해 보고, 나도 평생 못 해 볼 오직 하나뿐인 사랑이야기. 〈온리 원〉에 대한 오 작가의 한 줄 요약이었다.

"나도 내가 이런 글을 쓰게 될 줄은 몰랐네. 더군다나 연하남을 주인공으로."

서재유. 배우라고 불러야 할지, 가수라고 불러야 할지 애매한 그 아이는 나보다 여섯 살이나 어렸다. 늦둥이 내 동생과 비슷한 나이.

만약 드라마를 한다 해도 나이 차이가 너무 나 보이지 않을까? 나는 그걸 가장 먼저 걱정했고, 오 작가는 나란히 세워 보면 되지, 뭘. 서재유 별로 동안 아니야, 그렇게 대답했다. 그녀가 아주 가벼운 목소리로 덧붙였다.

"한 시간쯤 뒤에 올 거야. 서재유. 박지형 감독도 같이."

"네? 여길 온다고요?"

"원래 있었던 약속이에요. 긴장할 거 없어요. 그냥 평소 자기 모습만 보여 줘. 근데 이게 다 뭐야? 괜히 밥 먹었네. 한 시간만 참을걸."

감독이 어떤 사람인지 잘 모른다. 서재유에 대해서도 아는 건 거의 없다. 지난해 여름쯤 읽었던 소설에 그의 이름을 인용한 구절이 있어서 일부러 찾아본 적이 있다. 이름을 검색해 보고 사진 이미지가 수도 없이 펼쳐져서 놀랐지만 곧 잊고 말았다. 인기 가수라는데 기억나는 노래가 없고, 배우라는데 기억

나는 작품이 없다. 어쩌면 내가 세상과 너무 동떨어져 산 탓인지도 몰라, 하며 다시 모니터 속의 얼굴을 들여다보았었다. 너무 먼 곳에 있는 사람 같은, 실제 존재하지 않을 것 같은 남자. 그게 서재유에 대한 내 기억의 전부다.

테이블에 반찬통을 올려놓고 하나하나 맛보던 작가가 눈을 반짝이며 말했다.

"내가 남자면 이 시점에서 자기한테 프러포즈 했을 거야. 안타깝게도 난 남자 취향이라서."

"저도 여자를 그리 좋아하진 않아요."

오래전 그때처럼 마주 보고 소리 내 웃었다. 그 웃음이 세월의 간격을 조금은 좁혀 주었다. 그사이 오 작가는 한 아이의 엄마가 돼 있었다. 아빠를 많이 닮은 사내아이.

"아직 어린데도 섬세하고 똘똘해 보여요. 성 감독님은 잘 계시죠?"

"그 사람은 여전해. 그런 사람도 있어야지. 다들 돈만 좇으면 되겠어. 문제가 있다면 그런 사람이 하나밖에 없는 내 남편이라는 거지."

오 작가의 남편인 성인우 감독은 영화판에서 일한다. 정확히 말하면 예술 영화를 찍는 작가주의 감독. 나는 할 말이 별로 없었다. 고맙게도 그녀는 내 지나간 스캔들엔 관심을 보이지 않았다. 식어 버린 커피를 마저 마시며 이번 드라마의 시놉시스를 들었다. 어차피 또 해야 할 얘기들은 두 남자가 오면 하기로 했다.

오 작가가 대본을 쓸 동안 나는 소파에 앉아 책을 읽었다. 책장에 읽고 싶었던 소설책이 많았다.

"돈 걱정 안 하고 마음껏 책을 사 볼 수 있을 만큼만 벌었으면 좋겠어. 그게 그렇게 어려운 일인지 진짜 몰랐다니까. 열심히만 쓰면 유명해질 거라고 착각했지."

오래전 소주를 마시던 그녀의 입에서 쓰게 흘러나왔던 말들. 내 기억 속 그녀는 단 한 번도 명품이나 배기량이 큰 차, 근사한 집을 바라지 않았다. 이제 그녀는 책 값 따위로 걱정할 일은 없으리라. 꿈을 이룬 사람이 되면 인생이 어떻게 달라질까.

무시무시한 제목의 추리 소설에 푹 빠진 나는 누군가 나를 몇 번이나 불렀다는 걸 뒤늦게 알아차렸다. 조금만 더 늦게 오지. 책장을 덮기가 아쉬웠다. 흐트러진 머리를 다시 묶으며 엉거주춤하게 일어나 현관 쪽에 서 있는 세 사람을 두리번거렸다.

인사를 너무 대충 한 건 아닐까. 그런 내 모습이 재미있다는 듯 웃는 오 작가. 그 옆에서 날카로운 시선으로 나를 훑어보는 키가 크고 얼굴이 가무잡잡한 젊은 남자. 다시 그 옆에 화보에서 막 빠져나온 것처럼 아름답지만, 그만큼이나 무심한 표정의 더 젊은 남자.

재유

'네가 먼저 나를 놓을 때까지 무슨 일이 있어도 너를 사랑할 것이다.'

참 내. 이 대사를 어떻게 해석해야 하는 거야? 여자가 먼저 손을 놓으면 날름 포기하겠다는 거야? 아님, 여자에게 모든 처분을 맡기겠다는 거야? 그것도 아님, 아무리 대단한 일이 생겨도 죽어도 포기 못 하겠다는 거야?

해석하기에 따라 비겁해 보이기도, 우유부단해 보이기도, 스토커처럼 보이기도 하는 멘트다. 한마디로 멋있는 척하는 드라마다운 대사. 정확히는 〈온리 원〉 주인공 김재현의 생각이지만.

"에이, 씨!"

테이블 위로 대본을 집어 던졌다. 그 인간을 앞혀 놓고 알고 있는 욕이란 욕은 다 퍼붓고 싶다. 내가 지금 왜 이걸 외워야 하는 거냐고!

권혁주 이사가 4회까지 보내 준 대본은 그럭저럭 재미있었지만 눈에 착착 감기지 않았다. 멜로드라마는 역시 내 취향이 아니다. 이제 나는 하고 싶은 것만 한다. 하기 싫어도 꾹 참고 죽어라 노력했던 시절은 이미 오래전에 지났다. 그 인간과 관련된 일만 빼고.

아무래도 전화를 걸어야겠다. 어라? 사장님, 이러긴가요? 정문용 대표가 전화를 받지 않는다. 지금 나를 씹으시겠다?

권혁주 이사의 번호를 찾아 눌렀다. 컬러링으로 지난 앨범에서 히트한 서재유의 노래가 흘러나온다. 이따위 노래가 메가히트를 하다니, 대한민국 대중가요 시장 수준도 빤하군.

— 도저히 못 하겠다는 말만 하지 마.

권 이사가 선수를 쳤다.

"전 그 말만 하고 싶은데요?"

— 나 좀 살려 주라. 안 그래도 요새 니 형 때문에 살얼음판인데.

"왜요? 그 인간 또 도졌어요?"

— 알잖아. 드라마 앞두고 사람 피 말리는 거.

"자기가 한다고 해 놓고 왜 그런대요? 진짜 피곤한 성격이야."

— 안 할 수가 없었지. 그걸 포기하면 배우 자체를 포기해야 할 판인데. 원래 연기하는 거 싫어하잖아. 지난번 드라마 때문에 더 그러지 뭐.

"그럼 연기를 잘하든지. 발연기하라고 누가 시켰나?"

— 니가 해 봐라. 말이 쉽지. 연기도 재능인데, 타고난다는 게 맞는 거 같아. 걔가 말은 안 해도, 4회 대본까지 토씨 하나 안 빼고 달달 외웠을 거다. 다른 사람 대사까지 전부.

신기하다. 이렇게 힘들게 하는데도 형과 일하는 사람들은 형을 싫어하지 않는다. 심지어 좋아하기까지 한다. 결국은 서준유 편을 들어 준다. 같이 살아 본 입장에서 아주 이해가 안 되는 건 아니다. 보이는 게 전부는 아니니까. 그렇지만 그건 그거고.

"그니까요. 타고나야 하는데 저라고 다르겠어요? 같은 핏줄인데? 차라리 콘서트를 앞두고 잠적하지. 그거면 두말하지 않고 대신 하겠는데."

— 혹시 몰라서 그러지. 내가 어디 도망 못 가게 24시간 관리할 테니까, 너도 만에 하나 대비해서 대본 흐름 정도는 꿰고 있어. 알았지?

"간지러워서 대사 못 외우겠다고요. 차라리 액션 드라마를 하지."

— 액션에도 멜로는 안 빠진다니까. 그게 공중파 드라마의 공식이잖아. 너도 읽어 봤겠지만 그 정도 대본 대한민국 어디서도 못 구해. 그 드라마에 들어오려고 한 애들이 얼마나 많은지 알아? 작가가 조서윤, 강시현도 거절한 거 모르지? 걔들이 쪽팔려서 말을 못 하는 거지. 준유가 이번 연기만 그럭저럭 잘해 주면 연기 쪽으로도 승승장구할 거다.

"그러니까 이사님이 연기 지도 제대로 시켜서 잘하도록 도와주세요. 네?"

— 나야 그러고 싶지. 야, 혹시 너희 조상님들 중에 홍길동 핏줄 섞인 분이 계신 거 아니냐? 손에 끈 묶고 같이 다녀도 맘만 먹으면 감쪽같이 사라질 수 있는 게 서준유잖아. 애가 몇 주새 얼굴이 썩었어. 술만 퍼마시고. 딱해서 못 보겠다.

뭐가 딱해요? 다 자기가 만든 일이지. 그렇게 대꾸하려다가 말았다. 더 말해 봐야 언제나처럼 원점일 테니까. 그저 형이란 인간이 딴생각 안 품고 연기에만 충실하길 바랄 뿐이다. 그렇지만 할 말은 해야 하니까.

"근데 입금은 왜 안 해 주는 거예요? 대본은 2주 전에 보내 놓고?"

— 하하하. 지금 입금할 참이다.

"대타 들어갈 일 안 생겨도 그 돈은 안 돌려 드립니다. 그건 잘 아시죠?"

— 그럼. 언젠 니가 안 그랬냐.

"저요, 사생활 다 포기하고 닭살 돋는 김재현 대사 외우고 있다고요. 이사님이 한번 해 보세요. 없던 아토피도 생길걸요. 아으."

권 이사의 시원스러운 웃음소리가 들렸다. 그는 너만 믿는다, 너무 멀리 가지 마라는 요지의 말을 두어 마디 더 하고 전화를 끊었다. 나를 너무 믿지 마시라. 더 멀리 갈 데도 없다고 하려다 말았다.

드라마 〈온리 원〉의 남자 주인공 김재현은 작가가 오직 '서재유' 하나를 보고 창조한 캐릭터다. 그 말을 전해 들었을 때 처음 든 생각은 '작가라고 해 봐야 별수 없군. 도대체 왜 세상 여자들은 서재유에게 사족을 못 쓰는 거지?'였다. 그러니 영광으로 알고 잘해라! 좀! 이렇게 문자라도 보내 볼까? 이게 무슨 빌어먹을 운명의 장난이란 말인가. 내가 21세기에 이런 시대착오적 운명 타령이나 해야겠느냐고.

에이, 씨! 낚시나 가야겠다.

몇 시간째 입질이 없는 낚싯대를 드리우고 생각한다. 길지 않은 내 인생에 대해. 작은 파도를 만들며 일렁이는 바닷물을 바라보며 생각한다. 절대 평범하지 않은 우리 형제의 인생에 대해서.

사람들은 길을 걷다가도 쌍둥이를 발견하면 굳이 발길을 멈추면서까지 말한다. 둘이라서 두 배로 귀엽겠다고. 가임기의 여성들은 겁도 없이 이런 발언을 한다. 나도 한 번 정도는 쌍둥이를 낳고 싶다고. 쌍둥이를 키워 보고 싶은 것까진 뭐라 안 하겠다. 그러나 쌍둥이로 살아 보지 않은 사람들은 모른다. 나와 빼닮은 얼굴이 세상에 하나 더 있다는 게 어떤 건지.

이 푸르딩딩한 지구 위에 나와 똑같이 생긴 인간이 하나 더 있다. 너무나 닮았지만, 너무나 다른 인생. 우리 형제는 그렇게 살았다.

결혼 6년 만에 힘겹게 우리를 잉태한 엄마는 다시는 임신을 못 했고, 형과 나는 자연스럽게 그분들의 유일한 자식이 됐다. 나는 갓난아기 때부터 아무거나 잘 먹고 잘 자고 쑥쑥 컸다고 한다. 형은 달랐다. 까다롭고 입은 짧은데다 자꾸 깨서 엄마의 심신을 피곤하게 했다. 심지어 목숨을 잃을 뻔한 일도 있었다고. 그래서 나는 자동으로 찬밥 신세가 되었다.

아무리 어리숙할 나이라지만 처음부터 컨셉을 잘못 잡았다. 서준유만 아니라면, 서준유가 나보다 건강했더라면 내 입지는 지금과 아주 달라졌을 것이다. 어쩌면, 내 인생이 달라졌을 것이다. 아니, 분명 내 인생은 지금과 달랐을 것이다.

준유

'김재현'은 오직 '서재유'를 위해 만든 캐릭터.

처음 만난 날 〈온리 원〉의 작가는 이렇게 말했다. 지난해, 오정혜 작가는 우연히 내가 출연한 뮤직비디오를 봤고(대사 한 마디 없는 뮤직비디오였다), 그 안의 내 모습에 말 그대로 꽂혔다. 그래서 미친 여자처럼(실제론 '년'이라는 표현을 썼다) 계약을 앞둔 시나리오를 팽개치고, 계약도 안 한 대본을 쓰기 시작했다. 드라마 대본을 쓴 건 그때가 처음이었다. 그렇게 세상에 얼굴을 내밀게 된 작품이 〈온리 원〉이다.

"화면발도 좋지만 실물도 좋네요. 근데 실물 느낌이 좀 다르다?"

나를 본 오정혜 작가의 첫마디였다. 실사와 그림을 뒤섞은 것 같은 비주얼. 트렌드를 한 발짝 앞서가는 새로운 스타일. 그걸로 나는 유명해졌다. 세상에 나란 존재를 알린 건 실력이 아니라 외모였다. 한마디로 '서재유'는 껍데기로 스타가 된 대표적인 경우다. 특히 여자들은 내 모습에 열광한다. 머지않아 시들어 갈 일만 남은 내 껍데기에.

"사실 연기에 대한 걱정은 아직 많아요. 내가 그날 그 뮤직비디오를 보지 말았어야 했나?"

작가는 그런 식의 솔직한 멘트도 잊지 않았다. 단 한 번의 정식 오디션도 없이 나는 김재현 역에 캐스팅 됐다. 살다 보면 작은 우연들이 모여 어마어마한 필연을 만들기도 한다.

한 시간 반 정도 운동을 하고 다시 집으로 돌아왔다. 기운이 너무 없어서 뭐라도 먹어야 할 것 같았지만, 내일 오전엔 포스터 촬영이 있다. 먹어선 안 된다는 뜻이다. 살이 붙으면 사진발이 덜 받는다. 보통 사람들은 눈치채지 못하는 미묘한 차이도 내 눈엔 선명히 보인다.

냉장고에서 비타민 워터를 꺼내 들고 소파에 기대앉았다. 평소보다 운동에 집중이 안 됐다. 그 여자 생각이 리듬을 깨고 자꾸 끼어들었다. 오늘 낮 제작센터 회의실에서 보여 준 그 모습은 뭐지? 지난주 오 작가의 작업실에서 본 모습은 뭐고? 어디까지가 진짜고 어디까지가 가짜지?

그날, 오피스텔 지하 주차장에서 박지형 감독을 만나 같이 올라갔다.

"박 감독님, 이 배우가 집중력이 이렇게 좋아요. 그렇게 불렀는데 꿈쩍도 안 하는 거 봐."

오피스텔에 막 들어섰을 때 가장 먼저 보인 것은 벽면을 가득 채운 책장, 그다음 그 앞 소파에 웅크리고 앉아 책을 읽던 여자였다. 여자는 뭐가 그렇게 재미있는지 손가락으로 머리카락을 돌돌 말아 가며 책에 빠져 있었다. 같이 일하는 보조 작가인가? 생각하며 오 작가가 테이블 주위든 소파 근처든 앉을 자리를 가리켜 주길 기다렸다.

"성현 씨! 백성현!"

드디어 카키색 작은 덩어리가 부스스 고개를 들었다. 그때야 상황 파악이 된 듯 놀란 눈으로 엉거주춤하게 일어난 여자가 우리 쪽으로 인사를 건넸다.

저 여자가 그 배우라고?

말을 해 주지 않으면 배우 '성현'이라는 걸 믿을 수 없을 정도로 사진으로 본 이미지와는 간극이 컸다. 감독이 온다는 걸 알면서도 저렇게 입고 온 건가? 트레이닝복 차림의 여자가 손에 책을 든 채 다가왔다. 가까이서 보니 소파에 앉았을 때보다 키가 커 보였다. 내려다보이는 각도로 봐선 165센티쯤 될까. 서른두 살이라고 들었는데, 여자의 외모에 인색한 내가 보기에도 20대 중반 이상으로는 보이지 않았다. 눈썹조차 안 그린 민얼굴인데.

"박 감독님, 사실 성현이 감독님 오는 거 모르고 온 거예요. 내가 가지 말고 두 사람 얼굴 보고 가라고 붙잡았어. 맨얼굴이 판단하기 더 좋지 않나? 드라마에 생얼로 나오는 신 많으니까."

"일단 좀 앉죠."

"이단은 뭐 할 건데? 무섭게 왜 그래요? 가오는 촬영장에서나 잡지?"

박 감독은 못 들은 척했고, 오 작가는 어깨를 으쓱하며 사각테이블을 가리켰다. 테이블 위는 깨끗이 치워져 있었다. 그러고 보니 작가의 작업실이라고 하기엔 어디를 봐도 정돈이 잘된 모습이었다. 순전히 내가 아는 작가들이 기준이지만.

오 작가가 냉장고와 싱크대를 열어 주섬주섬 뭔가를 꺼냈다. 귤과 스낵, 커다란 접시 두 개였다. 성현 씨가 과자 봉지를 뜯더니 접시에 쏟았다. 수다를 떨 목적으로 놀러 온 사람처럼. 선뜻 음식에 손을 대는 사람은 그 여자밖에 없었다. 고요한 작업실에 과자 씹는 소리가 울려 퍼졌다. 와사삭. 와사삭. 신경이 날카로워서인지 그 소리조차 거슬렸다.

오정혜 작가가 나를 힐끗 보더니 입을 열었다.

"서재유 씨는 원래 그렇게 말이 없어요? 방송 보면 말 잘하던데?"

박지형 감독이 테이블 위에 귤 하나를 요리조리 굴리면서 무심한 목소리로 중얼거렸다.

"출연료가 입금돼야 말문이 터지는 스타일인가."

성현 씨가 갑자기 푸하하 하더니 입을 가리고 웃었다. 참, 쉽게도 웃어 준다. 나는 출연료 지급 여부와 상관없이 마음만 먹으면 80대 할머니도 웃길 수 있다. 다만 그러고 싶지 않을 뿐이지. 여자의 눈가에 작은 주름이 잡혔다가 웃음을 그친 순간 잽싸게 사라졌다. 나이를 영 헛먹은 건 아닌 모양이군.

연예인에게 침묵은 늘 금이 아니니, 길든 짧든 내 대답이 필요한 시점이었다.

"어느 정도 떠들어도 되는지 분위기 파악 중입니다."

두 여자는 다시 웃었고 박 감독의 표정엔 큰 변화가 없었다. 만만치 않은 사람일 거라고 다시 한 번 기억에 입력시켰다. 오 작가가 나를 향해 말했다.

"편히 있어요. 궁금한 건 뭐든 물어보고. 질문 좀 해요. 질문 좀! 재유 씨 때문에 대본까지 썼는데, 설마 내가 잡아먹기야 하겠어요?"

평범한 외모에 비범한 필력, 겁나게 솔직한 성격의 작가로 입력시켜야 하나. 귤을 까던 성현 씨가 오 작가의 말을 듣더니 입술에 완만한 포물선을 그리며 미소 지었다. 이번엔 귤을 입에 넣고 오물오물. 바로 앞에 앉아 있어서 안 볼 수가 없었다. 그래도 오정혜 작가를 보느니 그 여자 쪽을 보는 게 나았다.

"사람 앞에 두고 이런 말 미안한데, 아무래도 안 통할 것 같아요."

사람이라면, 성현 씨 얘기인가. 박지형 감독이라는 사람, 사람 앞에 두고 참 대단하다. 사람 앞에 두고라는 말이나 꺼내지 말지. 괜히 민망해서 고개를 틀어 뒤를 둘러보는데 그 여자의 목소리가 들렸다. 여자치곤 톤이 낮은 편이었다. 언젠가 몇 번 정도는 들어 본 적이 있는 음성.

"빈말로도 미안하실 거 없어요. 저 그냥 놀러 온 거예요."

이번엔 박 감독이 성현 씨의 얼굴을 빤히 바라보았다. 그 여자도 감독의 눈길을 피하지 않고 똑바로 응시했다. 까맣다. 눈동자가 너무…… 까맣다. 뭐랄까. 이런 표현이 적당하다면, 한 번도 죄를 지어 본 적이 없는 것 같은 그런 눈이었다.

"박 감독, 그럼 내가 말해 볼게요."

"윗선에서 들이미는 애가 있어요."

"혹시 말도 안 꺼내 본 거 아냐?"

"……."

"방송사에서 돈을 대면 얼마나 댄다고. 서재유 펀드나 마찬가지더구먼. 혹시 고혜령?"

"들었어요? 어디서 들었어요?"

"누구한테 들었으면? 휴머니즘 이 대표하고 휴머니즘에서 미는 고혜령하고 박 감독의 대단한 상사들하고 뭐 있지?"

"있거나 말거나 연기는 되잖아요. 비주얼도 그만하면 훌륭하고."

"지금 훌륭하다고 했어요? 박 감독, 생각보다 눈 낮네요."

"저 눈 높거든요?"

"키가 높은 거겠지. 고혜령 지금은 반짝 떴지만…… 지가 안젤리나 졸리야 뭐야? 멀쩡한 입술을 발랑 까뒤집어 놓고 꽤나 섹시한 줄 알아요. 화장 지우면 앞트임 뒤트임 한 거 다 티 날 텐데 얻다가 그 면상을 들이밀겠다고. 걔는 자기 연기 모니터도 안 하나 봐? 혹시 만나거든 치명적인 척 좀 하지 말라고 해요. 채널 돌리고 싶으니까. 하여간 누구 빽 믿고 설치는 것들은……."

입담 좋은 작가라고 추가 입력. 오 작가의 목소리가 점점 커졌다. 두 사람이 어쩌면 내 파트너가 될지도 모른다는 여배우 얘기를 할 동안 주변을 둘러보다가 성현 씨와 눈이 마주쳤다. 재미있나? 이 상황이? 그녀의 입술엔 무심한 미소가 걸려 있었다.

성현 씨가 흥분을 가라앉히지 못하는 오 작가의 손에 귤을 까서 쥐어 줬다. 내게도 하나 먹겠느냐며 몸짓으로 물어 왔다. 고개를 살짝 가로저었다. 그녀도 더는 권하지 않았다. 갑자기 내 이름이 들렸다.

"그 얼굴이 서재유 비주얼하고 어울린다고 생각하는 거예요? 진심으로? 어디 가서 눈 높다는 말 하지 마요."

"하……. 저는요, 층층이 상사에 까마득한 선배들이 들이미는 배우를 내칠 능력이 안 된다고요. 솔직히 우리가 언제부터 배우를 선택했어요?"

"그러니까 내가 설득하겠다고요. 정 그러면 하수현 다시 데려오든가. 주예담이나."

"다 끝난 얘길 왜 또. 그쪽에서 싫다는 걸 우리가 무슨 수로 데리고 와요? 그 귀한 몸들을. 그나마 대본 좋다는 소문이 돌아서 눈길이라도 준 거지."

"나한테 주연진 캐스팅 권한 주기로 하고 계약한 거 아니었어요? 아, 그럼 다 파투 내! 도대체 이유가 뭔데? 성현이 인물이 달려, 연기가 달려? 나이야 어차피 여주가 네 살 연상인 설정……."

"할 말이 왜 없겠어요? 현실을 좀 객관적으로 보면 안 돼요?"

"객관? 내가 다큐멘터리 작가예요? 그런 걸 나한테 왜 찾아?"

"한류 스타 팬덤 버릴 거냐고요. 기본 시청자는 등에 업고 가야죠."

"박 감독 나만큼이나 직설적이네요? 이럴 거면 차라리 여주 오디션을 보지 그래요?"

"촬영이 코앞인데 인제 와서……."

"그러니까. 차악의 선택이라고 생각한 게 최선의 결말로 돌아올 수도 있어요. 주인공 캐릭터 최상으로 만들어 설득시키면 되잖아. 지금 둘이 마주 보고 앉아 있는 거 봐요. 안 어울리는 구석이 한 군데라도 있는지."

박 감독이 성현 씨 쪽을 힐끗 쳐다보았다. 그녀는 책 표지의 푸른 사과 그림을 무심히 어루만지고 있었다.

"지금 둘이 선보는 게 아니잖아요. 제작비가 얼마나 들어가는지 몰라서 이러시는 거예요?"

"그거 아니까 그쪽에서 보낸 조잡스러운 PPL 목록 받아서 꾸역꾸역 대본에 끼워 넣고 있잖아요. 그거나 어떻게 해 봐요. PPL로 제작비 충당하는 건 아는데, 그래도 너무하지 않아요? 동네 구멍가게도 아니고, 별걸 다 팔려고 해."

오 작가는 방금까지 열변을 토해 내던 사람 같지 않게 귤을 날름 집어 먹더니 얼굴을 찡그렸다.

"아우, 셔! 이거 뭐야? 백만 볼트 아이셔도 아니고."

"작가님, 이거요. 신 귤은 껍질째 살짝 주무르다가 까면 덜 시대요."

작가를 달래듯 조곤조곤 설명하던 성현 씨가 자기 때문에 할 말 다 못 하는 거면 먼저 일어나겠다고 했다. 담담한 어조였다.

"아냐. 온 김에 결정하고 가야지. 박 감독, 말해요. 어서."

"윗선에서도 문제지만 재유 팬들이 그냥 넘어가지 않을 거예요."

팬들은 나의 아킬레스건이다. 나를 기꺼이 움직이게도 하고 때론 발목을 잡기도 하는.

"서재유 팬덤? 그분들이 서재유 파트너로 누군들 마음에 들어 할 거 같아요?"

"아시잖아요. 무슨 말인지."

"아, 그거? 허, 지들이 봤어? 가만 보면 마주 앉아 차 한 잔 마신 적도 없는 인간들이 더 난리야. 아우, 욕 나와!"

박 감독은 더는 할 말 없다는 듯 입을 다물었다. 도대체 무슨 말인지 나만 못 알아듣는 건가. 인기 없는 여배우라서? 활동을 접다시피 한 연예인이라서? 그 이유만은 아닌 뭔가가 더 있는 것 같았다. 성현 씨가 내 눈길을 잡으며 넌지시 물어 왔다.

"커피 마실래요?"

나는 커피를 마시지 않는다.

"아뇨."

"나는 한 잔 더 마셔야겠다. 두 분은 얼음 띄운 냉수라도 드려야 할까 봐요."

작가와 감독의 이견은 쉽게 좁혀지지 않았다. 이럴 거면 나는 왜 부른 건가. 마치 남 얘기 듣듯 책장을 넘기던 여자가 갑자기 입을 열었다.

"차라리 지금 테스트를 하면 어때요? 그럼 절 내칠 이유가 확실해지잖아요?"

박 감독이 여자의 얼굴을 지그시 바라보았다. 여전히 까만 눈. 속마음까지 알 수는 없지만, 적어도 화가 난 것 같지는 않았다. 여자가 다시 물었다.

"싫으세요?"

"그럽시다. 재유도 괜찮지?"

"네?"

"왜? 어차피 곧 리딩 들어가야 해. 누가 되든 같이 해 봐야지."

그러겠다고 했다. 어차피 할 일이라니까.

"아, 배고파. 라면 먹고 할래요?"

오정혜 작가였다. 웃는 얼굴에 침 못 뱉지. 딱 그 말이 생각나는 표정이었다.

"되게 맛있는 겉절이 있는데. 총각김치랑. 배고프면 더 화나잖아요. 다들 라면 먹고 하자고."

10분 뒤 난 뜨거운 김이 올라오는 그릇 앞에 앉았다. 절대 먹으면 안 된다고 생각했다. 라면은 내가 제일 좋아하는 음식 중 하나지만. 아침에 먹은 샐러드 한 접시 외엔 이 시간까지 씹을 거라곤 껌밖에 안 집어넣은 상태였다. 접시 위의 김치를 본 순간 살은 저녁부터 빼지 뭐, 그런 생각이 절로 들었다. 성현이란 여자는 여배우라면서 뭘 그렇게 하나도 안 빼고 다 먹나 싶게 라면에 집중했다.

"박 감독, 점심 굶었어요? 김치 맛있죠? 이거 산 거 아니에요."

"맛있네요. 설마 김치도 직접 담가 드세요?"

"내가 한 게 아니고 성현 씨가. 한 접시 담아 줄까요? 혼자 산다며?"

"아뇨."

저나 두 접시 담아 주세요 하면 날 어떻게 볼까. 내 입맛에 딱 맞는 김치였다. 종일 허기졌던 탓인지도 모르겠다. 김치를 직접 담그는 여배우라. 젓가락질하는 손을 보니 집안일하곤 거리가 멀어 보이는데. 저 손으로 직접 김치를 담갔다고?

성현 씨가 김치를 새로 덜어 내 앞으로 접시를 밀어 주며 물어 왔다.

"라면 더 줄까요?"

나도 모르게 고개를 끄덕였다. 5분 뒤 성현 씨가 대본을 읽어 보겠다며 소파로 갔고 30분 뒤 리딩을 시작했다. 그로부터 한 시간 뒤, 나는 박 감독 마음이 바뀌었다는 걸 눈치챘다. 내 의견을 묻는 사람은 아무도 없었지만, 만약 물었다면 좋다고 대답했을 것 같다.

오랜만에 연기를 하며 편안했다. 그녀는 지나친 배려로 오히려 날 민망하게 하지도, 한 마디 한 마디 토를 달며 날 가르치려 들지도, 작은 한숨을 슬쩍 내쉬며 우회적으로 날 비난하거나 똑똑한 척 입바른 소리를 하지도 않았다. 그저 적절하게 나를 기다려 주고 티 안 나게 리드했다. 이젠 내가 힘쓸 일만 남았네, 하며 오정혜 작가가 푸근하게 웃었다.

그날 밤 집에 돌아와 성현이란 배우를 검색해 봤다. 박 감독이 그렇게 애매한 발언을 하며 망설인 이유, 내 팬들이 지랄 지랄할 거라고 걱정한 이유, 그 여자가 그토록 오랫동안 음지에 머무를 수밖에 없었던 이유를 어느 정도 알게 됐다. 나에 대해 떠도는 루머들이 그렇듯, 어디서부터 어디까지가 사실인지는 모른다. 그렇다고 해서 더러워진 기분이 완전히 사라지는 건 아니었다.

이미 입력된 성현이란 여자에 대한 기억을 전체 삭제시켜야 하나. 그런데 그다음엔 뭐라고 다시 입력을 시켜야 할지, 도무지 알 수가 없다.

성현

  나는 연예 기획사에서 오랜 기간 준비해 출시한 기획 상품
이 아니다. 낙하산을 타고 내려와 주연부터 꿰찬 케이스도, 끼
가 흘러넘쳐 주체를 못 할 만큼 타고난 연기자도 아니다. 정식
으로 연기를 공부하다 공식적으로 데뷔한 사람도 아니었다. 학
비에 보태려고 얼굴 모델 아르바이트를 하다가 우연히 캐스팅
됐던 흔하디흔한 케이스일 뿐.

  그게 지금부터 10년 전쯤 일이다. 쉽게 데뷔를 한 벌이었을
까. 그 10년 사이 꽤 많은 사건이 일어났다.

  3년을 꼬박 진행했던 심야 영화음악 프로는 봄 개편을 하면
서 프로그램 자체가 없어졌다. 위태위태하다는 소리는 지난해
부터 들려왔지만, 그렇게 갑자기 폐지될 줄은 몰랐다. 예전보
다 영화음악을 듣는 사람들이 줄어들었다고는 해도 청취율이

높았다면 살아남았을 것이다.

덕분에 3년 동안 밥벌이를 책임졌던 일자리를 잃고 졸지에 백수 신세가 됐다. 돈 많은 남자와의 결혼을 꿈꾸며 현실을 회피할 생각은 애초부터 없었다. 살아야 할 날들은 새털같이 남았다. 1 더하기 1이 2인 것처럼 너무나 당연히 돈과 일이 필요했다. 그런 내게 오정혜 작가의 제의는 로또 1등에 버금가는 행운인지도 모른다.

서재유는 사진으로 본 모습보다 남성적이었다. 다른 점이 하나 더 있다면 사진보다 표정이 없다는 것. 말수도 적었고, 생수 외에는 어떤 것도 먹거나 마시지 않았다.

그는 오늘 처음 만난, 어쩌면 파트너가 될지 모르는 내게도 관심이 없어 보였다. 나는 맞은편 테이블에 앉아 좀 전까지 읽던 추리 소설의 살인마를 저런 얼굴이 연기하면 어떨까, 그 생각을 했다. 연쇄 살인마 중에는 선하게 잘생긴 남자가 많다는데. 저 얼굴에 미소라도 짓는다면 어떤 여자라도 넘어가지 않기가 더 어려울 테지.

작가와 감독은 나를 앞에 앉혀 놓고 내가 그 역할을 해야만 하는 이유와 할 수 없는 이유를 떨떠름하게 떠들었다. 몇 마디 나누기도 전에 박지형 감독이 날 탐탁지 않아 한다는 걸 알 수 있었다. 두 사람의 지지부진한 말싸움을 듣던 나는 그에게 당장 날 테스트하라고 부탁했다. 미간을 살짝 찌푸린 박 감독이 내게 시선을 고정했다. 이런 순간들이 참 싫다.

나도 잘 안다. 나를 선택하지 않을 이유는 얼마든지 있다는 걸. 배우 '성현'이 '선우진'을 하기 힘든 가장 결정적인 이유. 어쨌거나 〈온리 원〉의 여주인공 역은 오늘 오전까지만 해도 짐작조차 못 했던 일이니 실망도 사치였다.

리딩 할 부분을 고른 건 박 감독이었다. 너무 오랜만이라 긴장이 돼서 심호흡부터 했다. 먼저 2회 대본 신 넘버 9.

선우진: (남자를 담백한 시선으로) 보통은 말이에요. 사귀고 싶은 여자가 있으면 만나는 남자가 있는지부터 물어봐야 하는 거 아닌가요? 나한테 애인 있다고 하면 어떡할래요?

김재현: (쾌활한 어조로) 그 남자, 아! 애인이 여자는 아니죠?

선우진: (소리 없이 피식 웃는)

김재현: (다소 가라앉은 목소리로) 그 사람하고 헤어지고 나하고 만나자고 하면 되죠.

선우진: (짧게 미소 짓고) 그 남자가 더 좋은 사람…… 아니, 내가 그 사람이 더 좋다고 하면요?

김재현: (여전히 밝게) 어차피 나랑 만날 거잖아요. 왜 그렇게 복잡한 과정을 거치려고 해요? 바로 나한테 오면 되지?

선우진: (담담한 목소리로) 재현 씬 살면서 뭘 실패해 본 적 거의 없죠?

김재현: (아직 어리광이 남은 목소리) 그러면 안 돼요? 그게 나쁜 거예요? 실패 없는 인생을 살아온 게?

선우진: (조금은 신랄한 어조로 바뀌며) 부럽네요. 가요, 당신 세상으로 가라고요.

김재현: (갑자기 마음이 급하다) 내가 왜 가야 하는지 얘기해 줘요.

지금.

　　선우진: 그럼 내가 먼저 갈게요. (돌아선다)

　　김재현: (급하게 팔 잡으며) 말하고 가라고요! 지금!

　　선우진: (다시 돌아서서 잠시 재현의 눈을 바라보다가) ……만약, 나 때문에 생애 처음으로 실패를 겪게 되면 어떡할래요?

　　4회분의 대본에서 다섯 개의 장면을 뽑아 간단한 연기를 곁들여 리딩 했다. 이 아이와 연기를 하게 된다면 쉽지 않겠다는 생각은 하지 않으려고 애썼다. 서재유는 분명 선우진 분량의 대사까지 다 외우는 것 같은데도 자꾸 대사를 씹었다. 내 눈을 똑바로 바라보지 않을 때도 있었다.

　　배우의 눈은 일반인의 눈과는 달라야 한다. 뭔가 부족했다. 힘이 없는 눈이 아닌데도 그랬다. 맑기만 한 흰자위. 애절함이 조금도 보이지 않는 눈동자. 겪어 보지 않은 건 연기하지 못하는 사람일까. 가슴 아픈 사랑은 아예 할 필요조차 없었던 사람이 아닐까.

　　"다른 거 해 봅시다. 3회 64번 신. 시간 없으니 얼른 읽어요."

　　백수에게도 나름의 스케줄이 있다. 직업이 있는 사람만 바쁜 게 아니란 말이다. 난 박 감독 같은 부류의 사람들을 수도 없이 봐 왔다.

　　"질문 하나 해도 돼요? ……감독님, 결혼하셨어요?"

　　"아뇨."

　　"다행이네요."

진심이었다. 옆쪽에서 오 작가의 커다란 웃음소리가 들렸다. 감독이 눈을 가늘게 뜨며 흥미롭다는 듯 나를 바라보았다. 이 남자한테 연기가 아닌 걸로 잘 보이려고 노력할 필요는 없다. 정말 내가 필요하다면 쓸 것이고, 아니라면 언제라도 내칠 테니까.

"애인까지는 안 물을게요. 현재는 없는 거 같으니까. 백, 퍼, 센, 트."

드디어 터진 서재유의 작은 웃음소리. 아, 저 아이 웃으니까 보기 좋다. 문득 그런 생각이 스쳤다.

"그러는 성현 씬 애인 있어요?"

"여기 있네요. 김재현. 어머, 날 되게 좋아하네? 선우진 대박이다!"

"허, 대본 외울 시간 줘요?"

"바로 시작해요. 재유 씨, 나 아주 조금만 더 좋아해 줘요. 잠깐만 꾹 참고."

그새 웃음을 그친 서재유가 나를 응시했다. 착하게도 그의 눈동자엔 작은 감정이 깃들어 있었다. 그렇게 나는 드라마 〈온리 원〉에 가장 늦게 합류했다.

한동안 '드디어 낙점된 드라마 〈온리 원〉 여주인공은 뜻밖에도 성현!'이라는 요지의 기사가 쏟아졌다. 당연한 수순처럼 악성 댓글도 넘쳐났다. 어차피 결정된 일이니 무시할 수밖에 없었다. 더 상처받지 않으려면.

동생은 내가 주인공인 기사와 그에 딸린 댓글을 읽으며 흥분해 날뛰었다.

"누난 바보같이 왜 그렇게 당하기만 했어? 아, 열불 나!"

그땐 그게 최선이라고 생각했다. 어차피 파트너의 일방적인 고백이었으므로 저절로 수그러들 거라고 믿었다. 소속사에선 너한테 해가 되지 않는 스캔들이니 가만히 있으라고 했다. 나만 아니면 되지 뭐, 하는 안일한 생각도 있었다. 나쁜 일만 아니면 소속사에서 시키는 대로 하던 때였다.

나에겐 자랑스럽지 않은 꼬리표가 하나 있다. 대중들의 머릿속에 각인된 내 이미지는 출연하는 작품마다 상대 배우와 스캔들이 났던 여자라는 것. 그게 현재 내 포지션이다. 신인 때는 광고도 곧잘 들어왔지만 이젠 그런 시절이 과연 있었나 싶을 정도다.

공식적으로 신문에 게재됐던 스캔들은 하나였다. 나머진 암암리에, 이니셜로, 알 만한 사람은 다 안다는 성현의 스캔들. 돌이키기도 싫지만 그중엔 유부남과의 루머까지 있었다.

그 모든 스캔들의 반은 맞고 반은 틀리다. 그들이 날 좋아했던 건 맞다. 나 역시 설레었던 적이 한 순간도 없었다고 부정하지는 않겠다. 그러나 난 그 남자들을 사랑한 적이 없다. 차이점이 또 있다면 그들은 스캔들 후에도 하나같이 승승장구했고, 나는 한때 인정받던 여배우에서 스캔들 메이커로 씹히며 나락의 길을 걸었다는 것.

광고가 떨어져 나가는 것을 시작으로 소속사와 힘들고 지루한 결별을 했고, 적응할 시간도 주지 않은 채 나의 인기와 팬들은 재빨리 사라졌다. 나는 버려진 패가 됐다. 젊은 여배우답게 지저분한 제의가 온 적도 꽤 있었으나 그건 내가 감당할 수준이 아니었다. 처음부터 그런 것을 받아들였다면 지금처럼 살지는 않았을 것이다.

이러니 사실 여부를 떠나 서재유의 팬들이 내 출연을 싫어하고 반대하는 것에 이의를 달 수 없다. 나는 그들로부터 서재유를 뺏을 생각이 눈곱만큼도 없지만, 그들은 벌써부터 나를 전염병처럼 싫어하고 경계한다. 이 드라마에 출연하는 나의 딜레마다.

작가는 내게 파트너 서재유와 빨리 친해져서 그의 연기가 팍팍 늘 수 있도록 도와 달라고 했다. 서재유는 포텐Potential만 터지면 제 몫을 충분히 할 아이지만, 연기의 기복이 너무 심하다면서.

오 작가의 말대로 상대 배우와 친해져야 하는 건 맞다. 사랑의 감정까지도 그럴듯하게 만들어 낸다면 더 좋은 연기가 나올 수도 있다. 나는 예전 소속사에서 시키고 배운 대로 그렇게 연기해 왔다.

내게 있어 사랑이란, 자연스러운 감정이 아닌 연기의 한 부분이었다. 그러나 이젠 그 모든 과정이 두렵다. 어디까지 친해져야 하며, 얼마만큼 가까워져야 파트너의 연기력이 이스트 넣은 반죽처럼 팍팍 늘어날지 아직은 감이 안 온다.

나는 서재유를 잘 모른다.

포스터 촬영 날. 일찍 일어나 간단히 아침을 차려 먹고 미용실에 들렀다. 평소보다 일찍 잠자리에 들긴 했는데 밤새 잠을 설쳐 몸도 머리도 개운하지 않았다.

어시스턴트에게 녹차를 부탁하고 자리에 앉았다. 8년 가까이 내 헤어와 메이크업을 해 준 양은주 원장이 머리카락을 들어 올리며 만져 보았다. 거울로 비치는 그녀의 얼굴이 살짝 찡그려졌다.

"왜, 뒤쪽 상했어요?"

"아니, 니 얼굴."

"좀 부었죠? 밤새 자다 깨다 해서."

"그게 아니고, 실물이 이렇게 예쁜데 화면에선 왜 반의반도 안 나오느냐고."

"난 또 뭐라고. 원장님, 반의반은 많이 오버다."

"지금 웃음이 나오니? 하여간. 의상은 잘 준비했고?"

"덕분에요. 고마워요. 그 디자이너 소개해 줘서."

"시은이 30분 안으로 올 거야."

"올라오기 전에 통화했어요."

신인 댄스 그룹 일을 서브로 봐 주던 시은일 불러 도와줄 것을 부탁했다. 몇 년 전 나와 함께 일하던 스타일리스트인데, 드라마 캐스팅 소식을 듣고는 두말없이 와 주었다.

"성현아, 하늘이 내린 기회야. 이런 운이 쉽게 오는 게 아니야."

"알아요. 다시없을 기회라는 거."

"너야 말 안 해도 열심히 하겠지만, 상대가 만만치 않겠더라."

"난 그 애가 그렇게 인기가 많은 줄 정말 몰랐어요. 깜짝 놀랐다니까."

"그게 아니고, 서재유 걔가 보통 깐깐하고 까칠한 게 아니란다."

"그래요? 팬들한테는 잘하나 보던데. 이미지도 좋고."

"말 그대로 그건 이미지일 뿐이고. 우리 조 실장이 서재유 소속사에 아는 사람이 있나 봐. 보통이 아니라고 하더래. 나이만 생각하고 만만하게 봤다간 큰코다친단다."

"만만하게 안 봐요. 내가 그럴 처지도 아니고."

"이번엔 이상한 스캔들 나지 말아야 할 텐데."

"이젠 남자 배우들한테는 말도 걸지 말까 봐요. 묻는 말엔 단답형으로만 대답하고."

"니가 너무 예뻐서 그래. 다들 보는 눈은 있어 가지고. 굳이 안 예쁜 척하라고 할 수도 없고 말이야."

아닌 게 아니라 한 시간 뒤, 거울 속의 나는 꽤 아름답게 바뀌어 있었다. 10분 정도 일찍 촬영 장소에 도착했다. 무슨 일이 있어도 약속한 시간은 지키려고 노력하지만, 너무 일찍 가지는 않으려고 한다.

예전에 같이 영화를 했었던 박우진이 나를 가장 반겼다. 오랜만에 만났는데도 내내 보던 사람처럼 다가와 줘서 고마웠다. 뒤에선 어떨지 몰라도, 사람들은 나를 어려워한다. 오늘 처음 만난 스태프들도 마찬가지.

이제 나는 그게 누구든 쉽게 곁을 주기가 두렵다. 한때 친했던 사람들이 이런저런 핑계로 내게서 멀어져 갔고, 그것은 고스란히 상처로 남았다. 덕분에 지금은 있는 그대로의 내 모습을 볼 수 있는 사람은 많지 않다.

막 도착한 서재유와 눈이 마주쳤다. 나는 작은 미소를 담은 얼굴로 그를 향해 짧게 알은척했다. 그는 내게 선배님이라고 지칭하면서 공손히 인사했다. 왜인지는 모르겠는데 그 아이의 시선이 불편했다.

또 다른 조연인 지수빈까지 도착하자 곧 촬영이 시작됐다. 시은이가 부지런히 내 주위를 오가며 나를 챙겼다. 여주인공이지만 소속사도 없이 일하는 나의 스태프가 가장 단출하다.

서재유의 사정거리 안에선 대여섯 명의 사람이 그를 보호하듯 감싸고 있었다. 그 가운데 자리한 서재유는 그들 안에 있으면서도 그들과 멀리 떨어진 작은 무인도 같았다. 저런 아이와 어떻게 친해져서 자연스러운 사랑 연기를 하나. 갑자기 숨이 막혀 왔다.

〈온리 원〉. 어디선가 몇 번은 들어 본 것 같은 평범한 제목. 내 배우 인생에 터닝 포인트가 되길 바라는 작품.

방송국 복도에, 방송국 외벽에, 광고 버스에 붙여야 할 포스터들. 온갖 사전 광고와 드라마 홍보 기사에 뿌려질 사진들을 찍는 날이다. 꼼꼼한 포토그래퍼 덕에 진행이 더뎠다.

"오늘따라 카메라가 거짓말을 하네."

내겐 여배우로서 치명적인 약점이 있다. 카메라 렌즈를 거친 내 얼굴은 실물보다 각지고 드세고 나이 들어 보인다. 포토

그래퍼도 그걸 알았는지 왜 이래, 이거, 하며 작게 투덜거렸다. 익숙한 일이다.

"이렇게 생겨 먹어서 죄송해요."

"내가 할 말입니다. 더도 말고 실물 그대로만 담고 싶은데 그게 안 되니까."

서재유는 단독 샷을 훨씬 편해했다. 포토그래퍼가 렌즈에 눈을 박고 웃으며 떠들었다.

"재유 씨는 카메라가 진짜 좋아하는 얼굴인가 봐. 나 간만에 직업적 보람 느낀다!"

피사체보다 더 흥분한 포토그래퍼가 외쳤다.

"재유 씨는 지금 옆의 여자가 너무너무 좋아 죽을 거 같다고! 좋아서 미칠 것 같다고!"

포스터 촬영 막바지. 다 떠나고 서재유와 나만 남았다. 마지막으로 서재유와 키스신을 찍어야 한다. 사실 이 장면에 '키스'라는 단어를 붙이는 건 어폐가 있었다. 그가 허리를 살짝 숙여 내 인중에 가볍게 입맞춤하고 나는 까치발을 하고 그의 턱에 입을 맞출 것이다. 다행히 그와 나는 사이즈가 맞아떨어졌다. 사진 구도는 잘 나올 것 같다. 오 작가의 눈썰미는 정확했다.

서재유의 턱은 오전 면도 후 보일 듯 말 듯 다시 자란 수염으로 파릇파릇해 보였다.

포토그래퍼는 까다로운 사람이었다. 파트너의 입술에 내 얼굴을 맡기고 그의 턱에 내 입술을 갖다 댔다. 그의 눈을 다정히 바라보면서. 서재유의 눈엔 만들어진 애정조차 담겨 있지 않았다. 아직 어린 가수 출신 연기자에게 벌써 그걸 바라는 게 무리인지도 모른다. 그러니 내가 더 노력할 수밖에.

서재유가 다시 나를 끌어안았다. 나는 고개를 한껏 들어 그의 얼굴을 올려다보았다. 그 눈빛에 나까지 경직됐지만 딱히 대체할 얼굴이 떠오르지 않았다. 키아누 리브스라도 생각할까.

서재유는 내가 아는 남자 배우 중 가장 눈동자가 컸다. 아름답지만 공허한 그의 짙은 갈색 눈동자를 바라보며 나는 이렇게 말할 수밖에 없었다.

"재유 씨, 내 눈을 봐요. 내 눈만. 다른 생각은 하지 말고."

재유

어릴 적 내가 부모님께 고집스레 졸라 댄 건 형과 다른 유치원을 다니게 해 달라는 거였다. 아주 어려선 나를 연년생 형으로 보는 사람들이 많았다. 어쩜 형제가 쌍둥이처럼 닮았어요! 귀엽기도 해라!

차라리 내가 진짜 형이라면 얼마나 좋을까, 그 생각을 자주 했지만 내색은 하지 않았다. 속이 깊어서라기보다는 포기가 빠른 아이였던 것 같다.

우리 형제는 사춘기를 거치면서 데칼코마니처럼 닮아 갔다. 눈썹이 돋아나는 각도, 눈동자의 크기와 색깔, 콧대의 높이, 도톰한 입술과 웃을 때 보이는 가지런한 치열까지.

우리가 쌍둥이로 태어나 자란 걸 아는 사람은 극히 드물다. 친척이 거의 없다는 건 결과적으로 행운이었다. 형과 나는 같은 학교에 다닌 적이 한 번도 없다.

우리는 대한민국 국적으로 태어났으나 이 땅에서 내내 자라지는 못했다. 중학교 도덕 교과서에 나온다는 질풍노도의 시기를 해가 짧은 먼 나라에서 보냈다. 스웨덴. 푸른 눈동자를 소유한 북유럽 아이들은 꽤 자란 내 눈에도 낯설었지만, 그것 역시받아들여야 한다고 생각했다.

어려선 늘 내가 더 컸는데 이제 형과 나는 키까지 비슷해졌다. 좀 자라선 형과 달라 보이는 데 치중했다. 형이 머리를 기르면 나는 짧게 잘랐고, 형이 갈색으로 염색하면 나는 검은색으로 바꿨다. 형이 살을 빼면 나는 마음껏 먹고 살을 찌웠다. 패션에 관심이 많은 형은 늘 스타일리시 했고, 난 주로 운동복에 모자를 푹 눌러쓰고 다녔다. 어쩌다 같이 나간다 해도 우리형제를 쌍둥이로 보는 사람들은 드물었다.

고등학교 때까지는 같은 집에 살았으나 이젠 따로 지낸다. 형은 강남의 주상 복합 아파트에서, 나는 여기저기 떠돌아다니며. 내 명의의 집도 있지만, 작고 소박한 그 집에 머무는 시간은 1년에 한 달이 채 안 된다.

이쯤에서, 아니 벌써부터 당신은 궁금했을 것이다. 아무리빼닮은 쌍둥이라도 이름은 다를 게 아니냐고. 당연하다. 만약이름까지 같았더라면 나는 초등학교 때 가출했을지도 모른다. 어이없게도 형이 지금 쓰고 있는 이름 '서재유'는 내 이름이다. 여기엔 사연이 좀 있다.

'어느 날 문득' 연예인이 되고 싶었던 형은 아무도 모르게 연예 기획사 오디션에 응모했고 1차 서류 면접에 가뿐히 통과했다. 그래 놓고 오디션 전전날 친구의 오토바이를 얻어 타고 집으로 오다가 사고를 당했다. 그나마 헬멧을 써서 뼈가 부러지는 선에서 끝난 거라 했다. 꼭 그 기획사 오디션에 합격하고 싶었던 형은 나를 보자마자 대신 참가해 달라고 질기게 졸랐다.

"오디션만 대신 해 줘. 딱 한 번만 나인 척해 줘. 그다음부턴 내가 다 알아서 할게."

어이가 없었다. 대신 해 줄 게 따로 있지. 그러나 조르는 건 그 인간이 어려서부터 탁월하게 소질을 보이던 분야였다. 아주 큰 기획사는 아니었다. 'MO아티스트'가 생기고 처음으로 한다는 공개 오디션. 대기 번호 107번. 대한민국에서 알아주는 기획사도 아니라는데 연예인이 되고 싶어 안달 난 어린 인간들이 바글바글했다.

가수가 되기 위한 첫 관문은 엄숙하지 않았다.

"이름이?"

서준유라고 할 수도 있었지만 서재유라고 대답했다.

"어? 여긴 서준유라고……."

"잘못 적었나 봐요. 서재유가 맞아요."

나는 형을 떨어뜨릴 계획이었다. 그건 부모님이 간절히 바라는 일이기도 했다. 지원자가 그렇게 많은데 붙는 게 어렵지 떨어지는 게 어려울 거라고는 짐작도 못 했다. 형 같은 사람이 가수가 된다니! 나도 안 하는 가수를!

네 명의 심사 위원은 잠시 나를 훑어보더니 특기 내지 장기가 뭐냐고 물었다. 그중엔 유명한 싱어송라이터 겸 프로듀서도 끼어 있었다. 셋이 같이 들어갔는데 주로 내게만 질문이 쏟아졌다.

"딱히 없습니다."

"그런데 왜 가수를 하려고 하지?"

"심심해서 지원해 봤어요. 시험에 떨어진 적이 한 번도 없어서 특별한 경험도 해 볼 겸."

그들은 제일 먼저 모자를 벗으라고 주문했다. 곧이어 뒤로 돌아서 보라고 했고 옆으로 서 보게도 했다. 심지어 이마까지 까서 보여 줬다. 유난히 청력이 좋은 내게 심사 위원들끼리 주고받는 의견이 들려왔다. 프로필이 아주 좋은데? 키도 크고. 보이스도 괜찮은데요? 화면발 잘 받겠어요. 배우 해도 되겠어. 대범한데요? 다른 데서 저렇게 생긴 애 못 봤지? 기타 등등.

그래도 명색이 가수 오디션 아닌가. 뻔뻔한 태도로 준비해 온 노래는 없다고 했다. 무반주로 시키는 곡을 불렀다. 못하는 척하기가 더 어려웠다. 싱어송라이터 윤승제 씨가 가운데 앉은 남자와 쑥덕거리더니 무언의 신호가 오갔다. 갑자기 어떤 곡의 인트로가 흘러나왔다. 다행히 언젠가 들어 본 적이 있는 노래였다. 박자를 놓치지 않고 또 몇 소절 불렀다.

그게 끝이 아니었다. 오른쪽 끝의 심사 위원이 동시에 묻겠다고 하더니 영어로 빠르게 얘기했다. 말하는 개구리에 관한 썰렁한 유머였다. 어려운 내용도 아니었는데 그 말을 알아들은 건 동석한 응시자 중 나뿐이었던 것 같다. 그 사람이 피식 웃던 나를 콕 집어 영어로 질문했다. 너라면 그다음엔 어떡하겠느냐고.

그때, 아무것도 못 알아들은 멍한 눈으로 어깨를 으쓱하거나 무슨 말인지 모르겠다고 했어야 했다. 그나마 영어로 대답하는 센스까지는 발휘하지 않았다.

"저 같으면 그 개구리로 돈을 벌겠어요. 석유 재벌이야 많아도, 말하는 개구린 세상에 하나밖에 없잖아요."

남자가 내 얼굴을 주시하며 들어 본 얘기냐고 물어 왔다.

"처음 듣는데요."

"지원서에 영어가 특기라고 썼길래."

진짠지 확인해 봤다 이거지? 근데 왜 스웨덴어는 안 쓴 거지?

그날 난, 노래는 1절도 채 다 부르지 않았는데도, 춤은 추는 흉내만 냈는데도, 내 평소 실력의 3분의 1도 보여 주지 않았는데도, 그렇게까지 버르장머리 없고 되바라지게 행동했는데도 오디션에 가뿐히 통과했다. 망할.

후드티를 뒤집어쓰고 엘리베이터를 기다리는데 사람들이 내 모습을 보며 흘끔거렸다. 엘리베이터 안에서 말을 걸어온 애도 있었다. 같이 테스트를 받으러 들어가서 내 모습만 실컷 보고 나온 또래 남자였다.

일주일 뒤의 마지막 오디션도 통과할 것 같아 불안했다. 부모님은 내게 형이 절대 눈치채지 못하게, 회사에 가서 사실대로 말하라고 다그쳤다.

기획사의 제일 높다는 분을 찾아가서 털어놨다. 모든 건 다

허구라고. 나는 서재유가 맞지만 그 서재유가 아니라고. 기획사 대표는 도대체 지금 이 어린놈이 하는 말이 뭐지? 하는 표정으로 나를 쳐다보았다. 좀 더 구체적으로 설명할 필요성을 느꼈다.

사실 처음 오디션에 접수한 사람은 나의 형 서준유다. 그런데 서준유는 오디션을 이틀 앞두고 사고가 났고, 현재 깁스를 한 채 병원에 누워 있다. 며칠 전 오디션을 본 건 형이 아니라 동생인 나 서재유다. 당연히 떨어질 줄 알았기 때문에 형의 부탁을 들어줬다. 난 가수 할 마음이 벼룩의 쓸개만큼도 없다. 재능은 더더욱 없다. 그러니 당연히 '서재유'의 합격을 취소시켜야 하지 않겠는가. 여기까지 말했을 때 대표란 사람이 내 말을 끊었다.

"니가 재능이 없다고?"

"그날 다 보셨잖아요."

"없는 척한 거겠지. 그때 두 사람은 널 떨어뜨리라고 했고, 두 사람은 붙이자고 했어. 떨어뜨리자고 한 심사 위원들도 니가 실력이 없어서 그런 건 아니야. 성실성과 태도를 문제 삼은 거지."

"전 가수든 배우든 연예인 할 마음이 진짜 없다고요."

"널 꼭 붙이라고 한 사람이 누군지 알아? 싱어송라이터 윤승제 씨야. 니가 아무리 재능이 없다고 우겨도 그 양반이 있다면 있는 거야. 그런데 너."

정문용 대표. 그 기획사에서 가장 높은 사람이었다. 잘 손질

된 머리에 고급 정장을 입은 그 사람이 의자에서 등을 떼며 날카로운 목소리로 물었다.

"혹시 그새 다른 회사에서 캐스팅 제의 받았냐?"

거리를 돌아다니거나 길바닥에서 춤을 추다가 명함을 받은 적은 여러 번 있었지만, 받자마자 버리곤 했다. 절대 그건 아니라고 대답했다. 그게 사실이니까.

"사진은 어떻게 된 거지? 지원서에 붙인 사진은 너 같던데?"

"형하고 전 실제로 닮았습니다. 아주 많이."

정문용 대표가 벌떡 일어났다.

"너처럼 생긴 애가 또 있다고! 진짜로?"

"……같은 날 태어났죠."

"……너희, 쌍둥이냐?"

"네. 불행히도."

기획사 대표가 나를 직접 태우고 병원으로 갔다. 나라도 기가 막혔을 것이다. 부모님은 그 젊은 CEO가 포기할 거라고 쉽게 판단했다. 도대체 말이 안 되지 않는가. 게다가 내가 아는 형은 이쪽으론 특출한 재능이 없었다. 도대체 뭘 믿고, 무슨 생각으로 오디션에 지원한 건지 내 머리론 도무지 이해가 안 됐다.

정문용 대표는 약 기운에 취해 잠든 형의 얼굴을 뚫어질 듯 들여다보았다. 길고 가지런한 속눈썹. 모난 데라곤 하나도 없는 얼굴선. 여드름 자국 하나 없는 뽀얀 피부. 당시 형은 나보다 더 잘생겨 보였을 것이다. 나는 틈만 나면 춤을 춘다고 길거리를 헤매고 돌아다닐 때였고, 형은 안 그래도 흰 피부를 병실에서 더 희게 탈색시키고 있었으니까. 잠자는 숲속의 왕자가 환자복을 입으면 그렇게 보일까.

형을 깨워 달라고 부탁한 그는 우리 가족 모두에게 원하기만 하면 그 모든 일은 없었던 일로 하겠다고 했다. 그 모든 일이란 내가 거짓 오디션을 본 행동만을 가리키는 거였다. 잠에서 막 깬 형은 낮게 잠긴 목소리로 꼭 가수가 되고 싶다고 꿈을 꾸듯 말했다. 그 순간만큼은 목소리까지도 근사해 보였다. 정 대표의 얼굴에 병실에 들어온 후 처음으로 미소가 지어졌다. 내 입에선 한숨이 나왔다.

부모님은 형이 하고자 하는 일은 끝까지 반대하지 못하는 분들이다. 세상에서 완전히 사라질 뻔했던 귀한 아들이었으니까. 형은 단 네 명만 뽑았다는 그 연예 기획사의 첫 연습생으로 입문했고, 그 모든 일은 무덤까지 안고 가야 할 비밀에 부쳐졌다.

그날 병원 문을 나서던 정문용 대표는 다시 한 번 날 바라보며 탄식했다.

"아깝다. 얼굴이 조금만 달랐어도!"

철저히 계산적인 사람이었다. 세상에 연예인 서재유는 하나면 충분하다. 세상에 두 명의 원빈, 두 명의 강동원이 필요한가? 사람들은 그들이 오직 한 명뿐이기 때문에 더 열광하는 것이다.

정문용 대표는 대범하게도 부모님께 서준유의 이름을 서재유로 바꿔야겠다고 요구했다. 점을 보러 갔더니 '서재유'가 연예인으로 타고난 이름이라면서. 비싼 맞춤 양복을 걸친, 온몸이 스마트해 보이는 사람 입에서 나온 말이라고는 믿기지 않았다.

"준유도 좋긴 한데 부르기가 불편해서요. 입에 착 안 감기네요. 연예인은 이름도 아주 중요하거든요."

부모님은 이런 식으로 설득해 보려고 했다. 그래도 이름까지 바꾸는 건……. 아예 예명을 짓는다면 몰라도……. 일이 너무 복잡해지는 게 아닐까요? 준유는 그렇다 치고 우리 재유는 어떻게……. 그는 그 정도에 설득당하지 않았다.

"서재유라는 좋은 이름을 놔두고 왜 예명을 짓습니까? 그거 이상 좋은 이름이 없다는데. 어차피 재유가 서재유란 이름으로 오디션을 봐서 벌써 서재유로 알려졌어요. 그날 같이 오디션 본 애들이 파다하게 소문을 내서 이젠 바꾸기 힘들 것……."

억지로 바꾼 이름이 미안해서 그랬던 걸까. 계약 조건은 나이가 꽤 들어서 연습생이 된 사람치고 분에 넘치게 후했다. 형은 그 모든 조항의 사인란에 '서재유'로 사인을 했다. 그렇게 나는 이름을 뺏겼고, 형은 그렇게 솔로 가수 서재유가 됐다.

내가 진흙 바닥에서 낮은 포복을 하며 구르고 있을 때, 형에겐 이미 수천 명의 팬들이 생겼다. 첫 앨범이 나오기도 전이었고, 아직 연습생 신분이었을 뿐이었는데도 말이다. 이 사람들이 과연 제정신인가?

바람이 이렇게 찬데 봄이 되기도 전에 피는 꽃은 성질이 급한 걸까, 환경에 적응한 돌연변이일 뿐일까. 말이 되는 일만 겪으며 살 수 있길 바라는 건 무리한 희망인가. 담양에 더 머물고 싶었지만, 떠나야 할 일은 늘 생기게 마련이다.

오랜만에 거하게 한상 차려 먹을까 하며 한가한 슈퍼마켓에서 장을 보던 참이었다. 일곱, 여덟 살쯤 돼 보이는 남자애가 뚫어지게 나를 바라보았다. 거슬렸지만 모르는 체했다. 꼬마가 바싹 다가오더니 날 빤히 올려다봤다. 애가 왜 이래? 낯선 사람을 조심하라는 교육도 안 받았나?

"어, 여기서 뭐 하세요?"

초록색 플라스틱 장바구니를 가리키며 말했다.

"보면 모르냐? 장 보잖아."

"이상하다. 어저께 텔레비전에서 봤는데? 언제 여기 왔어요?"

"……뭐라고?"

"엄마가 '재유다, 서재유!' 하면서 멋지다고 막 손뼉 쳤는데? 우리 엄마가 이제부턴 형이 광고하는 커피만 마실 거래요."

커피 광고까지 접수하셨구먼. 그 인간이 커피엔 입도 안 댄다는 걸 광고주는 알고 있을까. 그걸 알면서도 가증스럽게 모델로 쓴 걸까.

답답해서 잠시 벗었던 마스크를 다시 했다.

"꼬마야, 난 그런 사람 모르니까 가라."

"그거 다시 내려 보세요. 마스크요. 진짜 똑같은데? 아저씨 서재유 아니에요?"

"아니라니까 그러네."

"맞는데? 엄마가 아빠보다 서재유가 더, 더, 더 좋댔어요. 백배, 천배 더."

"너희 엄마 눈이 좀 낮으신가 보다. 엄마한테 가서 서재유 말고 다른 남자 좋아하라고 그래. 알겠지?"

"아저씨 형."

"아저씨 형은 또 뭐냐."

"엄마가 형이라고 부르래요. 아저씨 아니래요."

어련하시겠어.

"아저씨 형, 어디 가지 말고 기다려요. 우리 엄마가 요기 2층에서 미용실 하는데, 얼른 데리고 올게요. 우린 엄마는 보면 다 알아요. 서재유인지 아닌지. 가지 마요. 요기서."

꼬마가 뛰듯이 계단을 올라갔다. 나는 반쯤 채운 장바구니를 그 자리에 내려놓고 밖으로 얼른 나왔다. 지명 수배 당한 사람처럼. 그 길로 빙빙 돌아 밤새 7번 국도를 타고 양양으로 올라왔던 게 지난주다.

때론, 상상 속에서 더 아름다운 것들이 있다. 바다가 보이는 곳이라고 해서 늘 아름다운가. 뜨거워 미칠 것 같은 날도 있다. 추워 죽을 것 같은 날도 있다. 바로 오늘처럼.

아무래도 낚시는 그만 접어야겠다. 먹기에도 미안한 잔챙이들은 바다로 도로 돌려보냈다. 낚시 도구를 챙겨 일어서려는데 정문용 대표에게서 전화가 왔다.

— 입금 확인했지?

"은행서 문자 왔던데요. 돈 들어왔다고."

— 여주인공 최종 결정됐다.

"잘됐네요."

— 그게 그리 잘된 것 같지는 않아. 이상하게 찝찝하네.

"누군데요?"

— 혹시 성현이라고 알아? 요샌 활동 거의 안 하는 배우야.

"성현? 영화에서 본 적 있는 것 같은데. 맞나요?"

— 맞을 거야. 니 형이 투덜거렸다더라고. 파트너가 마음에 안 든다고. 생전 안 그러던 애가. 아무래도 좀 불안해.

"형 연기 그만 시키면 안 돼요? 가수면 노래나 하지 무슨."

— 요샌 다 멀티로 뛰잖냐. 댄스 가수는 생명도 짧고. 우리끼리 말이지만, 노래를 아주 잘하는 것도 아닌데 언제까지 퍼포먼스만 하겠냐. 배우로 서서히 옮겨 가야지. 혹시 니가 가수 할 마음 없어? 노랜 니가 더 잘하잖아.

이걸 지금 진담이라고 하는 건가. 웃자고 하는 소린가. 정 대표가 언젠가 몇 번 정도 했던 말을 다시 반복했다. 어떤 말로 설득해도 안 한다는 걸 이젠 알 만할 때도 되지 않았나.

"예전엔 춤도 제가 더 잘 췄어요. 노래 연습 좀 빡세게 하라고 하세요. 라이브로 할 때마다 아슬아슬해 죽겠어요."

— 그게 열심히 하는 거야. 여자도 안 만나고 노래 연습, 안무 연습만 한다니까. 너처럼 재능을 타고난 애들하곤 달라. 얼굴만 똑같이 태어나지 말고 재능도 똑같이 주시지.

"그냥 스웨덴으로 튈까 봐요. 이번 건 진짜 하기 싫은데. 돈도 싫어요."

— 하아……. 조금만 더 이렇게 살자. 너도 힘들겠지만 나도 힘들다. 언젠간 다 터질 것 같아서 불안해. 나라고 일이 이 지경이 될 줄 알았겠냐. 연예인 사주로 최고라고 해서 그냥 가명

처럼 이름만 빌려 온 건데. 서재유란 이름이 이상하게 끌리더라고. 멀리 가지 마라. 5분 뒤에 메일 확인해 봐.

불 위에 코펠을 올려놓고 메일을 열어 봤다. 〈온리 원〉 대본 5, 6회가 들어와 있었다. 오직 하나라. 다시 봐도 촌스러울 정도로 노골적인 제목이다. 여자들은 사랑 얘기가 지겹지도 않나.

성현이라는 여자를 검색해 봤다. 영화 〈순정의 정원〉에 출연했던 게 맞았다. 어라? 여섯 살이나 누나네. 예전 사진은 꽤 많은데 최근 사진은 별로 없었다. 이 여자도 쌍둥이인가? 분명 같은 여잔데 스타일이 다양했다. 헤어스타일, 걸친 옷, 화장법. 몇 년 전까지만 해도 꽤 잘나갔던 모양인데 요샌 주춤한 것 같다. 그런데 이게…… 뭐지? 말도 많고 탈도 많은 20대를 보내셨군. 헉, 유부남하고까지? 스캔들 싫어하고 까다로운 서준유 심기가 불편할 만도 하네.

나는 타인의 연애 취향에 너그러운 편이다. 타인의 성적 취향은 궁금하지도 않다. 어차피 내 여자가 아니므로 내가 신경 쓸 일이 아니다. 다만 이 여자를 실제로 만날 일이 생기지 않기만을 바랄 뿐. 〈온리 원〉의 김재현이 되어 세상 하나뿐인 징한 사랑을 나눌 마음은 티끌만큼도 없다.

내가 이런 것까지 하게 될 줄은 몰랐지만 오늘부터 그 인간이 끝까지, 무사히 그 촬영을 마칠 수 있도록 백일기도라도 해야겠다. 믿지도 않는 신을 찾는 일이 다시 시작됐다.

아, 밥이 탔다. 제길!

준유

열아홉 늦가을의 어느 날, 검정고시 학원에서 알게 된 친구가 내게 물었다.

"너 어제 홍대 앞에서 비보잉 했냐? 왜 불러도 알은체 안 했어? 너한테 그런 면이 있는 줄 진짜 몰랐다."

그랬다. 나에게 '그런 면'은 없었다. 그 애가 본 건 동생 재유였다. 어려서부터 난 열등한 유전자를 많이 타고났는지 동생보다 잘하는 게 거의 없었다. 동생은 나보다 키도, 덩치도 컸다. 모르는 사람들이 무심코 재유에게 "네가 형이니?" 묻는 게 너무 싫었다. 동생보다 잘해 내고 싶은 마음은 컸지만 따라가기에도 버거웠다. 체력도 실력도 재능도. 아예 못하면 기대조차 안 하겠는데, 내게 주어진 재능은 완전히 포기하기엔 어정쩡한 수준이었다.

우리 둘에게 똑같이 주어진 건 혈액형과 얼굴 정도였다. 엄마는 그런 나를 가엾게 여겼던 것 같다.

"그래도 네가 형인데……. 동생은 동생이야. 엄만 우리 준유 없이 못 살아……."

그분은 나에게 최후의 보루였다. 하기 어려운 일도 엄마를 거치면 할 수 있었다. 아버지는 그런 나와 엄마를 못 본 체하며 부모의 역할을 했고, 동생은 가끔 툴툴거렸지만 대체로 무심했다. 동생은 대범한 아이로, 난 어리광 많은 아이로 자랐다.

스웨덴에서 돌아온 뒤 우리 형제는 학교를 다니는 대신 검정고시를 선택했다. 동생은 한 학년 낮춰 2학년이 되는 게 싫다고 했고, 난 새 학교에 적응하느라 시간을 허비하기 싫었다. 내가 집에서 검정고시 준비를 하고 있을 때, 동생은 뭘 하고 돌아다니는지 집에 붙어 있질 않았다.

길거리를 걷다가 기획사 명함을 받기도 했다. 명함은 동생보다 내가 더 많이 받았을지도 모른다. 그들은 외모만 보고 나를 성급히 연예인으로 만들고 싶어 했다. 하지만 난 나를 잘 알았다. 내게 주어진 가장 큰 재능은 외모라는 걸. 그 이상은 건질 게 없다는 걸.

가끔 동생이 방에서 노래 부르는 소리를 듣노라면 쟤는 왜 가수가 되고 싶다는 말을 안 하는 걸까, 그 생각이 절로 들었다. 그 앤 어려서부터 춤도 잘 췄다. 음악 방송을 보며 댄스 가수가 춤추는 모습을 똑같이 따라 하는 동생을 볼 때면 입이 저절로 벌어졌다. 저 자식은 괴물이야! 저건 비정상이야!

"한국에선 연습생을 뽑아 트레이닝 시켜 데뷔시키나 보던데. 넌 가수 할 마음 없어?"

"아니. 노래와 춤은 평생 취미로 할 거야. 진짜 좋아하는 건 직업으로 삼으면 안 된대. 취미로 돈 버는 건 싫어. 인생이 끔찍해질지도 모르니까."

동생은 생각조차 근사하게 했다. 온몸에서 흘러나오는 자신감이 아니고선 할 수 없는 대답. 스웨덴에서도 공부를 꽤 잘했으니 다시 정신만 차리면 굳이 연예인이 되지 않아도 상관없을 것이다. 누구에게도 내색 못 했지만 가수를 직업으로 삼고 싶었던 내가 초라해지는 순간이기도 했다.

나의 첫 앨범은 소속사가 기대한 수치에서 두 배 이상 팔렸다. 수록된 곡들은 전체적으로 퀄리티가 높았으나, 신인인 걸 감안하고 들어도 노래를 잘한 건 아니었다. 그렇다고 탁월하게 춤을 잘 춘 것도 아니었다. 그래도 그것은 큰 문제가 되지 않았다. 사람들은 나를 좋아했다. 신기할 정도로.

자고 나니 유명해졌다는 말이 실감났다. 내 이력은 동생의 파란만장한 과거와 맞물려 시너지 효과를 몇 배로 발휘했다. 연극 무대 위의 주인공처럼 스포트라이트를 받기 시작했다. CF 제의가 계속 들어왔다. 빌려 온 내 이름 세 글자는 점점 유명해졌다. 그땐 내가 이렇게까지 유명해질 줄은 나를 포함해 그 누구도 몰랐을 것이다. 가수 노릇만 할 줄 알았는데 그럴 수가 없었다. '서재유'를 원하는 곳이 점점 많아졌다. 그 당시 나는 돈이 절실히 필요했고, 내 직업은 그걸 충족해 주었다.

하루를 24조각으로 쪼개어 살았다. 촬영장이나 연습실에서 몇 번 쓰러지기도 했다. 육체의 고단함은 참을 만했다. 소속사 대표는 나를 철저히 서재유로 교육했다. 과거조차 내 것이 될 수 없었다. 이름만 서재유가 아닌 실제로도 서재유의 삶을 살아야 했으므로. 그러면서도 서준유, 서재유 누구의 과거와도 단절된 삶을 살 수밖에 없었다.

나는 점점 황폐해졌다. 그래도 밝힐 수 없었다. 전부 아니라고, 그건 내가 아니라고 말하고 싶었지만 말할 데가 없었다. 그래서도 안 됐다. 잘못된 일이라는 걸 알았지만 돌이키기엔 너무 늦었다는 생각이 날 괴롭혔다. 한 번은 술에 취해 대표님께 주사를 부렸다.

"내가 아니라 동생을 뽑고 싶었죠? 후회하시는 거 알아요. 그날 오디션에 내가 갔었다면 안 뽑았을 거, 알아요."

"준유야, 내가 너하고 네 동생을 구분 못 할 거 같아? 널 선택한 거야. 오디션 하는 날 동생이 아니라 네가 왔어도 난 널 뽑았을 거야. 넌 그 얼굴만으로도 가치가 충분하니까."

그런 말은 내게 상처가 됐다. 이 얼굴만 아니라면, 이 몸뚱이가 아니라면 가수가 될 수 있었을까. 다시는 정문용 대표 앞에서 그런 식의 말을 뱉어 내지 않았다.

열아홉부터 스물여섯까지의 내 인생 전부를 가짜라고 하지는 않겠다. 믿을지 모르지만 나는 죽을힘을 다해 노력한다. 동생이 한두 번만 들으면 외우는 멜로디를, 동생이 한두 번만 보면 쉽게 따라 하는 안무를 익히기 위해, 동생이 헛기침 두어 번 하고 쉽게 올라가는 음역에 도달하기 위해 내가 연습실에서 산다는 걸 사람들은 모른다. 그저 저 녀석 지독한 연습벌레야, 라는 말로 그 모든 시간을 쉽게 정리해 버린다. 짧고 약한 호흡을 늘리기 위해 잠영을 하고 한강 둔치를 묵묵히 달리는 걸 보며 지인들은 저 녀석 벌써 철들었네, 하며 대견해한다.

다행인지 불행인지 신은 내게서 노래를 듣는 귀까지 거두어 가진 않았다. 나는 세 개의 MP4에 만 개가 넘는 음악과 영상을 저장해 두고 귀와 눈이 얼얼해질 때까지 듣고, 본다. 어떤 노래가 좋은 노래인지, 어떤 노래가 어떤 점에서 나쁜지, 누가 노래를 잘하는지, 그 가수가 왜 일류가 되지 못하는지 판단하는 귀가 생겼다. 현재 나의 음악적 수준이 어디쯤인지 모를 수가 없다.

그래도 내가 이 일을 포기하지 못하는 가장 큰 이유. 나는 세상 그 무엇보다 노래가, 음악이 좋다. 음악은 내게 있어 돈보다, 여자보다, 인기보다 더 위에 존재한다.

언제까지나 퍼포먼스 가수 노릇을 할 수 없다는 건 누구보다 내가 잘 안다. 좋은 작품에 선택될 만큼의 연기를 보여 주지 못한 것도 전적으로 내 탓이다. 내게 연기란 반드시 넘어야 할 높고 험준한 산맥 같은 것. 가기 싫지만 나갈 수밖에 없는 전쟁터 같은 곳. 그런 식의 강박관념에 시달릴 때 소속사로 오정혜 작가의 전화가 왔다.

그녀가 지난해 내가 제일 감동적으로 봤던 한국 영화의 시나리오 작가라는 말을 듣고 가장 먼저 든 생각은 이거였다.

그런데 왜 하필 내게?

은밀히 오정혜 작가를 만난 정문용 대표와 나의 치프 매니저 권혁주 이사는 내 의견도 묻지 않고 출연을 결정했다. 두 상사는 내게 이 드라마를 안 하면 너는 천하의 바보, 라고 했다. 바보가 될까 봐 두려워서는 아니다. 내 직관이 말했다. 꼭 해야 한다고. 피해선 안 된다고. 나는 나의 직관을 믿는다.

나는 트위터, 블로그, 페이스북을 포함한 그 어떤 소셜 네트워크 서비스도 개인적으로 만들어 본 적이 없다. 그 흔한 스마트폰도 쓰지 않는다. 비공식적인 자리에서까지 보란 듯 날 드러내는 게 싫어서.

출발부터 반은 가짜 인생이기 때문에 공식적인 자리에선 더더욱 말을 아낄 수밖에 없었다. 사석에서도 될수록 말을 줄인다. 대신 생각을 많이 한다. 혼자 있으면 더 그렇다. 그게 오랜 습관이 됐다.

운동을 마치고 돌아와 맛이 간 생물 오징어처럼 널브러졌다가 깜빡 잠이 들었던 것 같다. 문자 도착하는 소리에 놀라 잠을 깼다. 권혁주 이사였다.

생각은 그만하고 어여 자라. 내일 화장발 잘 받으려면.^^

우리 회사에서 내 비밀을 아는 세 사람 중 한 사람. 그중 내가 제일 편하게 의지하는 사람. 잘 거라고 답장을 보내고 욕실로 들어갔다. 옷을 다 벗고 거울에 비춰 봤다. 이두박근, 삼두박근, 삼각근, 승모근, 대흉근 따위의 경직된 이름으로 불리는 근육들이 그런대로 돌아오는 것 같다. 어깨는 여전히 넓지만 힘들게 만들었던 식스팩은 희미해졌다. 역시 술은 안 된다. 담배가 간절하지만 다시 피우기 시작하면 끊을 자신이 없다.

가수로서, 배우로서 최고가 되기 위해 끊은 게 한둘이 아니다. 담배를 끊고, 술을 줄이고, 게이라는 소문이 돌 정도로 여자를 피했다. 완전히 끊기 힘든 게 몇 가지 있다. 알코올 중독까지는 아니지만 가끔 폭주한다. 참다 참다 지치면 그렇게라도 해야 버틸 수 있다. 집에 있을 때면 홈쇼핑 채널을 돌리고 인터넷 서핑을 하며 물건을 사들인다. 내게 꼭 필요한 것인지 두 번 생각하는 일은 없다. 그저 눈에 들어오면 전화 버튼을 누르고 결제 창을 연다.

70평 집 안 여기저기엔 사 놓고 포장도 뜯지 않은 물건들이 작은 무덤을 만들고 있다. 팬들이 보내 준 선물과 함께. 발에 툭툭 차이며 걸리적대는 물건들을 보니 보육 시설이든 양로원이든 필요한 곳으로 보내 정리할 때가 된 것 같다.

소파 옆 테이블 위에 새로 배달된 상자가 몇 개 쌓여 있었다. 도대체 저기에 뭐가 든 거지? 코디 누나들에게 갖다 줄까. 삶은 달걀을 예쁘게 잘라 준다는 커팅기, 안전하게 칼을 갈아 준다는 칼갈이 따위를 살 때도 있다. 요리도 거의 안 하면서 잡다한 주방용품은 왜 사들이는 걸까. 정연 누나 말대로 미스터리다. 한심하게, 똑같은 물건이 배달된 적도 여러 번 있다.

씻고 나니 잠이 달아나 버렸다. 상자를 뜯어볼까 하다가 양주를 꺼내 스트레이트로 마셨다. 혼자 있는 시간은 느리게 움직인다. 포스터 촬영까지 열 시간 남았다.

6회 대본까지는 이미 나와 있다. 벌써 10회까지 다 써 놨다고 한다. 시청률이 5퍼센트 전후에서 맴돌던 지난번 드라마의 작가처럼 쪽대본을 주는 사람이 아니란 뜻이다. 오늘따라 시간이 정말 더디 간다. 대본을 들고 방으로 가서 누웠다.

생각한다. 〈온리 원〉을, 내가 연기할 김재현을, 내가 사랑할 선우진을. 급기야 성현이란 여자까지 떠올린다. "만약 나 때문에 생애 처음 실패를 겪게 되면 어떡할래요?" 하던 선우진의 대사. "이 여자 고집 되게 세네. 사는 게 피곤하겠군." 이렇게 혼잣말하던. 까만 눈을 반짝이며 "감독님, 결혼하셨어요?" 묻던. 결혼 안 해서 다행이라며, 없을 게 분명하니 애인까지는 물을 필요도 없다고 확신하던 장난스러운 목소리의. 나로 하여금 몇 번이나 웃음을 참게 하던 그 여자.

"재유 씨, 나 아주 조금만 더 좋아해 줘요. 잠깐만 꾹 참고."

그날 낮엔 그런 멘트가 싫지 않았다. 그러나 그날 밤 성현이라는 이름을 통합 검색해 본 뒤 다시 떠올린 그 모습은 순수하게 다가오지 않았다. 이 여자도 그렇고 그런 여배우 중 하나일 뿐일까.

그동안 내 상대역에 내로라하는 여배우가 여럿 거론됐다. 그 배우들의 소속사들은 다들 적당한 핑계를 대며 선우진 역을 거절하거나 할 듯 말 듯 간을 보다 하차했다. 그녀들의 외모와 비교될 나의 얼굴을 피하고, 무엇보다 내 형편없는 연기력을 피했다는 게 정확한 답일지도 모르겠다.

뒤늦게 여주인공이 성현 씨로 낙점되자 주변에선 알고 싶지 않은 것까지 굳이 일러 줬다. 그 여자 스캔들 메이커래. 찍는 드라마마다 열애설 났었잖아. 여자 나이 서른둘, 알 만하지 않냐? 더군다나 이 바닥에서 10년을 닳고 닳은 여배우야. 조심, 또 조심해.

내 이름은 아직 단 한 번도 스캔들 때문에 언론에 노출된 적이 없다. 그들이 날 걱정하는 건 너무나 당연하다.

다시 생각한다. 오늘 낮의 첫 대본 연습. 리딩이 시작되기 직전까지 복도 벽에 기대서 있을 작정이었다. 내 기분이 더 다운되지 않게 해 줄 매니저도 근처에 없었다. 집중력 떨어진다며 박지형 감독이 배우들의 개인 스태프들을 일찌감치 다 내보낸 까닭이다. 그럴 수만 있다면 회의실에 들어가고 싶지 않았다. 티를 낼 수는 없었지만, 몹시 긴장됐다.

한 시간 같은 10분이 지날 무렵, 짧은 검정색 가죽 재킷에 타탄 체크무늬 롱스커트, 헐렁한 가방을 어깨에 메고 걸어오던 성현 선배와 눈이 마주쳤다. 그녀와 나는 멀찍이 떨어진 채 서먹한 이웃처럼 조용히 인사를 나누었다. 바로 회의실에 들어갈 줄 알았는데 뜻밖에도 성현 선배가 내게 다가와 말을 걸었다. 그냥 들어가지 왜.

"긴장되죠? 나도 그래요."

"전혀 안 그래 보이시는데요."

"연기하는 거예요. 센 척하느라."

딱히 할 대답이 없어서 그녀의 얼굴을 바라보았다. 저번처럼 아예 민낯은 아니었다. 성현 선배가 입가에 살짝 미소를 띤 채 이어 말했다.

"딕션 할 때 너무 자연스러워 보이려고 애쓰면 성의 없어 보일 수 있어요. 그렇다고 너무 힘주면 연극하는 것 같으니까 조절을 잘해야 해요. 잘 알겠지만. 발음에 신경 쓴다고 지나치게 또박또박 말해도 자칫 책 읽는 것처럼 보일 거예요. 이것도 알겠지만. 먼저 들어갈게요."

회의실로 들어간 나는 내 이름이 써진 자리에 앉았다. 잠시 뒤 김재현 어머니 역을 맡은 주해선 선생님이 화려한 차림으로 등장했다. 나로선 말도 섞기 어려울 만큼 까마득한 선배였다. 주 선생님이 아이고, 하더니 그녀의 이름을 불렀다. 이미 알고 있는 사이 같았다. 두 여자는 예의 바른 인사를 주고받는 대신 서로를 폭 끌어안았다.

"아유, 얼굴 좀 보자. ……그대로네. 다행이다. 성현아, 우리 잘해 보자?"

주해선 선생님의 따뜻한 말에 그녀의 큰 눈이 눈물을 참는 것처럼 자꾸 깜빡였다. 할 말이 많은 눈. 그렇지만 참는 눈. 알 반지가 끼워진 대선배님의 손이 그녀의 볼을 부드럽게 쓰다듬었다.

주요 제작진과 전 출연진이 참석한 자리라 널찍한 회의실이 꽉 들어찼다. 오정혜 작가는 배우들에게 각자의 캐릭터와 역할이 처한 상황을 특유의 낭랑한 목소리로 설명했다. 박지형 감독의 주도 아래 본격적인 리딩이 시작됐다.

중견 배우들은 물론 다들 작정하고 온 것처럼 잘했다. 제대한 지 3개월밖에 안 된다는 박우진 선배는 공백이 전혀 없는 사람처럼 유연했다. 나를 사랑하는 여자로 나온다는 지수빈은 아직 어린 나이임에도 불구하고 딕션이 꽤 자연스러웠다. 내가 사랑한다는 선우진 역의 성현 씨는 이미 선우진이었다. 나만 잘하면 될 것 같다.

드라마 촬영은 이미 시작된 거나 마찬가지다. 카메라를 든 젊은 스태프 둘이 출연진들의 표정과 행동을 놓치지 않으려고 내내 주변을 맴돌았다. 네 시간에 걸친 첫 리딩이 끝났을 땐 넘치게 지쳐 있었지만 바로 피트니스 클럽으로 데려다 달라고 했다. 뒷좌석에 나란히 앉은 백 실장님이 내 손을 끌어당기더니 꾹꾹 눌러 가며 지압을 해 주었다.

"괜찮아요."

"좀 있어 봐. 너 긴장하면 잘 체하잖아. 하긴 뭘 먹었어야 체하지. 뭐라도 먹고 운동하자."

"드시고 오세요. 닭 가슴살 샐러드나 하나 사다 주시고요."

운전하던 로드 매니저 수환이 끼어들었다.

"형은 닭이 지겹지도 않아요? 입에서 닭똥 냄새 나겠구먼."

"나도 사람이야. 나한테도 미각이란 게 있다고."

"내가 볼 땐 형님은 사람 아니야. 그 정도면 삶 자체가 성인 수준이지."

"성인을 모독하지 마라."

내 말에 웃던 백 실장님이 수더분한 목소리로 입을 열었다.

"살이 도대체 어디 있냐? 구경 좀 하자."

"몸이 좀 무거워진 것 같아서 그래요."

"너처럼 가벼운 애가 어디 있다고 그래. 기운 없으면 밤샘 촬영 못 해. 쓰러지면 어쩌려고."

"재유 형님, 밥 좀 편히 먹읍시다. 형님이 그렇게 안 먹는데 우리가 목구멍에 밥이 넘어가겠어요? 혹시 나 다이어트 시키려고 그러는 거 아니에요? 아이 씨, 형님 미워!"

생긴 건 산적 버금가게 생겼는데 의외로 애교가 많은 녀석이다. 뒤통수까지 통통해 보이는 수환을 보자니 웃음이 나왔다.

"밥이 안 넘어가는 사람치곤 몸집이 몹시 거하다?"

"이건 못 먹어서 부은 거라고요."

근처 일식집으로 차를 돌려서 초밥 몇 개와 회 몇 점을 집어 먹었다. 맑게 끓인 대구 지리를 보니 사케라도 한 잔 시키고 싶었지만, 꾹 참았다.

속이 든든해지니 마음까지 풀어져 새 파트너에 대해 몇 마디 투덜거리기까지 했다. 왜 하필 그 여배우일까. 이렇게 시작 전부터 많이 씹히고 들어가는 드라마는 처음이었다.

"그죠? 여섯 살 차이가 뭐야. 우리 형님은 나이보다 동안인데?"

"그 형님 타령 좀 그만하지? 조폭이냐?"

"임수환 몽타주는 그쪽에 상당히 근접했지."

"아, 실장님! 제가 얼마나 순진한지 아시면서!"

"그걸 내가 어떻게 알아? 니 머릿속에 들어가 본 것도 아닌데?"

"아 놔, 두개골을 뜯어 보여 드릴 수도 없고. 그래도 다섯 살 차이도 아니고 여섯 살은 좀."

"실물로 보면 나이 차이 못 느끼겠던데. 아까 잠깐 마주쳤는데 20대로 보이더라고. 말하기 전엔 누군지 몰라보겠더라. 성현 씨, 화면발이 왜 그렇게 안 받아?"

"진짜요? 아, 궁금해! 나도 올라가서 볼걸!"

"앞으로 몇 달 동안 지겹게 볼 텐데 뭘. 별로 꾸미고 온 것 같지도 않은데 예쁘긴 하더라."

"실장님은. 여자들 안 꾸민 척해도 그게 다 꾸민 거예요. 그걸 아직도 모르세요?"

"아, 당신은 그걸 벌써 아세요? 여자 친구도 없는 게 아는 척은."

"왜 또 아픈 데를. 여자들이 제 몽타주만 보고 접근을 안 해서 그래요. 어떻게 한 인간의 내면을 그렇게 못 알아보나. 외모만 보고 사람 평가하는 거 아주 몹쓸 문화…… 아! 아까 주차장에서 성현 씨 이미지 검색해 봤는데, 어우, 수영복 입은 게 아주 그냥……. 어우!"

저 형이하학적인 주둥이. 괜한 말을 꺼냈다 싶어 후회스러웠다. 쓸데없이 말이 많았다.

"먹던 거나 마저 먹지 그래?"

"형도 찾아봐요. 스캔들 날 만도 하다니까. 라인이 아주 그냥 죽……."

하란다고 할 나도 아니지만, 이 녀석 입도 보통 문제는 아니다.

"임수환, 여기도 사방이 귀야. 넌 목소리도 크고. 자신 없으면 출근할 때 입을 떼 놓고 나오든가."

"알았어요. 진짠데."

다시 생각하니 우습다. 배우 성현이 어떤 범주의 여자든 내가 신경 쓸 문제가 아니었다. 나의 새 파트너가 이혼녀든, 유부녀든, 천하의 바람둥이든 무슨 상관인가. 그 여자는 그저 적절한 외모와 연기력으로 내 배역을 돋보여 주면 되는 것이고, 나는 김재현으로 변하는 그 시간 안에서 내 일에 충실하면 그만이다. 그러니 일로 만난 타인을 속속들이 이해하고 헤아릴 필요가 있나. 싫든 좋든 그저 일로 엮인 선배일 뿐인데.

"재유야, 드라마 대박 나도 같이 CF 하기는 좀 어렵겠지? 나이 차 때문에. 하긴 너 혼자 찍으면 되지 뭐……."

동생은 동해 쪽에 머문다고 들었다. 오랜만에 전화라도 해 볼까. 그러나 뭐라고 해야 하지? 이번엔 무슨 일이 있어도 네게 내 일을 넘기진 않을 거라고? 읽기 싫은 대본일랑 집어 던지고 좋아하는 만화책이나 실컷 보라고?

가만히 천장을 응시했다. 리모컨을 잡고 조명을 끌까 말까 망설였다. 인테리어 잡지에서 보고 주문했던 침실 상들리에가 커다란 다이아몬드인 양 반짝인다. 빛을 받아야만 아름답게 빛나는 크리스털 샹들리에. 나와 다를 게 없다. 불이 꺼지면 그저 흔한 유리일 뿐인 것을.

한 잔 더 마실 걸 그랬나. 아무래도 금세 잠들긴 글렀다. 스탠드 조도를 높인 나는, 이미 다 외운 대본을 읽기 시작했다.

포스터 촬영은 예정된 시간을 넘겨 끝났다. 긴 하루를 마감한 건 두 명의 피디였다. 박지형 감독과 안영하 피디. 안 피디는 조연출이다. 집으로 가서 눕고만 싶은데 박 감독은 이미 촬영을 마친 두 조연까지 다시 불러냈다. 요샌 거의 매일 이 사람들을 만난다.

간단히 저녁을 먹고 근처 술집으로 바로 이동했다. 예약된 룸으로 들어갔을 땐 9시가 넘어 있었다. 평소 같으면 운동을 하거나 연습실에 있어야 할 시간이다. 테이블은 이미 양주로 세팅 돼 있었다. 약속이나 한 듯 서로 술부터 따랐다.

"내가 이렇게 사비까지 써 가며 댁들을 부른 이유는, 배우들끼리 좀 친해지라고. 여주 캐스팅이 너무 늦어져서 시간이 없는 건 다 알 거예요. 오늘도 포토그래퍼 엄청 고생시켰다던데?"

나를 두고 한 말이겠지.

술잔을 톡톡 두드리던 안 피디가 박 감독을 보며 대꾸했다.

"돈 버는 일에 안 어려운 게 어디 있어? 하여간 그 인간은 일하는 티도 어지간히 내."

"티 좀 내면 어때? 포스터만 잘 나오면 되지."

"어마, 감독님도 엄청 일하는 티 내면서 촬영할 건가 봐요?"

"결과만 좋으면 그 정돈 감수해야지. 안 그래?"

"네, 네. 술부터 한잔하자고요. 나오는데 얼마나 투덜거리는지."

"서윤이 아빠?"

"나한테 대놓고 투덜거릴 인간이 우리 남편하고 당신밖에 더 있어? 혹시 전생에 두 사람 부부였냐?"

"이 여자가 진짜! 누구라도 한 잔씩 쭉 돌려 봐."

박우진 선배가 나이 순서대로 술을 따라 주었다. 나는 끝에서 두 번째로 받았다.

"짐작하겠지만 촬영 일정이 넉넉하지 않은 관계로 A팀, B팀으로 나눠 촬영하게 됐어요. B팀은 이규석 감독님. 오늘 급하게 결정됐어요. B팀 조연출은 여기 안 피디가 할 거고. A팀 조연출 김대환은 오늘 지방에 헌팅 하러 갔어요. 다시 말하지만, 다음 주 월요일 아침부터 촬영 시작해요. 스케줄 조정 전화 오면 알아서들 잘 좀 해 줘요. 전 몰라요, 매니저한테 물어보세요. 그따위 말 좀 하지 말고. 다들 이규석 감독님이 누군지는 알죠? 밥 먹을 때 말하면 소화 안 될까 봐 지금 말해 주는 겁니다. 고마워들 하라고."

"아니, 그 선배는 엊그제 〈하늘꽃〉 마쳤는데 좀 쉬시지. 너무 열심히 사신다."

"내가 엎드려 부탁한 거야. 자, 술은 각자 알아서 마시고, 노래 부르고 싶은 사람은 부르고."

"박 감독, 오 작가님 부를까? 집이 이 근처라던데?"

"뭘 불러. 애들 노는데 불편하게."

"그거 알아요? 당신이 더 불편한 거?"

고개를 삐딱하게 튼 박 감독이 배우들을 하나하나 지목했다. 목소리 톤은 여전했다.

"지수빈? 박우진? 서재유? 성현 씨, 내가 불편하게 합니까?"

네, 할까 하다 말았다. 성현 선배가 웃을 듯 말 듯한 표정으로 술잔을 들여다봤다. 술이 약한지 벌써 얼굴이 발그레했다.

"참, 대놓고도 묻는다. 이 양주는 몇 도야? 이게 왜 좋아? 차라리 망치로 머리 한 대 맞고 퍼져 자는 게 낫지. 어마, 재유 씨 술 잘 마시네요? 얼음도 안 넣고 마시는 거 봐. 수빈 씨는 술 못해요? 잔 받고 제사 지내네."

"전 술 마시면 몸에 두드러기가 생겨서요. 죄송해요."

"지수빈, 그럼 마시지 마."

"박 피디는 술 강요 안 해서 좋아. 나는 우리 선배들 너무 징글징글해. 술 마시러 방송국 들어온 줄 알았다니까? 진짜 주량 순으로 피디 뽑은 게 맞아."

안영하 피디는 이름만큼이나 재미있는 사람이었다. 게다가 그게 누구든 두루두루 편하게 대할 줄 알았다. 박지형 감독은 보기보다 덜 불편한 사람인지 모른다. 그는 나만큼이나 술을 잘 마셨다. 박우진 선배는 마시는 흉내만 내면서도 잘 놀았다. 지수빈은 대화 중간중간 끼어들어 한 마디씩 해 댔다. 기억에 남는 말은 없지만. 오늘, 성현 선배는 주로 듣는 쪽을 하기로 한 것 같다. 갑자기 박 감독이 그녀에게 질문했다.

"성현 씨 감명 깊게 읽은 책이 뭐예요?"

"박 피디, 지금 소개팅 해?"

박 감독이 안 피디의 말을 가볍게 무시하고 다시 물었다.

"다들 똑같은 질문 할 거니까 기다리고 있어요. 나이순으로 질문하는 겁니다. 감명 깊게 읽은 책이 뭐예요? 책 안 읽어요?"

"……《노인과 바다》라고 하면 웃으실 건가요?"

"혹시, 헤밍웨이가 1953년에 노벨 문학상 받은 그 책 말하는 겁니까?"

"하여간 박 피디 기억력 쩔어. 뭘 그런 것까지 기억해?"

성현 선배가 박 감독의 얼굴을 바라보며 대답했다.

"54년에 받았어요. 노벨 문학상은. 53년에 받은 건 퓰리처상이고."

"그래요?"

"아마도요."

"어마, 두 사람 어떻게 그런 걸 다 기억해요?"

우진 선배가 휴대폰으로 《노인과 바다》를 검색했다. 성현 선배 말이 맞았다. 52년 작품 출간. 53년 퓰리처상 수상. 54년 스웨덴 한림원은 그 작품을 그해의 노벨 문학상 수상작으로 선정한다. 성현 선배 목소리가 다시 들렸다.

"며칠 전에도 읽었거든요."

숫자에 집착하는 사람처럼 박 감독이 다시 질문을 던졌다.

"기억력 좋네요. 그럼 그 마초 노인이 잡은 청새치가 몇 미터짜린지 기억해요?"

"5미터 좀 넘는다고. 근데 제 생각에 그 노인은 마초가 아니에요."

그 시점에서 안 피디가 슬쩍 끼어들었다.

"《노인과 바다》 읽은 사람?"

손 드는 사람이 아무도 없었다. 나는 너무 오래전에 읽어서 내용이 가물가물했다. 제목을 '노인과 소년과 바다'라고 붙여도 좋겠다, 그 생각을 했던 기억은 난다. 박 감독의 질문이 이어졌다.

"헤밍웨이가 연상의 여자를 유독 좋아했던 거 알아요? 〈온리 원〉의 김재현처럼. 첫 부인도 아홉 살이나 연상이었지."

"연상을 좋아했을지는 모르지만, 김재현하고는 다르죠. 아주 많이. 헤밍웨이는 네 번이나 결혼했잖아요. 불륜과 재혼을 거듭하면서. 그럼 '온리 포'인가?"

"만난 여자는 많았지만, 그가 진정 사랑한 여자는 결국 작가로 성공하기 전에 살았던 첫 번째 부인이었어요."

"그걸 어떻게 장담해요?"

마른안주를 집어 먹던 안영하 피디가 기분 좋은 웃음소리를 냈다.

"아, 재밌어! 《노인과 바다》로 이런 얘기가 나올 줄 미처 몰랐네."

"후회한 날들도 많았겠죠. 인생이 뜻대로 안 돼서 그렇지."

"뒤늦은 후회가 무슨 소용이에요? 심지어 헤밍웨이에게 헌신적이었던 첫 아내의 친구와 바람까지 났는데? 수려한 외모의 천재적 재능을 소유한 작가에게 주는 면죄부 같은 건가요? 잘난 사람이니까 그 정도 여성 편력은 이해해 줘야 한다?"

"혹시, 전 남친이 바람나 헤어졌습니까?"

박 감독의 노골적인 물음에 놀란 건 나만이 아니었다. 안 피디가 혀를 차면서 성현 선배의 술잔을 얼른 채웠다.

"하여간 박 피디. 여배우한테 무슨 그런 질문을 하냐? 성현 씨 얼굴을 봐라. 먼저 버리면 버렸지……."

"괜찮아요."

"뭐가 괜찮아요. 듣는 나도 불편한데. 설마 박 감독, 헤밍웨이의 여성 편력이 부러운 거야?"

"사랑이 식으면 헤어지는 거지. 그게 쿨 한 거 아닌가. 그럼 억지로 살아요?"

질문은 안 피디가 했는데 박 감독의 대답은 성현 선배를 겨냥했다.

"누구에겐 사랑을 위해서라면 지옥도 따라갈 남자로 보일지 모르겠지만, 저한테 그분은 불륜의 아이콘이라서요. 능력 있는 여자를 잡아서 가정주부로 만들어 놓고, 아내의 친구와 바람나는 게 쿨 한 거라면 할 말 없지만요. 그래서 전 그의 작품은 좋아해도 남자로서의 헤밍웨이는 좋아하지 않아요."

나는 방금 들은 그녀의 말을 되씹었다. 사랑, 불륜, 바람. 박 감독이 성현 선배에게 재차 물었다.

"그럼 다시 돌아가서, 도대체 《노인과 바다》가 왜 좋습니까?"

"좋은 게 아니라……. 네, 좋긴 하죠."

"무슨 대답이 그래요?"

나 역시 다음 대답이 기다려졌다. 내리깐 두 눈 아래로 속눈썹 그림자가 길게 드리워져 있었다. 반쯤 비워진 술잔을 바라보던 성현 선배가 천천히 입을 뗐다.

"그 책을 읽으면…… 살아야겠다는 생각이 들어요."

성현

남자들은 내게 언제나 친절했다.

나에게 껌이나 사탕을 주고 싶어 안달하던 꼬맹이들은 귀여웠다. 내 가방을 들어 주고 싶어 하던, 책갈피 안에 연애편지를 슬쩍 꽂아 놓던 남자애들은 그나마 순진한 편에 속했다. 말 몇 마디 나누었을 뿐인데 나와 단둘이 영화를 봤다고, 내 손을 잡았다고 소문내던 남학생들까진 참을 수 있었다.

그러나 세상은 우리 집 주방 식탁 앞이 아니다. 질투와 시기, 음모와 배신, 비난과 거짓이 난무하는 난수표 같은 장소. 그것이 세상 전부는 아니겠지만, 스물이 넘어서부터 세상은 내게 종종 그렇게 비쳤다.

지금은 포기한 생각. 세상이 우리 아빠처럼 안전한 남자들로 가득 차 있다면 얼마나 좋을까. 시험 볼 때 다가와 모르는 문제의 정답을 슬쩍 찍어 주며 어깨를 주무르던, 내 다리를 쳐다보며 스타킹에 구멍 났네, 하며 등에서 엉덩이에 이르는 거리를 은근히 쓰다듬던 남자 교사들. 내게 술을 억지로 먹이고 싶어 하던 남자 선배들, 데이트 몇 번 했을 뿐인데 나의 전부를 소유해도 된다고 쉽게 판단하던 남자들.

내 의사와는 상관없이 나를 두고 두 남자가 싸우는 황당한 일도 있었다. 이런 종류의 일은 길지 않은 내 인생에서 드물지 않게 일어났다. 그런 일이 생길 때마다 나는 나를 먼저 질책했다. 나는, 사랑 앞에서만큼은 소심한 여자로 성장했다.

내 연기 파트너들은 나를 좋아했다. 이상한 일이라고 생각하지는 않는다. 나 역시 그들을 좋아하는 척했으니까. 내가 사랑하려고 노력한 건 그들이 연기한 가상의 인물이었다. 카메라를 벗어난 장소에선 필요 이상의 상황을 만든 적이 없었다. 그런데도 스캔들이 터졌다.

개중엔 날 진심으로 사랑한다고 고백했던 사람도 있었지만, 결국은 사랑보다는 인기를 택했다. 스캔들이 터지면 어떤 식으로든 내게서 등을 돌렸다. 애매한 뉘앙스를 풍겨 기사에 확신을 주던 남자도 있었고, 절대 아니라고 공공연하게 잡아떼 나만 이상하게 만든 남자도 있었다. 단 한 사람만 제외하고 모두 내게 사과했다. 뒤에서. 뒤늦게. 개인적으로만.

"감명 깊게 읽은 책이 뭐예요?"

박지형 감독의 뜬금없는 질문은 까맣게 잊고 있던 기억을 슬며시 깨웠다.

"……책 안 읽어요?"

2년 전쯤 소개받았던 남자도 같은 질문을 했었다. 내가 《노인과 바다》라고 대답했을 때 돌아온 답은 미소와 웃음의 중간쯤이었다. 아, 내가 읽지도 않은 명작을 읽은 체한다고 생각하는구나. 지금은 얼굴도 기억 안 나는 그 남자는 그 책 좋죠, 하며 금방 화제를 바꿨다. 본인이 세련되고 멋있다는 걸 온몸으로 알고 있는 사람이었다. 그날 밤 나는 애프터 신청을 받았지만 거절했다.

내가 《노인과 바다》를 처음 읽은 건 중학교 2학년 때였다. 깨알 같은 글씨의 문고판 시리즈. 도대체 엄마는 이 재미없는 책을 왜 읽으라고 한 거지? 《빨간 머리 앤》이나 《비밀의 화원》, 《셜록 홈스》 시리즈보다 백배는 재미없는 책. 그게 《노인과 바다》에 대한 내 첫인상이었다.

세월이 흘러 20대 중반 끝자락 즈음 그 책을 다시 읽게 됐다. 날 잡아 대청소하며 책장 꼭대기의 먼지를 닦아 내던 나는 색이 바래다 못해 속지까지 갈색으로 변한 《노인과 바다》를 발견했다. 걸레를 던져 놓고 베란다 창에 기대 책장을 펼쳤다. 앞표지를 넘기자 단정한 글씨로 쓰인 엄마의 메모가 보였다.

우리 성현이가 이 책을 읽고 감동한다면 아마도 다 자란 거겠지.
그러길 바라야 하나 생각하며
사랑하는 우리 딸에게 《노인과 바다》를 선물한다.

커피를 새로 만들어 들고 소파에 앉아 책을 읽기 시작했다.

두 시간 뒤쯤 그 책을 다 읽었을 때 내 얼굴은 눈물의 흔적으로 벌겋게 얼룩져 있었다.

상어 떼에 공격당해 몸이 뜯긴 청새치 따위는 중요하지 않았다. 나는 산티아고 노인에게 한 줌의 소금이나 라임이라도 가져다주고 싶었다. 말벗이라도 하게 소년을 데려다주고 싶었다. 노인에게 물과 음식을 안겨 주고 따뜻한 침대에 눕혀 쉬게 해 주고 싶었다.

끝없이 넓은 바다에 외로이 떠 있는 노인의 거친 인생과 안식 없는 삶이 안타깝고 가여웠다. 아, 이제 난 다 자란 걸까. 어른이 된다는 건 이런 걸까. 이렇게 외롭고 힘들어야만 어른인 걸까. 그친 줄 알았던 눈물이 다시 흘러나왔다. 지쳐 잠든 산티아고 노인을 발견한 소년처럼 나는 오랜만에 마음 놓고 펑펑 울었다.

현실은 폭풍이 몰아치는 바다처럼 진부하게 다가올 때가 있다. 보는 각도에 따라 세상은 다르게 비친다. 사람들은, 똑같은 현상을 보고 같게 판단하지 않는다. 같은 말을, 같은 장소에서 듣고도 다르게 해석한다.

상대 배우의 아내라는 여자가 드라마 촬영장으로 나를 찾아온 적이 있었다. 그 유부남 배우의 아내에겐 처음 있는 일이 아니었던 모양이지만, 내겐 처음이었다. 그 여자는 내 말은 믿지만 자기 남편은 못 믿는다는 식의 말을 하며 눈물을 흘렸다. 나는 그녀의 눈물이 당황스러웠다. 있지도 않은 일을 해명해야 하는 그 시간이 황당하고 수치스러웠다.

배우의 아내는 내게 손찌검을 하지도 험악한 욕설을 하지도 않았으나 그 여자가 부은 눈으로 돌아가는 걸 본 사람들이 있었다. 그 사실만으로도 소문은 자라났고 나날이 사채 이자처럼 불어났다. 소문이 사실로 변하는 건 시간문제였다.

얼마 뒤 뜻밖의 기사가 주간신문 한 귀퉁이에 게재됐다. 그 기사에서 나는 S라는 이니셜로 표현됐고 그 남자는 K라고 등장했다. 네티즌들은 그게 누군지 금방 밝혀냈다. 지난주 종영한 드라마의 남자 주인공인 인기 배우 K와…… 그렇게 시작하던 기사. 내용상 그 남자와 바람난 여배우가 나라는 걸 쉽게 짐작할 수 있었다.

내 마지막 스캔들의 상대 배우는 대외 이미지가 꽤 좋은 영화배우 겸 탤런트였다. 그는 키스신을 할 때면 구역질나는 혀를 집어넣어 내 입안을 휘젓곤 했다. 그렇게까지 안 해도 될 장면인데도 늘 도를 넘어서 스킨십을 해 댔다. 싫어하는 티를 냈음에도. 키스가 그렇게 혐오스러울 수도 있다는 걸 그를 통해 처음 알았다.

그 짧은 기사가 결정타였다. 사람들은 확인 절차도 거치지 않은 추문을 술안주처럼 씹으며 즐겼다.

그 뒤로 내게 손을 내미는 제작사가 없었던 건 아니지만, 내 이미지는 이미 헐값으로 넘어간 뒤였다. 그들은 계약 직전에서야 노출을 할 수도 있다는 단서를 달곤 했다. '할 수도 있다'는 건 '반드시 해야 한다'는 우회적 표현이었다. 배우인 내게 연기가 아닌 것을 요구하는 사람들도 있었다. 은근하게, 혹은 노골적으로. 계약은 모두 없었던 일이 됐다.

그 유부남 스타와의 스캔들은 스물여섯 내 인생에서 가장 치명적인 기록이었다. 대기실에 몇 시간을 앉아 있어도 누구하나 먼저 말 걸어 주지 않았고, 속수무책으로 그 공간을 견뎌야 했다. 나는 제대로 해명할 기회조차 얻지 못했다. 그 남자는 그 문제에 대해 침묵으로 일관했다. 감춰 둔 전적이 화려한 그로선 긁어 부스럼 만들 이유가 없었으리라.

"그럼 다시 돌아가서, 도대체 《노인과 바다》가 왜 좋습니까?"

박 감독은 집요한 사람이었다. 헤밍웨이는 평생 결혼과 이혼을 반복했다. 나는 산티아고 노인이 마치 여자 같다고 표현했던 바다를 평생 묵묵히 지켰던 데 비해 헤밍웨이는 결혼 생활을 견뎌 내지 못했구나 하는 생각에 실망이 컸다. 견뎌 내지 못한 정도가 아니라 그는 대개 상처를 주는 쪽이었다.

좋은 글과 좋은 인간의 경계는 어디서부터 어디까지일까. 헤밍웨이가 원한 인생은 과연 어떤 것이었을까.

박 감독은 진지한 얼굴로 내 대답을 기다렸다. 뭐라고 하지? 차라리 죽고 싶었을 때 그 책을 읽게 되었다고? 상어 떼에 물어뜯긴 것 같은 너덜너덜한 내 인생도 나름 가치가 있다는 걸 깨닫게 되었다고? '반밖에' 안 남은 술잔으로 보이던 인생이 '반이나' 남은 술잔으로 다시 보이게 됐다고? 무엇보다 내게는 산티아고 노인에겐 없는 것이 있었다고?

나는 스타를 꿈꾸지 않았다. 유명한 배우가 되지 않아도 괜찮았다. 그저 연기가 좋았다. 세상에 없는 줄만 알았던 새로운 나를 발견하는 순간들이 가슴 저리게 행복했다.

"그 책을 읽으면…… 살아야겠다는 생각이 들어요. 그래서 좋아요. 《노인과 바다》가."

순간 주위가 조용해졌다. 아차, 싶었다. 술김에 너무 진지했구나. 고개를 들어 보니 사람들이 나를 주목하고 있었다. 나를 보지 않는 건 서재유뿐이다. 이 사람들 마음속에 지금 어떤 그림들이 그려질까. 내 입에서 나온 바람, 불륜 같은 단어들을 되새기며 어디선가 한 번 정도는 들었을 내 과거를 떠올릴까. 그냥 《빨간 머리 앤》을 감명 깊게 읽었다고 할 걸 그랬다.

"열심히 살아야겠다고요. 여든 넘은 할아버지도 그렇게 열심히 사는데."

박 감독이 나를 뚫어질 듯 응시했다. 이 남자 참 부담스럽다. 그 옆의 안 피디가 혼잣말처럼 얘기했다.

"에효, 성현 씨. 좋은 말이긴 한데, 꼭 열심히 살아야 하는 거야? 대충 살아도 잘 먹고 잘살 순 없는 거야? 난 인생이 이런 건 줄 알았으면 하루살이로 태어날 걸 그랬어. 우리 엄마가 키우는 강아지 백살이로 태어나거나."

"강아지 이름이 백살이에요? 뱃살이 아니고?"

웃음기 어린 박우진의 물음에 안 피디가 마주 보며 빙긋 웃었다.

"백살. 백 살까지 살라고 지어 주신 이름인데, 걔 인생이 나보다 백배는 낫다니까. 지가 돈을 벌어? 집안일을 해? 육아에 시달려? 끼니때면 밥 차릴 걱정을 해? 개 팔자라는 말은 백살이 같은 애 보고 나온 말이 분명해. 걔랑 인생 체인지 하고 싶을 때가 한두 번이 아니야."

나도 얼마 전까지는 반려견을 키웠다. 지금은 본가에 보냈지만. 얘기가 쓸데없이 길어질까 봐 그 말은 꺼내지 않았다.

박 감독이 자기 잔에 술을 따르며 안 피디를 흘깃 바라보았다. 적어도 여배우에게 술 따르라고 강요하는 감독은 아닌 것 같다.

"가만 보면 안 피디 은근 단순 무식해. 그 단순한 생각과 머리로 어떻게 드라마를 만들까. 난 그게 미스터리다. 아무리 쉽고 재미있는 것만 추구하는 세상이라지만."

"당신도 결혼해서 지지고 볶으면서 살아 보세요. 내 말에 천 번이라도 수긍할 테니까. 단순하게 사는 건 쉬운 줄 아십니까?"

"그래서 안 하잖아요, 결혼. 자, 이번엔 박우진. 우진 씨도 고전이야?"

"죄송하지만 전 그런 거 안 읽는데요."

"그럼 어떤 거 읽는데?"

"제가 수십 번을 읽어도 늘 감명 깊은 책은……. 아, 우리 회사 대표님이 이런 말 하지 말라고……."

나는 박우진이 《성경》이라고 대답할 줄 짐작하고 있었다. 우진인 독실한 기독교 신자였다. 세 번째로 질문을 받은 사람은 서재유였다. 잠시 머뭇대던 그는 꼭 한 권만 말해야 하는 거냐고 되물었다.

"아니. 세 권 말해도 좋아요."

그 아이 입에서 제목부터 아주 달라 보이는 두 개의 책 제목이 흘러나왔다. 멍하니 술잔을 응시하던 나는 시선을 돌려 대각선 쪽에 앉은 서재유를 바라보았다. 피터 드러커의 《매니지먼트》와 《내 이름은 삐삐 롱스타킹》. 하나는 나도 읽은 책이고, 하나는 처음 들어 본 책이었다.

"피터 드러커가 누구예요?"

이렇게 질문한 건 막내 수빈이었다. 박 감독이 대신 가르쳐 주었다.

"미국의 유명한 경영학자. 지금은 작고하셨지만. 너 작고란 말뜻은 아냐?"

그 애가 얼굴을 붉히며 대답했다.

"돌아가셨다는 거잖아요."

"알면 됐어. 근데 서재유, 그 책이 감명 깊었다고?"

"감명 깊다기보다는 재미있었어요."

"나도 재미는 좀 있더라."

"헉! 경영학자가 쓴 책이 재미있대. 재유 씨도 우리 남편하고 같은 과구나. 비주얼은 영 딴판이지만."

안 피디의 말에 서재유가 부드럽게 미소 지었다. 대중에게 보이기 위해 연습한 웃음일지라도 보기 좋다는 건 인정해야 했다. 다시 박 감독의 질문.

"피터 드러커의 어떤 점이 재미있는데?"

"내용도 흥미롭긴 했는데, 전 그 할아버지가 한 말들이 좋아요."

"할아버지? 예를 들면 어떤?"

종일 누적된 피로와 술기운에 잠겨 갈라진 서재유의 목소리
가 내 귀로 와서 하나하나 박혔다.

"미래를 예측하는 건 눈 감고 어두운 밤거리를 차를 몰고 달
리는 것과 같지. 그것도 한 점 불빛 없이 차 뒷유리만 보고. 그
런 거요. 이거 말로 하니까 되게 이상하다. 그냥, 저와 여든 살
이나 차이 나는 똑똑한 할아버지가 저하고 비슷한 생각을 했다
는 게 신기했어요. 그렇게 오래 살았어도 사람은 다 비슷하게
느끼며 사는 건지, 아니면……."

조각처럼 잘생긴, 시크한 척하려는, 내성적인 성향의 스타
인 줄만 알았던 서재유의 말에서 한 치 앞도 짐작하기 어렵던
스물여섯의 내가 복사된 것처럼 느껴졌다. 남극과 북극의 거리
만큼이나 멀어 보이는 서재유의 스물여섯 살과 백성현의 스물
여섯 살도 알고 보면 크게 다르지 않은 걸까. 오늘 낮 스튜디오
에서 날 힘들게 하던 서재유와 늦은 밤 술자리에서 마주한 서
재유는 같으면서도 아주 달라 보인다. 피터 드러커의 책을 읽
어 볼까, 그 생각도 들었다.

"그 노인네 멋있네. 경영학자가 아니라 시인 같다. 그나저나
박 피디는 언제부터 경영학 책까지 읽었나?"

인기 드라마의 대사 톤을 흉내 낸 안 피디의 말에 다들 가벼
운 웃음을 터트렸다.

"나도 이름 정도만 알았는데, 일본 소설 읽다가 궁금해서 찾

아봤어. 당신 남편이 읽는 책에도 피터 드러커가 몇 권은 들어 있을 거다."

"우리 부부는 책 공유는 안 해. 당최 읽고 싶은 책이 없어요. 그분 책장엔."

박지형 감독이 서재유의 술잔을 다시 채웠다. 얼굴만 봐선 두 사람 다 가장 많이 마시고도 취한 티가 제일 안 났다. 술이 세다는 공통점을 가진 두 남자. 피터 드러커를 알고 있는 두 남자.

"혹시 미래를 예측하는 가장 훌륭한 방법은 바로 직접 만드는 것이다, 그런 말에도 꽂혔냐? 그것도 피터 드러커가 한 말인데."

"그런 식의 듣기 좋은 말은 저도 만들 수 있어요. 그 할아버지가 한 말 중 제일 별로예요."

난 서재유의 대답이 마음에 쏙 들었다. 박 감독이 서재유의 얼굴을 들여다보며 씩 웃었다. 재유는 웃지 않았다. 아! 이 아이 특별한 데가 있다. 잘 다듬어진다면 더 특별한 존재가 될지도. 나는 아까부터 그가 삐삐 롱스타킹을 좋아하는 이유가 궁금했다.

"아스트리드 린드그렌 좋아해요?"

서재유가 내 쪽으로 얼굴을 돌리며 입을 열었다.

"네. 그분이 친할머니였으면 좋겠어요."

자라면서 우리 엄마가 《내 이름은 삐삐 롱스타킹》의 작가 아스트리드 린드그렌 같다는 생각을 종종 했었다. 서재유의 엉뚱한 대답은 나를 미소 짓게 했다.

지수빈도 그에게 궁금한 게 있었다.

"그 사람은 누구예요?"

서재유가 그 애 쪽을 바라보며 대답했다.

"삐삐 시리즈를 쓴 스웨덴 작가예요."

얼굴이 더 붉어진 지수빈이 어려서 삐삐 드라마 되게 좋아해서 자주 봤는데, 라며 웅얼거렸다. 수빈이란 저 아이, 드라마 캐릭터에 맞게 벌써부터 서재유를 좋아하게 된 것 같아. 그 생각이 들면서 갑자기 술자리가 재미있어졌다. 멜로드라마를 찍다 보면 사랑에 빠지기 쉽지. 나이가 어릴수록 더더욱.

박우진이 눈치 빠르게 〈말괄량이 삐삐〉의 주제곡을 흥얼거렸다. 이번엔 안 피디가 물었다.

"《내 이름은 삐삐 롱스타킹》은 왜 감명 깊은데요?"

"감명까지는 아니고요."

서재유가 말을 멈추고 작은 한숨을 내쉬었다. 저 아이, 평소보다 말을 너무 많이 한 게 아닐까. 오늘 치 분량의 말은 이미 다 써 버린 게 아닐까. 우진이가 오늘 너무 무리하는 거 아니냐며 내 술잔에 양주를 따를 때 서재유의 느린 목소리가 다시 들려왔다.

"삐삐는…… 내가 못하는 걸 씩씩하게 잘하니까. 되게 뭐랄까, 존경스러워요."

"하하하. 존경씩이나? 재유 씨, 은근 재미있네?"

밝게 퍼지는 안 피디의 목소리를 들으며 생각했다. 아, 이 아이 진짜 왜 이러지? 그가 느꼈던 감정을 여든 살이나 많은 피터 드러커가 말해서 신기했던 것처럼, 언젠가 내가 삐삐 시리즈를 읽으면서 생각했던 걸 서재유도 느꼈다니 신기했다.

그때 테이블 위의 휴대폰이 살짝 움직였다. 액정 화면을 들여다보던 서재유가 눈살을 찌푸렸다. 곧이어 안 피디에게도 문자가 왔다.

"아, 이 인간, 그새를 못 참고!"

아마도 남편인 것 같다. 박 감독이 그 모습을 보며 실실 웃었다.

"왜? 데리러 온대?"

"택시 타고 간다고 했는데도 그러네. 아직 12시도 안 됐구먼."

"걱정되시나 보죠."

지수빈이 다소 꾸며진 목소리로 이어 말했다.

"되게 가정적이신가 봐요. 안 피디님, 좋으시겠어요."

안 피디가 흐흐흐 하며 묘한 표정을 지었다.

"이건 뭐 살아 보라고 할 수도 없고. 너무 미안해서."

번번이 동석한 사람들을 웃긴다. 난 정말 안 피디가 좋아졌다.

"수빈 씨, 이런 남자랑 결혼하면 배우 생활 못 해. 박 감독, 전화 좀 하고 올게. 자, 마셔요. 맘껏 놀라고."

안 피디가 룸을 나가자 박 감독이 서재유와 지수빈에게 동시에 물었다.

"댁들도 빨리 나오라고 매니저가 전화했어? 수빈인?"

"전 밖에서 기다리고 있어요. 끝날 때 연락하라고."

"서재유는?"

"혼자 간다고 했어요."

"혼자 가게 놔둬? 귀하신 몸을?"

"저는 그러고 싶은데, 아마 근처 어디서 기다릴 거예요."

"우진 씨는?"

"저희 대표님은 방목 스타일이라. 제가 워낙 알아서 잘하니까요. 사고도 안 치고."

박우진 말에 웃음이 터진 나를 박 감독이 힐긋 바라보았다.

"성현 씬 기다리는 매니전 없을 테고. 집이 어디예요?"

"여기서 정반대 쪽이요."

"안 찾아가요. 뭘 그리 애매하게 말해. 차 갖고 왔죠?"

"네."

"제작 발표회도 안 했는데 음주 운전 하면 절대 안 되는 거 알죠? 대리 불러야 하나."

"제가 알아서 갈게요. 부를 사람도 있고."

"그래요. 그럼."

다시 들어온 안 피디가 앉자마자 술부터 따라 마셨다. 그 모습에 박 감독이 이맛살을 찌푸렸다.

"안 피디, 술도 체한다. 급히 마시면."

"진짜 말도 더럽게 안 들어. 늦게 돌아다니는 게 그렇게 싫으면 공무원이랑 결혼했어야지!"

"하루 이틀도 아닌데 뭘 그래."

"하루 이틀이 아니니까 그러지!"

수빈이가 안 피디를 보며 순진한 표정을 지었다.

"남편분이 안 피디님을 되게 사랑하시나 봐요."

"아이고, 수빈 씨. 나도 결혼 전엔 그런 줄 알았지. 그냥 습관이야. 성격이고. 나 아니라 어떤 여자하고 결혼했어도 그랬을 거야. 아이 씨, 몰라! 오든 말든. 잠든 애까지 들쳐 안고 왜 저러는 건데? 처량 맞게!"

그게 습관이든 성격이든 애정이든 간에 부럽다는 생각이 들었다. 늦은 귀갓길을 걱정해 데리러 와 주는 남자가 있는 여자. 박 감독이 안 피디를 바라보며 씨익 웃었다.

"내가 가는 길에 데려다준다고 하지 그랬어?"

"그 말 안 했겠어? 아, 이 사람 혹시 박 감독 보고 싶어서 일부러 오는 거 아니야?"

"워워. 그러지 마."

재미있다, 이 두 사람. 술잔의 술을 마저 비웠다. 종일 긴장했던 터라 유독 피곤한데 쉽게 취하지도 않았다. 안 피디가 조금 전부터 나를 바라보고 있는 게 느껴졌다. 내 몫의 잔에 술을 채워 준 건 박 감독이었다. 안 피디가 내게 말을 걸었다.

"성현 씨 은근 술 세네요?"

"그때그때 달라요. 좋잖아요, 약간의 알코올."

"이렇게 가까이서 오래 보는 건 처음인데, 되게 안 질리는 얼굴이네. 그 얼굴로 살면 인생이 어때요?"

예쁘다는 말. 아주 어렸을 때부터 들어 왔던 말이다. 기억에 조차 없는 때부터. 아빠는 늘 내 얼굴을 들여다보며 우리 성현인 별보다 더 예뻐, 하시곤 했다. 어려선 그 말이 그저 좋았다.

자라는 내내 예쁜 얼굴이 뭔가를 쉽게 얻게 해 줄 때가 많긴 했다.

그러나 예쁜 얼굴이 세상 모든 것을 가져다주진 않는다. 뺏어 갈 때도 있다. 질투를 불러일으키는 외모는 독에 가깝다. 하지만 이런 생각을 밖으로 꺼내는 건 쉽지 않은 일이다. 자칫하면 욕먹기에 딱 좋은 표현이니까.

"솔직하게 말하면 욕하실 거예요."

"난 아주 예쁜 사람한텐 질투도 안 나던데. 눈이 즐겁잖아."

"저도 잘생기고 예쁜 사람 보면 좋아요. 그래서 지금 되게 즐거워요."

"하긴, 다들 너무 잘났다! 네 사람 모두."

그때 박우진의 입에서 또랑또랑한 목소리가 흘러나왔다.

"아우, 이렇게 또 비공식적으로 미남인 걸 인정받나?"

나는 으이그, 하며 박우진의 팔을 툭 때렸다.

"지금 나한테 애교 부리는 거예요? 그럼 기꺼이 받아 주고."

안 피디가 그런 우진을 보며 깔깔 웃을 때, 조용히 있던 박지형 감독이 찬물을 듬뿍 끼얹었다. 분위기를 반전시키기에 딱 적절한 온도의 대사였다.

"이 바닥에 흔해 빠진 게 미남 미녀인데 뭘. 그래 봐야 가죽일 뿐이야."

"표현 하고는. 가죽이 뭡니까? 자기가 한 번도 잘생겨 보지 않았다고 그렇게 막말하면 안 되지. 어떻게 같은 박 씨인데 이렇게 달라?"

"내가 어디가 어때서? 이 정도면 동네 훈남 정도는 할 비주얼이지."

"그렇게 생각하면 마음이 좀 편해요? ……아, 어떡해! 우리 남편 도착했나 봐!"

재유

이 동네 만홧가게엔 볼 만한 만화가 거의 없다. 비디오 가게는 너무 작다. 최신판 DVD를 기다리다가는 내 목이 아프리카 기린처럼 늘어날 것이다. 대놓고 추천할 일은 아니지만 지난해 형의 잠적으로 챙긴 돈은 요긴하게 잘 쓰고 있다. 중고 캠핑카를 사 손본 뒤 여기저기 돌아다니면서 내키는 곳에 몇 주씩 머문다.

여긴 강원도 양양의 작은 바닷가. 배를 얻어 타고 나가 바다낚시를 하거나 만화를 수십 권씩 빌려 놓고 몇 시간 내리 읽기도 한다. 아직 이른 봄이라 관광객도 많지 않고, 근처에 오토캠핑장이 있어서 생활하는 데 큰 불편함은 없다. 적어도 올봄까지는 백수로 지낼 생각이었다.

기본 의상은 언제나 트레이닝복. 마음에 드는 디자인으로 색깔별로 몇 벌씩 사 두고 돌려 가며 입는다. 이 동네에서 내 이름은 잘생긴 총각이다. 작은 돗자리나 좌판을 펼치고 장사하는 할머니들은 내게 거스름돈을 주며 늘 잘생긴 총각이라는 접두사를 붙인다. 예쁜 총각이라고 하는 분도 있다. 나는 '총각' 정도면 충분히 만족한다.

머리를 길러서 묶고 다닐 때도 있었는데 이젠 모자를 쓰고 선글라스를 하고 다닌다. 촬영이 시작됐으니 또 언제 불려 갈지 모르므로 얼굴이 타지 않도록 주의해야 한다. 아니면 형의 팬들에게 선크림도 안 바르고 달리기하다가 탔다고 거짓말해야 하니까. 겨울이 막 지난 이 시점에서 말이다. 거짓말은 정말 피곤하다.

만화책이나 볼까 하는데 문자가 왔다. 액정에 찍힌 일곱 글자. 두 얼굴의 사나이.

지금 통화 가능한가?

백수인 내가 전화를 걸었다.
— 아직 동해 쪽이냐?
"네."
— 추운데 뭘 그렇게 돌아다녀.
"춥긴요. 이젠 봄인데. 촬영은 잘한대요?"
— 열심히는 하지. 어제 제작 발표회 했어.
"그래요? 앞으로도 쭉 열심히 하라고 전해 주세요."
— 조금 더 가까이 와서 놀지 그래? 서울 근교쯤?

"서준유를 믿어 주시죠. 이제 스물여섯인데."

— 믿지. 보통 때의 준유는.

"설마 이 드라마를 펑크 내겠어요? 그냥 단…… 그거 뭐죠? 1회만 방송하는 거?"

— 단막극?

"네, 그거요. 단막극도 아니고 광고도 아닌데 감히 그런 만행을 저지르겠어요? 작가가 온리 서재유를 위해 쓴 대본이라면서요. 아! 가만, 그럼 주인공 김재현의 재도 서재유의 재에서 따온 이름인 거예요?"

— 빙고.

"진짜 유치하다. 배울 만큼 배운 사람이 왜 그런대요?"

— 그게 왜? 오글거리고 좋잖아? 근데 말이야, 내가 말했던가? 우리 집에 방이 아주 많다고?

"부자시네요. 자랑할 만하세요."

정문용 대표의 호탕한 웃음소리가 귓속을 쩡쩡 울렸다.

— 방 하나 치워 놓을까?

"전 제 오두막이 좋습니다. 용건 더 없으시면 끊을게요."

— 몸조심해라. 술 마시고 아무 데서나 자지 말고. 입 돌아가.

"아, 사장님! 저 이제 그런 짓 안 한다고요. 언제 적 얘기를."

— 그래도 그때가 좋았던 것 같다. 가수 서재유가 취해서 벤치에서 잠들었다고 연락받고 발바닥에 불나게 데리러 갔을 때가. 너 그때 지갑도 잃어버리고 아주 가관이었는데. 주머니에 내 명함 없었으면 어쩔 뻔했어?

"피차 그런 과거는 잊을 때도 됐잖아요. 시간을 돌리는 건 하느님도 못 하는 거니까."

— 바닷가에서 도 닦냐? 드라마엔 타임 슬립도 많이 나오더구먼. 나도 늙어 가나 보다. 그렇게 기대했는데도 막상 드라마 시작하니까 소화가 안 되네. 서재유 팬텀에선 내가 또 '이 죽일 놈의 사장'이 됐다는 거 아니냐. 허구한 날 일만 시킨다고. 다 내가 시켜서 하는 줄 알아요. 지들 오빠가 한다고 고집하는 건 모르고. 성현 그 여자도 내가 집어넣었나? 소문처럼 그렇게 이상한 여잔 아니라던데, 이미지가 워낙에 그 모양이라. 그것까지 나보고 어쩌라는 건지.

"복잡하네요. 갑갑하고."

— 아직 두 사람 캐릭터가 따로 노나 봐. 권 이사가 촬영장 다녀오더니 걱정을 좀 하더라.

"차차 어울리겠죠. 이제 시작인데요, 뭐."

— 연애를 별로 안 해 봐서 그런가. 어떤 땐 대리석으로 만들어 놓은 것 같아. 방에 여자를 넣어 줄 수도 없고.

"으하하. 저랑 내기하실래요? 방에 여자 넣어 주면, 내쫓을지 받아들일지?"

— 사실…… 그 비슷한 제안을 한 적 있었어. 예전에.

"진짜요?"

— 난 니 형이 그렇게 화내는 거 그때 처음 봤다. 나도 다른 뜻이 있어서가 아니라 준유도 남잔데 싶어서……. 됐다. 그만 하자. 이거 절대 형한테 내색하지 마라.

"그 인간 은근 로맨티시스트예요. 그래도 연애는 몇 번 하지 않았나."

— 누구하고 연애를 해? 스웨덴에서?

"아니, 한국에서요. 나이가 몇인데 연애 한 번 안 해 봤겠어요?"

— 니가 생각하는 식의 연애는 글쎄다. 매니저가 모르는 연애는 있을 수가 없지.

"헐, 어려선 그 정돈 아니었는데. 엄마한테 되게 다정했어요. 저하곤 달라서 엄마가 좋아했는데. 지금도 그렇지만."

— 그건 엄마고. 형이 말이 없어서 그렇지 주변 사람들한테 잘하긴 하지. 너하고 통화하니까 좀 살 것 같다. 살찌면 안 된다. 끊자.

며칠 새 인적 드문 동네도, 작은 모래밭이 늘어선 바다도, 소나무가 우거진 오토캠핑장도, 바다낚시도 시들해졌다. 더는 카메라에 담아 두고 싶은 장소도 없다. 떠나야 할 때가 됐다.

타국의 친구들이 보고 싶다고 전화를 해 대지만, 한나절 만에 오갈 거리가 아니므로 그 빌어먹을 드라마가 끝나기 전까지는 움직일 수도 없다. 촬영은 벌써 시작됐으니.

그러나 그게 나와 무슨 상관인가. 아, 돈을 받았지. 게다가 그 돈은 벌써 다 써 버렸지. 입금되자마자 남은 대출금을 갚았다. 미쳤지. 그 집을 왜 샀을까. 고작 방 두 개짜리 아파트를.

연습생이 된 지 채 1년 반도 안 되어 형의 첫 앨범이 나왔다.

한마디로 파격적인 일이었다. 그 1년 반 사이 무슨 일이 일어났는지는 잘 모른다. 부모님도 형의 얼굴을 자주 볼 수 없었다고 한다.

〈디퍼런트 페이스Different Face〉라는 제목의 앨범. 앨범 재킷을 보니 그 이상의 적절한 제목은 없어 보였다. 어딘가를 응시하는 옆모습. 목적 없이 헤매는 아련한 눈빛. 어깨까지 내려오는 갈색 머리는 자연스럽게 구불거렸고, 살짝 깨문 입술의 세로 주름은 놀랍게도 섹시했다. 곧고 길게 유영하는 속눈썹, 관자놀이를 누르는 긴 손가락조차 아름다운 그림의 일부처럼 보였다. 메이크업 때문일까. 이름을 말하지 않으면 형인지 몰라볼 정도였다. 훈련으로 그을린데다 입대 전보다 10킬로 가까이 살이 붙은 내 얼굴에서 재킷 사진에 실린 형의 얼굴을 찾기는 쉽지 않았다.

수록된 곡보다 사진 개수가 더 많았다. 마지막으로 봤을 때보다 키도 더 자란 것 같고 몸도 다부져 보였다. 나중에 들어보니 1년 사이 3센티나 자랐다고 한다. 도대체 뭘 먹인 거지?

서재유의 첫 앨범 〈디퍼런트 페이스〉는 신인 앨범치곤 꽤 히트했다. 팬 카페 회원이 기하급수적으로 늘어났다. 앨범이 열장 팔렸다면 팬은 50명 늘어나는 수준이었다. 노래를 탁월하게 잘했다면 수긍했겠지만, 그것도 아니었다. 댄스 가수였으나 그때까지만 해도 춤이 어설펐다. 사람들은 뭔지 모르지만 형에게 거부할 수 없는 매력이 있다고 했다.

서재유가 부른 댄스곡 〈디퍼런트 페이스〉와 서재유의 차별

화된 얼굴 사진으로 번화가가 도배되던 시절이었다. 제대한 나는 다시 먼 나라로 유학을 가야 했다. 그건 내가 원한 일이기도 했다. 피차 안 보는 게 마음 편했다. 내게는 무한 자유가 주어졌다.

모든 것이 처음부터 의도된 건 아니다. 형이 바란 것도 아니었다. 단지 한 글자 바뀐 이름인데, 한순간 꼬인 스텝은 제멋대로 갈 길을 찾아갔다. 양은 냄비 같은 매스컴은 새로운 스타 '서재유'가 내 이름으로 받은 성적표와 상장들을 보여 주며 어려서부터 대단했던 인물이라고 치켜세웠다. 초등학교까지 찾아갈 줄이야!

같은 초등학교에 다녔던 나의 동창생들과 은사들이 카메라 앞에서 형의 가짜 이름을 다정스레 부르며 이런저런 일화를 기억해 낸 건 물론이었다. 재유 군은 어려서부터 책도 많이 읽고 공부도 잘했어요. 서울대도 문제없을 정도로. 특히 수학과 과학이 뛰어났지요. 대회에 나가서 상도 많이 받았고요. 애들 사이에서 인기도 많아 리더 역할도 곧잘 했어요. 그때도 노래를 잘해서 합창단으로 활동했을 거예요. 운동도 정말 잘해서 선수로 키우자는 말까지 있었답니다. 한마디로 만능이었던 거죠.

키가 훌쩍 차이 나 보이는 우리 형제의 어린 시절 사진 몇 장과 내 친구들과 어울려 노는 형의 사진은 꽤 유용하게 쓰였다. 사람들은 날 연년생 동생으로 알았다. 굳이 나서서 쌍둥이가 아니라고, 서재유가 아니라고 우길 필요가 없었다.

서준유란 이름으로 늘 그만그만하게 자란 가수 서재유는 진짜 서재유의 이력을 고스란히 베껴 어려선 모범생으로, 질풍노도의 시기를 양념처럼 거친 뒤 충동적으로 아티스트의 길로 들어선 도도하고 까칠까칠한 가수로 거듭났다. 그 모든 과거와 이력이 적절히 버무려지면서 '서재유'는 누구도 흉내 못 낼 매력적인 청춘의 아이콘이 됐다.

팬들은 오전에 서울에서 돌아다니는 형과 오후에 제주도에서 돌아다니는 나를 두고 홍길동 같다고 했고, 광고나 새로운 무대를 선보일 때마다 늘 다른 이미지를 만드는 천의 얼굴이라고 떠들었다. 얼굴이 좀 달라진 것 같지 않아? 안 보이는 사이 성형했나? 손 안 댄 얼굴 맞는데? 뭔지는 모르겠는데 뭔가 좀 달라 보여……. 내 기가 좀 더 약했다면 벌써 기가 막혀 죽었을 일이 한둘이 아니다.

가끔 집에서 엄마가 재유야, 부르면 형과 내가 동시에 대답할 때도 있다. 어떤 땐 오히려 형이 그 이름에 더 빨리 응답한다. 우리 형제는 가능하면 자주 안 마주치려고 한다. 이제 나는 그 인간이 사고 안 치고 자기 일에 충실하게 살기만을 바란다. 가짜 서준유 노릇은 지겹다. 부모님이 내게 그렇게 미안해하지 않았더라면, 벌써 기자 회견을 했을지도 모른다.

저 인간은 서재유가 아니에요!

언제부터인가 형은 부정기적으로 돌출 행동을 했고, 도저히 미룰 수 없는 스케줄이면 나는 형의 대타를 해야 했다. 서준유는 네 번째 광고를 찍기 5일 전 감쪽같이 사라졌다. 첫 잠적이었다. 세 번째 광고까지는 천 단위의 돈이 오갔지만 네 번째 광고부터는 억 단위가 됐다. 누가 그걸 쉽게 포기하겠는가. 더군다나 똑같이 생긴 인간이 하나 더 버티고 있는데.

마침 한국에 나와 있던 나는 설마 이걸 들어주겠어? 하는 마음으로 세금도 안 뗀 광고료의 절반을 달라고 당당히 요구했다. 사장님, 그 돈 주면 하고, 안 주면 절대 안 해요. 정문용 대표가 진짜 그 요구를 들어줄 줄은 몰랐다.

정 대표는 은밀히 사람을 불러 내 머리 스타일을 바꾸게 했다. 머리만 했다면 말을 안 한다. 이상한 도구를 사용해 속눈썹까지 말아 올린 과정을 생각하면 너무 쪽팔린다. 그 일주일 동안 나는 하루 500킬로칼로리도 못 먹고 억지로 몸을 만들어야 했다. 이 인간 나타나기만 해라, 이를 갈면서.

서준유는 광고가 15초, 30초 길이로 편집될 무렵 아무렇지도 않은 얼굴로 나타났다. 그 돈이면 적어도 2, 3년은 백수로 살아도 되겠구나 생각한 게 잘못이었다. 그것이 처음이자 끝이었으면 좋았겠지만 새로운 시작이었다.

열흘간의 방황에서 돌아온 형을 보자마자 나는 이렇게 외칠 수밖에 없었다.

"아으, 짜증 나. 진짜 나 같잖아!"

연예인 서재유와 똑같아 보일 수 있는 온갖 방법을 내 몸에 적용해서일까. 마지막으로 봤을 때보다 얼굴이 조금 탔을 뿐, 형은 나라고 해도 믿을 정도로 닮아 있었다. 방금 전까지만 해도 눈물을 글썽이던 엄마는 형과 나를 나란히 세워 놓고 신기해했다.

"어머, 이젠 엄마도 못 알아보겠다!"

나는 신경질을 부리며 내일 당장 머리부터 잘라야겠다고 투덜거렸다. 여권 사진에 맞게 다시 내 비주얼을 리모델링 할 필요성을 느꼈다. 부모님은 열흘 동안 걱정을 너무 한 탓인지 형이 무사히 돌아온 것만으로도 너그러워졌다. 집 안은 나의 출국과 서준유의 입국을 기념하는 잔치가 벌어지려는지 음식 냄새가 진동했다.

"재유야, 어서 와! 저녁 먹자!"

형은 알았다고 대답했고 나는 말없이 식탁으로 가서 앉았다. 아무래도 부모님은 본인들이 직접 큰아들에게 '준유'란 이름을 지어 줬다는 걸 잊은 모양이다. 너무 오래전 일이어서 그런 걸까. 얼굴로도 모자라 이름까지 하나로 통일하려는 걸까. 양쪽에 똑같이 생긴 두 아들을 앉힌 엄마는 행복해 보였다.

"내가 무슨 복으로 이런 아들을 둘씩이나!"

그것도 서재유만 둘이죠.

"당신 혼자서는 절대 할 수 없는 일인 거 알지? 하하하. 자, 먹자. 먹어. 엄마가 오늘 신경 많이 쓰셨네."

"맛은 보장 못 해요. 언제나처럼."

엄마의 거짓 없는 발언에 껄껄 웃던 아버지. 우선 위부터 든든히 채우고 식사 후 형과 독대해 심각하게 한판 벌이려는 계획이었으나, 다 접고 식사에 열중했다. 행복해하는 부모님의 얼굴을 보니 전의가 급속도로 상실됐다. 나 때문에 이 평화로운 저녁을 망칠 수는 없지. 식욕도 같이 상실됐다. 말하지 않아도 알았다. 서준유가 내게 미안해한다는 걸.

"근데 그거 말이야, 광고. 생각보다 어렵데. 카메라가 사방으로 도는데 어질어질하더라고."

"이사님이 잘했다고 하시던데."

"그냥 하는 말이지 뭐. 그럼 못한다고 욕하겠어? 그 상황에서?"

형이 속내를 가늠하기 어려운 얼굴로 나를 응시했다. 왜 그런지는 모르겠는데 갑자기 서준유가 불쌍하다는 생각이 들었다.

"어디로 튈까 봐 그런지 나 거의 감금 상태였던 거 알아? 연기 지도까지 받았다니까. 배고파 죽는 줄 알았네. 완전 쫄쫄 굶기던데. 난 그렇게 살라면 못 산다. 다 잘 먹고 살자고 하는 짓 아냐?"

"미안하다. 여러모로."

"아, 또 분위기 잡는다. 됐고! 나도 한몫 챙겼으니 신나게 써야지. 근데 그 여자 알아? 강유정?"

"……조금."

"어찌나 알은척을 하던지. 광고 찍는 것보다 그게 더 힘들었네. 실물 보니 그저 그렇던데? 코가 왜 그리 높아? 아주 하늘을 뚫을 기세야. 얼굴도 콩알만 한데 턱이 아예 없더라. 다 도려냈는지."

"……."

"하도 오빠, 오빠 하길래 그냥 못 들은 척하고 광고나 잘 찍자고 했네."

돌이킬 수 없는 실수였다. 그때 서준유의 멱살이라도 잡고 대판 싸웠어야 했다. 인생 이렇게 무책임하게 살래? 네 몸이 너 혼자만의 몸이야? 다른 사람 생각은 안 해? 너한테 딸린 식구가 몇 명인 줄은 나도 대충 안다!

생각해 보니 그건 내게도 어울리지 않는 대사였다. 부모님이 보내 준 돈으로 온갖 자유를 누리며 성적에 연연해하지 않고 유학하는 주제에. 그 돈이란 것도 서준유 통장에서 나와 엄마를 거쳐 내게 보내진 것일 수 있다. 잘 쓰겠다는 말은 했지만, 돈의 출처는 한 번도 묻지 않았다.

어쨌거나 그날 나답지 않게 너무 착하게 군 건 사실이다. 그게 처음이자 마지막일 거라고 안이하게 판단한 게 가장 큰 잘못이었다. 돈에 눈이 멀어 내가 내 발등에 도끼를 찍었다. 누가 처음 한 말인지 모르지만, 이 말은 진리다. 뭐든 한 번이 어렵지 두 번째부터는 쉽다.

지난밤 19금 만화책을 보다가 잠들어서인지 10대 때나 꿈직한 꿈에 시달렸다. 팬티가 축축해진 채 눈을 떴다. 누가 내 꿈을 엿봤을 리는 없겠지만 나잇값도 못 하는 것 같아 글자 그대로 쪽팔린다.

속옷을 구겨 쓰레기봉투에 버리고 차가운 물로 샤워했다. 그래도 정신이 안 차려져 얼음을 꺼내 와드득 씹었다. 입맛이 없다. 정확히는 혼자 먹는 게 싫다. 누군가 필요하다는 생각. 여자. 스웨덴에 있을 땐 원하기만 하면, 스웨덴 영토 안 이케아IKEA

매장 숫자 정도는 어렵지 않게 만들 수 있던 게 여자 친구였다.

바다도 조용하다. 모래밭 끝자락에 주저앉아 먼 곳을 바라본다. 시간이 애벌레처럼 느릿느릿 움직인다. 생각은 모래성처럼 쌓인다. 만들고 허물고 다시 만든다. 부질없는 짓이라는 걸 알면서도.

누군가의 손을 잡고 바닷가를 걸을 수 있다는 건 누구에게나 주어지는 작은 축복일까. 서로의 손을 꼭 잡고 한가롭게 거니는 젊은 커플을 보며 생각한다. 저것들은 잠도 없나. 아침 댓바람부터!

여자가 춥다고 한 걸까. 추워 보인다고 생각한 걸까. 남자가 겉옷을 벗어 여자의 팔에 끼워 준다. 팔이 길어진 여자가 허수아비처럼 두 팔을 벌리고 흔들며 웃는다. 뒤통수만 보이는 남자도 분명 웃고 있을 거다. 바보처럼.

여자를 안아 본 게 언제였지? 부드럽고 촉촉하고 둥글게 굴곡져 두 손에 착 감기던, 나와는 아주 다른 육체. 나를 바보처럼 만들고, 들뜨게 하고, 허탈하게 하다 결국은 도망치게 만들던 존재. 아직은 목숨만큼 간절히 갖고 싶다고 느껴 보지 못한 그것.

외롭다. 이상하게 그 생각이 자주 든다. 단지 같이 잠을 잘 여자를 찾는 게 아니다. 내 손을 잡아 줄 따뜻한 체온의 누군가가, 두 팔을 벌리면 달려와 안길 누군가가, 나와 눈을 맞추며 소소하게 하루를 이야기할, 같이 밥을 지어 나눠 먹을 그 누군가가 필요하다. 화를 내도 좋고 고집을 피워도 좋다. 풀어 주고 이해시키면 되니까. 웃어도 좋고 울어도 좋다. 내 앞에서만 그러는 거라면.

형이 연예인을 하는 동안 한국 여자는 만나기 힘들지 모른다. 기가 막히다. 이런 일까지 벌어질 줄은 정말 몰랐다. 누구도 이렇게까지 우리 형제의 인생이 복잡해질 거라고 예상하지는 않았을 거다. 그렇게 생각해야 조금이라도 위안이 된다. 그걸 다 짐작하고도 이 모든 일을 진행한 거라면 그 인간은 진짜 사람도 아니다.

에라, 모르겠다! 어차피 이렇게 된 거 국경을 초월한 연애나 해 볼까. 스웨덴으로 갈 수 있으면 좋겠다.

나를 기다리는 여자가 둘 있다. 초록색 눈동자와 푸른색 눈동자를 가진 누군가가, 거기 있다.

준유

그때 왜 나는 그 광고가 찍기 싫었을까. CF의 상대 파트너는 연기자였고, 한때 내 관심 안에 있던 여자였다. 몇 안 되는 연예인 친구의 새로운 애인이기도 했다. 친구가 그 여자와의 은밀한 이야기를 술김에 털어놓았을 때 멈추라고 했어야 했다. 일에 치여 하루 평균 수면 시간이 세 시간이 채 안 되던 때였다.

광고 촬영을 며칠 앞두었을 땐 온몸의 신경이 툭툭 끊겨 나가는 것 같았다. 처음으로 찍는 CF는 아니지만, 처음으로 받는 억 단위 모델료라는 데 의미가 컸다. 내 몸값이 B급 대우에서 A급으로 들어서려는 길목이기도 했다. 촌스럽게도 그때의 나는 그 여자의 얼굴을 아무렇지도 않게 바라볼 자신이 없었다.

나는, 어디로 도망간다고 해도 이 땅 안이라면 3일 안으로 찾아낼 사람들하고 일하고 있다. 아무도 모르게 출국 절차를 밟고 휴대폰을 꺼 놓은 채 중고등학교 시절을 보낸 나라로 떠났다. 꼭 돌아올 것이다, 한국에 없으니 찾느라 고생하지 말라는 메모를 남긴 채. 될 대로 되라지. 청소년 시기에도 안 하던 생애 첫 가출. 내심 불안했지만 한편으론 홀가분했다.

스웨덴 사람들은 대부분 영어로 의사소통이 가능하다. 스웨덴어와 영어, 한국어, 일본어. 자의 반, 타의 반 네 가지 언어를 익혔지만 어떨 땐 모국어인 한국어조차 유창하지 않다고 생각했다. 연습생 때는 자꾸 튀어나오는 외국어를 감추기 위해 노력했다. 언어가 달라진다는 건 사고가 달라지는 것과 같다. 난 한국에 익숙해지기 위해 닥치는 대로 책을 읽기 시작했다.

방송에선 스웨덴어를 쓸 일이 거의 없었다. 쓰고 싶지도 않다. 내가 가장 행복했던 시절의 언어. 스톡홀름 행 비행기 안에서부터 그립던 언어가 간간이 들려왔다. 오랜만에 사용하는 스웨덴어는 나를 금방 그 시간으로 돌아가게 했다. 되살아나는 스웨덴어를 써 가며 트렐레보리와 키루나* 사이를 유유히 돌아다녔다.

열흘 뒤, 나는 죽일 테면 죽여 봐 하는 마음으로 한국에 돌아왔다. 나와 신인 때부터 쭉 일해 왔던 권혁주 이사는 별말 없이 어깨를 툭 치며 씩 웃었고, 정문용 대표는 무사히 돌아와 줘서 고맙다고만 했다. 나를 질책하는 사람은 아무도 없었다. 가슴 언저리까지 차올랐던 행복감이 스르르 빠져나갔다. 그렇게 나는 첫 반항에 실패했다. 다시는 그러지 않으리라 마음먹었

---

* 스웨덴의 최남단과 최북단 도시의 이름 중 하나.

다. 그때 마음은 그랬다.

음료수 CF는 동생의 얼굴로 차질 없이 찍혔다. 그 뒤로 만난 그 여자는 이런 식으로 표현했다.

"재유 오빠, 어쩜 그렇게 모른 척하고 연기할 수 있어? 우리 오빠가 그렇게 하라고 시켰어? 완전 다른 사람 같더라. 나 쫌 서운했어! 그래도 그렇지, 어떻게 날 처음 보는 사람처럼 바라볼 수 있냐?"

다시 뜯어보니 그렇게 예쁜 여자도 아니었다. 헤픈 눈웃음은 싸 보였고, 재수술을 했는지 성형한 코는 너무 인공적이었다. 그런 여자에게 혹했던 내가 한심했다.

출국을 앞두고 재유가 본가를 방문했다. 거의 1년 만에 만난 동생은 나와 너무 닮아 있어서 놀라울 정도였다. 동생은 나를 보자마자 닮아도 너무 닮았다며 투덜거렸다. 엄마는 내 얼굴을 만지며 눈물을 글썽이셨다. 엄마를 가슴 아프게 하려던 건 아니었다. 아버지는 평소 성격대로 고개를 끄덕이며 푸근하게 맞아 주셨다.

방에 들어가 잠시 누워 있을 때 엄마의 목소리가 들려왔다.

"재유야, 저녁 먹자!"

동생 이름을 부른 걸까, 둘 다 부른 걸까. 타인의 이름을 빌려 자기를 보여 주는 배우의 운명처럼, 이젠 내 인생 자체가 촬영장이 된 걸까. 돌아오니 떠나기 전과 달라진 게 하나도 없었다. 식탁 위엔 엄마가 오후 내내 준비했을 음식이 푸짐하게 차려져 있었다. 엄마가 내 앞으로 내가 좋아하는 반찬을 자꾸만 옮겨 주었다.

"와, 돈 많이 갖다 준다고 사람 차별하네. 엄마 현금 좋아하는 거 알지? 많이 먹고 많이 벌어 드려라. 그 직업도 다 한때인 것 같더라."

음식이 목에 걸렸다. 내가 사라진 열흘 동안 마음고생이 심하셨을 부모님께 죄송했다. 평소 특별히 잘해 준 것도 없는 동생한테도 미안했다. 식사를 마치고 방으로 따라 들어온 동생이 방바닥에 모로 누워 나를 쳐다보았다.

"우리가 살았던 집에도 가 봤어?"

"새로 리모델링 했는지 좀 달라졌더라."

"그래? 2층 발코니에서 내려다보면 전망 되게 좋았는데."

5년 가까이 살았던 그 집에서 우리 형제는 낯선 나라의 언어를 익혔다. 나는 여러모로 늦된 아이였다. 그 나라에서 나는 형처럼 보이던 동생의 키를 얼추 따라잡았고, 동생보다 1년 늦게 첫사랑을 맞이했다. 전형적인 북유럽 미인의 외모에선 벗어난 소녀였지만, 내 눈엔 예뻐 보였다.

2층엔 우리 형제가 각각 방 하나씩을 차지하고 살았다. 내 방 창문에서 보이던 정원의 사과나무는 해마다 싱그러운 향기를 뿜어내며 달고 싱싱한 열매를 선물했다. 봄이면 사과꽃 향기가 하얀 꽃잎과 함께 날렸고, 여름이면 작고 파란 열매가 짧은 햇살 아래 단단하게 익어 갔다. 가을이 되면 우리 가족은 두 그루의 나무에 주렁주렁 매달린 사과를 딴다고 수선을 피웠다.

요리엔 큰 소질이 없는 엄마지만 그 사과로 잼이나 통조림을 만들고 사과 파이도 구워 주셨다. 나는 그냥 먹는 게 제일 좋았으나 엄마가 만든 사과 파이를 세상에서 제일 맛있는 간식인 양 반겼다. 엄마가 좋아하셨으므로.

"사과를 안 땄는지 바닥에 다 떨어져 있더라."

"그 나라 사람들은 사과 아까운 줄 몰라요. 사과나무를 인테리어 용품으로 쓴다니까. 나 지금 사는 동네도 사과나무 많아. 언제 한번 놀러 와라."

언제 또 그 나라를 갈 수 있을까. 대답하지 않았다. 우리는 서로의 닮은 얼굴을 조용히 응시했다. 왜 이렇게 태어나야만 했을까. 검은 뿔테 안경을 쓰고 모자를 푹 눌러쓴 동생은 며칠 뒤 한국을 떠났다.

다시는 그러지 않기로 했지만 그 후로도 나는 두어 차례 더 사고를 쳤다. 동생을 믿어서가 아니라 내 정신이 극한의 상태까지 가면 그렇게 할 수밖에 없었다. 죽지 않으려면 그렇게라도 해야 했다. 나의 빈자리를 채워 준 동생에게 물질로나마 보상하고 싶었다. 그러나 그 아인 가볍게 거절했다.

"회사에서 벌써 다 챙겼지. 혹시 필요한 게 생기면 나중에 부탁할게."

동생이 농담처럼 덧붙였다.

"돈이 남아돌면 유니세프에 기부라도 하든가."

그 앤 아직까지 내게 어떤 부탁도 하지 않았다.

촬영 스케줄이 빡빡했다. 대사도 적지 않았다. 지금 나는 김재현이다. 중요한 건, 남들도 나를 김재현으로 보느냐는 거다. 연기 트레이너 선생은 며칠 전에도 이렇게 말했다.

"아직 서재유가 너무 많이 보여."

내가 하는 돈벌이 중 제일 자신 없는 게 연기다. 누구에게도 내색은 안 했지만 사실 다시는 드라마를 못 하게 될까 봐 초조했다. 연기를 하고 싶어서가 아니다. 가수로 출발했지만 나는 딱히 잘하는 것도 없으면서 만능 엔터테이너로 키워졌다. 가수로서 뛰어난 재능을 보이지 못했기 때문에 음악 하나에만 집중할 수 없었다는 게 더 적절한 표현일지 모르겠다.

MC도 하고 예능도 했다. 가끔 주변 사람들에게 농담 삼아 말하듯 법의 테두리 안에서 연예인이 할 수 있는 건 다 했다. 노래만 부르기엔 너무 아까운 비주얼이라는 이유로 연기까지 하게 됐다.

가수로 데뷔한 지 석 달 만에 출연했던 드라마는 조기 종영했다. 조연 중 하나였지만 그 드라마는 기억하고 싶지도 않다. 2년 뒤 다시 기회가 왔다. 원톱은 아니었으나 어설픈 연기에도 주연 배우보다 인기를 끌었다. 나중엔 아예 주연보다 비중이 높아졌다.

작가가 편애하는 배우. 다들 하늘이 내린 캐릭터라고 했다. 최고 시청률이 40퍼센트가 넘었다. 그 드라마가 지금의 나를 만들었다. 나는 그 작품을 통해 국경을 넘나드는 스타가 됐다. 절대, 그렇게까지 되길 바라지 않았다. 열아홉의 나는 그저 나도 뭔가를 할 수 있는 사람이란 걸 보여 주고 싶었을 뿐이다.

가장 최근에 출연했던 드라마는 여러 면에서 최악이었다. 대본은 늘 늦었고, 강으로 가야 할 스토리는 산으로 갔으며, 인상 깊은 대사 한 줄 찾기도 어려웠다. 중심을 잡지 못한 캐릭터는 우왕좌왕, 내 연기는 이리저리 휩쓸려 다녔다. 시청률은 단 한 번도 한 자릿수를 벗어나지 못했다. 아무렴, 지난 드라마가 운이 좋았던 거지. 서재유 원톱은 아직 무리야. 솔직히 걔가 연예인이지 배우냐? 그런 식의 생각을 심어 주기에 충분했던 작품.

　거의 동시에 나를 주인공으로 은밀히 준비되던 영화가 엎어졌다. 내게 오던 시나리오와 대본이 확 줄었다. 완전히 엎어진 줄로만 알았던 그 영화는 다른 배우를 캐스팅해 크게 히트했다. 컴컴한 극장에 홀로 앉아 나보다 한 살 어린 배우의 연기를 보며 깨달았다. 내가 연기했다면 절대 그렇게까지 성공할 수 없었을 거라는 걸. 엔딩 크레디트가 올라가는 내내 질투와 부끄러움이 뒤섞인 감정으로 뼈가 저렸다. 나는 아티스트가 아니라 흔하디흔한 연예인일 뿐이다.

　연기 트레이너 선생이 내게 음료수를 건넸다. 쓴맛이 도는 입안으로 달콤한 알로에 주스가 흘러들었다. 연기도 이렇게 달콤한 것이었으면.

　"니 머릿속에 선우진을 목숨처럼 사랑하는 여자라고 세뇌시키는 칩이라도 넣어 주고 싶다."

　어설픈 변명, 그럴 수밖에 없는 구구절절한 핑계를 대는 건 처음부터 하지 않았다. 노력을 안 하는 것도 아니다. 그래도 연기의 벽은 너무 견고했다. 아직 내가 안 해 본 노력엔 무엇이 있을까. 모르겠다.

"넌 웅크리고 앉아 있는 작은 새 같아. 얼마든지 잘 날 수 있는데 못 날 거라고 지레 겁내는 그런 새. 여든 먹은 파파 할머니를 좋아하라는 것도 아니고, 젊고 예쁜 여잘 좋아하는 척하는 게 그렇게 어렵냐? 난 안 좋아하기가 더 어려울 것 같은데. 너, 그 여자 주변 남자들한테 인기가 얼마나 많은 줄 알아?"

"……성현 선배요?"

"그래. 내 주변에 연극판에서 일하는 사람들이 많잖아. 성현 씨랑 같이 연극했던 놈이 그러더라고. 그 연극에 참여한 배우하고 스태프 중 적어도 반은 백성현을 좋아했을 거라고."

"그 선배 백씨였어요?"

"그것도 아직 모르냐? 파트너한테 관심 좀 가져."

그러고 보니 백 실장님과 같은 성이라고 들었던 것 같다. 관심이 전혀 없지는 않다. 그러나 내가 알아야 할 것이 아니면 무심해지려고 했다.

"……남자들하고 잘…… 자주 어울리나 보죠."

"뭔 소리야. 아예 틈을 안 준다는데. 스캔들에 질려서 그런지 뭐랄까, 재미있는 수녀 스타일? 그렇게 말하던데. 사람은 좋대. 약게 안 굴고."

그래 보이긴 했다. 좋으면서 약지 않은 사람. 그러나 그게 나와 무슨 상관인가.

"나까지 너한테 부담 주고 싶진 않은데, 이 드라마 느낌이 좋아. 박 감독이 나한테까지 전화를 했더라고. 너 연기 지도 좀 잘해 달라고. 정 대표님 들으면 기겁하겠지만, 찍을 동안만이라도 성현 씨 사랑해. 사랑한다고 착각이라도 하라고. 너 혹시, 따로 사귀는 사람 있는 거 아냐?"

트레이너 선생이 내 웃음을 보더니 바로 없구먼, 했다.

"혹시 연상의 여자 싫어해? 거부감 같은 거 있냐?"

"좋아하진 않아요."

내게도 동생보다 잘하는 게 하나 정도는 있었다. 어려서부터 난 여자들에게 인기가 많았다. 지금도 그렇지만 여자들로 하여금 보호 본능을 일으킨다는 말을 많이 들었다. 누가 시킨 것도 아니고, 어디서 배운 것도 아닌데 나에게 관심 있는 모든 여자애한테 골고루 친절을 베풀 줄 알았다. 특정 여자에게만 그러면 안 된다는 걸 이미 초등학교 입학 전에 터득했던 것 같다. 동생이 탁월한 어장 관리 능력이라고 대놓고 비꼬는 그 재능은 연예인이 되면서 본격적으로 빛을 내기 시작했다.

연습생일 뿐이었는데도 소속사 숙소 앞엔 나를 보고 싶어하는 여자들이 진을 치고 살았다. 내가 그 불특정 다수의 여자들에게 늘 친절했던 건 아니다. 그럴 필요도 없었다. 가끔 내키면 추운 날엔 따뜻한 커피를 내려보냈고, 더운 날엔 숙소 창문으로 공짜로 받은 부채를 몇 개씩 던졌다.

숙소 아래의 여자들은 턱없이 부족한 커피와 부채를 차지하기 위해 머리채를 붙잡고 싸우기까지 했다. 정말이지 보기 흉한 광경이었다. 여자라는 존재는 분명 남자보다 아름답지만, 가까이서 본 여자들은 늘 아름답진 않았다.

데뷔 2년 차. 다섯 살 연상의 선배 가수를 알게 됐다. 봄이 되기 직전, 다른 소속사 가수의 생일 파티에서 그녀를 만났다. 사석에서 본 건 그때가 처음이었다. 가창력보다는 춤 실력과 섹시한 퍼포먼스로 유명한 가수였다. 합석한 친구가 너 이 누나 보고 싶다고 했잖아, 하며 분위기를 띄웠다. 그건 사실이지만, 그런 식의 만남을 원한 건 아니었다.

같은 공간의 남자들은 그녀의 관능적인 얼굴과 귀여운 술주정과 굴곡 심한 라인에서 눈을 떼지 못했다. 나 역시 남자였으므로 그 모든 것에서 무심할 수는 없었다. 그러나 그 정도 외모의 여자는 그 전에도 만나 봤고, 당장에라도 만날 수 있었다.

화장실 다녀오는 길에 담배를 피우러 술집 뒷문으로 나갔다. 어렵게 끊었던 담배를 다시 피울 만큼 힘들 때였다. 누군가가 갑자기 내 허리를 껴안았다. 깜짝 놀라 돌아보니 그 선배였다.

누가 볼까 걱정된 나는 그 손을 떼기 전에 주위부터 둘러봤다. 그녀가 빙그르르 돌더니 내 허리를 감싸 안으며 얼굴을 추어올렸다. 많이 취했는지 눈의 초점이 흐려져 있었다. 분명 바라는 게 있는 눈이었지만, 그렇게 적극적인 여자는 내 취향이 아니었다. 몸에 감긴 여자의 손을 슬쩍 떼어 내며 말했다.

"많이 취하신 것 같네요."

선배가 내 손에서 반쯤 피운 담배를 뺏어 가 제 입에 물었다. 흐릿한 어둠 속에서도 탐욕스럽게 빛나던 붉은 입술.

"무대 아래의 서재유가 어떤 남자인지 궁금했어."

그래서 궁금증이 채워졌나요?

차라리 무대 위 모습만 알았다면 좋았을 여자였다. 연거푸 담배를 깊게 빨아들인 선배가 대뜸 물어 왔다.

"서재유, 키스할래?"

나는 나이에 비해 여자 보는 눈이 보수적인 사람이다. 그 선배에겐 사귀는 남자가 따로 있었다. 그날 나를 초대한 친구한테서 들은 말이었다. 선배의 손가락에 낀 담배를 뺏어 바닥에 던지고 먼저 룸으로 들어왔다. 죄송하지만 먼저 들어가겠다는 말은 잊지 않았다. 그 정도가 그런 여자한테 지켜 줄 수 있는 최상의 매너였다.

그 뒤로도 가끔 그 선배는 나를 만나러 왔다. 컨셉을 바꿨는지 술도 안 마시고 담배도 자제하는 눈치였으나 그날의 인상이 너무 강렬했던 터라 쉽게 마음이 열리지 않았다.

"서재유, 나 지금 사귀는 남자 없어. 헤어진 지 좀 됐어. 나랑 만날래?"

그렇게 대놓고 대시한 적도 있다. 그래서 어쩌라고? 내가 간이 쉽터야? 다른 남자 대타야? 그 선배가 내게 느끼는 감정은 호기심 그 이상도 이하도 아니었다. 소년에서 청년으로 넘어가는 저 또래의 남자는 어떻게 여자를 안을까? 그 정도 수준에서 머무는.

딱 한 번 육탄전으로 방향을 바꾼 그 선배한테 넘어갈 뻔한 적이 있었다. 아슬아슬하던 그 순간 전화가 안 왔더라면 다른 장소로 옮겨 그 여자가 원하던 걸 줄 수도 있었으리라.

동생이 내게 먼저 전화를 하는 건 극히 드문 일이었다.

— 형, 엄마 입원하셨대! 빨리 병원으로 가 봐!

그날 동생은 또 한 번 나를 살려 줬고, 연상의 여자에 대한 인상은 그런 식으로 찝찝하게 각인됐다. 여자는 더더욱 피해야 할 금기 사항이 됐다.

"휴식 끝! 무슨 생각을 그렇게 하냐? 어째 불러도 몰라."

"여자 생각 했어요."

"하하하. 네 입에서 이런 말 나오는 게 왜 이렇게 낯서냐. 그래서 배우는 연애도 많이 해 봐야 한다는 소리가 있는 거야. 너 연애한 지 얼마나 됐어? 마지막으로 여자랑 키스한 게 언제인지 기억은 나?"

"아주 생생하게 기억나는데요. 키스 미 굿바이!"

"와, 진짜. 오해하지 말고 들어. 난 네가 이럴 때마다 너하고 사귀는 여자가 돼서 너의 실체를 낱낱이 밝혀 보고 싶다. 진심."

"여자 얘긴 그만하고, 하던 거나 마저 하죠."

"재유야, 넌 프로의 연기가 어떤 거라고 생각하냐? 진짜 배우는……."

문장의 순서와 단어만 바뀌었을 뿐, 수없이 들었던 말들. 진심과 가식의 차이. 프로와 아마추어의 차이. 배우와 연예인의 차이. 아이러니하게도 내 팬들은 '아마추어처럼 순수한' 내 모습을 좋아한다. 내 팬덤이 유별나다고 평가받는 덴 다 이유가 있다.

제작 발표회까지 마친 지금까지도 팬들은 성현 선배의 출연을 못마땅해한다. 그러나 그건 내 팬들의 욕심이다. 거꾸로 성현 선배는 비주얼보다 연기력이 좋은 배우로 파트너가 바뀌길 바랄지도 모른다. 그럴 가능성이 더 높다. 이 현실이 답답한 건 나보다 오히려 그 선배일 것이다.

〈온리 원〉 제작 발표회는 여러모로 관심을 끌었다. 6년 만에 컴백한 배우 성현, 2년 만에 연기에 재도전하는 가수 서재유와 유명 시나리오 작가 오정혜의 드라마 데뷔작인 만큼 제작 발표회 전부터 큰 화제가 됐고 취재진도 그만큼 많이 왔다.

나는 직접 인터뷰한 기사를 제외하곤 내 이름이 들어간 기사를 확인하지 않는다. 당연히 댓글도 읽지 않는다. 정연 누나 말에 의하면 제작 발표회 기사에 뜬 사진 몇 장만으로 성현 선배는 성형 루머에 시달리고 있다고 한다. 아닌 게 아니라 그날의 그녀는 전날까지 촬영장에서 본 사람인데도 다른 사람처럼 보였다. 헤어스타일과 화장법을 바꾼 것만으로.

"둘이 지금부터라도 친해지면 안 돼요? 방금 찍은 장면 모니터링 좀 해 보라니까. 이건 배다른 오누이 사이지. 연인 느낌을 어디서 찾아야 해?"

"둘 사이가 아직 연인은 아니잖아요."

"성현 씨, 그래도 뉘앙스는 풍겨 줘야지. 시청자들이 다음 회까지 기다려 주질 않는다고. 서재유, 촬영 아닐 때도 서로의 극 중 이름을 부르는 건 어때?"

그런 배우들도 있다지만, 내겐 너무 어려운 주문이다. 누나라는 말도 안 나오는 내게 이름을 부르라니. 그런 식의 부담 외에는 스태프들의 결속력도 좋은 편이고 대본도 재미있어서 아직까진 힘든 줄 모르고 하고 있다. 같이 촬영하는 사람들과 전부 친해지진 못했어도 불편한 건 사라졌다. 어이없는 일이지만, 가장 어색한 사이는 파트너인 성현 선배다.

"카메라 꺼지면 진이라고 이름 못 부르겠죠? 목에서 탁 걸리죠?"

그렇게 말하는 성현 선배의 눈을 슬쩍 바라본 나는 시선을 비껴 딴 곳을 응시했다.

"죄송해요. 제가 낯을 좀 가려서."

"죄송하단 표현 좀 하지 마요. 내가 스무 살은 연상인 것 같잖아. 난 편히 이름 부를 테니까 누나라고 할래요? 그 정돈 할 수 있나?"

"……할 수 있을 것 같아요."

말은 그렇게 했어도 대개 호칭은 생략하고 서로를 찾게 된다. 스태프들이 우리 둘을 보며 걱정 어린 시선을 던지는 게 무리도 아니다. 박 감독은 우리만 보면 답답해 미치려고 한다.

"스타는 좋아하는 여자 만날 때도 이러나? 너무 내외한다. 왜? 팬들이 두려워? 어제오늘 일도 아니잖아."

"전 두려워요. 제 입장 돼 보세요. 그래도 나랑 재유 나름 친한데. 그렇지?"

성현 선배가 나를 바라보며 동의를 구했다. 이 정도면 친하다고 할 수 있을까. 답을 망설이는 나를 보고 바로 포기하는 누나다.

"내 생각인가 보다. 아직 대본상 친하지 않아도 되잖아요. 다음 주부턴 꼭 친해질게요."

"서재유, 누나가 너한테 일일이 맞춰야 하냐? 둘이 같이 술이라도 마시라고. 촬영 끝나면 각자 쌩하니 갈 길 가지 말고. 내가 자리 좀 마련해 줘?"

가도 가도 끝이 없는 길 중 하나가 연기가 아닐까. 이렇게, 오래된 격언에나 어울릴 만한 생각을 해 본다. 다시 생각한다. 너에게 그 끝이 어딘지 알 만한 기회가 언제까지 주어질 것 같으냐고.

"준비가 늦어지네. 대사 다시 맞춰 볼래?"

성현 누나였다. 오늘은 촬영 내내 분위기가 안 좋았고, 나는 평소보다 NG를 많이 냈다. 내 생각이 맞는다면 지금 누나는 나를 걱정하는 거다.

매사 깍듯하고 배려심이 많은 사람이었다. 리허설 할 땐 그때그때 상황에 몰입할 뿐 드라마 외에 다른 화제를 꺼내는 경우가 거의 없었다. 촬영을 잠시 쉴 땐 각자 할 일에 몰두하는 편이지만 연기 모드에 진입하면 오래지 않아 선우진의 시선으로 날 바라보았다. 조용히 있으면 차가워 보이는데 웃을 땐 파스텔화처럼 주위까지 환해진다. 작품 속 선우진처럼 재치 있고 두뇌 회전도 빨랐다. 제일 마음에 드는 건 나와 친해지려고 지나치게 애를 쓰지 않는다는 점이다.

그녀는 지나친 애교로 머리를 어지럽게 하지도 않았고, 선배랍시고 이래저래 가르치려 들지도 않았다. 답답한 내 연기를 무던히 참아 주고, 연거푸 NG를 내는 내가 민망해할까 봐 본인 연기가 마음에 안 든다며 다시 한 번 가자고 감독님께 제안하는 것도, 안다. 실수 많은 동생을 감싸 주는 착한 누나처럼.

"눈물 안 나오면 어떡하죠? 차라리 죽도록 맞는 게 낫지."

"조급해하면 더 안 되더라. 나도 그랬어. 지금도 크게 다르지 않고. 쉬운 연기가 하나도 없는 것 같아."

촬영장은 5분 안에 준비한 모든 걸 보여 주고 내려오면 끝나는 가수의 무대가 아니다. 나는 그것에 익숙한 사람이다. 감정을 길게 유지하는 것도, 장면에 맞게 감정을 그때그때 바꾸는 것도 어렵다. 너무나 당연히 내 연기에 만족한 적이 없다. 아무리 객관화시켜도 서재유의 연기는 껍질이 두꺼운 알에 갇힌 작은 새 같다.

나는 슬픔을 숨기고 감추는 게 몸에 밴 사람이다. 그러나 슬픈 척 연기하는 건 쉽지 않다. 너무나 익숙한 감정임에도. 호탕하게 웃는 연기도 만만치 않지만, 눈물 흘리는 연기는 정말 어렵다. 친한 친구들은 그런 나를 보며 메마른 놈이라고 놀려 대곤 한다.

여자를 좋아해 본 적은 여러 번 있으나 오정혜 작가가 보여 주고 싶어 하는 사랑은 아직 모른다. 헤어진 여자 때문에 미친 듯 행동하거나 괴로워 죽고 싶었던 적도 없다. 그래서 이렇게, 여자 때문에 눈물 흘리는 재현이 이해가 안 된다. 드라마 속 남자들은 하나같이 왜 이렇게 잘 우는 걸까. 소리 없이 눈물만 뚝뚝 흘리면서. 흐르는 눈물을 닦는 법도 없다. 나 이렇게 아름답게 울고 있어요, 호소하는 것처럼.

살수차에서 뿌려지는 인공 비가 우리 두 사람 몸 위로 끝없이 쏟아졌다. 선우진의 머리에서 차가운 김이 솟아오른다. 아직은 밤바람이 찬 4월 초. 내 앞의 배우 성현은 몇 번을 다시 찍어도 잘만 우는데 시간이 흐를수록 내 눈물은 말라만 간다. 안약이나 티어스틱을 쓸 수도 없다. 가짜 눈물인 게 너무 티 날 테니까. 흰자위가 저절로 벌게지면서 하염없이 굵은 눈물이 흘러내려야 한다. 지금 이규석 감독이 내게 원하는 건 그거다. 또 NG가 났다. 아, 메마른 놈.

"그만하자. 다들 접어!"

결국 터질 게 터졌다. 촬영장 분위기가 한층 냉랭해졌다. 이미 늦은 시간이다. 누나의 입술이 더 파래졌다. 코디 누나가 내게 얼른 다가와 담요와 파카를 걸쳐 주고 헤어 담당 누나가 다가와 머리를 말려 준다. 성현 누나에겐 담요나 추위를 피할 옷을 가져오는 사람이 없다. 다시 미안해진다.

수민 누나에게 담요를 갖다 주라고 하려는 순간, 뭘 하다 왔는지 뒤늦게 수건과 파카를 들고 오는 성현 누나의 코디네이터가 보였다. 그래도 그녀는 굼뜬 코디에게 얼굴을 찡그리거나 신경질을 부리지 않는다. NG를 자꾸 내서 두 시간 가까이 차가운 물벼락을 맞게 한 내게도 화내지 않는다.

번번이 힘들게 해서 미안하다고 말하고 싶은데 타이밍을 자꾸 놓친다. 누나와 눈을 마주칠 기회를 찾지만 좀처럼 기회가 주어지지 않았다. 내가 바라볼 때 누나는 다른 곳을 보고 있다. 내 주변엔 사람이 너무 많다. 밧줄로 묶어 놓은 것처럼 그들의 시선은 나를 동여매고 쉽게 풀어 주지 않는다.

이규석 감독과 카메라 감독은 화가 풀리지 않은 채 먼저 떠났다. A팀 촬영을 마치고 왔다가 그 과정을 지켜본 박지형 감독이 큰 목소리로 주연 배우들은 남으라는 명령을 내렸다. 우진 형도 같이 따라왔다. 박 감독이 내게 다가와 작지만 단호한 목소리로 말했다.

"너만 남고 니 식구들은 다 가라고 해. 너 애냐? 도대체 몇 명이 종일 졸졸 따라다니는 거야? 다른 배우들하고 친해질 시간은 줘야 할 거 아냐? 우리가 너 잡아먹냐? MO아티스트 진짜, 어지간하다!"

도대체 잠은 언제 자라는 거냐고, 내일 촬영은 안 하느냐고, 몇 시간 내내 비 맞으면서 벌벌 떤 배우들 생각은 안 해 주느냐고 백 실장님이 투덜댔다. 이렇게 만든 원인이 나라는 걸 그도 잘 알 테지만 그 말까지 하지는 않는다.

옷을 갈아입고 머리만 겨우 말린 채 술집으로 불려 갔다. 손님이 뜸한 주점 겸 식당이었다. 테이블 구석에 성현 누나가 앉고, 그 옆에 우진 형이, 맨 끝에 내가 앉았다. 맞은편에 두 명의 피디가 있다.

박 감독이 성현 누나에게 뭘 마시겠느냐고 묻자 그녀는 소주가 좋겠다고 대답했다. 술잔이 채워지고 오래지 않아 따뜻한 안주가 나왔다. 잠시 정적이 흘렀다.

"서재유, 재유야. 문제가 뭐냐? 하아…… 슬프지 않냐?"

아까의 상황을 말하는 거였다. 문제는 결국 '나'일 것이다. 박 감독이 내 잔에 다시 술을 따라 주었다.

"사랑해 본 적 없어? 너 연애는 해 봤을 거 아냐."

"……해 봤어요."

"니가 생각하는 사랑이 뭔데?"

사랑. 너무나 흔해 가치를 잃어버린 단어. 언젠가 책을 읽다가 그 단어를 검색해 본 적이 있다. 뜻밖에도 포털 사이트 어학사전엔 '상대에게 성적으로 끌려 열렬히 좋아하는 마음. 또는 그 마음의 상태'라고 적혀 있었다. 액면 그대로 그게 사랑의 정의라면, 나는 사랑을 해 보았다. 그러나 나는 그것이 사랑의 전부라고 생각하지 않는다.

"패밀리 레스토랑에서 식사하고 심야 영화 한 편 때린 다음 근교로 드라이브하다가 눈치껏 스킨십 나누는 거? 이런저런 구실을 붙여 빼빼로, 커플 반지 주고받고 그러는 거? 그건 그냥 연애 놀음이고."

나는, 그런 연애 놀음조차 마음껏 할 수 없었다. 하지만 아무 대꾸도 하지 않았다.

"여자 때문에 스타일 구겨 본 적 없지? 여자 때문에 바보 돼 본 적 없지? 여자 때문에 눈물, 콧물 흘려 본 적 없지? 너, 여자 때문에 죽고 싶었던 적 한 번이라도 있었냐?"

분위기가 싸늘해졌다. 늘 그렇듯 안 피디가 수더분한 목소리로 나를 두둔해 주었다.

"아직 어리잖아요. 이제 그런 사랑도 하겠지."

"어리긴 뭐가 어려. 스물여섯이."

"박 감독, 그만 갈궈. 오늘 다들 힘들었어."

"안 피디, 오늘은 서윤이 아빠 안 온대? 데리러 오기 전에 먼저 가지?"

"전화기 꺼 놨어. 오늘도 찾으러 오면 진짜 이혼한다고 선언했어."

"이혼 사유 한번 근사하네. 특종감이다?"

지금은 어떤 말로도 나를 웃길 수 없을 것 같다. 박 감독이 다시 나를 바라보았다.

"말 좀 해 봐. 너 나무토막 같은 애 아니잖아. 머리 나쁜 애 아니잖아. 이 구구절절한 스토리 다 이해하잖아. 근데 왜……."

할 말이 머릿속에 맴도는데도 밖으로 꺼내지지 않는다. 나는 이런 순간에 약하다. 차라리 감추고, 참고, 가리는 게 편하다. 김재현을 전혀 이해 못 하는 건 아니다. 다만 그의 사랑이 와 닿지 않는다. 왜 그렇게까지 힘들게 한 여자를 사랑해야 하는지, 내가 모르는 어떤 사랑의 법칙이 있기에 그 사랑을 놓을 수가 없는지 모르겠다.

그때 소주잔을 탁 내려놓으며 성현 누나가 입을 열었다. 화내는 목소리는 아니었다.

"여자 때문에 꼭 울어 봐야 해요? 사랑 때문에 죽고 싶어야 해요? 그게 뭐 그리 좋은 거라고."

박 감독이 그쪽으로 시선을 돌렸다. 나는 성현 누나의 표정이 궁금했다.

"그럼, 나쁜 겁니까? 그런 사랑을 한 게?"

"아니, 그건 아니고요. 뭐, 할 수도 있죠. 근데 왜 사랑을 강요하세요. 사람마다 다른 거지."

"적어도 한 번 정도는 목숨 걸고 사랑도 해 봐야죠. 그건 배우의 의무이기 전에 인간의 의무예요."

그렇다면 나는 직무 유기를 한 셈인가.

안 피디가 성현 누나를 거들었다.

"자기가 겪었다고 남들도 겪어야 하는 건가. 너무 일방적이다."

"안 피디, 택시 불러 줘?"

이번엔 안 피디가 박 감독의 말을 무시했다. 다시 누나의 목소리가 들렸다.

"잘 우는 배우들은 다들 지독한 사랑의 경험자인 거예요? 아닌데. 따지고 보면 연기는 다 가짜 아닌가. 로딩이 좀 늦는 사람도 있죠. 재유처럼. 그래도 우는 것만 빼면 잘하고 있잖아요. 제가 내일은 꼭 울게 할게요. 때려서라도."

누나가 몸을 죽 빼더니 내 쪽을 건너보며 말했다.

"서재유, 피하지 말고 맞아 주라."

나는 이렇게까지 나를 변호해 주는 누나를 안심시켜 주고 싶었다. 내 미소를 본 누나가 다시 박 감독을 쳐다보았다.

"술집이잖아요. 술 마셔요, 술. 빨리 마시고 가자고요. 집에 가고 싶어 죽겠네."

"안 간대도 보내 줄 겁니다."

"성현 씨, 오늘 많이 힘들었지?"

내가 해야 할 말을 안 피디가 하고 있었다.

"힘들었다고 하면 박 감독님이 또 구박할 거 같아요. 구박을 해도 내가 할 거예요. 내 파트너니까."

내내 조용히 있던 우진 형이 슬쩍 끼어들었다.

"와, 감싸 주는 거 봐. 나도 좀 사랑해 주세요. 선우진 씨."

"댁은 내 사랑이 아니잖아요."

저 두 사람의 관계는 언제나 편해 보인다. 오늘 이 술자리, 문제의 주인공은 나인데 끼어들기가 어렵다. 죄송하다는 말, 미안하다는 말, 더 열심히 하겠다는 말은 이미 너무 많이 했다.

새로 주문한 안주가 나오고 다시 술병이 돌았다. 누나가 조연출인 안 피디와 세 돌이 돼 간다는 딸아이 이야기를 했다. 다른 일을 하다가 뒤늦게 방송사에 입사한 안영하 피디는 출산에 육아 휴직까지 한 터라 아직 입봉도 하지 못했다. 휴대폰에 저장된 안 피디의 어린 딸은 아역 배우를 해도 될 만큼 귀여운 얼굴이었다. 사진을 보며 누나가 감탄했다. 나는 팬들도 익히 알 만큼 아기를 좋아한다. 안 피디가 액정 화면 안의 사진을 넘겨 보며 한탄했다.

"안 믿을지 모르지만 나도 요만할 땐 이렇게 생겼었다고. 30년 전엔 안영하도 이랬어요. 사진 증거가 수백 장이나 있는데도 우리 남편은 이렇게 예쁜 아이가 나처럼 변할 리가 없대.

보고도 못 믿는 건 도대체 무슨 심보야?"

"나라도 안 믿겠다."

박 감독이었다.

"안 피디님 예쁜 얼굴이에요. 안 꾸미고 다녀서 그렇지."

"그죠? 이거 봐. 같은 여자끼리는 알아보잖아."

"안 피디는 위로와 진실도 구별 못 하냐?"

"위로 아닌데. 근데 두 분 진짜 친구 맞아요?"

박 감독이 성현 누나를 보며 시니컬하게 대꾸했다.

"친구니까 이런 말도 하는 거지. 남이면 못생긴 사람한테 못생겼다고 할 수 있습니까?"

안 피디는 익숙한 일처럼 화도 내지 않았다.

"냅둬요. 이 맛에 사는 사람인데 뭘."

"그럴까요. 뭐랄까, 서윤인 표정이 살아 있어요. 안 피디님은 서윤이가 배우 하겠다면 시킬 거예요?"

안 피디가 미소 띤 얼굴로 대답했다.

"미안하지만, 네버."

"피디는요?"

"그것도 네버. 둘 다 여자가 할 짓이 못 돼."

나는 야행성이라 밤이 늦을수록 더 살아난다. 테이블 위에 빈 소주병이 여덟 병으로 늘어났다. 술병을 세어 보던 우진 형이 내 손에서 잽싸게 소주병을 뺏어 갔다.

"너 진짜 잘 마신다. 술 마시는 것만 보면 운동선수인 줄 알겠어."

"잘하는 거 몇 개 없지만, 이게 그중 하나예요. 형, 줘요. 그거."

"이런 건 1등 안 해도 된다니까 그러네. 뭐 좋은 거라고."

성현 누나였다. 술 많이 마시는 사람을 싫어하는구나, 잠시 그 생각이 스쳤다. 안 피디가 우진 형을 바라보았다.

"근데 우진 씬 술 진짜 못하네. 어떻게 술을 그리 못 마셔요?"

"못하는 게 아니라 안 하는 겁니다. 맨 정신으로도 잘 놀거든요."

분위기를 띄우는 데 일가견이 있는 사람이다. 덕분에 기분이 점점 풀어졌다. 안 피디가 웃음 띤 눈으로 나를 보더니 조심스럽게 말을 건넸다.

"둘이 좀 친하게 지내 봐요. 이게 뭐야. 어떻게 커플로 나오는 배우 두 명이 촬영장에서 제일 말을 안 섞어."

"……열심히 하겠습니다."

조용히 있던 박 감독이 술잔을 채우며 들으라는 듯 말했다.

"지금 열심히 하라는 뜻이 아니잖아. 수능 보냐?"

"아시잖아요. 저 잘생긴 남자하고 말만 해도 스캔들 나는 거."

"파트너라고 편들어요? 그럼, 박우진은 열라 못생겨서 말 잘 섞는 겁니까?"

"거기서 왜 제 이름이."

"재유는 스캔들 난 적이 한 번도 없으니까 보호해 주려고 그러죠. 선배로서."

"아, 그런 거였어요? 그걸 믿으라고 지금?"

"그런 점도 있고. 입장 바꿔 생각해 보세요. 서재유 팬들이 허구한 날 촬영장에 진을 치고 둘러서 있는데 감독님 같으면 말이 잘 나오겠어요? 팬들 눈에서 레이저 빔 나오게 생겼는데? 그거 맞으면 즉사할 거 같은데? 내가 간이 작아졌어. 간이. 그래도 우리 꽤 친한데?"

"그게 친한 거면 안 피디하고 나는 부부 사이겠네."

"어머, 박 감독! 나한테 흑심 있었어? 진작 말하지. 우리 남편한테는 비밀로 할게."

"당신은 고정하시고요. 둘이 열애설이 날 정도로 친밀하게 지내 보라고. 친한 척만 하지 말고."

"알았어요, 감독님. 내가 욕 좀 먹고 말지 뭐. 어차피 늘 먹는 욕. 서재유, 우리 악수라도 할까? 친밀하게 지내자는 의미로?"

누나가 손으로 주먹을 만들어 내 손을 가볍게 터치했다. 나는 손을 들어 주먹을 마주치는 흉내를 냈다. 내 주먹의 반밖에 안 되는 작은 주먹이 귀엽다는 생각이 들었다. 곧이어 새로 나온 7, 8회 대본으로 화제가 바뀌었다. 그러다 보니 다시 김재현의 지독한 사랑이 화제에 올랐다.

내가 지켜서라도 이 죽을 것 같은 대단한 사랑 꼭 하고 만다. 속으로 이를 갈 때 성현 누나가 혼잣말처럼 중얼거리기 시작했다.

"진짜 너무하시는 거 아니에요? 먹고 사는 것도 힘들어 죽겠는데 왜 사랑까지 힘들게 하라고 그래. 배우들하고 원수졌어요? 우리도 평범하게 살자고요. 오후 내내 방에서 수학 공부하다가 잠깐 물 마시러 나왔더니 빨리 들어가서 영어 공부 안 하느냐고 다그치는 엄마 같아. 밥이라도 편히 먹고 잠도 좀 자야 일도 하고 사랑도 할 거 아니에요. 아, 추워! 여기 난방 안 하나?"

그녀의 목소리가 점점 커졌다. 취한 것도 같고 아닌 것도 같다.

"다들 입으로는 연기는 진실하게 해야 한다고 그러죠. 말은 좋지. 진실이 뭔데요? 가식적으로도 연기 잘하는 배우가 얼마나 많은데. 이헌수가 인간성이 좋아서 연기 잘하는 거예요? 배유정이 사랑을 죽도록 많이 해 봐서 연기파인 거냐고요? 그렇게 따지면 줄리엣하고 죽을 만큼 사랑하다 진짜 죽어 버린 로미오는 연기 신동이겠네? 카사노바는 평생 연기 천재고. 왜 웃어요? 난 진지한데?"

아까부터 우진 선배는 누나의 말을 멈추게 하고 싶어 했다. 박 감독이 그냥 놔두라고 눈짓을 보냈다.

"박우진, 나 안 취했거든. 다섯 잔밖에 안 마셨어. 가서 아저씨한테 난방 좀 올려 달라고 해 주라. 박 감독님이라도 재유 좀 그냥 놔두면 안 돼요? 안 그래도 이 감독님, 카메라 감독님한테 종일 시달린 애를 왜 잠도 안 재우고 들들 볶아요. 재유가 돼지 두루치기야 뭐야. 서재유, 지금부터 요이 땅! 사랑하고 와! 그럼, 네! 빨리 하고 올게요, 하고 갔다 올 수 있는 거냐고요? 그게. 나도 아직 못 해 봤어요. 감독님이 말하는 죽을 거 같은 사랑!"

안 피디는 아주 재미있는 드라마의 클라이맥스를 보는 것처럼 몰입해 있었다.

"내가, 오직 연기를 위해 죽을 만큼 사랑하다 진짜 죽어 버리면 박 감독님이 제 인생 책임질 거예요? 아이, 씨! 책임은 무슨 책임! 드라마 끝나면 땡이겠지. 노력만으로 다 될 일 같으면 세상 뭐가 걱정이야. 죽을 만큼 그림을 사랑하면 그림까지 잘 그려요? 허구한 날 음악을 듣는다고 위대한 작곡가가 되냐고요? 입으로는 뭘 못 해. 말로는 나도 아카데미 여우주연상 받을 수 있어. 베니스, 칸? 베를린도 다 내 거야!"

반쯤 비워진 소주잔을 바라보며 생각했다. 이 여자가 포스터 촬영할 때 다른 생각은 하지 말고 자기 눈만 바라보라고 하던 그 여자와 동일 인물인가. 《노인과 바다》를 말하며 그 책을 읽으면 살고 싶어진다고 고백하던 그 여자와 같은 사람인가. 몇 시간 전까지 흠뻑 젖은 채 눈물을 줄줄 흘리던 그 여자가 정말 맞나.

나는, 추운 데서 한참 떨다 김이 오르는 탕 안으로 들어가는 기분으로 그녀의 목소리를 들었다. 한마디 한마디가 따뜻하게 내 안으로 스며들었다. 우진 형이 성현 누나를 보며 이제 그만 보내야겠다고 걱정했다. 안 피디는 이게 연기의 한 장면이면 완전 대박이라고 감탄했다. 박 감독은 감정을 감춘 목소리로 성현 누나에게 할 말이 더 있는지 확인했다.

"집에 가고 싶은데……. 술은 이제 그만. 아, 할 말 다 했어요. 죄송한데 저 좀 잘게요. 안 그래도 성형했다고 루머 돌던데, 얼굴까지 퉁퉁 부어 나가면 보톡스까지 맞았다고 할 거야.

전생에 단체로 나랑 원수였나. 독감 주사도 무서워 못 맞는 내가 양악을 어떻게 해. 턱을 어떻게 깎아. 진짜 너무하는 거 아니야? 안 피디님, 조심해서 들어가세요. 아, 박우진, 서재유도 잘 가고…….”

목소리가 점점 느려지는 걸 보니 소주 몇 잔에 취한 게 분명했다. 피곤하기도 할 것이다. 남자인 나도 이렇게 힘든데. 안 피디가 걱정스러운 얼굴로 누나의 어깨를 살짝 흔들었다.

“성현 씨, 집에 가야지.”

“……데리러 올 거예요.”

“누가? 언제?”

“찬이가…… 금방 연락……. 전화 오면 저 꼭 깨워 주…….”

누나가 갑자기 가방을 주섬주섬 뒤적이더니 지갑을 열고 2만 원을 꺼내 테이블 위로 올려놓았다.

“내 술값…….”

테이블 상판에 덩그러니 놓인 만 원권 두 장이 날 미소 짓게 했다. 다시 누나를 봤을 땐 테이블에 기대 잠이 들어 있었다. 순식간이었다. 춥다고 했는데. 뭐라도 덮어 줘야 할 것 같은데. 내 옷이라도 괜찮을까, 생각할 때 박 감독이 입고 있던 야상점 퍼를 벗어 누나의 좁은 등을 덮어 주었다.

“감기 걸리면 촬영에 지장 생기는 것도 모르나. 배우가 자기 관리 하고는.”

제자리로 돌아간 그는 삐딱한 미소를 물고 깊이 잠든 누나를 바라보았다.

"말 잘하네. 겁도 없이. 맨 정신으로 그런 거면 이걸 어떻게 해석해야 돼? 진짜 어이가 없어서."

언제부터 시작된 건지 출처를 정확히 알 수 없는…… 낯선 떨림이 나를 휘감아 왔다. 지금 박 감독이 느끼는 감정과 내가 느끼는 감정엔 분명 교집합이 존재한다. 박지형 감독이 진짜 어이없어하는 건 주절주절 하고 싶은 말을 늘어놓은 채 잠들어 버린 이 작은 여자에게 느낀 감정의 소용돌이일지도 모른다.

"귀엽다, 이 여자! 동영상으로 찍어 놓을걸. 〈온리 원〉에 이런 장면 필요 없나? 오 작가한테 말해 줘야지!"

안 피디의 말을 듣던 우진 선배가 오래전 얘기를 꺼냈다. 두 사람은 잠시 잠든 여자를 소재로 대화를 나누었다.

"성현 누나, 예전에 같이 영화 했을 땐 정말 반짝반짝했는데. 왜, 예쁜 샛별 같은 그런 느낌 있잖아요."

"우진 씨 몇 살 때?"

"제가 재유보다 훨씬 어렸을 때요. 누나도 그땐 재유보다 어렸는데. 스태프들이 누날 정말 예뻐했어요. 대중의 눈이란 게 늘 정확한 건 아닌 것 같아요. 혹시 오해하실까 봐 덧붙이는데, 전 누나 짝사랑한 적 없습니다. 그땐 여자 친구가 있었거든요."

"누가 뭐래요?"

"누가 뭐랄까 봐. 흐흐흐……."

안 피디가 잘 손질된 누나의 손톱을 하나하나 신기한 듯 만져 보며 혼잣말을 했다.

"수상한 세월이 사람 하나 망쳐 놓은 거지. 근데 뭐가 이렇게 불공평하냐. 성현 씬 입 벌리고 자도 예쁘네. 우리 남편이 찍어 놓은 내 취침 사진은 차마 눈 뜨고 볼 수가 없던데."

살짝 벌어진 누나의 입 속으로 가지런한 치아가 보였다. 성현 씬 입 벌리고 자도 예쁘네, 그 말에 선뜻 동의하는 내가 낯설다. 내 몸을 감싼 뜻밖의 감정은 쉽게 사라져 주지 않는다. 누나가…… 불편해 보인다. 성현 누나를…… 살며시 눕히고 내 다리를 베게 해 주고 싶다. 그래도 된다면, 아기처럼 안아서 편히 재우고 싶다. 잠시만이라도.

거의 동시에 나는 이 모든 생각이 내 머릿속에서 나왔다는 걸 깨닫고 흠칫 놀란다. 샛별처럼 빛났다는, 나보다 어린 나이의 백성현을 떠올리며 미소 짓는 내가 나 같지 않아 불편하다. 불편하다. 이 순간의 떨림과 망설임이.

"속눈썹 좀 봐. 여자인 나도 만져 보고 싶네."

남자인 나도 만져 보고 싶다. 나는, 이렇게 낯선 나를 참을 수가 없어서 소주잔을 들어 입으로 털어 넣었다. 휴대폰 벨 소리가 울린 건 10분도 지나지 않아서였다. 안 피디가 대신 전화를 받았다. 누나는 전화가 오는 줄도 모르고 여전히 잠들어 있다.

내 머릿속은 그녀를 고단한 잠에서 깨지 않도록 집까지 고이 옮겨 주고 싶다는 생각과 내가 뭐라고 이런 주제넘은 상상을 하고 있나 하는 상반된 생각으로 어지러웠다. 결국, 오늘의 술자리는 박 감독의 의도대로 진행된 건가.

"……네, 네. 거기요. 거기서 우회전하면 바로 보여요. 좀 전에 잠들었는데 깨울까요? ……그럴게요. 먼저 끊습니다. ……

와, 목소리 대박! 내가 남자 목소리는 좀 아는데, 이 남자 분명 젊고 키 크다. 체격도 좋고. 내기해도 좋아."

누굴까, 그 남자가. 내가 차마 묻지 못한 걸 박 감독이 궁금해했다.

"누군데?"

"키 크고 몸 좋은 남자라니까. 궁금해도 조금만 참아."

5분도 채 지나지 않아 젊은 남자가 술집 문을 열고 들어왔다. 손님이라곤 우리밖에 없었다. 안 피디 말대로 큰 키에 체격이 좋은 젊은 남자였다. 누가 봐도 미남이라고 할 만한 외모. 안 피디가 박 감독에게 작게 속삭였다.

"내 말 맞지?"

박 감독이 벌떡 일어나 그 남자를 맞이했다.

"성현 씨 데리러 오신 분이죠?"

"네. 죄송합니다. 얼른 데리고 갈게요."

목소리가 성우처럼 듣기 좋았다. 남자가 테이블에 엎드려 자는 성현 누나를 보고 어이없어하는 표정을 지었다. 걱정으로 심란한 눈빛. 남자의 눈엔 나머지 사람들은 보이지도 않는 모양이다. 누구지? 이 남자?

그때까지 조용히 있던 우진 선배가 그 남자를 향해 돌아앉았다.

"오랜만이다! 이젠 몰라보겠네."

"어, 형! 형도 있었네요. 군대 다녀와도 하나도 안 삭았네."

"나야 타고났잖아."

"하하. 형은 여전하네요."

"누나가 많이 마신 건 아닌데 오늘 촬영이 좀 힘들었거든. 되게 피곤할 거야."

이 깊은 밤, 술에 취해 잠든 여자를 당당하게 데리러 올 수 있는 남자. 누구지?

"닮긴 닮았네. 남매가. 박 감독, 이분 성현 씨 동생이래."

성현

집으로 돌아오는 차 안. 히터를 최대한 높여 달라고 부탁하고 뒷좌석에 누웠다. 눈을 감아도 어질어질했다.

언젠 잠든 걸까. 눈을 뜨니 제일 먼저 동생 등에 업힌 나를 지켜보는 서재유가 보였다. 재유는 반소매 차림이었고, 내 등엔 그의 겉옷이 덮여 있었다. 그것도 모자라 그 애의 한 손엔 내 구두까지 들려 있었다.

비싼 짐처럼 뒷좌석에 부려진 난 반팔 차림 그대로 오던 길을 되돌아가는 서재유를 잠시 바라보았다.

"서재유 말이야, 나보다 어려 보이는데?"

"그건 니가 노안이라서 그런 거고. 동생아, 넌 나보다도 들어 보여요."

드라마에 들어갈 걸 미리 알았다면 체력을 비축해 놓았을 텐데 하는 생각. 오늘 밤은 쓸데없이 말이 많았어 하는 후회. 왜 이렇게 추운 거지? 감기라도 걸리면 큰일인데 하는 걱정. 말이 없는 그 아이 마음속으로 들어가 보고 싶다는…… 뜻밖의 결론.

"이런 얼굴이 잘 안 늙는 거야. 10년 후에도 이 얼굴일 거라고 장담하네요."

아빠와 동생은 내가 마음껏 사랑해도 좋은 유일한 남자들이다. 나는 서울 변두리에서 태어나 그 동네서 내내 자랐다. 일곱 살까지 혼자 크던 난 친구들은 다 있는 동생이 나만 없다며 낳아 달라고 엄마를 조르기 시작했다. 엄마만 조르면 되는 줄 알았던 나이였다.

지금은 나보다 20센티나 더 크게 자라 징그러울 정도지만 어려선 정말 귀여웠다. 나는 엄마처럼 동생에게 우유를 먹이고 기저귀를 갈아 주고 일상생활에 필요한 언어를 가르쳤다. 자전거 타는 법을 가르친 것도, 숫자와 한글을 가르친 것도 나였다.

재유는 내 동생과 비슷한 나이다. 솔직히 나는 그 아이가 진아, 라고 다정하게 부르는 것보단 누나라고 하는 게 자연스럽다. 그러나 그에게 같은 또래의 남동생이 있다는 걸 굳이 밝히지는 않았다.

나한테는 너만 한 남동생이 있어. 터울 많은 늦둥이 동생이지. 그러니 난 너에게 한참 누나야. 그런 인식을 심어 그 아이 머릿속에 가득 차 있는 김재현을 혼란스럽게 하고 싶지 않았다. 김재현은 드라마가 끝날 때까지 순수한 마음으로 선우진을 좋아하고 사랑해야 하니까. 이젠 그것조차 글러 먹은 생각 같지만.

짐작은 했지만 이렇게까지 힘들 줄은 몰랐다. 서재유는 가수로 시작한 연기자다. 정통 연기자가 아닌 파트너와 연기를 하는 건 처음이었다. 내가 방송과 멀어진 사이 가수 출신, 혹은 아이돌 출신의 배우 겸업은 트렌드가 됐다.

이상하게 그 애는 내 눈을 똑바로 못 볼 때가 있다. 농담 삼아 "내가 무서워?" 말하기도 하지만, 연인의 눈을 바라보지 않는 남자와 어떻게 사랑을 진전시킬 수 있겠는가. 여전히 그 아이를 둘러싼 매니저들과 코디 군단은 촬영이 중단될 때면 나에게서 그를 재빨리 낚아채 간다. 가끔은 그들에게 '나 저 애 안 잡아먹어요! 줘도 싫어요!' 소리치고 싶은 충동을 느낄 정도다.

좀 지쳐 간다. 특히 오늘 같은 날은. 추운 걸 유난히 싫어하는 나는 두 시간 내내 비를 맞고 울어야 했다. 어차피 말려도 또 젖을 거 그냥 가자고 한 건 나였다. 재유는 나에게 미안해했다. 말을 많이 하지 않아도 느껴졌다. 사람이라면 그게 당연하지만, 나까지 싫은 티를 낼 순 없었다. 이미 그 앤 이규석 감독의 건조하고 낮은 어조에 기가 죽은 상태였다. 어쩌면 야단을 많이 안 맞고 자란 아이인지도 모른다. 평생 칭찬만 받고 자랐든가.

그 다혈질 감독이 그렇게 조용해진다는 건 극도로 화났다는 뜻이다. 나도 더는 울 자신이 없다고 생각했을 때 촬영이 중단됐다. 이 감독의 판단은 늦은 감이 있지만, 밤을 꼬박 새워 봐야 서재유에게서 원하는 연기를 빼 올 수는 없었을 것이다. 너무 추워서 박지형 감독의 서슬 퍼런 제안이 반가울 정도였다.

박우진만 빼고 다들 술을 잘 마셨다. 나도 분위기 맞출 정도로 마실 줄은 안다. 그중에서도 서재유가 제일 잘 마셨다. 안주는 거의 손대지 않았다. 뭘 푸짐하게 먹는 걸 한 번도 본 적이 없는 것 같다. 박 감독과 안 피디는 이 자리를 빌려 우리 두 주인공을 '친밀하게' 만들어 주려고 한 모양이지만 그 애는 여전히 말이 없었다.

뜨끈한 국물과 소주 때문에 몸이 풀어진 나는 친밀이고 뭐고 너무 피곤해서 집으로 가고만 싶었다. 화장실에 다녀오면서 동생한테 데리러 오라고 연락하는데 왠지 기운이 빠졌다. 서재유란 남자의 껍질이 얼마나 단단한지, 차라리 나에게 쉽게 빠지던 예전의 파트너들이 그리울 지경이었다. 적어도 사랑하는 연기는 자연스럽게 나올 테니까.

대본을 설렁설렁 외워 오는 건 아니다. 내 대사는 물론 등장인물들의 대사까지 다 꿰고 있었다. 대충 시간이나 때우며 연기하는 척하다 광고나 꿰차려고 하는 건 더더욱 아니었다. 열심히 하는 건 눈에 보였다. 뜻대로 되지 않을 뿐이지. 갑자기 동생의 목소리가 들렸다.

"실물이 더 남자다운데? 덩치도 생각보다 크고."

"춥다. 히터 튼 거 맞아?"

"최고로 올렸어. 근데 연기하는 사람이 왜 저리 표정이 없어?"

"낯을 가리는 성격 같아. 그래서 더 힘들어. 촬영장마다 팬들이 하도 따라다녀서 콘서트장인지 촬영장인지도 헷갈리고.

그렇게 주시하는 사람들이 많은데 자연스럽게 하기도 힘들겠지. 옆에서 보는 사람도 피곤한데."

"누나가 많이 힘들겠네. 괜히 한다고 한 거 아냐?"

"그래도 이 정도면 감지덕지지. 어디 가서 이런 조건으로 일을 하겠냐. 잘 거니까 말 시키지 마. 아, 백성찬. 집 더러운 건 아니겠지?"

"누님, 그게, 내가 늦도록 공부삼매경을 헤매다 와서……."

"괜찮아. 낼 치우면 되지 뭐. 니가. 전부! 도착하면 깨워."

"편히 주무십시오, 누님."

자기 전부터 으슬으슬한 게 몸살이 날 것 같더니 역시나 열이 점점 올랐다. 38.7도. 일어나자마자 병원에 들러 급하게 열을 식히고 가능한 한 덜 졸린 약을 처방해 달래서 먹었다. 토요일이라 수업이 없는 동생이 종일 날 따라다니기로 했다.

병원에 가기 전에 안 피디에게 전화해 사정을 말하자 차라리 잘됐다며 선우진이 아픈 장면부터 찍자고 했다. 변경 가능한 스케줄이어서 다행이었다. 이 상태로 비 맞는 장면을 찍는 건 무리일 테니. 오피스텔에서의 장면은 대본에선 훨씬 앞이지만 촬영 동선상 미뤄 두었던 신이기도 했다.

장소는 실제 사람이 사는 곳이다. 그야말로 리얼리티가 물씬 넘치는 평범한 30평대 오피스텔. 우중충한 갈색 소파, 유리가 얹어진 타원형 테이블, 짙은 쥐색의 철제 책장. 집 안엔 작은 선인장 화분 하나 없다. 전체적으로 삭막했으나 벽면은 마음에 들었다. 거실 책장에 책과 대본집, 드라마와 영화 DVD, 음악 CD가 가득 꽂혀 있었다. 궁금해서 슬쩍 둘러보니 집 안 곳곳에 책이 많았다.

박지형 감독이 실제로 사는 집이라고 한다. 집이 사람을 빼닮았군. 그 생각에 피식 웃음이 나왔다. 거실엔 촬영에 직접 참여하는 최소한의 인원만 들어와 있다. 박 감독은 아직 도착 전이었다. 안 피디가 손을 들어 알은체했다. 서재유는 5분 안으로 도착 예정. 몸은 괴로워도 촬영장마다 재유를 따라다니는 팬들이 안 보이니 마음 편했다.

20분 뒤, 담요를 덮고 누운 나는 감독의 큐 사인이 떨어지기만 기다렸다. 열이 올라 끙끙거리는 선우진이 거실에 누워 있고, 재현이 그 얼굴을 안타깝게 내려다보며 이마에 손을 댈까 말까 망설인다. 누우니 그저 자고 싶었다.

씬 68. 회사 선배 집 거실. 이른 아침.

김재현: (걱정스러운 얼굴로) 이마 좀 만져 봐도 돼요? 열기가 여기서도 느껴지는데.
선우진: (아픈 티 안 내며) 달걀 프라이 해도 될 정도로? (옅은 미소)
김재현: (조심스럽게 말하며) 이마에 손⋯⋯대요.

지문에 눈을 감지 말라고 쓰여 있다. 재현을 흉내 낸 재유의 손이 이마 위에 살포시 내려앉았다. 이 이상 어떻게 자연스럽겠는가. 초점이 흐려진 눈은 자꾸 감기고, 미리 술을 마셔 두거나 분장을 하지 않아도 얼굴이 한껏 달아올라 있는데.

촬영하느라 몇 번 잡아 본 재유의 손은 대부분 차가운 편이었는데 오늘은 따뜻하게 느껴졌다. 제발 NG 없이 갔으면 좋겠다. 컷! 소리가 들리자마자 재유가 다급히 외쳤다.

"누나 진짜 열나나 봐요! 뜨거워요!"

"그걸 이제 알았어요?"

안 피디의 대답을 들은 서재유가 평소답지 않게 내 이마를 다시 만졌다.

"병원에 가야 하는 거 아닌가. 머리가 불덩이 같아요. 열 많이 오르면……."

"다녀왔어. 호들갑 떨지 마."

나를 바라보는 재유의 눈동자가 걱정스럽게 흔들렸다. 다시 한 번 괜찮다고 그를 안심시켰다. 다음 촬영까지는 다행히 텀이 좀 생겼다. 안 피디의 배려일 것이다. 재유가 죽과 약을 사러 가는 장면을 찍으러 나간 사이 병원에 들러 링거를 맞았다. 다시 오피스텔에 와 보니 다들 날 기다리고 있었다. 촬영에 들어가기 직전 재유가 조용히 다가왔다.

"정말 괜찮아요? 아직 얼굴이……."

"대본하고 싱크로율 딱 맞지 않아? 자연스러우니까 더 좋지 뭐."

"링거 맞으러 갔었다고 하던데. 주사 무섭다면서요?"

"어떻게 알았어?"

"새벽에 술집에서 주사 무서워서 성형도 못 한다고."

"아! 내가 말이 너무 많았지? 박 감독이 나 죽이고 싶어 하지 않던?"

"……아뇨."

"넌 괜찮아? 너도 똑같이 비 맞았잖아."

"괜찮아요. 미안해요. 나 때문에."

"그래도 다행이네. 둘 다 아파 봐라. 이 감독님 또 화내지. 모태 다혈질!"

내 말을 듣던 재유가 피식 웃었다. 이런 거로도 고마워해야 한다니. 부모님은 내게 보기 좋은 얼굴과 회복력이 뛰어난 체력을 물려주셨다. 다행히 열감기는 더 심해지지 않았고, 나와 서재유, 또 다른 조연 배우 셋이 함께 죽을 먹는 신을 NG 없이 찍었다.

죽은 서재유가 광고하는 식품회사에서 협찬한 것이었다. PPL의 절반이 인기 스타 서재유가 광고하는 제품이다. 이 드라마가 끝나면 나도 다시 CF를 찍는 연예인이 될 수 있을까.

종일 굶다시피 해서 허기졌던 나는 실제 파는 죽보다 더 좋은 재료로 만들어진 전복죽 한 그릇을 싹 비웠다. 목이 아픈 건 큰 문제가 안 됐다. 배가 고픈 건 내가 못 견디는 일 중 하나니까. 재유도 한 그릇을 다 먹고 더 달라며 그릇을 내밀었다.

"아이고, 경사 났네. 니가 이렇게 잘 먹는 거 처음 본다?"

저절로 농담이 튀어나오는 걸 보니 아픈 게 거의 나아 가는 모양이다.

"누난 되게 복스럽게 잘 먹는 것 같아요."

장난스럽게 대꾸했다.

"살면서 제일 자주 듣는 칭찬이야."

"보기 좋아요. 깨작거리지 않아서."

카리스마가 지나친 이 감독이 빠져서일까. 안 피디가 촬영하는 장소는 늘 화기애애한 편이다. 재미있고 소탈한데다 상대방을 무방비 상태로 만드는 데 탁월한 재주가 있는 사람. 농담 한마디를 해도 남을 깎아내리며 하지 않아서 더 좋다. 재유도 마음이 풀어졌는지 평소보다 잘 웃고 말도 제법 했다.

그날 이후 촬영이 훨씬 편해졌다. 초등학교에 처음 입학해 이제 막 적응을 끝낸 아이를 둔 엄마처럼 나도 한시름 놓았다. 생각해 보니 동생 성찬이 처음 초등학교에 입학했을 때도 그랬던 것 같다.

며칠 뒤 나는 완전히 회복했고, 우리는 다시 비 내리는 날 신을 찍었다. 다행히 살수차를 부를 필요가 없었다. 오후부터 꽤 굵은 줄기를 뿌리며 봄비가 내렸다.

비 신을 앞두고 재유에게 몇 마디 해 줄까 망설이다 그만뒀다. 내가 아니어도 서재유의 연기에 대해 신경 써 줄 사람은 많을 테니. 나까지 한다면 그건 조언이 아니라 스트레스를 보태는 일이 될 수도 있다. 나 역시 남 생각해 줄 처지가 아니었다. 우는 연기만큼은 그래도 자신 있지만, 몇 시간 전부터 심신을 컨트롤하고 있어야 한다. 오늘은 지난번처럼 미리 진을 빼지 않으리라.

분주하게 레일을 까는 스태프들을 바라보며 노래를 흥얼거렸다. 아주 어려서부터, 뜻도 잘 모를 때부터 비만 오면 부르게되는 노래.

이 밤 왠지 그대가 내 곁에 올 것만 같아. 그대 떠나 버린 걸 난지금 후회 안 해요. 그저 지난 세월이 내리는 빗물 같아요. ……그누구나 세월 가면 잊혀지지만 사랑은 창밖에 빗물 같아요.
— 양수경 〈사랑은 창밖에 빗물 같아요〉 가사 중에서

"사랑이 창밖의 빗물 같다는 게 도대체 무슨 뜻이야?"

재유였다. 그 애와 나는 며칠 사이 지난 한 달 보름 동안 좁히지 못했던 거리를 훌쩍 뛰어넘었다. 이젠 적당히 반말과 높임말을 섞어 쓰는 사이.

"가사에 나오잖아. 창밖의 빗물처럼 잊히는 거라고. 내리는빗물처럼 사라진다고. 사랑은 그런 거라고 하는 게 아닐까."

"이상한 제목이네. 멋있는 척하는 제목이야."

"그래도 온갖 외계어로 도배된 요새 가사보다 낫지 않아? 니노랜 안 그래서 좋더라."

"내 노래…… 들어 본 적 있어요?"

"어. 니 노랜지도 모르고 들었던 것도 있더라고. 히트곡보다덜 히트한 게 더 낫던데? 뭐랄까, 서재유 노래엔 아날로그적 감성이 있다고 해야 하나. 그런 점이 마음에 들어."

가만히 내 얼굴을 바라보던 재유가 속삭이듯 말했다.

"오늘은 고생 안 시킬게요."

무언가 꾹꾹 눌러 담은 말투였다.

"……그래."

나는 내 마음을 우울 모드로 진입시켰다. 사랑하지 않는 사람을 떼어 놓은 적은 있었어도 사랑하는 사람을 억지로 떼어 놓은 적은 없었다. 그러므로 선우진으로 변한 내 눈물은 상상력이 가미된 거짓 눈물에 가깝다. 이렇게까지 아픈 사랑은 한번도 해 본 적 없기 때문에.

차 안 신부터 촬영한다. 어차피 비를 맞아야 해서 비비크림 외엔 분장도 하지 않았다. 5회 대본 73번 신. 5회의 끝 부분이다.

선우진: (아무렇지도 않게) 비가 많이도 오네.

김재현: (조심조심 천천히) 진짜…… 전화 안 하려고 했는데……. 비 오는 거 보니까 생각났어요.

선우진: (담담하게 조금은 냉소적으로) 그때, 내가 왜 비 이야기를 꺼냈을까. 그깟 비가 뭐라고.

김재현의 대사가 꼬여 한 번 NG가 났지만 그다음에 바로 오케이 사인을 받았다. 평소보다 진행이 빨랐다. 다음 신은 한밤중 공원. 장소를 근처로 옮겼다. 차 밖으로 나온 두 사람. 아슬아슬한 대화를 나누던 선우진이 감정을 조절 못 해 김재현에게 마음에도 없는 말들을 퍼붓는다. 사연이 복잡한 사람들이다.

이렇게 머리 아픈 사랑, 나라면 할 수 있을까. 저 아이라고 해 본 적 있을까.

선우진: (단호하게) 그래. 김재현한테 관심 없기가 쉬운 줄 알아? 그건 다른 여자들도 마찬가지일 거야. 그래서 어쩌라고? 어떡하자고?

김재현: (북받치며) 어떻게 하자는 게 아니라······. 자꾸 보고 싶고, 같이 있고 싶고······.

선우진: (감정을 억누르며) 그다음엔 어떻게 할 건데? 우리가 다시 편하게 만나려면 이쯤에서 그만두는 게 좋아. 어서 가. 가라고.

김재현: (슬픈 목소리로) 근데 왜 울려고 해요? 응? 왜 울려고 해? 나보고 자꾸 가라면서?

실제의 나는 남자 앞에서 잘 우는 편이 아니지만, 선우진은 나보다 마음이 약하다. 진은 재현을 사랑한다. 인정하고 싶지 않을 뿐이지. 인정할 상황이 안 될 뿐이지. 이 순간만큼은 진이 너무 불쌍해서 저절로 눈물이 흐른다.

김재현으로 변한 서재유의 눈. 그 눈에서 나는 선우진을 향한 깊은 애정을 찾고 있다. 그러나 빗물과 눈물로 시야가 흐려져 자세히 보이지 않는다. 갑자기 이 모든 상황과 상관없이 서러웠던 지난날이 떠오르면서 눈물이 쏟아진다. 목이 메어 힘들지만, 울음을 꾹 누르고 다음 대사를 천천히 떠올렸다.

선우진: 나는······ 나는······ 니가 좋았던 게 아니야. 넌 그냥······.

김재현: 거짓말, 거짓말, ……거짓말.

김재현의, 서재유의 말끝이 점점 흐려진다. 놀랍게도, 그 아이의 큰 눈이 점점 붉어지더니 눈물이 흘러내리기 시작한다. 다행히, 그 눈물은 쉽게 그치지 않는다.

재유

우리 형제는 자주 연락하지 않는다. 나 역시 심심하다고 여기저기 전화를 걸어 수다 떠는 성격이 아니다. 오랜만에 형에게 전화라도 걸어 볼까 하던 순간 형의 전화를 받으니 기분이 이상했다. 텔레파시라고 우기고 싶지는 않지만, 우리 사이에도 쌍둥이들만이 느끼는 뭔가가 있는 걸까.

나지막이 전화선을 타고 온 서준유의 첫마디.

— 밥은 먹었어?

"시간이 몇 신데. 잘돼?"

— 잘 안 돼.

"어떤 점에서?"

— 모든 점에서. 지금 니가 있는 곳에서 바다 바로 보이냐?

뭐야, 이 인간?

순간 주위를 둘러봤다.

설마?

내가 보일 리가 없지. 밤바다를 바라보며 세 번째 캔 맥주를 마시고 있었다. 파도 소리가 음향 효과로 써도 좋을 만큼 그럴 듯하게 들렸다.

그건 그거고. 새벽이나 한밤중이나 커플들의 바닷가 행진은 100만 년 묵은 진리처럼 변함이 없다. 저 사람들은 잠도 없나? 가까운 숙박업소에나 가서 껴안고 주무시지. 나도 마음만 먹으면 양쪽에 삼백 궁녀쯤은 거느리고 다닐 수 있다고! 너무 많은가. 삼십 궁녀로 수정할까, 이따위 허접스러운 생각을 하고 있을 때였다.

여태까지 내가 투덜댄 것만 보면 우리 형제 사이가 안 좋을 거라고 짐작하겠지만, 사실 그렇지는 않다. 밖에선 같이 다닌적도 거의 없고 굳이 알은척하지도 않지만, 집에서만큼은 보통의 형제들보다 사이좋게 자랐다. 형과 내가 싸우는 건 부모님이 가장 못 참아 하시는 일이었다. 엄마는 내가 형의 이름이라도 부를라치면 필요 이상으로 화를 내시곤 했다.

"서준유가 뭐니? 형한테?"

"엄마, 쌍둥이들은 형 동생 안 해. 그냥 이름 부르지. 1월 1일에 태어난 애하고 12월 31일에 태어난 애도 서로 이름 부르는데, 쟤가 나보다 30분 먼저 태어난 게 뭐라고……."

"네 친구한테나 그러고, 형한텐 형이라고 불러. 한 번만 더이름 부르다 걸리면 용돈 없을 줄 알아!"

"아, 뭐 이런 경우가! 어머니, 이건 아니지. 치사하게 금전으로 사람을 움직이나……요?"

"저건 아주 그냥. 어이구."

"놔두세요. 이름 부르면 어때서요. 그게 뭐 대단한 거라고."

그래서 난 서준유라고 부르지 못하고 형이라고 불렀다. 형의 화법은 사람을 순하게 만드는 구석이 있다. 생각만으론 온갖 화풀이를 다 하고 싶은 때도 막상 목소리를 들으면 화가 수그러든다. 표정을 보면 더 화를 못 낸다. 그것도 재능이다. 함부로 넘보지 못할 재능.

"너무 부담 갖지 마. 뭐라 하는 인간들 있으면 개 무시해. 말로는 뭘 못 하냐. 가만 보면 초등학교 연극무대도 한 번 못 올라가 본 사람들이 더 씹어요."

— 요새도 사진 많이 찍어?

"요 며칠 카메라 가방도 안 열어 봤어. 그냥 다 시들하다."

— 스웨덴 들어가. 어떻게든 내가 끝까지 할 거니까. 이젠 그런 짓 안 해.

"형 때문에 안 들어가는 거 아냐."

— 이젠 거짓말도 하네. 다들 내가 아무것도 모를 거라고 생각하나 봐.

"어차피 봄까진 한국에서 지내려고 했어. 다른 데 가려고. 양양은 지겹네."

— 집에 좀 가 봐. 나도 집에 간 지 좀 됐어. 전화도 가끔 드리고.

"알았어. 3개월만 꾹 참고 해. 석 달 금방 지나가."

— ……하루가 열흘처럼 길면 석 달이 얼마가 되냐.

"연기하기 싫지?"

— 하고 싶은 것만 하고 사는 사람이 몇이나 되겠어. 필요한 거 없어?

여자. 기왕이면 젊고 예쁜 여자, 할까 하다 말았다.

"형 회사에서 돈 받았잖아. 일도 안 하고."

— 그건 내가 준 게 아니니까. 싸구려 술 아무거나 마시지 마라. 속 버려. 아무 데서나 자지 말고.

"아, 잔소리! 울 엄마 아들 맞네."

— 경영학이 안 맞으면 전공을 바꿔 봐. 사진을 제대로 배우든지. 예쁜 여자랑 연애도 하고. 하고 싶은 거 다 하고 살아. 끊어야겠다.

한동안 날이면 날마다 형의 인터뷰 기사가 나왔다. 〈온리 원〉 작가라는 통통한 아줌마의 기사도 보였다. 어찌나 말을 잘하는지 인터뷰 기사가 술술 읽혔다.

여주인공 성현은 인터뷰를 거의 하지 않는다. 그나마도 조심스러운 화법이 대부분이었다. 권혁주 이사가 가끔 전화를 걸어 드라마 관련 소식을 들려주었다. 서준유는 그럭저럭 파트너에게 적응해 가는 모양이다.

드디어 〈온리 원〉 첫 회가 방송됐다. S 방송국 주조정실에서 내보낸 수목 드라마 〈온리 원〉은 송신 안테나를 타고 집집이 보내졌다. 그 드라마를 선택한 집은 100가구 중 열두 가구가 약간 넘었다. 나머지 87.7가구는 도대체 뭘 보는 거지? 이걸 보란 말이야, 이걸! 평균 시청률 12.3퍼센트. 첫 회치고는 상당히 괜찮은 수치라고 한다.

엄마가 드라마가 끝난 지 10분도 안 돼서 친히 전화를 걸어왔다.

— 연기 잘하지?

"누구요?"

— 누군. 네 형.

"어머니, 아무리 직계가족이라지만 그건 좀."

— 얘는. 네가 연기해 봐라. 그만큼 할 수 있나.

"엄만 해 본 사람처럼 말씀하시네?"

— 그 정도면 잘하는 거지. 연기까지 전문 배우처럼 잘하면 그게 사람이니? 신이지.

"서준유 팬들은 신처럼 취급하던데. 어떻게 사람들이 그렇게까지 사리 분별이 흐려질 수가 있지?"

— 하여간 너는. 집에 온다더니 왜 안 와?

지난주에 갔었다. 그러나 아파트 입구에 팬들로 보이는 사람들이 있어 되돌아왔다는 말은 하지 않았다. 팬들이 집으로 하도 찾아와 분가까지 했는데, 아직도 본가本家를 찾아가는 사람들은 뭐람. 그렇게 보고 싶으면 촬영장에나 가지. 참, 쓸데없이 지극정성이다.

"조만간 갈게요."

— 올 때 미리 전화 좀 하고 와. 뭐라도 준비해 놓게. 내일은 시청률 더 오르겠지?

"올라야죠."

— 우리 집도 시청률 조사 가구면 좋을 텐데!

대본으로 본 〈온리 원〉과 영상으로 본 〈온리 원〉은 느낌이 달랐다. 유치하거나 간지럽다고 생각했던 대사는 조금씩 손을 보았는지 전혀 어색하지 않았다. OST도 섬세하게 신경 쓴 게 매 순간 느껴졌다. 편집은 지루하지 않았고, 등장인물들의 연기도 튀는 데 없이 평균치를 웃돌았다.

스캔들 메이커라던 성현 씨의 연기는 기대 이상으로 좋았다. 기억 속 얼굴과는 어딘지 달라 보였지만 예쁜 척하느라 연기에 신경을 덜 쓰는 타입의 배우는 아니었다. 아예 메이크업조차 하지 않고 나오는 장면도 꽤 됐다. 저 여자 자면서도 왜 화장을 하고 있지? 집에서도 어지간히 갖춰 입고 사네. 현실감 떨어지게. 그런 식으로 투덜거릴 일이 없었다.

그러나 불안한 형의 연기를 보완해 주는 것 같아 좋으면서도 상대적으로 연기를 못하는 게 두드러질까 봐 걱정됐다. 아, 나를 소심하게 만드는 저 인간! 서준유는 아직 크게 달라지지 않았다. 눈동자에 힘 조절을 왜 저리 불안하게 하는 건지. 여자를 바라볼 때 누가 봐도 다정할 수는 없는 건지. 대사를 좀 더 자연스럽게 할 수는 없는 건지. 보는 사람도 편안하게 걷거나 뛰면 안 되는 건지. 그래도 1회보다는 2회 연기가 모든 면에서 나았다.

이제 겨우 〈온리 원〉의 16분의 2가 전파를 탔다. 나머지 14회
도 어서 끝나길. 어떡하냐? 형 사라졌어! 네가 좀 와 줘야겠다.
이번엔 제발 그런 전화가 오지 않기를 바란다. 낚시해 온 잡어
로 찌개를 끓이면서도 내내 그 생각만 하고 있다.

　……오, 찌개 맛이 끝내준다. 알코올이 필요한 순간이다. 이
런! 두 병쯤 남은 줄 알았던 소주가 다 떨어졌다. 제길!

준유

내게는 또 다른 파트너가 있다. 지수빈, 혹은 이설리.

〈온리 원〉의 설리는 재현을 사랑한다. 김재현이 선우진을 알고, 사랑하기 전부터. 나도 지수빈을 성현 누나보다 먼저 알았다. 드라마로는 처음이지만 같이 일한 적이 몇 차례 있다.

그 애는 모범 코스를 모범 공식대로 밟고 올라온 케이스였다. 중 3때 이미 대형 기획사에 캐스팅된 연습생이었으며, 드라마 몇 편에 얼굴을 내밀다 무난히 연극영화과에 진학했다. 외모도 요새 사람들이 좋아할 만한 요소를 두루 갖췄다. 굴곡 없이 곱게 자란 사람답게 성격도 모나지 않았다. 태어날 때부터 운이 좋은 아이였다.

내 주위 사람들은 이런 현실을 안타까워한다. 지수빈이 서브 여주인공이 아니고 여주인공이라면 여러모로 좋았을 거라고. 그게 무슨 뜻인지 길게 말하지 않아도 안다. 한 줄로 요약하면, 지수빈은 돈이 되고 성현은 돈이 안 된다. 돈이 낀 곳에 '순수'란 단어는 설 자리를 잃는다.

나의 팬들은 '성현'을 싫어한다. 굳이 두 여자 중 하나를 골라야 한다면 지수빈이 백배는 낫다고 생각한다. 성현보다 훨씬 어리고, 이미지도 깨끗하고, 인기까지 많다는 이유로. 팬들의 시선은 때론 이렇게 단순하다. 너무 단순해서 무서울 정도다. 지수빈의 집안이 훨씬 좋다는 말까지 한다는 걸 알았을 땐 기가 막혔다. 나는 지금 결혼을 목적으로 두 여자를 저울질하는 게 아니다.

촬영 일정이 약간 바뀌었다. 박지형 감독 집으로 올라가는 엘리베이터를 기다리다가 지난밤 성현 누나를 태우고 갔던 남자와 마주쳤다. 누나를 데려다주고 내려오는 길인 것 같다.

다시 봐도 남자답게 생긴, 호감 가는 얼굴이었다. 누나의 남동생이 먼저 인사를 해 왔다. 얼떨결에 같이 고개를 숙였지만 그게 다였다. 내 뒤엔 엘리베이터 열림 버튼을 누른 채 내가 빨리 타기를 기다리는 사람들로 가득 차 있었다. 올라가는 엘리베이터 안에서 실장님이 슬쩍 물어 왔다.

"누군데?"

"성현 누나 동생이래요."

"그래? 남매가 둘 다 유전자가 우월하네. 목소리 좋은데? 키도 크고. 근데 연기자 하기엔 얼굴이 좀 큰 것 같지? 저 정도면 경락으로 해결될 것 같지만. 살은 10킬로쯤 빼는 게 낫겠다. 두

상이 좀 안 예쁜가?"

"형."

"알았어. 그렇다고."

식탁에 앉아 조용히 대본을 읽던 누나는 나를 보고도 짧게 "왔어?" 그 말만 건넸다. 기분이 좋아 보이지 않아서 선뜻 다가가기가 어려웠다. 안 피디와 조명 감독이 조명을 설치하는 스태프를 바라보면서 대화를 나누고 있었다. 너무 밝아도, 너무 어두워도 안 된다. 이른 아침이니까.

누나는 민얼굴 같다. 분장을 지우면 내가 더 나이 들어 보인다. 이건 내 외모를 총괄 관리하는 정연 누나가 한 시간 전에 한 말이다. 어제도 여자들은 말이 많았다.

"메이크업 안 하면 재유가 더 들어 보이겠다. 성현 씨보다."

"저게 생얼이라고? 에이, 비비크림은 발랐겠지. 그래도 카메라 앞인데."

"좀 전에 비 맞은 얼굴 봤어? 피부 진짜 좋더라. 주름도 안 보여. 그때 정연 언니가 왜 실물 보고 다시 얘기하자고 했는지 알겠어."

"분 발라 감추기엔 너무 아까운 얼굴이지."

"그 정돈 아니지 않나. 좀 뭐랄까. 저런 마스크는 광고가 잘 안 들어올걸? 이미지가 고정된 게 없잖아. 실물하고 화면이 너무…… 음, 판이하달까?"

"질투 좀 작작하셔. 난 저런 얼굴로 일주일만 살아 보고 싶다, 야. 부럽구나! 참말로. 저렇게 예쁘니까 구설수가 따라다니지. 그거 다 헛소문이라는 말도 많던데."

수정 누나가 목소리를 더 줄여 대답했다.

"그럼 뭐 하느냐고요. 유부남하고 썸씽 있었던 배우로 이미지가 굳어졌는데. 언니, 솔직히 배우는 이미지 아니야? 대중에게 진실 여부는 그리 중요한 게 아니라고."

한숨이 나왔다. 좋든 나쁘든 나와 같이 일하는 파트너에 대해 이러쿵저러쿵 떠드는 게 싫다. 이미 질리도록 들은 터였다. 나도 이렇게 지겨운데 당사자는 어떨까. 여자들은 오늘 아침에도 말이 많았다. 나는 그 모든 소리가 어제보다 훨씬 거슬렸다.

"지금 수다 타임이에요? 쓸데없이."

"알았어. 다 해 가. 까칠하게 왜 이러실까. 잠을 못 자니까 피부 톤이 칙칙해졌잖아. 오늘의 다크서클은 진짜 가리기 힘들다. 눈 좀 감아 봐. ⋯⋯안 되겠다. 밤늦게라도 피부 관리실 들르자. 꼭."

박 감독이 도착했다. 그는 인사하는 나를 건성으로 상대하곤 바로 누나에게 다가가 뭔가를 물었다. 그녀의 짧은 대답을 들은 박 감독 얼굴에 옅은 미소가 떠올랐다.

다시 대본을 들여다봤다. 외부의 모든 소리와 시선과 관심을 차단했다. 이미 다 외운 대본이라도 놓친 것이 있을지 모른다.

이렇게 아픈 사랑이 아름다워 보이는 건 드라마이기 때문이다. 박지형 감독이 내게 말한 죽을 것 같은 사랑은, 서재유가 성현이란 여자를 죽도록 사랑해야 한다는 뜻은 아닐 것이다. 어떤 측면에서 봐도 말이 되지 않는 소리다.

안 피디가 일이 늘어지는 스태프들을 재촉했다.

"당신들 뭐 하십니까? 백분토론 하세요?"

"다 돼 가요. 10초만!"

곧이어 박 감독의 카랑카랑한 목소리가 들렸다. 드디어 촬영 시작이다.

"진이 소파 앞에 눕고, 이불 더 위로 덮어. 재현 좀 더 가까이 가고. 재현이 옷 너무 깔끔해 보인다. 좀 구겨 봐. ……오케이! 카메라 천천히 틸 다운 합니다! 서두르지 말고 천천히 재현 손으로…….."

가까이서 본 누나의 얼굴은 정말 아픈 것처럼 달아올라 있었다. 눈빛도 평소보다 흐렸다. 짧은 대사 몇 마디를 나눈 뒤 그녀의 이마에 손을 얹었다. 아, 이건 정상이 아니다. 몸이 안 좋아 보이긴 했어도 이 정도일 줄은 몰랐다. 누나의 눈꺼풀이 자꾸 감겼다. 어떡하지.

"컷!"

엄마는 유난히 편도가 약했고 자주 열감기를 앓았다. 어려선 엄마가 아픈 게 정말 싫었다. 엄마가 아픈 날엔 학교도 가기 싫었다. 그런데 왜 누나는 내게 아프다는 표현조차 하지 않았을까. 하긴, 나같이 무심한 사람한테 뭘 바라겠어.

병원을 가려는지 성현 누나의 동생이 다시 올라와 가방을 챙겼다. 나는 죽과 약을 사는 장면을 찍기 위해 죽 집으로 향했다. 바깥 장면을 다 찍고 왔을 때도 그녀는 도착하지 않았다. 스크립터가 내 마음을 알아챈 것처럼 안 피디를 재촉했다.

"안 피디님, 성현 씨 오려면 멀었어요?"

"올 때 다 됐어."

"많이 아픈가 보네요. 티를 안 내서 잘 몰랐는데."

"원래 그런 스타일 같아. 주해선 선생님이 그러시는데, 실려 가기 전엔 내색을 안 한대."

"근데 아까 그 몹시 훈훈한 남자는 누구래요? 매니저 새로 구한 건가?"

"누굴 거 같아? ……우리 소정이 궁금해 죽네, 죽어. 남동생 이래."

"친동생이요? 오호!"

"왜, 관심 있어?"

"꼭 그래서가 아니라, 그런 타입이 같이 다니기엔 딱 좋잖아요. 서 배우님처럼 생기면 너무 부담스럽고, 같이 다니는 여자는 자동으로 꼴뚜기 되고. 솔직히 팬들 때문에 무섭기도 하고요. 근데 동생은 몇 살이래요?"

"나이는 정확히 모르는데 아마 재유 씨하고 비슷할걸. 군대 다녀와서 대학교 4학년이라던데?"

"어머! 군필자예요? 성현 언니랑 친하게 지내야지!"

"5분 전엔 성현 씨라고 하더니 바로 언니라고 혼자 말 트네. 너무 속 보이잖아. 어, 왔네! 어서 와요. 몸은 괜찮아요?"

내내 기다렸다. 아침나절보다는 나아 보였지만 아직은 안색이 창백했다.

"많이 좋아졌어요. 죄송해요. 기다리게 해서. 바로 시작해요. 서재유, 미안해."

"아픈 건 어때요?"

"괜찮아. 배고프다. 링거로는 양이 안 차네. 서 후배님, NG 내지 마요. 이 누나 배고파 죽는 꼴 보고 싶지 않으면."

"미안해요. 나 때문에."

성현 누나가 내 얼굴을 보며 짧게 한마디 했다.

"접수."

현재 내가 계약된 여덟 개의 광고 중에 식품 관련 프랜차이즈 회사가 있다. 오늘은 A, B 촬영 팀 스태프 모두에게 특별 제조한 죽이 제공된다. 야외 촬영일 경우엔 대부분 밥차가 따라다니기 때문에 누나의 식성이 보통의 여배우들보다는 좋다는 건 익히 알고 있었다. 다행히 전복이 큼지막하게 들어간 죽을 푹푹 떠서 잘 먹는다.

"동생 이름이 성찬이에요?"

"응."

"그 이름 〈식객〉이란 만화에 나오는 이름 아닌가."

"맞아. 그래서 한동안 짜증 냈었어. 자기 이름 갖다 쓴다고. 친구들이 놀린다나. 딱 지랑 어울리는구먼."

이 여잔 아주 자연스러운 방식으로 날 웃게 한다.

"누나 이름 뜻이 뭐예요? 한자로?"

"내 이름 남자 같지?"

"조금."

"백성현이라고 하면 더 남자 같지?"

"아주 조금."

"사실 데뷔할 때 다른 예명을 짓자고 했는데 내가 절대 안된다고 우겼어. 성 하나 빼는 거로도 충분하다고. 내 이름 뜻 듣고 대표님이 오케이 한 거야. 들으면 자뻑 스타일이라고 웃을 텐데?"

"안 웃을게요. 진짜로."

"별 성星에 빛날 현炫이야."

"아!"

저 혼자 있어도 빛나는 별.

"내가 백씨잖아. 흰 백은 아니지만. 부모님이 하얀 별처럼 빛나라는 의미로 지으신 거래."

나는 다시 그렇게 될 거라고, 지금도 반짝반짝 빛난다고 말하고 싶은 걸 참았다. 그건 내가 하지 않아도 될 말이다.

"우리 부모님 좀 감상적이지? 내 동생 이름 뜻도 똑같아. 별 성星에 빛날 찬燦."

"이름 좋아요."

백성현. 여자 이름으로는 인상적이라고 느꼈다. 뜻을 들으니 더없이 어울리는 이름이었다. 대단한 건 아니지만 그것 말고도 여러 가지를 알게 됐다. 원하지 않아도 이런저런 경로로 성현 누나의 지난날을 전해 듣게 된다. 선배의 첫 번째 스캔들, 두 번째 스캔들. 그리고 암암리에 퍼졌던 추문까지.

한 사람의 과거를 캐서 무얼 할까 싶지만, 타인의 사생활에 관심을 기울이는 성격도 아니지만, 화가 났다. 여배우 성현은 하이에나들의 발톱에 걸려든 새로운 사냥감이었다. 일단 물어뜯어 본 후 쓰면 뱉고 달면 삼키는 운 나쁜 먹잇감. 운이 나빴다고 웃어넘기기엔 수치스러운 기억도 많을 것이다. 어제 단독 인터뷰를 마치고 누나에게 슬쩍 물어보았다.

"왜 누난 인터뷰를 잘 안 해?"

"내가 제일 싫어하는 일 중 하나가 인터뷰야. 나는 분명 아, 라고 말했는데 기사엔 어, 라고 쓰여 있어. 나는 결코 그런 적이 없다고 했는데, 활자화되면 부정하지 않았다는 식으로 나와. 인터뷰 너무 싫어."

모든 기자에게 일반화시킬 순 없지만, 기사 내용의 사실 여부는 가장 중요한 덕목이 아닌지 오래다. 조회 수와 흥행 가능성 유무가 기준인 세상. 일단 터트려서 운 좋게 맞으면 좋고, 아니면 당사자에게 심심한 위로와 사과를 하는 척하면 되니까. 정정 기사를 눈여겨보는 사람은 거의 없다. 정정 기사는 언제나 아주 작게 실린다.

운 좋게도 나는 단 한 번의 스캔들도 난 적 없는 사람이고, 누나는 잘생긴 남자하고는 말만 섞어도 루머가 생긴다는 여자다. 안 그래도 우리 둘을 주시하는 사람들이 워낙에 많다. 〈온리 원〉 관계자들은 스캔들이라도 터지길 기대하는 눈치다. 드라마의 흥행에 도움이 될 테니까.

촬영장은 벽에도 눈과 귀가 있는 곳이다. 말이나 적은가. 드라마 관련 스태프들, 출연 배우의 스태프들, 팬들, 행인들, 그리고 수시로 촬영장을 들락거리는 기자들로부터 도저히 자유로울 수가 없다.

"나도 사실 인터뷰 되게 싫어해. 다 먹고살려고 하는 거야."

이렇게, 해도 되고 안 해도 될 대화를 나누며 우리는 천천히 친해졌다. 이젠 서로에게 반말을 할 정도다. 촬영 대기 시간엔 대본 연습을 핑계 삼아 내가 먼저 말을 걸 때가 잦다. 7회 대본에 선우진과 김재현이 서로의 어릴 적 꿈을 말하는 장면이 나온다. 그 신을 읽으며 내내 궁금했다.

"누난 어려서 뭐가 되고 싶었어?"

"되고 싶은 게 좀 많았어."

"예를 들면 현모양처 같은 거?"

누나가 하하하 웃었다. 설마, 라고 덧붙이며.

"내가 제일 하고 싶었던 건, 추리 소설만 있는 도서관 관장."

"어? 진짜? 부산에 가면 있는데? 달맞이 고개에."

"추리문학관 알아? 가 봤어?"

"촬영하러 갔다가 지나가면서 보기만 했어. 들어가 보고 싶었는데 시간이 없어서. 추리 소설 되게 좋아하나 봐. 저번에도 그러더니."

"재밌잖아. 잡생각도 안 들고 시간 때우기도 좋고. ……우리 엄만 작은 도서관 계약직 사서였어. 내가 왜 자꾸 이런 얘길 하지. 너 나한테 약 뿌렸냐?"

아, 이 시간이 너무너무 즐겁다.

"그런데? 마저 해 봐. 그래서? ……응?"

"애처럼 자꾸 졸라. 학교 끝나면 유치원으로 동생 데리러 가서 엄마가 퇴근할 때까지 책 읽다가 셋이 같이 집에 오곤 했어. 오면서 시장도 들르고……."

내 마음이 먼저 달려가 누나의 어린 시절을 상상한다. 어린 동생의 손을 꼭 잡고 작은 도서관 문을 여는 아직 어린 백성현. 두 남매를 웃음으로 맞이했을 사서 선생님이자 남매의 어머니. 나도 그 도서관 빈자리에 같이 앉아 책을 읽는 아이였으면. 누나의 목소리가 나를 현실로 잡아끌었다.

"넌 꿈이 뭐였는데?"

"들으면 웃을걸."

"뭔데? 이상한 거야? 설마, 국회의원?"

"그 정도로 이상한 건 아냐."

내 대답에 누나가 빙긋 웃었다. 나는 그녀의 얼굴을 보며 웃는 입매가 예쁘다고 생각했다.

"가장 최근의 내 꿈은…… 가수였어. 음악 하는 사람."

"꿈을 이뤘네! 진짜 보기 드문 케이스인데?"

"그렇긴 하지. 꿈을 이룬다는 게 이런 건지는 몰랐지만."

누나가 고개를 갸웃이 기울이고 내 얼굴을 들여다봤다. 그렇게 보면 내 마음이 보여? 그 모습이 귀여워 두 손으로 얼굴을 감싸 안고 싶었다. 나는, 정말, 이러면 안 된다.

"가수 서재유가 어때서. 넌 널 너무 과소평가하는 것 같아. 우진이 좀 본받아. 아무리 뻔뻔해져도 누구도 뭐라 안 하잖아?"

"그 형은 잘하잖아요. 그게 어울리고."

"니가 잘하는 게 더 많잖아요. 혹시 작곡이나 작사 해 본 적 있어?"

"아직. 작곡은 능력이 안 되는 것 같고. 작사는 몇 번 해 보려고 했는데 생각보다 어렵더라고."

"넌 쓸데없는 말은 잘 안 하는 것 같아. 근데 니가 하는 말들은 다 인상 깊고 재미있어."

"……다행이네."

"그거 알아? 너는 하고 싶은 말이 되게 많은데 그걸 꼭꼭 감춘, 그런 얼굴을 가지고 있어. 작사 꼭 해 봐. 잘할 것 같아."

요새는 누나만 보면 자꾸 말을 걸고 싶다. 촬영장에서 이렇게 수다스러운 건 처음 본다고 소속사 식구들이 놀릴 정도로. 조심해야겠다고 생각해 보지만 다시 내 입은 수다스러워지고 있다. 성현 누나는 내 또래 동생이 있어서 그런지 내 나이 남자에 대해서도 꽤 아는 것 같다. 분주하게 레일을 까는 스태프들을 바라보며 누나가 조용히 노래를 불렀다.

〈사랑은 창밖에 빗물 같아요〉. 엄마가 좋아하던 노래 중 하나다. 외향적인 동생은 어려서부터 친구도 많았고 밖에서 오랜 시간을 보냈다. 엄마와 많은 시간을 보낸 나는 자라면서 그 노래를 종종 들었다.

내가 노래를 잘한다고, 내 노래가 정말 좋다고 말하는 사람들이 있다. 나는 그런 식의 칭찬을 전적으로 신뢰하지 않는다. 하지만 내 노래에 아날로그적 감성이 깃들어 있어서 좋다고 표현하는 사람의 말은 믿는다.

곧 촬영이 시작될 것이다. 저번처럼 누나를 힘들게 하고 싶지 않다. 고생 안 시키겠다는 내 말에 그녀는 빙긋 웃기만 했다. 돌아서며 엊저녁 누나가 내게 했던 말을 떠올렸다.

'내가 선우진이라도 김재현을 사랑하지 않기는 어려웠을 것 같아. 처음엔 좀 이해가 안 됐는데 이젠 진이 이해돼. 이 사랑은 막아지지가 않는가 봐.'

나는 힘든 사랑을 해 본 적이 없다. 힘들 것 같으면 먼저 피했고. 그런 사랑이 필요한 적도 없었다. 그러나 이젠 나도 선우진을 사랑하지 않기가 힘들 것 같다. 백성현을 싫어하기는 더 힘들 것 같다. 백성현을. 백성현을.

〈온리 원〉은 멜로드라마치고 스킨십이 없는 편이다. 5회 75번 신. 두 사람이 비를 맞고 서서 서로의 눈을 바라본다. 이미 흠뻑 젖은 내 앞의 여자가 결국 눈물을 터트린다. 빗물은 눈물의 농도를 가리지 못한다. 내 눈엔 보인다. 눈물의 의미가.

나는…… 나는…… 니가 좋았던 게 아니야. 넌 그냥…….

아무리 대단한 사랑이라도 슬픈 건 싫은데. 그녀의 눈이 말한다. 넌 그냥…… 아는 남자야. 넌 그냥…… 아는 후배야. 넌 그냥…… 사랑 따윈 필요 없는 어린애일 뿐이야.

다 거짓말이면 좋겠다. 선우진이 김재현을 좋아하지 않는다는 말은 백성현이 서재유를 좋아하지 않는다는 말처럼 들린다.

눈시울이 뻐근해지고 목울대가 시큰해졌다.

거짓말. 통증은 점점 번져 가슴을 서서히 조여 온다.

거짓말. 김재현을 사랑하지 않는다는 선우진의 거짓말.

진의 작은 손이 재현의 머리카락에 떨어지는 빗물을 조용히 쓸어내린다. 이마에 흐르는 빗물도 닦아 낸다. 울어도 아름다운 이 여자는 왜 이렇게……

마치 내가 아닌 것처럼, 눈물을 멈출 수가 없다.

"컷! 오케이! 좋아! 잘했어! 재현이. 우진이도."

"감독님은 꼭 우진이라고 하시더라. 진이에요. 진!"

"이거나 그거나. 둘 다 얼른 옷 갈아입어라. 감기 걸릴라."

선우진은 내가 만난 드라마 여주인공 중 가장 설득력 있는 캐릭터다. 선우진은 내 드라마 파트너 중 가장 나이가 많다. 선우진은 내가 출연한 드라마 여주인공 중 가장 아름답다. 선우진과 성현 선배는 같은 사람이 아닌데, 그 선배 얼굴에 자꾸 선우진이 오버랩 된다.

때론 선우진에게서 성현 누나의 모습을 발견한다. 그 여자는 그저 좋은 누나이기만 해야 하는데, 그저 선우진이어야만 하는데 나는 그 선배에게 자꾸 여자를 느낀다.

아무리 피곤한 아침이라도 그녀를 볼 수 있다는 생각에 서둘러 일어나게 된다. 온종일 함께 촬영하고 와서도 어느 순간 그 여자 생각을 하는 나를 발견한다. 내 머릿속을 차지한 선우진. 선우진을 연기하는 백성현. 그 모든 사실이 내 머릿속 회로를 흩뜨리고, 때론 엉키게 한다.

오늘은 시청률 20퍼센트를 가뿐히 넘길 만한 장면을 찍는다. 첫 데이트를 기다리는 남자처럼 들뜨고 설렜다. 이런 내가 딱할 정도다. 오늘따라 성현 누나가 늦다. 그런 적이 한 번도 없었는데. 설렘은 곧 걱정으로 바뀌어 갔다. 괜히 불안해져서 애꿎은 대본만 들추고 있을 때, 근처 누군가가 큰 소리로 외쳤다.

"성현 씨 오다가 사고 났어? 그럼 오늘 촬영은?"

심장이 덜컥 내려앉는다. 사고라니! 내 상상력은 숨 가쁘게 극한을 달리며 무시무시한 장면을 자꾸 토해 낸다. 나는 이런 순간에도 촬영 걱정부터 하는 저 기계 같은 스태프를 힘껏 때려눕히고 싶다. 지나가던 스크립터가 대본으로 부채질을 하며 대답했다.

"그게 아니고요, 앞에서 삼중 추돌 사고가 나서 길이 너무 막힌다고 연락 왔대요."

"그럼 됐네. 자, 다들 촬영 준비나 하자고. 서둘러!"

그래도 내 가슴은 쉽게 진정되지 않았다. 그녀의 얼굴을 봐야만 안심이 될 것 같다. 드디어 기다리던 여자가 도착했다. 아닌 걸 알면서도 다친 데가 없는지 온몸을 훑어보게 된다.

이렇게 낯설고 불편하고 신경 거슬리는 감정이 절대, 사랑은 아닐 것이다. 이곳은 현재 나의 일터고 백성현은 나의 동업자일 뿐이다. 조금 더 양보해서 지금 내가 느끼는 불안은 내 비즈니스 파트너에 대한 최소한의 관심, 걱정, 혹은 안면 있는 타인에 대한 지극히 기본적인 예의일 뿐이다.

"죄송합니다. 감독님, 죄송해요. 늦었어요. 저 바로 촬영 들어갈 수 있어요! 많이 기다리셨죠? 서재유, 안녕! 기다리게 해서 미안. 화났어? 말 좀 해라."

뛰듯이 다가온 누나가 나를 보고 헉헉대더니 씽긋 웃었다. 내 심장은 다시 다른 감정으로 철렁 내려앉는다. 누나가 내게로 다가와 내 어깨에 묻은 실밥을 떼어 냈다.

"코디 뭐 하냐? 이런 것도 안 보고. 와, 스타일 죽인다! 옷도 예쁘고. 우리 오늘 진짜 바쁘겠더라. 아우, 근데 너 어떡하냐? 니 팬들 또 뒤집어지는 거 아냐? 키스신. 오늘 그거 찍잖아. 포옹 신만으로도 난리던데. 살살 하자. 살살. 무서우니까. 내가 리드할게. 누나만 믿고 맡겨."

오늘따라 수다스러운 이 여자에게 뭐라고 대답해야 하는데 아무 말도 할 수가 없다. 오늘은 긴 머리를 정수리 위로 하나로 묶어 더 어려 보인다. 서둘러 뛰어오느라 그런지 얼굴이 소녀처럼 발그레하다. 누나가 협찬사에서 보내 준 테니스 라켓을 들고 스윙 연습을 한다며 내게서 멀어져 간다. 초록색 반소매 셔츠에 하얀색 짧은 스커트를 입고서 통통 뛰듯.

나는, 그녀가 뒤돌아 나를 한 번 봐 주길 기대하고 있다. 내게로 다시 와서 재유야, 스윙은 어떻게 하는 게 좋아? 너 테니스 배운 적 있다며? 니가 가르쳐 주는 게 제일 편할 거 같은데. 이렇게 말해 주길 바라고 있다. 그러면 오늘만큼은 누나도 예뻐. 옷도, 얼굴도. 그렇게 말할 수 있을 것 같은데.

테니스를 가르쳐 주던 초빙 강사가 무슨 말을 했는지 성현 누나의 웃음소리가 여기까지 들렸다. 말 많고 웃음 헤픈 여자는 질색인데. 저 웃음이 다른 남자에게로 향하는 게 싫다. 도대체 내가 뭐라고. 나는 아무렇지도 않은 듯 돌아서서 내 몫의 테니스 라켓을 잡았다.

스윙 연습은 시작도 안 했는데 가슴이 자꾸 뛴다. 저 여자 때문이 아니다. 내가 사랑하는 사람은 오직 선우진이어야 한다. 김재현은 선우진을 사랑하지만, 서재유는 백성현을 사랑하지 않는다.

지금 이 테니스 코트 위의 나는 김재현이다. 그러므로 내 가슴이 이렇게 자꾸 뛰는 이유 역시 절대, 백성현 때문은 아닐 것이다.

성현

그 아이가 그렇게 잘 울 줄 몰랐다. 나는 특별히 더 잘한 것 같지 않았지만, 재유가 너무 잘해 줬기 때문에 감독님은 만족스러워했다. 컷 소리가 들리자마자 손뼉을 치며 응원의 휘파람을 부는 사람도 있었다. 재유는 쑥스러워서 그런지 바로 등을 돌리고 밴으로 들어갔다. 나 역시 감정 정리가 잘 안 돼 잠시 쉬어야 했다.

그렇게 갑자기, 봇물이 터진 둑처럼 재유의 연기는 좋아졌다. 감수성의 일취월장. 스태프들은 어디에 그런 감성을 숨기고 살았는지 모르겠다며 재유를 놀리거나 칭찬했다. 나 역시 그 애와의 연기가 한결 편안해졌고 재미있어졌다. 대본상 두 사람은 아직 서로의 감정을 완전히 드러내지 않고 있다.

어떤 날은 예고 없이 오정혜 작가가 촬영장에 나타나기도 했다. 대본 해석 문제로 종종 전화 통화는 하지만 얼굴을 직접 보는 건 꽤 오랜만이었다. 닮은꼴로 보이는 보조 작가와 함께 간식거리를 잔뜩 들고 온 오 작가는 재유부터 찾아 팬 됐다며 찬사를 퍼부었다. 재유는 몹시 쑥스러워했다.

나머지 오후 분량의 촬영을 마치고 식당을 찾았다. 밤 촬영 때문에 두 시간의 여유밖에 없었다. 굳이 재유 옆에서 고기를 구워 주고 싶어 하던 여종업원을 물리고 우리끼리 저녁을 먹었다. 마블링이 좋은 소고기를 보니 예전 생각이 났다.

"오 작가님 영화 할 땐 촬영장에 자주 오셨잖아요. 가끔 그때가 그리워요."

"영화야 다 써 놓은 시나리오로 찍으니까 아무래도 시간이 널널하지. 시청자 눈치 보면서 그때그때 바꿀 일도 없고. 현장 찾아가도 덜 부담스러워하고. 드라마는 찍는 사람이나 쓰는 사람이나 연기하는 사람이나 중노동인 거 같아. 박 감독, 내가 현장 오는 게 불편해요? 싫다고 말해도 상처 안 받을게요."

안 피디가 킥킥 웃었다.

"오 작가님은 직설화법이 참 잘 어울려요."

"다들 그러네."

웃음소리와 함께 잠시 불판 위의 고기에 집중하는 시간을 가졌다. 박 감독과 재유가 고기를 도맡아 구웠다. 안 피디와 촬영 얘기를 하던 오 작가가 내 쪽으로 시선을 돌렸다.

"자긴 살이 좀 빠졌네. 요새 화면에서 참 예뻐 보이더라. 이제야 화면발이 받기 시작한 건가. 재유 씨, 성현 누나 예쁘지?"

우물거리며 고기를 씹던 재유가 이맛살을 살짝 찌푸리며 오 작가를 쳐다보았다. 당황한 건 나 역시 마찬가지였다. 수빈이 가 재유의 얼굴을 흘깃 보더니 고개를 숙였다. 아마, 저 아이가 재유의 대답이 가장 궁금하겠지. 오늘은 종일 선우진의 라이벌 이라고 해도 좋을 이설리와의 촬영이 몰려 있었다. 자주 보는 건 아니지만 수빈인 촬영장에서 얄밉게 굴거나 약삭빠르게 행 동하지 않았다. 재능도 꽤 있어 보였다. 수빈인 나를 선배님이 라고 부른다.

"안 예뻐요? 이설리가 더 예쁜가."

왜, 아예 지수빈이라고 하시죠?

재유가 컵을 내려놓고 씩 웃더니 대답했다.

"객관적으로 두 여자분 다 예쁘죠. 그렇지만 김재현 눈엔 선 우진이 제일 예뻐 보여야 하는 거 아닌가요. 김재현의 온리 원 인데? 다들 저한테 그걸 바라시는 줄 알았는데요."

"오호. 모범 답안! 우리 서 배우 은근 말 잘한다니까."

나도 그 대답이 마음에 들었다. 안 피디의 호들갑을 보던 오 작가가 못마땅한 얼굴로 고개를 저었다.

"그런 모범 답안 재미없다. 난 솔직한 게 좋은데."

내내 지켜보던 박 감독이 끼어들었다.

"서재유의 눈으로 보면?"

그걸 물어서 어쩔 건데요? 도대체 뭐가 궁금한데요? 죽을 만 큼 사랑하는 척이라도 하랄 땐 언제고.

"대답하기 곤란해?"

재유가 박 감독을 담담한 표정으로 바라보았다. 표정만으론 속내를 알 수가 없었다.

"그건 아니고요."

아무래도 내가 나서야 할 때가 된 것 같다.

"박 감독님, 비싼 고기 좀 편히 먹죠. 솔직히 수빈이가 더 예뻐도 제 앞에서 예쁘다고 말할 수 있겠어요? 재유가 배려심이 얼마나 많은데?"

"왜 이렇게 앞서가요? 난 그냥 누가 더 예뻐 보이는지 물어봤을 뿐인데? 서재유, 내 질문이 어려워?"

"어렵지 않아요."

"감독님은 감독님 코앞에서 서재유하고 박지형 중 누가 더 젊고 멋있냐? 그런 질문 하면 좋겠어요?"

오 작가와 안 피디가 깔깔대며 웃었다. 박 감독이 날 지그시 응시했다. 왜 저렇게 보는 거야?

"싫을 건 또 뭐예요. 각자 매력이 있고 자기가 좋아하는 타입이 있는 거지. 거기서 나이는 왜 나와?"

이젠 박 감독의 말을 무시하기로 했다.

"서재유, 그냥 두 여자 다 니 타입 아니라고 해라. 수빈이한텐 미안하지만."

재유가 설핏 떠올랐던 웃음을 거두어들이며 고기를 뒤집었다. 에이, 아까운 한우가 타고 있잖아! 얼른 몇 점 집어 먹었다. 무슨 조화인지 나이 들수록 고기가 좋아진다. 탄 고기를 집은 내 젓가락에서 고기를 뺏어 간 재유가 내 앞으로 적당히 잘

익은 등심을 옮겨 주었다. 배려심 많은 사람이라는 내 말은 틀린 표현이 아니다.

"성현 씨, 말해 봐요. 박지형하고 서재유 중 누가 더 멋있어요?"

이 정도 집요함이라면 피디가 아니라 뭘 했어도 성공했을 거다. 최대한 긍정적으로 해석해서. 두 명의 유부녀들은 즐거워 난리가 났다. 수빈이도 호기심 어린 눈으로 날 지켜보았다. 재유는 묵묵히 고기만 굽고 있었다.

"감독님은 아니에요. 자, 이런 말 들으니까 속이 편하세요?"

어라. 웃네. 이 남자 뭐야?

"박 감독, 내가 봤을 땐 성현 씨 못 이겨요. 볼 때마다 둘이 배틀 하는 거 같더라?"

"여자 이겨서 뭐 하게요? 그냥 궁금해서 물어본 거지. 근데 날 존경하기는 해요? 빈말인가?"

"네."

"앞에 거요? 뒤에 거요?"

"이거 이거 싸우다 정들겠네. 내가 우리 남편하고 그랬거든. 몹시 위험한 짓거리야."

오 작가와 성인우 감독의 짧고 불같은 연애사가 생각나 설핏 웃음이 지어졌다. 나름 천생연분이라면 짜증 내려나.

엉뚱하게도 박 감독이 꺼낸 말은 이거였다.

"냉면이나 시키자."

"왜, 속이 타? 박 피디, 얼음 동동 물냉면 주문해 줘?"

"안 피디, 호칭 좀 통일하면 안 되냐? 감독이랬다, 피디랬다."

"그게 그거지. 진짜 속 타나 본데? 사장님! 여기 물냉……."

"비냉 먹을 거거든?"

"두 사람 참 재밌다. 일부러 조감독 자리도 바꾼 거라면서? 안 피디 원래는 이 감독님 팀에서 일하기로 한 거잖아."

"좋아서가 아니고요. B팀은 야외 촬영이 너무 많아서 어쩔 수 없었어요. 요새 우리 애가 엄말 너무 찾아서. 사실 A팀에도 성격이 원만한 피디가 한 명쯤은 있어야 하지 않겠어요? 다들 내가 전화 해야 스케줄 조정이 된다네?"

아우, 아무래도 안영하 피디 팬클럽에라도 가입해야 할 것 같다. 그런 게 있다면 말이다.

"얼씨구, 이 감독님하고 일하기 힘들어 죽겠다고 징징거린 게 누군데?"

"몸이 힘들다 이거지. 마음이 아니라. 소고기 먹고 기운 내요. 박지형 파이팅!"

"냉면 먹는다니까."

박 감독이 비빔냉면을 먹는 걸 보니 빨간 양념이 먹음직스러운 게 간절히 먹고 싶어졌다.

"나도 냉면 시키고 싶은데. 나눠 드실 분?"

다들 비빔냉면엔 관심이 없었다. 그새 냉면 그릇을 싹 비운 박 감독이 티슈로 입가를 닦으며 말했다.

"먹다 남기면 되지. 먹고 싶음 먹어요. 그깟 냉면."

"남기면 아깝잖아요."

"아줌마처럼. 역시 나이는 못 속여요. 그죠?"

그의 말에 소리 내며 웃어 댄 건 수빈이었다. 아, 넌 어리다 이거지? 나도 9년 전엔 네 나이였어. 너도 금방 늙는다. 이런 잡생각. 번번이 딴죽을 거는 박 감독이 피곤했다.

"그래도 감독님보단 어려요. 무려 세 살이나. 3년이면 남녀 가 만나 애 셋은 낳을 수 있는 시간이거든요."

"그 집은 밥 먹고 애만 낳나. 그러니까 마인드가 아줌마라는 거지."

"진짜 아줌마들 앞에 앉혀 놓고 대놓고 디스 하는 거야?"

이구동성으로 입을 맞추는 안 피디와 오 작가. 그러나 둘 다 웃겨 죽는 얼굴이다.

"누나, 나하고 나눠 먹어요. 냉면."

재유였다. 비빔냉면을 먹을 수 있다는 생각에 갑자기 기분 이 좋아졌다.

"양념 아주 맵게 해 달라고 할 건데? 너 매운 거 잘 먹어?"

"좋아요."

한동안 달달한 장면을 몰아서 찍었다. 아무래도 작가와 피 디들이 작당한 것 같다. 설정이든 뭐든 둘이 본격적으로 사랑 하게 됐다는 걸 화면 속에서 팍팍 티 나게 할 시점이긴 했다.

시작은 요리였다. 우리는 좁은 부엌에 나란히 서서 떡볶이 나 김밥 같은 음식을 만들었다. 신혼부부처럼 서로의 입에 넣 어 주기까지 했다. 재유가 광고하는 아웃도어 브랜드에서 협찬

한 등산복을 입고 산에도 올랐다. 힘들어 죽는 줄 알았다. 늦은 밤, 그네에 나란히 앉아 뜬구름 잡는 대화도 나누었다. 리허설 전 우리는 실제로도 그런 말을 한 적이 있는지 물어보며 즐겁게 웃었다.

심지어 수영복을 입고 수영까지 해야 했다. 오 작가에게 전화를 걸어 너무하시는 거 아니냐고 징징거려 봤지만, 씨도 먹히지 않았다. 실내든 실외든 수영장은 여배우로선 굉장히 부담스러운 장소다. 가까운 친구들은 나를 보며 걸어 다니는 19금이라고 놀릴 때도 있지만, 사적으로 놀러 온 것도 아닌데 수영복 차림으로 스태프들 앞에 선다는 게 말처럼 쉽지 않다. 피할 수 있는 거라면 피하고 싶었다. 그러니 이렇게 소심한 내가 어떻게 젖가슴을 보이거나 엉덩이를 드러내야 하는 노출 신을 찍겠는가.

늘 그렇듯 드라마 홍보를 위한 사진이 필요했다. 몸매가 한껏 드러난 수영복 차림의 여배우 스틸 컷처럼 관심 끄는 눈요기가 또 있을까. 촬영 일정상 먼저 찍게 됐지만, 사실 첫 키스를 나눈 뒤에야 나올 신이다. 카메라나 반사판, 붐대, 대본 등을 들고 서 있는 스태프들은 옷을 다 갖춰 입었고, 엑스트라 몇 명을 제외하고는 나와 재유만 수영복에 가운 차림이다. '불공평'이란 단어는 이런 때 쓰는 거다.

아이보리색 가운 안엔 비키니는 아니지만 크게 다를 바 없는 디자인의 수영복이 숨어 있다. 곧 촬영을 시작할 텐데. 한숨을 폭 내쉬며 재유를 바라보았다. 왠지 그 아인 내 마음을 알아줄 것 같았다. 서재유가 내 눈을 보더니 눈치채기 어려울 정도로 고개를 끄덕였다. 나는 그 눈빛을 안심하라는 뜻으로 해석했다.

용기 내어 얇은 가운을 벗자 절개선이 깊은 초콜릿색 수영복이 드러났다. 스태프 중 누군가가 휘파람을 불었다. 순간, 재유가 그 스태프를 향해 차갑고 무서운 시선을 던졌다. 그 아이를 알고 처음 본 표정이었다. 유후! 감탄사를 크게 내뱉는 스태프도 있었다. 박 감독이 사납게 소리쳤다.

"어떤 새끼야! 그 입 안 다물어!"

실내가 순식간에 쥐 죽은 듯 조용해졌다. 죽은 쥐는 어디 있나. 박 감독 성질머리가 이렇게 고마울 줄이야. 현장 사진 담당 스태프가 헐벗은 내 모습을 찍느라 셔터를 마구 눌러 댔다. 정말 싫었지만 장소를 옮겨 가며 포즈를 취해 줘야 했다. 그건 재유도 마찬가지였다. 주인공 커플의 사진은 〈온리 원〉 홈페이지를 통해 매일 업데이트 된다.

나는 감독의 큐 사인을 기다리며 수영장 물을 응시했다. 주변의 모든 것을 모른 척, 아무 소리도 안 들리는 척할 수밖에 없다. 새벽이라고 해도 좋을 깊은 밤. 다들 계속되는 늦은 촬영에 극도로 예민해져 있다. 지금, 서재유도 내 모습을 바라보고 있을까. 싫은데.

선우진은 화가 난 채 여기에 온 게 아니다. 김재현과 수영장 데이트를 하러 온 것뿐. 그러니 나는 이 새벽 데이트를 기대하는 들뜬 표정을 지어야 한다. 큐 소리가 들리자마자 수영장 안으로 다이빙했다. 차라리 물속이 편했다. 나는 바로 오케이 사인을 받아 냈다.

수영장 레일을 왕복하는 단독 신도 끝났다. 이젠 둘이 수영하는 장면을 찍어야 한다. 휴식을 원하느냐는 박 감독 말에 고개를 저었다. 얼른 끝내고 싶었다. 수영복 차림의 재유는 언뜻보기에도 근육질이었다. 얼굴만 보면 상상이 안 되는 모습이다. 다행히 둘 다 수영을 할 줄 알아서 잠영을 하거나 물속에서 장난치는 연기는 어렵지 않았다.

이용하는 사람이 거의 없는 새벽 수영장. 수영장 특유의 소독약 냄새가 풍기는 물 안에서 우리는 대본이 시키는 대로 놀았다. 내 손에 잡히는 재유의 팔뚝은 생각보다 단단했고 어깨와 등은 넓었다. 서재유는 대본 안의 상황 외엔 내 몸에 손을 대지 않았다. 그게 가능하다는 걸 그를 통해 알았다. 그는 컷소리가 들리면 바로 내게서 몸을 뗐다.

수영장에서의 마지막 장면. 유유히 배영 하는 선우진의 몸에 겹쳐지듯 김재현이 물속으로 헤엄쳐 다가온다. 바로 이어두 사람이 나란히 누워 배영을 한다. 이 장면은 페이드아웃 되면서 디졸브로 마무리될 것이다. 9회 엔딩 신. 촬영은 수영장을 오픈하는 시간이 돼서야 겨우 끝났다.

이렇게, 오늘 처음 만난 사람들을 데려다 놔도 사랑에 빠질만한 에피소드는 무궁무진했다. 어떻게 그 많은 장면을 생각해내는지 신기할 정도다. 이래 가지고서야 누가 사랑에 안 빠지겠느냐고! 안 피디가 이젠 부럽다 못해 짜증까지 난다며 대본을 집어 던졌다. 재유가 그 모습을 보며 기분 좋게 웃었다. 처음엔 이렇게 잘 웃는 사람일 거라곤 상상도 못 했다.

언젠가 오 작가와 통화하면서 그 많은 에피소드 중 작가님의 경험은 얼마나 되느냐고 진지하게 물어본 적이 있다. 그녀의 대답은 이랬다.

— 내 경험만 쓰려면 멜로는 때려치워야지. 그걸 누가 봐? 올모스트almost 내 판타지예요. 부끄러운 상상이고. 그래도 세상에 김재현 같은 남자가 아예 없기야 하겠어? 난 세상 어딘가에 분명 있다고 믿어. 혹시 알아. 서재유가 그런 남자일지?

〈온리 원〉 총감독 박지형 감독은 욕심이 많다. B팀 연출을 맡은 이규석 감독도 만만치 않다. 이미 오케이 한 장면을 마음에 안 든다며 재촬영하는 건 기본. 찍어 놓은 신은 열 개인데 방송에 나오는 신은 다섯 개가 채 안 될 때도 있다. 하루는 24시간 그대로인데 그 많은 장면을 만들어 내려면 쉽게 말해서 잠을 줄일 수밖에 없다.

촬영은 A, B 두 팀으로 나눠 움직이고, 남자 파트너도 둘이다. 그 두 남자를 상대하는 여자는 대부분 나다. 선우진은 수다스럽지 않지만, 등장하는 장면이 워낙 많으니 외워야 할 대사도 그만큼 늘어난다.

다행히 나는 기억력이 좋은 편이고 잠도 많지 않다. 공부처럼 연기도 어느 순간부터는 체력전이다. 편도가 약한 편이라 촬영 중일 땐 늘 목에 부드러운 천을 감싸고 잔다. 연극과 뮤지컬을 할 때도 약한 성대와 삐걱거리는 목은 늘 아킬레스건이었다. 내가 무대에서 빛을 내지 못한 것도 연기력보다는 부실한 성대가 더 큰 이유였다.

하루 세, 네 시간을 자면서 강행군하는 나날이 이어졌다. 마지막 촬영까진 수면 시간이 점점 줄어들 것이다. 재유는 눕거나 자는 장면을 찍을 때면 순식간에 잠들어 버리곤 했다. 나도 틈만 생기면 차에서라도 잠깐씩 눈을 붙였다. 피곤한 건 둘째 치고, 잠이 부족하면 눈빛이 탁하게 보여서 싫다. 화면에 고스란히 드러나는 내 지친 얼굴을 보는 건 때 이른 주름살을 발견하는 것만큼이나 불편한 일이다.

촬영 장소 한쪽에 준비된 의자에 앉아 졸거나 잠들 때도 있다. 짧은 잠에서 깨 보면 근처에 캔 커피나 초콜릿 같은 게 놓여 있곤 했다. 재유가 놓고 간 거라는 걸 나는 안다. 다른 사람이 그랬다면 한마디라도 생색을 냈을 테니.

주인공이 쓰러지면 안 되므로 식사는 늦더라도 거르지 않으려고 노력한다. 바삐 돌아가는 촬영장에서 하루 세 끼를 꼬박꼬박 챙기는 건 대단한 노력이 필요한 일이다. 엄마가 보내 준 보양식도 아침, 저녁으로 꼭 챙겨 먹는다. 촬영장엔 늘 직접 준비한 간식을 갖고 다닌다. 제철 과일이나 오이, 콜라비, 파프리카 같은 채소들. 그리고 내 혈관 안에 좋은 콜레스테롤을 만들어 준다는 견과류.

재유는 틈틈이 무언가를 먹는 내가 신기한지 그게 뭐냐고 가끔 물어 왔다.

"이거는 콜라비, 이건 파프리카."

"난 피망하고 파프리카 구분이 잘 안 되더라. 그게 그거 같아."

"맛으로 구분하면 되지. 파프리카가 더 달잖아. 안 맵고, 더 크고, 수분도 많고. 껍질도 두꺼워."

"먹기 전에 아는 법은 없어?"

"딱 보면 아는데?"

"알면 묻겠어?"

"마트에 가면 다 써 있잖아. 피망인지, 파프리카인지. 그거 알아? 파프리카 색이 열두 가지나 된대."

"믿을 수 있는 말이야?"

"안 믿어도 할 수 없고."

노란색 파프리카를 씹어 보던 재유가 얼굴을 찡그렸다.

"난 이걸 무슨 맛으로 먹는지 모르겠더라. 모름지기 음식이면 짜든지, 달든지, 하다못해 맵기라도 해야지."

말은 이렇게 해도 재유가 자극적인 음식을 즐겨 먹는 걸 본 적이 없다. 정교하게 만들어진 그의 몸은 육체 이상의 가치가 담겨 있을 테니.

"먹다 보면 은근 맛있어."

"음식으로 도를 닦네. 내 입엔 콜라비가 더 낫다."

재유의 팬들은 거의 매일 간식이나 음료, 과일 등을 바리바리 싸 들고 촬영장을 들른다. 정식으로 잘 차려진 밥을 대접할 때도 있다. 날짜까지 정해서 돌아가며 방문하는 것 같다. 간식이나 도시락 케이스에 붙은 응원 스티커를 보면 팬클럽 이름이 다 달랐다.

공식 팬클럽은 '서재유'. '천사강림서재U', '러브 J유', '러빙유', '천상천하You', '서재유닷컴', '서재유토피아', '큐피드재YOU'……. 언제 생긴 건지는 모르겠지만 '온리재유'까지 있었다.

힘든 일과와 박봉에 시달리는 스태프들이 그런 이벤트를 싫어할 리 없다. 팬들도 촬영에 피해를 안 주려고 노력하는 게 눈에 보였다. 그전에도 늘 있었던 일이기 때문인지 재유는 담담하게 받아들였다. 이렇게 말하는 걸 보면 포기에 가까운 감정일 수도 있다.

"선물이고 이벤트고 아무리 하지 말라고 해도 말을 안 들어. 어떨 때 보면 애들보다 어른들이 더 말을 안 듣는 것 같아."

"그래도 고맙잖아. 저렇게 널 좋아해 주는데."

"고맙지. 고맙긴 한데, 뭐든 적당한 게 좋은 거야. 누구 말대로, 내가 팬들 인생까지 일일이 책임져 줄 수 있는 건 아니잖아. 그래서 가끔은…… 무서워."

나만 적응하지 못한 건가. 처음 제작 발표회가 있던 날, 아시아 각국에서 보낸 화환과 기부용 쌀을 보고 세상이 이렇게 바뀌었나 싶어 깜짝 놀랐다. 나는 꿀단지 하나를 받아도 스폰서가 있다고 소문이 돌았다는 선배들과 일했던 사람이다.

재유는 팬들에게 친절한 편이었다. 어쩔 수 없이 아이돌 출신이라는 티가 났다. 자주 보는 팬들은 얼굴이나 이름까지 기억해 주었다. 재유의 팬들은 도시락이나 간식을 전달한 후 멀찌감치, 조용히, 그러나 집요하게 우리가 하는 걸 지켜보곤 했다. 아무리 대범한 사람이라도 전혀 아무렇지 않을 순 없을 것이다.

사람들은 나를 보면 서재유에 대해 자꾸 묻는다. 실물도 그렇게 잘생겼어? 까칠하진 않아? 그렇다던데. 키는 프로필 그대로인 거 같아? 노래방에선 노래 잘 안 한다면서? 같이 노래방 가 봤어? 말이 없는 편이라며? 은근 남자답다며? 술 좋아한다는데 정말 말술이야? 촬영 쉴 때면 춤도 추고 그러나? 댄스 가수 출신이잖아. 여자 친구는 진짜로 없는 거 같아? 등등.

나보다 더 그 아이에 대해 잘 아는 것 같은 사람도 서재유에 대해 묻고 또 묻는다. 심지어 서재유의 몸에선 어떤 향기가 나느냐고 질문하는 사람까지 있다. 이젠 그 애가 쓰는 화장품이나 향수 이름까지 알아야 하는 건가. 그게 재유가 여자들에게 어필하는 면일 터다. 타고난 게 아니라면 도저히 설명할 방법이 없다.

늘 생각하지만 스타는 하늘에서 내리는 거고, 그런 면에서 나는 스타의 자질이 부족한 사람이다. 나는 이렇게 궁금해 미치는 사람들에게 내가 아는 선에서, 재유에게 나쁜 영향을 주지 않을 만한 것은 어느 정도 말해 준다. 나쁜 버릇이나 행동까지 알 만큼 그를 잘 아는 건 아니지만, 웬만하면 좋은 말만 해 준다. 그러면 사람들은 서재유에게 그런 면이 있었느냐며 더 반해서 돌아간다.

내 코디를 도맡아 해 주고 있는 시은인 재유만 보면 부럽다고 한탄한다. 정확히 말해서 서재유의 코디들을 보면.

"언니, 저 옷이 얼마짜린 줄 알아? 저 가방 우리나라에 몇 개 없는 거야. 운동화 저거 별거 아닌 거 같지? 저게 한 켤레에

70만 원짜리라고. 머플러는 또 어떻고. 진짜 따끈따끈한 신상이네. 일할 맛 나겠다!"

딱히 할 말이 없는 나는 최대한 겸손한 표정으로 대답한다.

"나도 저런 거 척척 협찬 받을 만큼 유명해져야 하는데. 너 힘든 거 알아. 길게 잡아 두 달만 참아."

"지금 그 소리가 아니잖아. 언니도 비싼 거 입으면 더 때깔 날 텐데. 설정상 둘 다 비슷한 처지인데, 이건 뭐 빈부 격차가 느므느므 심해 주시니."

"리얼리티 살고 좋잖아. 얼마나 실감 나냐?"

"리얼리티가 너무 살아 주셔서 문제죠. 그래도 이제 협찬 받긴 좀 쉬워졌어. 서재유 하고 같이 나오는 장면에서 입을 거라면 빌려 주더라. 드…으…러…워서!"

"미안하다. 사랑한다."

"됐고. 근데 언니, 서재유 옷발 진짜 잘 받지? 비율 정말 끝내주지 않아?"

"구시은, 침 떨어지겠다. 가서 좋다고 고백해. 내가 전해 주리?"

"아, 그게 아니잖아!"

"넌 뭐가 만날 그게 아니라니?"

"보시니 좋더라 이 말씀이지. 질리지 않는 그림 같잖아? 종일 서재유 보고 일하다 길거리 남자들 보면 하나같이 너무…… 음, 진심 인간적이지. 하느님도 참 얄짤 없으시지. 저런 인간이 딱 하나만 더 있으면 얼마나 좋을꼬."

똑같이 생긴 서재유라니. 눈앞에 두고도 상상이 안 된다.

"하나니까 더 좋은 거야. 둘이면 희소성이 떨어지잖아."

"근데 언니, 이상한 소문 도는 거 알아?"

나는 소문이라는 말만 들어도 가슴이 철렁 내려앉는 사람이다. 내가 뭘 또 잘못한 건가.

"말도 안 되는데, 서재유가 언니 좋아하는 거 같다고."

"진짜 말도 안 되네. 누구냐? 출처가?"

"여기저기. 서재유는 몰라도 언닌 절대 아니라는 거 알지만, 그래도 조심해. 괜히 저런 애랑 엮여서 좋을 거 없잖아. 인기가 웬만해야지."

'서재유는 몰라도'. 이미 알고 있다. 나에 대한 그 아이의 감정이 꽤 오래전에 달라졌다는 걸. 좋든 싫든 말하지 않아도 알아지는 게 사람의 감정 아닌가.

그러나 이건 그저 절절한 연인 역할을 하는 사이라면 충분히 생길 만한 개연성 있는 결과다. 다만 나는 재유가 마지막까지 선을 잘 지켜 이 드라마를 마칠 때쯤이면 한여름 미몽 같은 감정에서 벗어나길 바랄 뿐이다.

내가 남자라도 선우진 같은 여자를 사랑하지 않기란 어려울 것 같다. 그 아인 나와 선우진을 착각하는 건지도 모른다. 그가 알고 있는 실제의 나는 선우진과 다른데. 그게 아니라 해도 어쩔 수 없이 난 모른 척해야 한다. 더는 스캔들의 주인공이 되고 싶지 않다. 더군다나 여섯 살이나 어린 남자와.

나는 이 드라마에서 두 남자의 사랑을 받고 있다. 문석호와 김재현.

솔직히 말하면 문석호를 연기하는 박우진과의 촬영이 훨씬 편하다. 연기력이 뒷받침된 친구이기 때문에 나를 이끌어 줄 때도 있고, 내 의도를 금방 파악해서 적절하게 잘 대처해 준다. 하나 더. 박우진과는 스킨십이 없어서 좋다. 연기에 집중하다 보면 애정 신에도 어느 정도는 몰입하게 되지만 불편한 건 사실이다. 카메라 앞에서 사랑을 나누는 것. 그건 아무리 익숙해지려고 애써도 힘들다.

영화를 하는 어떤 선배는 내게 이런 말을 했다.

"네가 만약 그때 과감히 벗었다면 지금쯤 더 잘나갈 수도 있었어. 네 몸 예뻐. 벗으면 더 예쁘고. 어차피 계속 연기할 거면 그 정돈 감수해야지. 가슴 보여 주는 게 어때서? 신체의 일부일 뿐인데. 지금 넌 모든 게 어정쩡하다고. 20대 초반 아가씨 역을 하기엔 나이 들었고, 이모나 엄마 역할을 시키자니 너무 어려. 말이 쉽지, 주인공 하다가 주인공 친구로 나올 수 있어? 여기서 멈추면 죽도 밥도 안 돼. 도대체 뭐가 두렵니. 배우인데?"

……나는 그렇게 하지 못했다. 카메라 앞에 낯을 가리고 부끄럼을 타는 것, 스스로 배역에 한계를 두는 것, 원래의 나를 훌훌 벗어던지고 완전히 다른 사람처럼 살지 못한 것. 그게 연기자로서, 배우로서 내 한계다. 그러니 선우진 역할이 온 건 홍해가 갈라지는 것과 맞먹는 기적이다.

가끔 생각해 본다. 만약 나라면 김재현 같은 남자를 택할까, 문석호 같은 남자를 택할까. 객관적으로 볼 때 김재현이 문석호보다 갖는 우월함은 외모, 재치, 유머 감각 정도다. 아, 순정이 빠졌나. 나이 어린 게 장점인지 단점인지는 모르겠다. 김재현은 분명 매력적이다. 그러나 선우진이 안정적이고 안락한 삶을 원한다면 문석호에게 가는 게 맞다.

오정혜 작가는 언제부터 낭만주의자가 됐을까. 내가 그녀와 처음 작업한 영화는 옆집 사람에게 일어난 일처럼 잔인하도록 현실적인 이야기였다. 세월의 어떤 갈피가 그녀에게 이런 로맨틱하고 애절한 드라마를 쓰게 한 걸까.

대중이 현실 불가능한 이야기에 열광하는 건 이상한 일이 아니다. 김재현 같은 남자가 세상에 없기야 하겠어? 과연 그럴까. 이 남자의 사랑은 판타지 같다. 너무나 한결같고 순수하기 때문에.

촬영장에도 분장을 해 주시는 분이 따로 있지만, 오늘은 미용실에 들러 메이크업과 헤어를 했다. 협찬 받은 테니스복 색상도 상큼하다. 오전엔 재유와 테니스를 해야 한다. 오후엔 의상을 갈아입고 또 테니스를 한다. 오전보다 능숙한 모습으로.

늦은 오후엔 또 다른 장면이 나를 기다리고 있다. 밤에 찍을 촬영분을 생각하니 마음이 불편해진다. 드디어 오늘 키스신을 찍는다. 선우진과 서재유의 첫 입맞춤. 거울 속 내 모습은 어느새 나이보다 대여섯 살은 어리게 변해 있다.

어제 재유는 뜬금없이 이런 질문을 해 왔다.

"누나도 사랑에 관한 판타지 있어? 여자들은 그런 거 있다던데."

"글쎄. 판타지는 딱히 없는 것 같고, 괴롭히지나 말았으면 좋겠다."

"……괴롭힌다고?"

어떤 남자가? 놀랍게도 재유의 눈은 그 질문을 담고 있었다.

"아니. 날 그냥 내버려 두세요, 그런 거지 뭐. 아! 이런 생각은 해 봤다. 너 〈하울의 움직이는 성〉 봤어?"

재유가 고개를 끄덕이며 그 만화영화의 OST를 좋아한다고 대답했다. 음악 감독인 '히사이시 조'의 팬이라며.

"난 〈인생의 회전목마〉를 듣다 보면 긴 인생을 살아 본 작곡가가 마지막으로 남긴 명곡 같다는 생각이 들어. 인생의 희로애락을 한 곡에 응축시켜 담은 것 같아."

고개를 끄덕이며 재유의 이야기를 경청했다. 심야 영화음악 DJ를 할 때 히사이시 조의 영화음악을 자주 틀었었다.

"사실 내 취향에 더 맞는 곡은 〈바다가 보이는 마을〉*이지만. 변주하기가 더 쉽거든."

"나도 그 곡 좋아하는데!"

우리에게 작은 공통점이 생겼다. 오늘치 연기는 그만 접고 끝없이 이야기를 나누고 싶었다.

"히사이시 조의 음악이 없는 지브리 애니메이션은 선우진 없는 김재현의 세상이지. 그래서 누난 뭐가 하고 싶다고?"

"괴물들이 막 쫓아올 때 좁은 골목에서 하울이 소피를 안

---

* 〈마녀 배달부 키키〉 OST.

고 하늘로 훌쩍 날아 올라가는 장면 나오잖아. 사랑하는 남자가 생기면 손잡고 하늘을 날아다니고 싶어. 더도 말고 30분만. 왜? 따~악 한 번 생각해 봤다! 나 그렇게 이상한 사람 아니야."

재유의 입꼬리가 슬쩍 올라갔다. 두 눈이 주인을 따라 웃는다.

"불가능하겠지? 너무 오버인가. 아, 번지점프 같은 거 같이 하면 비슷하지 않을까. 같이 껴안고 뛰면 되잖아. 재밌을 거 같지 않아?"

재유가 또 미소 지었다. 입가에 둥근 포물선을 그리며.

정신없던 하루가 그럭저럭 마무리되고 있다. 첫 키스신을 앞두고 난 긴장한 티를 내지 않으려 무던히 애썼다. 키스 장면은 대본과 다르게 진행하고 싶었다. 재유는 카메라 리허설 없이도 내 의도를 바로 이해했다.

오 작가와 이규석 감독의 허락까지 받았으니 이제부터는 배우의 몫이다. 실제처럼 할 수는 없겠지만 흔한 키스신은 하기 싫었다. 시청자들의 호르몬을 흥분시키기보다는 아름답게 표현하는 게 우리의 목표였다. 조금은 슬퍼 보여도 좋다.

사방이 고요하다. 숨소리까지 들릴 것처럼. 한낮의 피곤함마저 잊을 정도로 내 신경과 육체는 한껏 예민해져 있다. 레디 액션.

재현의 손이 진의 팔을 부드럽게 감싼다. 그의 입술이 진의 이마에, 콧등에, 인중에 조심스럽게 내려앉는다. 그것만으로도 마치, 내가 세상에서 가장 소중한 사람이 된 것 같다.

갑자기 슬퍼진다. 이토록 아름다운 사랑, 평생에 한 번이라도 할 수 있을까. 날 사랑한다고 한 남자들은 여럿 있었지만, 사랑이 이렇게 아름다운 거라고 느끼게 해 준 남자는 처음이었다. 김재현, 이 남자를 카메라 밖으로 끌어내 오고 싶다.

다시 그의 눈과 마주쳤을 때 내 눈에서 대본에도, 계획에도 없는 눈물이 흘러나왔다. 멈추고 싶은데 그쳐지지 않는다. 아직은 울 때가 아닌데. 울라는 주문은 없었는데.

의문을 담은 그의 두 눈이 내게 이유를 묻지만, 돌려줄 말이 없다. 내 팔을 잡은 그의 손에 한껏 힘이 들어간다. 뜨거운 재현의 입술이 식어 가는 진의 눈물에 입 맞춘다.

이것 역시 대본에도, 계획에도 없는 일이다.

준유

드라마는 대부분 시간의 흐름에 맞춰 쓰지만, 촬영은 동선 위주로 스케줄이 정해지고 찍어 나간다. 그게 시간과 돈과 체력을 절약하는 일이다. 시간은 돈이기도 하다. 같은 장소에서 금방 싸웠다가 옷을 갈아입고 화기애애한 장면을 연출하는 것 정도는 양반이다. 방금까지 6회를 찍다가 바로 8회 장면을 찍을 때도 있다.

아침 9시부터 오후 4시까지, 앞으로 테니스 코트에서 일어나는 모든 장면을 모아 찍었다. 의상을 세 번 갈아입고, 머리 스타일과 분장도 그에 맞춰 바꿔야 했다. 우리가 찍는 모든 장면은 흐름상 잘릴 수도 있고, 회상 장면이나 플래시 컷 등으로 반복될 수도 있다.

중간에 조연 배우가 와서 누나와 테니스 하는 장면을 찍고 갔다. 늘 그렇지만 누나는 나보다 다른 사람 앞에서 더 자연스럽다. 나를 의식하는 게 아니라 내 팬들을 의식하는 거라고 지나가는 말처럼 얘기한 적이 있다.

"내가 니 팬이라면 나도 내가 싫을 것 같아. 아무리 설정이라도 서재유가 다른 여자를 좋아하는 게 좋겠어? 넌 만인의 연인인데?"

나에게 거리감을 두는 누나에게 약간의 서운함은 있지만 충분히 이해한다. 파트너로서 미안할 뿐이다. 누나는 내게 특별 대우를 해 주지 않는다. 챙겨 줄 의무도 없지만 드러나게 잘해 주는 것도 힘들 것이다. 그건 나 역시 마찬가지다.

내 팬들은 여전히 성현과 나의 조합을 싫어한다. 참, 일관성 있다. 김재현과 선우진의 사이가 좋아질수록 강도는 더해 간다. 처음엔 그래도 이 정도까지는 아니었다. 드라마가 방영될수록 선우진, 김재현 커플 팬들이 늘어나고 있다. 그에 비례해 누나에 대한 비방과 악성 댓글도 많아졌다.

'성현'이란 여자를 싫어하는 사람들이 알아야 할 게 있다. 그럴수록 성현에 대한 서재유의 미안함은 점점 커질 수밖에 없다는 걸. 미안함은 때로 다른 감정을 동반하기도 한다는 걸.

감정을 가라앉힌 나는 아무렇지도 않은 얼굴로 카메라 앞에 섰다. 한 번도 테니스를 배워 본 적이 없다는 누나는 급하게 배운 실력으로 코트에 서야 했다. 다행히 운동신경이 좋은 편이라 어설퍼 보이진 않았다. 그래도 여주인공이 너무 늦게 결정되는 바람에 준비할 시간이 없었다며 내내 속상해했다.

"넌 테니스도 잘한다. 재주가 많네. 언제 배운 거야?"

"이거 잘하는 거 아닌데? 중학교 때 동생이랑 좀 했어."

"남동생? 여동생? 몇 살인데?"

"남동생. ……터울 거의 없어."

"동생도 너 닮았어?"

"나보다 더 남자답지. 성격부터."

"너도 그래. 네 나이 같지 않아. 내 동생은 공부만 하던 애라 그런지 너하고 한 살 차이라는 게 믿어지지 않는다니까. 군대까지 다녀온 게 덩치만 크지 애야, 애. 생일도 많이 늦지만."

"생일이 언젠데?"

"초겨울에 태어났어. 눈 오는 날 태어나게 해 달라고 매일 기도했는데 안 들어주시더라."

이상하기도 하지. 성현 누나의 가족 얘기를 듣는 게 왜 이리 좋을까. 누나가 내게 물었다.

"넌 생일이 언젠데?"

"금방 돌아와. 6월 20일."

"어, 쌍둥이자리네?"

"……!"

"별자리 쌍둥이자리 아니야?"

"맞아. 그거."

"이 별자리에 태어난 사람은 두 가지 반대되는 성격을 동시에 가지고 있다던데. 여자한테 구속당하는 거 싫어하지? 정해진 시간에 규칙적으로 뭘 하는 것도? 맞나?"

그건 동생에 더 가까운 성격 같지만, 고개를 끄덕였다.

"어떻게 그렇게 잘 알아? 내 뒷조사 하고 다녀?"

이 여자가 또 웃는다.

"아는 거 더 있는데. 쌍둥이자리는 여자들한테 아주 까다롭다? 몇 달 전에 별자리에 관한 책을 읽었거든. 나랑 궁합이 잘 맞는 별자리 중에 쌍둥이자리도 있더라고."

나는 성현 누나의 혈액형, 별자리, 생일을 알고 있다. 혈액형은 A형, 겨울의 문턱에서 태어났고, 사수자리다. 그렇지만 안다는 말은 하지 않았다. 내 혈액형이 B형이라는 말도 하고 싶지 않다. 누나가 다시 말했다.

"나 사실 혈액형, 별자리 그런 거 잘 안 믿어."

"나도 입만 열면 별자리, 혈액형 타령하는 여자들 별로야."

"하하. 꼭 이러더라. 만약에 말이야…… 니가 쌍둥이라면 어떨까?"

너무 놀라 말문이 막힌 사이 누나의 말이 이어졌다.

"상상만 해도 기분이 이상하네. 너 같은 사람이 둘이라는 건, 인류의 축복인가?"

어느 정도 진정된 후에 되물었다.

"만약 누나가 둘이라면, 쌍둥이라면 어떨 거 같아?"

"흠…… 별로일 것 같아. 나하고 똑같이 생긴 얼굴이 하나 더 있는 건."

백성현의 얼굴을 갖고 태어난 여자가 둘이라는 생각만으로 가슴이 답답해진다. 등을 돌린 나는 다음 촬영 준비를 위해 코디 누나들에게로 걸어갔다.

"저 언니는 왜 그렇게 너한테 말을 건다니? 바빠 죽겠구먼."

팔짱을 낀 채 미간을 찌푸린 지수정 누나는 정말 답이 없다. 구시은이라는 코디하고는 친해진 것 같던데, 성현 누나하고도 친해지면 안 되나.

"내가 먼저 말 걸었어요."

살면서 몇 번의 키스를 했을까. 세어 본 적도, 세어 보고 싶었던 적도 없다. 드라마를 통해 몇 명의 여자와 입맞춤을 나눴는지 정도는 기억한다. 모두 다섯 명. 고작 세 개의 드라마에 출연했을 뿐인데.

그동안 키스신을 맞이하는 나의 자세는 별것 없었다. 키스신에 대단한 연기력이 필요하다고 생각하지도 않는다. 그저 내 의지나 감정과 상관없이 내 육체가 제멋대로 흥분하지 않기를 바랄 뿐. 어차피 진짜 연인도 아닌데 불편한 장면은 빨리 지나가는 게 좋다는 생각이 지배적이었다. 내가 리얼한 키스신을 해내기를 바라는 팬들은 많지 않다.

키스신이나 베드신처럼 은밀한 스킨십이 이루어지는 장면을 연출할 땐 대개 최소한의 스태프만 참여한다. 대신 내 모든 행동은 카메라에 담긴다. 혹시라도 민망한 일이 벌어지면 같은 공간의 스태프들만 보는 게 아니라는 뜻이다. 반복되는 키스신을 찍다가 원치 않게 내 바지 앞섶이 부풀어 오르는 일이 생기더라도 실제 방영되는 드라마에선 자체 편집된다. 불행히도 이게 끝이 아니다. 제작사나 방송사는 더 큰 돈벌이를 원하고, 메이킹 필름이니 NG 장면이니 하는 이런저런 이름으로 내 모든 행동은 팔려 나간다.

내 팬들의 8할은 여성일 테고, 여자들은 눈치가 빠르다. 백명 중 열 명만 그걸 알아챈다 해도 정말이지 너무너무 '쪽팔리는' 일이다. 꼭 그래서는 아니지만, 필요 이상으로 노골적인 장면이 들어간 작품은 아예 거들떠보지 않는다. 옷을 벗고 몸을 보여 주는 게 아무리 작품을 위한 전제라고 해도 말이다. 나 아니어도 옷 벗을 준비가 된 사람은 많다.

"있잖아, 밤에 키스신 찍는 거 너무 부담 갖지 마. 대본 보니까 별것도 아니더라. 대본대로 해도 되지만 니가 애드리브를 좀 더 넣어도 돼. 행동으로."

"어떻게?"

"아무리 생각해도 대본 그대로 가는 건 평범한 거 같아서. 그림이 너무 단순하잖아. 그냥 입술에만 입 맞추는 것보다는 이마나 코, 뭐 그런 데부터 시작하는 게 낫지 않을까?"

괜찮은 생각 같아서 고개를 끄덕였다.

"그 장면이 내가 먼저 덤비는 게 아니라. 내가 시작하는 거면 더 잘할 수 있는데. ……왜? 나 완전 잘해."

왠지 심술이 났다.

"좋으시겠어요. 키스 잘해서."

"이건 삶의 지혜야. 알아서 손해 볼 거 없는 노하우라고."

"훌륭하네요. 인생철학이."

"장난이다, 장난! NG 내지 말고 한 번에 가기다? 키스신 NG 내는 남자가 제일 짜증 나. 오버하지 말고. 무슨 말인지, 알지?"

충분히 알고 있다. 오버에 어떤 행동이 들어가는지. 키스신 때 여배우의 몸을 지나치게 더듬거나 입안에 혀를 집어넣는 짓 따윈 하지 않는다. 설령 상대가 그걸 원한다 해도.

"대신 난 니가 하는 대로 따를 테니까 리드 잘해 줘. 더 말 안 해도 이해했으리라 믿⋯⋯."

"알아들었다고요, 선배님."

좋아하는 여자와 카메라 앞에서 입맞춤을 한 적은 한 번도 없었다. 그래서 이렇게 긴장하고 떨리는 것도 처음이다. 마냥 좋기만 할 거로 생각한다면 나를 모르고 하는 소리다. 나는 내가 좋아하는 여자와의 스킨십을 다른 사람에게 보여 주고 싶지 않다. 그걸 왜 타인과 공유해야 하는가?

온갖 욕설과 거친 행동이 난무하는 현장이라도 남자는 기본적으로 예쁜 여자한테 약한 법이다. 더군다나 그 미모의 여자가 '싸가지'까지 제대로 갖춘 사람이라면. 특히나 지난번 수영장 신 촬영 이후로 누나를 대하는 남자 스태프들의 친절도는 도를 넘어서고 있다. 예전보다 여자 스태프가 많아졌다고 하지만 프로듀서나 스크립터, 분장사 등을 제외하고는 현장 스태프들 대부분이 남자다. 사방이 다 늑대 소굴이란 말이다.

그러니 내 고민이 두 배로 커질 수밖에. 대본엔 키스를 '사실적으로' 하라는 주문이 없었다. 리얼하게 하지 못해서 NG를 낸 적은 많았다. 나를 좋아하는 팬들은 드라마 안의 키스신을 보며 안심하곤 했다. 재유는 저 여자한테 아무 마음도 없어. 그저 일일 뿐, 사귀라고 굿을 해도 안 빠질 거야. 화면만 봐도 느껴지잖아? 저 여자가 서재유에게 아무 감흥도 주지 않는다는 걸.

그렇게 화학작용이 일어나지 않는 상대들임에도 불구하고 팬들은 내 파트너들을 좋아하지 않았다. 드라마 속 내 사진은 상대 여배우의 모습이 잘린 채 인터넷 게시판에 올라오곤 했다. 사람들은 성현이, 나와 같이 연기하면서 외모로 굴욕당하지 않은 첫 파트너라고 말한다.

마지막 신 촬영 준비가 끝났다. 여긴 교정이 아름답기로 소문난 대학교 안. 모든 스태프의 휴대전화는 진즉에 음 소거 됐다. 누나는 무슨 생각을 하는지 정물화처럼 앉아 있다. 드문드문 보이는 별 사이로 반달이 떠 있다. 꽃이 흐드러진 봄밤이다.

이규석 감독은 방송가에서 깐깐하고 무섭다고 소문난 프로듀서지만, 시청률이 크게 올라가고 광고가 매회 완판되면서 배우들을 대하는 태도가 꽤 부드러워졌다. 그게 시청률의 힘이다.

"둘만 믿는다. 그림 멋지게 뽑아 봐."

촬영은 두 주인공이 테니스 코트를 둘러싼 돌계단에 나란히 앉아 있는 것부터 시작한다. 이제부터 나는 카메라와 스태프들을 잊어야 한다. 그리고 내 마음대로 진의 얼굴에 입맞춤할 것이다.

어두워서 다행이다. 나는 그녀의 작은 얼굴에 자리한 이마에서부터 입술을 댔다. 진은 그런 재현을 피해 보지만, 그의 손은 그녀의 팔을 더 감싸 안을 뿐. 재현의 입술이 그녀의 콧등에 내려앉을 때 진의 눈이 감긴다. 재현의 입술이 그녀의 인중에 닿을 때 진의 팔에 힘이 빠진다.

잘돼 가고 있었다. 그녀와 눈이 마주친 순간, 동선에 없던 일이 일어났다. 뜻밖에도 진의 눈에서 눈물이 흐르기 시작했다. 나는 본능적으로 움직였다. 눈물을 흘린 여자는 오직 선우진이었을지 모르지만, 볼 위로 흐르는 눈물에 입 맞춘 사람은 김재현만이 아니었다.

진의 눈물은 쉽게 그치지 않았다. 가여워진 나는 그녀의 얼굴을 부드럽게 감싸 안고 고개를 저었다. 이제 그만 울라고. 정지화면 같은 시간이 흐르고 컷 소리가 들렸다. 이번엔 박수 치는 사람이 아무도 없었다.

"김재현! 너 왜 사랑해 안 해!"

이규석 감독의 목소리가 나를 겨우 제 현실로 돌아오게 했다.

"아! 잊었어요."

정말 잊고 있었다. 대사가 있다는 걸.

"잊어버릴 게 따로 있지, 그 대사를 잊어! 그 말 처음 하는 날인데!"

할 말이 없었다. 김재현은 선우진에게 사랑한다는 고백을 한 번도 한 적이 없다. 짧은 침묵을 깬 건 누나였다. 쑥스러운지 코를 비비며 입을 뗀다.

"감독님, 이 영광스러운 순간에 눈물을 흘려서 어떡하죠? 다시 가요?"

좀 전의 키스신에 대한 즉석 회의가 열렸다. 민망하고 쑥스러웠다. 왜 그랬을까. 하라는 건 안 하고. 다시 찍지 않으려면 '사랑해'라는 대사를 포기해야 했다. 다시 찍으면 선우진의 눈물은 볼 수 없을지 모른다.

키스신 자체는 입술에만 한 것보다 아련하고 좋다는 의견이 압도적이었다. 진의 눈물을 자르자니 앞의 장면이 아깝고, 대사 부분을 이어 찍자니 아까의 감정을 되살릴 자신이 없었다. 처음부터 다시 찍는 건 내가 못 할 노릇이었다. 이미 내 감정을 너무 많이 드러냈다. 고맙게도 장소 헌팅을 하러 간 김대환 피디 대신 오후 내내 조연출을 맡아 준 안 피디가 우겨 줬다.

"선배님, 그냥 가요. 여자로서, 시청자로서 이런 장면 정말, 너무너무 좋아요. 이건 돈 주고도 못 찍을 장면이라니까요?"

"사랑해는 어떡하고! 사랑해는!"

"그 말이 뭐가 중요해요? 김재현이 선우진을 사랑한다는 걸 이미 온몸으로 말했는데? 우리 여자들은 그런 대사 안 들어도 돼요. 사랑해는 너무 흔해 빠졌어. 자기들은 안 그러냐?"

현장에 있던 모든 여자가 입을 모아 동의했다. '사랑해'를 넣으면 평범한 멜로. 안 넣고 이대로 가면 비범한 멜로! 하여간 말도 잘 만든다. 안 피디가 작가와 직접 통화해서 상황을 이해시켰고, 오 작가는 선뜻 오케이 했다. 빠듯한 일정에 지친 이규석 감독도 더는 찍기 싫었을지 모른다.

66번 신은 재촬영 없이 살아남았다. 나는, 다행인 건지 아닌 건지 확신이 안 섰다. 이 촬영분이 방영되면 정문용 대표가 또 전화를 걸어올지도 모르겠다. 정신 차리고 연기에만 집중하라는 조언을 하기 위해. 그러나 오직 연기자로서 생각하면 버려선 안 될 장면이다. 그건 분명했다.

다음 장면을 이어 찍고 모든 촬영이 끝났을 땐 새벽 3시가 넘어 있었다. 누나는 내게 아무렇지도 않은 얼굴로 수고했다는 말만 남기고 떠났다. 그날 밤 나는 잠을 설쳤다.

나는 '얼굴에 분칠한 것들' 부류에 낀 사람치고 깨끗한 사생활을 유지해 왔다. 비밀이 많은 연예인의 좋은 예라고 할까. 감춰야 할 것이 많으니 애초에 사적인 노출을 자제할 수밖에 없었다. 내 성향과도 그리 동떨어진 게 아니므로 크게 힘들지는 않았다. 인기가 높아질수록 개인적으로 보고 싶어 하는 사람들이 많아졌지만, 공식적인 자리가 아니면 일절 거절해 왔다. 공적인 방송은 열심히 했으나 사적인 접촉은 처음부터 차단했다.

사생활만큼은 완고한 신비주의. 나를 이렇게 평가하는 사람도 있다. 중간에 낀 정문용 대표는 죽을 맛이었을 것이다. 실제로 '널 보고 싶어 하는 각계각층의 여자분들 때문에 죽을 맛'이라고 표현한 적도 여러 번이다. 그 여자들이 내게 원하는 것은 정확히 모르지만, 앞으로도 그네들의 사적인 요구를 들어줄 마음은 전혀 없다.

한 번은 같이 술을 마시던 정 대표가 넌지시 물어 왔다. 조용한 룸이었고, 그 자리엔 그와 나만 있었다.

"여자 생각 안 나냐? 길을 걷다가도 불끈 설 나이인데."

걸을 때뿐입니까? 춤을 추다가도, 노랠 부르다가도 불끈하니다 할까 하다가 말았다. 데뷔 전부터 여자에 대한 조언은 수도 없이 들었다. 여자라는 생명체를 잘못 다루면 남자의, 더군다나 얼굴이 알려진 남자의 인생이 순식간에 망가질 수도 있다는 걸 충분히 알 때였다. 처음엔 그 비슷한 말을 하려는가 싶었다.

"명색이 소속사 대표인데 공식적으로 누굴 사귀랄 수는 없고……. 여자가 필요하면 말해. 다 이해하니까."

"……."

"괜찮아. 이 바닥에 그런 경우 비일비재해. 흔하다고. 나이 마흔 되도록 결혼 안 한 스타들이 다 동정에 총각일 것 같으냐? 그건 인간의 3대 욕구인데. 밥 먹는 거하고 똑같은 거야."

나는 그 말을 꺼내는 의도가 궁금했다.

"절대 소문 안 날 여자로 조달해 줄 테니까……."

끝까지 참아 보려고 했는데 '조달'이란 단어가 불을 질렀다. 사람들에게 둘러싸인 인생이라고 해서 외롭지 않은 건 아니다. 나를 어린 왕자처럼 순수한 존재로 생각하는 사람들도 있지만, 나는 더도 덜도 아닌 젊은 남자일 뿐이다. 여자가 필요할 때도 있었고, 여자라는 존재가 주는 안식이 그리울 때도 있다.

가끔은 나만의 특별한 여자가 있으면 좋겠다고 기대했다. 그러나 그 존재를 누군가를 통해 조달받을 마음은 전혀 없었다. 한자어에 약한 나지만 그 말의 뜻은 알았다. '조달'이란 물건이나 돈을 건넬 때 쓰는 단어다. 그렇다면, 하룻밤 쓰고 나서 돌려줄 여자를 내게 보내 준다는 뜻인가.

"대표님은 절 어떻게 보십니까?"

"왜 목소릴 깔고 그래. 다른 의도가 있어서 그런 거 절대 아니야. 남들 하는 건 그래도 하면서 살아야지 싶어서. 너무 참다간 오히려……."

"남들 하는 거 다 하려면 이 짓 그만두면 되겠네요. 그럼 제가 여자를 만나든 남자를 만나든 누가 뭐라겠어요? 이 술잔 집어 던지고 나가서 처음 만난 여자한테 같이 자자고 해 볼까요? 나갈 것도 없겠네요. 이 술집 안에도 여자는 많을 테니까. 아, 아직 안 되나요? 지금은 사생활 관리해야 하는 연예인이니까?"

"너 왜 그래? 진정해라."

"얼마짜리 여자를 조달해 주실 건데요? 최고급인가요? 최상품? 설마, 아무도 사용 안 한 신상품? 이젠 하다 하다 제 성생활까지 관리하고 싶으신 겁니까? 제 집에 CCTV라도 달아 놓지 그래요!"

원하기만 하면 여자는 길거리에서 편의점을 찾는 것처럼 쉽게 가질 수 있다. 크게 노력하지 않아도 그렇게 될 거라는 걸 안다. 빈틈없이 나를 조이던 나사가 조금만 풀려도 빛을 발견한 부나비처럼 덤벼들 존재들.

그러나 아무 때나 환불해도 되는 여자를 살 마음은 없다. 내가 원하는 여자는 절대 그런 여자가 아니다. 나는 그런 식으로 다가오는 여자까지 사랑할 만큼 너그러운 남자가 못 된다. '내 여자'는 코디가 건네주는 무대 의상이 아니다. 골라도 내가 고른다.

정문용 대표는 다시는 내게 그런 식으로 여자 얘기를 꺼내지 않았다.

사람들이 내 모습이라고 믿는 것들 가운데 내가 아닌 게 있다. 촬영장에서 춤을 추거나 노래를 부르는 건 내가 아니다. 인터뷰하면서 사람들을 황당하게 만든 것도 대부분 내가 아니다. 동생은 어차피 두 번 볼지, 세 번 볼지 모르는 그들 앞에서 하고 싶은 말들을 가감 없이 떠들어 댔다.

아직 이른 나이지만 결혼 계획을 묻는 리포터나 진행자들 앞에서 실실 쪼개며 늦어도 20대 후반까지는 결혼하고 싶다고 한 것도, 아이는 넷 정도는 낳아야 하지 않겠느냐고 한 것도 절대 내가 아니다. 대중은 동생의 인터뷰를 보고 서재유에게서 의외의 면을 발견했다며 즐거워했다. 물론 쟤 좀 이상한 것 같지 않아? 한 사람도 있었겠지만.

내 인생 계획표에 서른 살 전에 특정 여자와의 연애는 없다. 결혼은 당연히 그보다 더 늦을 것이다. 아무리 늦어도 40대부터는 자연스럽고 평범한 삶을 살고 싶다. 그게 내 최종 목표였다.

그런데, 지금 나는 무슨 꿈을 꾸는 것일까. 이런 꿈은 내가 꿀 수 있는 게 아니다. 그 여자를 위해서도 마찬가지. 그건 수만 년을 변함없는 진리처럼 명확한 일이다.

고등한 인간만이 누릴 수 있다는 특권. 지난밤 그녀는 왜 울었을까. 아직도 그 눈물의 맛이 입안을 맴도는 것 같다. 입안으로 스며들던 눈물의 농도, 소리 없이 전해지는 슬픔 같은 것. 그녀에게 눈물을 흘릴 수밖에 없게 만든 건 무엇이었을까.

오랜만에 홈쇼핑 채널을 이리저리 돌려 본다. 눈에 들어오는 제품이 없다. 도수가 높은 술을 마셔 보지만 취하지 않는다. 차가운 물로 샤워해 봐도 상념의 찌꺼기까지 씻겨 내려가진 않는다. 그러나 여기서 더 생각을 확장해선 안 된다.

처음 드라마를 시작할 때와 많은 것이 다르게 진행되고 있다. 특히 파트너를 대하는 나의 자세는. 이런 일은 연예인이 된 후로 처음이다. 그래서 더 마음의 갈피를 잡기가 어렵다. 내가 왜 이 한밤, 나를 좋아하는지 아닌지도 모르는 여자 때문에 잠을 설쳐야 하는 건지, 왜 그 여자가 내 꿈에 나올까 봐 신경 써야 하는지 솔직히 털어놓을 데가 없다. 친구도 있고 가족도 있고 날 좋아하는 팬들도 많지만 내 속을 있는 그대로 보여 줄 데가 없다. 단 한 군데도 없다.

올핸 유난히 비가 잦다. 장마가 시작되려면 아직 멀었는데 며칠 걸러 한 번씩 비가 올 때도 있다. 시청률이 많이 올랐어도, 그것이 힘이 되는 데는 한계가 있는 것 같다. 쉴 틈 없는 강행군과 수면 부족으로 배우들도 스태프들도 지친 지 오래다. 요 며칠 유난히 더웠던 날씨도 한몫했다.

또 비가 오려는지 오늘은 정말 한여름처럼 푹푹 쪘다. 성현 누나는 두 남자를 상대하느라 더 힘들 것이다. 대사도 많고 촬영 분량도 가장 많다. 그러나 그녀는 어리광을 모르는 사람처럼 힘든 내색을 하지 않는다.

그녀와 나는 '모름지기 프로라면 그래야지' 하는 모습으로 촬영장에서 마주한다. 눈물의 키스신을 찍었던 그 전날과 다름

없는 얼굴로.

아직 방영 초반임에도 시청률이 20퍼센트 가까이 나왔다. 한마디로 〈온리 원〉은 대박의 조짐을 보이고 있다.

며칠 전 방송에서 나온 침대 신은 시청자들에게 레전드로 불리며 인터넷 세상을 한껏 달궜다. 말이 베드신이지 흔히들 생각하는 그런 러브신이 아니다. 그 후로 나를 보는 사람마다 그 장면을 언급한다. 민망하고 무안해서 내가 먼저 화제를 돌리고 만다.

일부러 모니터링도 안 했는데 결국 어제 잠들기 전 그 부분을 찾아봤다. 눈으로만 말하는 장면이었다. 화면 속의 재현이 진을 하염없이 바라본다. 고백하자면 그건 김재현이 아니었다. 내 눈에 담긴 얼굴은 선우진이 아니라 백성현이다. 나는, 그 여자의 얼굴을 천천히 만지며 내 마음을 털어놓고 싶었다. 내 마지막 이성이 그걸 겨우 말렸지만, 그 순간 나는 그녀의 눈을 보며 좋아한다고 고백할 뻔했다.

밤은 호르몬 수치를 바꾸고 인간의 감정을 교란시킨다. 아침이 되니 정신이 좀 든다. 그 회차가 방영된 다음 날 정문용 대표가 전화를 걸어왔다.

― 재유야, 정신 차리고 연기에만 집중해. 뭐가 가장 중요한지 그걸 잊지 마라.

그는 두 개의 얼굴을 소유한 사람이기도 하지만, 누구보다 나를 잘 아는 사람이다. 나는 걱정하지 마시라고만 했다. 더 할 말도 없었다.

갑자기 저녁 촬영이 취소됐다. 이규석 감독이 누적된 과로로 힘들어하는데다 안 피디의 귀여운 딸은 수족구라는 병에 걸렸고 박지형 감독은 지방에 내려가 있었다. 다들 드러내 놓고 환영은 못 했지만 기뻤을 것이다. 내일 두 배로 힘들더라도 그건 내일 겪을 일이니까. 언젠 안 힘들었나.

누나는 대본이나 외워야겠다며 집으로 바로 떠났다. 늘 따라다니는 코디를 태우고. 직접 운전까지 하는 모습을 보니 오늘따라 안쓰러웠다. 여기서부터 집이 있다는 일산까지는 두 시간은 족히 걸릴 텐데. 내 밴에 태우고 편히 데려다줄 수 있다면. 잔잔한 음악을 틀어 주고 음악을 자장가 삼아 잠시라도 재울 수 있다면.

나를 따라다니는 스태프들은 다섯 명 안팎이다. 그중 두 사람이 나를 집 현관 앞까지 데려다주고 갔다. 현관문을 닫으며 나는, 이 모든 것이 정말 지긋지긋하다는 생각에 허탈해졌다. 왜 이렇게 살아야 하지? 언제까지 이렇게 살아야 하지? 미친 듯이 소리 지르고 싶은 걸 겨우 참고 신발을 벗어 던졌다.

한동안 쇼핑을 끊었더니 집이 휑해진 느낌이다. 그래도 가진 게 너무 많다. 드레스 룸의 옷들과 명품 로고가 박힌 가방, 선글라스, 구두, 액세서리들. 선물 받은 것, 어렵게 구한 것, 협찬 받았다가 싸게 구매한 것도 있다.

이 방의 물건들은 나를 공항 패션의 지존으로, 스타일리시한 연예인의 표본으로 만들어 주었다. 한때 겉멋이 들어 이것저것 사들여 걸치고 다니던 시절도 있었다. 지금도 그것들로부터 아주 자유롭지는 않지만, 저 비싼 물건들이 나는 아니다. '연예인 서재유'라고 착각하게 해 주는 것들일 뿐이지.

아무리 대본을 들여다봐도 눈에 들어오지 않는다. 솔직해지자면, 지금 내가 하고 싶은 건 백성현과 함께 있는 거다. 그 얼굴과 마주 앉아 아무 얘기라도 하면서, 혹은 아무 말 안 해도 좋으니 같은 공간에서 술이라도 한 병 나눴으면 좋겠다. 왜 벌써 보고 싶은 건지. 고작 두 시간 전에 헤어졌을 뿐인데.

양주나 한잔 마시고 일찍 잘까 했지만, 오늘같이 예민한 날은 더더욱 안 된다. 내 상사들은 내가 가끔 폭음하는 걸 알고 절대 혼자서는 못 마시게 다짐을 받아 냈다. 차라리 여럿이 마시라고 하는 게 그들로선 최상의 조언이다. 아무도 없는 집에서 혼자 취해 있노라면 자꾸 우울해진다. 대본을 내려놓은 나는 옷을 갈아입고 다시 집을 나왔다.

오랜만에 친구가 하는 가게로 놀러 갔다. 핸드메이드 간판에 적힌 상호는 '리허설'. 내가 지어 준 이름이다.

"인생은 끝나지 않는 생방송 같아. 인생에도 리허설이 있으면 좋겠어."

그 이름이 과연 매장의 성격과 어울릴까 떨떠름해하던 두 친구는 내 말을 듣고 바로 오케이 했다. '리허설'은 파스타나 씬 피자, 샌드위치 같은 간단한 식사와 와인, 커피를 전문적으로 파는 카페테리아다. 어려서부터 친한 친구 둘이 함께 꾸려 간다. 연예인 서재유의 친구들이 운영하는 곳이라고 소문이 나면

서 줄을 서서 기다려야 하는 서울의 작은 명소로 바뀌었다.

마침 정기 휴일이어서 늘어지게 낮잠을 자 둔 두 친구를 불러낼 수 있었다. 스케줄이 느슨할 땐 일주일에 한두 번 정도는 마감 시간에 맞춰 들렀는데, 드라마를 시작하고선 처음 와 본다.

이 친구들은 내가 '서준유'라는 것을 아는 몇 안 되는 사람이다. 사실은 내 친구이기 전에 동생의 친구들이었다. 이 녀석들도 언제부턴가 나를 재유라고 부른다. 이제 서준유는 내 이름이 아니다.

민규가 맞은편에 털썩 주저앉으며 나를 바라보았다.

"술이 고프면 넓은 집으로 부르지 왜 가게로 오라고 해?"

"그냥. 닭이나 한 마리 튀겨 봐. 프라이드로."

"여기 치킨집 아니거든?"

"냉장고에 닭 있는 거 알거든. 배고파."

이 식당의 주방을 맡고 있는 민규와 커피를 담당하는 상엽은 치킨을 좋아하는 나를 위해 늘 닭을 준비해 둔다. 내 입에서 나오는 배고파, 라는 말을 유독 안쓰러워하는 친구들이다. 퍽퍽한 닭 가슴살만 먹다가 프라이드치킨 먹으면 얼마나 맛있는지 알아? 그 말을 했던 게 이 몹쓸 전통의 시작이었다.

욕을 해도 좋고, 잔뜩 취해 잠들어도 좋고, 음정 박자와 상관없이 내키는 대로 노랠 불러도 눈치 보이지 않는 친구들. 이 녀석들이 없었다면 거짓의 시간을 견디기가 더 힘들었을 것이다.

주스를 가져온 상엽이 내 얼굴을 가만히 들여다보았다.

"살 빠진 거 봐. 얼굴이 더 작아졌네."

"원래 작은 편이잖아. 나야 그저 부러울 뿐."

민규를 보며 한마디 툭 던졌다.

"니가 진짜 작은 얼굴을 못 봤구나. 나 그렇게 작은 얼굴 아냐."

"나보다 작으면 무조건 작은 거야."

언제나처럼 우기는 민규다. 얼굴 얘긴 데뷔 이후 질리도록 들어 왔다.

"떼 가라. 나도 내 얼굴 지겹다."

"잔인한 새끼. 내 앞에서 감히 그따위 말을 지껄이다니! 내 얼굴로 일주일만 살아 볼래?"

잠시 넙데데하고 눈이 작은 친구의 얼굴을 응시했다. 목이 짧은데다 머리까지 짧으니 둥근 얼굴이 더 강조돼 보인다. 무조건 내가 잘못한 거다.

"취소할게. 내가 겸손하지 못했다."

민규가 저걸 불알친구라고 어쩌고저쩌고하며 칭얼거렸다. 착하고 싹싹한데다 정까지 많은 녀석. 그러나 할 말도 못 하는 바보는 아니다.

"새끼야, 한 번만 더 그 얼굴로 겸손 떨면!"

"언제 죽일 건데?"

"어유, 널 죽이고 내가 이 땅에서 살 수 있겠냐. 김재현 요새 인기 짱이던데? 이번 드라마 반응이 젤 좋은 거 같아. 가게 오는 사람마다 〈온리 원〉 얘기야. 다들 니 연기도 훨씬 좋아졌다고 칭찬하고. 성현 씨하고도 의외로 어울리더라? 그 여자 은근 섹시해."

상엽이 흐뭇한 표정으로 입을 열었다.

"뭐가 은근 섹시해? 대놓고 섹시하드만. 수영장 신 사진 뜬 거 못 봤는감?"

여길 오는 게 아니었다. 이놈들은 어떤 대답을 원하는 걸까. 대답 대신 주스를 마셨다. 배가 고프다기보다는 배 속에 뭔가를 집어넣어야 할 것 같은 기분이다.

"닭 줄 거야, 말 거야?"

"자식, 또 뭐가 수틀렸구먼. 뭔데, 문제가?"

"양념치킨 추가한다?"

"한 가지만 해라, 쫌. 카페테리아에 와서 한다는 소리가. ……튀기러 간다, 가!"

민규가 주방으로 들어가자 상엽이 의자에 느긋이 기대며 물어 왔다.

"낼 오전에 촬영 없어?"

"난 점심때부터 해. 그리고 날밤 새우겠지."

"그럼 자야지. 차는 갖고 왔어?"

"어. 맥주 한 잔만 할 거야."

"피처로?"

상엽이가 날 보며 씨익 웃었다. 나도 웃으면서 대답했다.

"글라스로."

30평 남짓한 매장엔 은은한 커피 향이 기분 좋게 맴돌았다. 이미 소문이 날 대로 난데다 평당 매출도 높아서 체인점 문의도 꽤 많다고 한다. 처음 '리허설'을 개업했을 때만 해도 음식 맛이 올 때마다 달랐는데 이젠 많이 좋아졌다. 카레 가루를 넣은 프라이드와 간장 갈릭 소스 치킨. 두 가지 맛으로 만든 치킨은 나 혼자 먹었고, 두 녀석은 날 바라보며 커피를 마셨다.

커피를 광적으로 좋아하는 사람과 커피엔 입도 안 대는 사람도 친구가 될 수 있다. 커피 향을 싫어하지만 않는다면. 짧게 말하기엔 사연이 복잡하지만, 동생의 친구들과 동생보다 더 친하게 지낼 수도 있다.

두 녀석 다 드라마 얘기를 하고 싶어 했다. 내 팬들은 〈온리 원〉 얘기를 하면서 성현 누나에 대한 말을 빼놓지 않고 하는 모양이다. 그럴 거라고 짐작했다.

"뭐라고 하는데?"

"들어 봐야 좋을 거 없어. 우리도 그냥 모른 척해. 사람들 입 진짜 무서워. 말이 말을 만드는 거지 뭐. 근데 성현 씨 정말 스캔들 메이커답냐?"

안 들어도 무슨 얘긴지 알겠다. 그 자리에 없는 타인을 씹으며 돈독한 정을 나누는 소통 방식. 남자라고 해서 다른가. 나는 성현 누나가 다른 사람을 조금이라도 안 좋게 말하는 걸 본 적이 없다.

"부탁인데, 너희라도 말조심해."

치킨을 반 넘게 남겼다. 맥주 없이 먹자니 더 넘어가지 않았다. 취할 정도로 마시고 택시를 타거나 대리를 불러도 되지만 아까부터 가고 싶은 곳이 있었다. 이 마음이 진정되기를 기다리며 포크로 남은 닭살을 헤집었다. 상엽이 고개를 잔뜩 꺾어 가며 내 얼굴을 뜯어보았다.

"너 할 말 있지?"

"그냥. 너희 보려고 왔어. 얼굴 잊어버릴 것 같아서."

"자식이 이젠 우리 앞에서도 연기를 하네? 그것도 발연기를?"

너무 답답해서 털어놓고 싶은 말이 있다. 지금 내가 느끼는 이 감정이, 이 혼란스러움이 백성현이 아닌 다른 여자에게도 느낄 수 있는 감정인지. 대본이 너무 설득력 있고 절절해서 김재현이 아닌 내가 사랑에 빠진 거라고 멍청한 뇌가 착각하는 건지. 오래 외로웠던 내 육체가 자주 만나는 예쁜 여자에게 자연스럽고 본능적인 반응을 보이는 건지.

그러나 지금은 누구에게도 털어놓을 수 없다. 이 마음이 언제까지 지속될 건지 알 수 없으므로. 내 감정도 정확히 모르는데 어디에서 그 여자 이름을 함부로 꺼낼 수 있단 말인가. 며칠 전 키스신 이후 내게 더 무덤덤해진 누나의 모습이 머릿속을 떠나지 않는다. 그 여자 생각을 내 안에서 싹 몰아내고 싶다.

가야겠다며 일어났다. 상엽이 걱정스러운 표정으로 나를 올려다보았다.

"어디로? 집으로 갈 거지?"

"집에 가지 어디 가냐."

민규가 농담 반 진담 반 내게 말했다.

"우리도 같이 갈까? 간만에 술 좀 당겨 볼까나."

"아냐. 가서 잘래. 쉬는데 불러내서 미안하다."

"자식 진짜 이상하네. 미안하다는 말까지 하고."

"놔둬. 늦게 들어가지 마. 내일 촬영해야지. 운전 조심하고."

상엽인 말이 없는 편이지만 내 마음을 가장 잘 아는 친구다. 내가 왜, 무엇 때문에 이 한밤 이렇게 흔들리는지 어느 정도 짐작했을 수도 있다.

집은 천천히 운전해도 20분 남짓. 내가 지금 가려는 곳은 넉넉잡고 한 시간은 달려야 하는 거리다. 일산이라는 것. 단독 주택이 많은 정발산 근처라는 것. 아는 건 그것뿐이다.

'리허설'에서 나오기 직전부터 내리던 비는 그치지 않고 점점 거세졌다. 길은 익숙했다. 일 때문에 자주 다니는 길이다.

정발산. 집이 이렇게 많은데 똑같은 집은 하나도 없다. 보이는 집마다 불 켜진 창마다 그녀가 있을 것 같다.

이미 늦은 시간이지만 결국 안 피디에게 문자를 보내고 말았다. 안 피디는 내일 직접 물어보라거나, 왜 그런 걸 알려고 하느냐 따위의 질문은 하지 않았다. 연인 연기를 하는 배우들끼리는 친하면 친할수록 좋다고 생각하는 사람이니. 잠시 뒤 문자로 성현 누나의 전화번호가 도착했다.

이 전화를 받아만 준다면 이게 우리의 첫 통화다.

— 당신은 참 내게는 참 그런 사람. 바보인 날, 조금씩 날 바꾸는 신기한 사람.

오래된 노래의 컬러링이 들렸다.

여기가 어디라고 왔을까. 초대도 받지 않았는데.

— ……당신은 참 내게는 참 그런 사람. 초라한 날 웃으며

날 예쁘게 지켜 준 사람.

　지금이라도 끊어야 하는 걸까. 바보천치가 따로 없군, 하던 순간 컬러링이 끊겼다. 곧 뭘 하다 받았는지 숨이 찬 여자의 목소리가 들려왔다. 어제도, 그제도, 다섯 시간 전까지도 들었던 목소리. 누나는 여보세요, 라고 하지 않고 네, 하며 첫 말을 시작했다.

　"……누나."

　— 네?

　"나. 나야."

　— 어? 누구시라고요?

　그녀는 내 목소리를 알아채지 못했다.

성현

나는 사랑한다는 표현은 좋아하지만, 그 단어에 집착하지는 않는다. 사랑한다는 말 없이도 사랑을 표현할 방법은 얼마든지 있다고 생각한다. 어떤 남자에게도 왜 내게 사랑한다고 안 하느냐고 투덜거려 본 적이 없다. 심지어 그건, 자존심 상하는 일이라고 여겼다.

"잊어버릴 게 따로 있지! 그 대사를 잊어?"

계획에 없는 일은 언제나 생긴다. 나는 모범생에 가까운 편이었으나 1년에 두 번 만드는 방학 계획표조차 만든 대로 지켜 본 적이 없다. 단 한 번도. 하물며 학교 밖 세상에서야.

스무 살의 나는 예뻤다. 발갛게 달아오른 볼. 호기심에 반짝이는 두 눈동자. 화장품이라곤 로션밖에 발라 본 적 없는 얼굴. 아직 젖살이 남아 있는 얼굴선과 팔뚝. 파마기 없는 긴 머리.

'예쁘다'는 심플한 단어만으로 충분히 표현될 나이였다.

아르바이트 자리를 찾던 나는 동아리 친구로부터 일자리를 소개받았다.

"성현아, 우리 이모가 나랑 찍은 네 사진 보더니 너 돈 벌게 해 준대."

내 직업은 그렇게 시작됐다.

화장품 회사에서 다달이 찍어 내는 얇은 홍보 잡지에 필요한 모델이었다. 표지에 쓰일 사진을 찍는 건 아니었다. 나는 민얼굴 상태에서 색조 화장을 어떻게 입히느냐에 따라 천차만별로 스타일이 바뀌는 얼굴 모델로 쓰였다. 그 다음 달에 나온 잡지 속 내 얼굴은 내가 봐도 나 같지 않았다.

어느 날 내 손에 '아티스트리'라는 기획사 로고가 박힌 명함이 들어왔다. 메이크업 아티스트 언니가 소개해 준 남자가 건넨 것이었다. 내 얼굴을 물끄러미 바라보던 그는 연예인 할 마음이 있으면 일주일 안에 연락하라고 하고 자리를 떴다. 그로부터 6일째 되는 날, 명함을 준 사람에게 전화를 걸었다. 간단히 내 소개를 한 뒤 이 말부터 했다. 내겐 나름 중요한 일이었다.

"제가요, 남자 친구가 있거든요. 기획사 들어가면 남자 친구랑 헤어지라고 한대서요. 그럼 그냥 안 할래요. 그거 확인하고 가려고요. 차비가 아깝잖아요."

명함의 그 남자가 짧게 웃더니 대뜸 물었다.

— 너 개랑 다음 달에 결혼이라도 할 거냐?

"네? 제 나이가 몇인데 벌써 결혼을 해요?"

― 그럼 그냥 와.

부모님껜 미리 말씀드리지 않았다. 친구와 둘이서 쭈뼛거리며 기획사 사무실을 찾았다. 겁도 없이. 기획사 대표란 사람은 나를 이리저리 살펴보고 몇 마디 묻더니 내게 명함을 준 남자에게 고개를 끄덕였다. 그들은 내게 연기 비슷한 것을 시켜 보지도 않았다. 이상한 곳은 아니었다. 본격적인 활동 전 프로필 사진을 찍어야 하니 돈을 준비하라거나 연기 지도를 위해 목돈이 필요하다고 회유하는 곳은 아니었다는 말이다.

일주일 뒤 부모님을 모시고 다시 회사로 갔다. 그 일주일 동안 나는 부모님의 허락을 받기 위해 꽤 많은 노력을 해야 했다. 다시 일주일쯤 뒤 스물한 살이었던 백성현은 '성현'이란 이름으로 새로 태어났다. 회사에서는 내게 한 달 안에 5킬로를 감량하라는 첫 지시를 내렸다.

"더 빼는 건 괜찮지만 덜 빼는 건 안 된다."

한 달 동안 죽을 만큼 힘들게 6킬로그램의 살을 덜어 낸 나는 지면 광고의 캐주얼 의류 모델로 첫발을 들였다. 함께 등장한 일곱 남녀 중 한 명. 메인은커녕 병풍처럼 서 있는 서브 모델 중 하나였다. 그 일을 하고 내가 받은 돈은 생각보다 적었다. 괜히 밥도 못 먹고 힘들게 살 뺐네. 차라리 과외를 할 걸 그랬나? 그 생각이 들 정도로.

어쨌거나 나는 그 돈으로 가족에게 줄 조촐한 선물을 준비했다. 부모님은 기뻐하시기보다 걱정을 먼저 하셨다. 이걸 계속 시켜야 하나, 말아야 하나. 나는 재미있다고, 더 하고 싶다고 말씀드렸다.

"하다 싫증 나면 그만두지 뭐. 계약금을 받은 것도 아니고 정식으로 계약한 것도 아닌데."

다시 한 달 뒤, TV 광고로 만들어질 CF의 엑스트라로 선택됐다. 그사이 나는 피트니스 센터에 다니기 시작했다. 살을 더 빼기보다는 근육운동을 해야 한다는 지시를 받았기 때문에. 내게 처음 명함을 주었던 남자가 나를 따라다녔다. 양승호 실장. 그가 내 첫 매니저였다.

그날 찍은 광고는 자녀의 치아 건강을 걱정하는 엄마들이 질색할 만한 제품이었다. CF 감독은 30초의 짧은 연기도 어려워하는 메인 모델에게 지쳐 짜증을 내다가 뒤에 서 있던 나를 불러냈다. 빅 모델이 쓰인 제품도 아니고, 주인공보다는 제품이 돋보여야 하는 평범한 광고였기 때문에 가능한 일이었다. 난 다섯 벌의 의상을 갈아입으며 카메라 앞에서 다섯 가지 표정으로 반복적인 멘트를 했다.

그 광고가 어린아이들 사이에서 선풍적인 인기를 끌면서 천 원이면 두 개나 살 수 있는 그 제품은 날개 돋친 듯 팔려 나갔다. 나는 그 제품의 이름을 따 '말랑말랑 먹는 여자'로 불렸다. 그렇게 내 얼굴은 세상에 조금 더 알려졌다.

성현. 귀엽고 어리고 신선하고 깨끗한 이미지.

세상이 무지개였다, 핑크빛이었다, 파스텔 톤으로 시시각각 바뀌던 시절. 아티스트리 대표는 나와 정식으로 계약하고 싶어 했다. 5년. 계약금은 적었고 계약 조건은 좋지도 나쁘지도 않았다. 대신 내게 연기에 필요한 모든 지원을 해 준다고 약속했다. 나는 돈을 내지 않고도 배우고 싶은 걸 할 수 있다는 것만으로 만족했다. 지금 생각해도 정말, 미련할 정도로 순진했다.

스물둘이 된 나는 세상이 내가 아는 것보다 좋은 곳이 아닐지도 모른다는 생각을 처음 하게 됐다. 연기란 것도 시작했다. 회사는 내게 개인 연기 트레이너를 붙여 주었다. 나는 춤이나 노래, 수영, 피아노 연주처럼 연기를 하다 보면 두루 쓰일 만한 것들을 배우느라 늘 바빴다. 어떤 땐 학교에 다니기에도 빠듯한 촘촘한 스케줄이 날 기다리고 있었다.

양승호 실장은 어떻게 보면 사장님보다 더 나를 제대로 키우고 싶어 했다. 그는 오빠 같은 마음으로 나를, 아니 이건 적당한 표현이 아닌 것 같다. 그는 철두철미한 직장 상사처럼 나를, 아니 이것도 아니다. 그는 오빠도 가족도 직장 상사의 모습도 아닌 복잡한 태도로 날 대했다. 그 모두의 모습을 골고루 가지고 있었다는 게 맞을 것이다.

화면발이 유난히 안 받는 내 얼굴을 더 늦기 전에 성형시키자고 한 건 기획사 대표였다. 성형은 임기응변일 뿐이라며 절대 안 된다고 고집했던 건 양 실장님이었다.

"대표님은 얘 얼굴을 흔해 빠진 청담동 스타일로 만들고 싶으십니까? 1, 2년 돈 벌다 말 거예요? 성형 미인은 금방 질려요. 두고 보세요. 10년 안에 성형 미인의 시대는 갈 테니까."

나는 아주 단순한 이유로 무조건 양승호 실장 편이었다. 피부과 가는 것조차 무서워하는 내게 얼굴에 칼을 대거나 보형물을 집어넣는다는 건 생각만으로도 기절할 일이었으니까.

드라마 제작사 대표가 낀 술자리에 뭔지도 모르고 불려 가는 나를 막아 준 것도, 감독님이 캐릭터에 대해 따로 의논할 말이 있다며 불러내면 스케줄 핑계를 대며 요령껏 거절한 것도 그랬다. 양승호 실장은 다른 사람이 주는 건 물 한 잔도 편히 마시지 말라고 가르쳤다. 여자를 판매대에 진열된 상품 정도로 아는 남자들은 어디나 넘쳐났고, 선택과 인기에 목마른 신인 여배우들은 온갖 유혹과 범죄에 시달렸다.

그 비슷한 문제로 사장님과 마찰이 있다는 걸 뒤늦게 알았다. 둘 사이에 스폰서니 접대니 하는 단어들이 섞인 고성이 오갔다는 것도 알게 됐다. 어떻게 보면 하극상이었다. 이사도 아니고 일개 실장일 뿐인 사람이.

말로만 듣던 일이, 주변에서 늘 걱정하던 일들이 영 다른 사람 일만은 아니구나 싶었다. 상상만으로도 넘치게 두려웠던 나는 눈물을 뚝뚝 흘리며 다 그만두고 싶다고 하소연했다. 나를 한참 지켜보던 그는 이렇게 말했다.

"다 울었냐? 이젠 그만 울어. 너 그런 거 시키려고 명함 준 거 아니니까. 근데, 백성현."

나는 퉁퉁 부은 눈으로 실장님을 쳐다보았다.

"다른 사람 말은 믿지 마. 대표님 말도 믿지 마. 너는…… 내가 보호해 줄게. 백성현, 아무리 대단한 사람이 하는 말이라도 절대 믿지 마라. 그냥 믿는 척만 해. 평소처럼 그렇게 웃으면서. 일어나. 니가 좋아하는 밥이나 먹으러 가자."

나는 그를 오빠처럼 따랐다. 친오빠가 있었어도 그보다 더 잘해 주지는 못했을 것이다. 아무리 바쁘고 힘들어도 대학은 졸업하라고 말해 준 것도, 일주일에 한 권씩 읽을 책을 골라 주는 것도, 내게 예쁘다고 하면서 접근하는 남자는 그게 누구든 자기에게 먼저 보고하라고 한 것도 양승호 실장이었다. 직접 동행하지 않을 때는 로드 매니저를 시켜 출퇴근길의 나를 완벽히 보호했다. 회사 사람들은 내 방에 불이 켜지는 것까지 확인하고서야 안심하고 돌아갔다.

난 그 앞에서 새로 배운 춤이나 노래를 부끄러운 줄도 모르고 추거나 불러 댔다. 수행평가를 받는 학생처럼 그래야 한다고 생각했다.

"저 춤 꽤 늘었죠? 댄스 선생님이 소질 있대요. 가수 해도 되겠다던데 그것도 그냥 하는 말이에요?"

양 실장님은 천진한 아이처럼 조잘대는 나를 터울 많은 오빠처럼 바라보며 피식 웃었다.

언젠가 한 번은 이런 말을 했다.

"내가 왜 그때 너한테 명함을 줬는지 모르겠다."

"왜요? 후회돼요?"

"그래. 많이."

"나 진짜 배우로 키워 준다면서요? 연기에 소질 있다면서요? 다 뻥이었나?"

"어린 양아, 누구나 알아주는 배우는 연기만 잘한다고 되는 게 아니란다. 세상이 그렇게 정직하고 단순하면 얼마나 좋겠냐."

그는 나보다 열 살 많았다. 오랜 여자 친구가 있었고, 이 바닥에서 흔한 거친 매니저들치곤 가방끈이 길었고, 무엇보다 책을 읽는 사람이었다. 책만 사 준 게 아니라 매주 성실하게 독후감을 써내라고도 요구했다.

그의 여자 친구였던 주연 언니와 나는 꽤 친하게 지냈다. 한번은 언니가 내게 지나가는 말처럼 털어놓았다.

"올핸 결혼하자고 할 줄 알았거든. 근데 또 이렇게 해가 지나가네."

"그럼 언니가 먼저 결혼하자고 해요."

"내가 안 해 봤겠니."

"실장님 돈이 없나. 돈 없으면 어때요? 우리 엄마 아빠도 단칸방에서 시작했다는데?"

"그건 아니고. 아직은 아니래. 무슨 욕심이 그리 많은지."

"무슨 대답이 그래? 난 언니가 낳은 아기 보고 싶은데. 치, 남북통일이라도 돼야 청혼할 건가."

다음 해 주연 언니는 뜻밖의 혼전 임신을 했다. 나는 그 부부의 결혼식에 초대받아 아름다운 가사의 축가를 불렀다. 풍성한 드레스로 부풀어 오른 배를 가린 언니의 모습은 행복해 보였다. 언니는 내 귀에 그 전날 첫 태동을 느꼈다고 속삭였다. 나도 모르게 언니의 배에 손이 갔다. 사랑하는 남자의 아기를 가지면 어떤 기분일까, 그 생각을 하며 언니의 배를 살며시 쓰다듬었다.

바빠진 나는 결국 부모님과 양 실장님의 거듭된 반대에도 졸업을 1년 앞두고 휴학했다. 연기하는 데 학벌이 그렇게 중요한가 하는 게 내 생각이었다. 스물셋. 이미지가 좋은 연예인들만 할 수 있다는 CF를 두어 편 찍고 드라마와 영화를 골고루 했다. 그 해가 가기 전 나는 드라마로 인생에 딱 한 번만 받을 수 있다는 신인상을 받았다.

스물넷의 나는 무대 아래나 무대 뒤를 알기 전에 무대 위 세상부터 알아 버렸다. 양 실장님은 그사이 이사가 되었고 여전히 내 가까이 있어 주었지만, 그전처럼 나를 챙길 수가 없었다. 대신 새로 들어온 젊은 매니저가 나를 따라다녔다.

매니저가 바뀌었다고 인생까지 180도 달라지는 건 아니었다. 드라마를 하면서 알게 된 배우가 자꾸 전화를 걸어와서 전화번호를 두 번이나 바꾸는 일이 생겼다. 그 남자와 관련된 일은 한동안 뜬소문처럼 떠돌았고, 양승호 이사의 손을 거쳐 마무리됐다.

스물넷의 끝자락. 나는 처음으로 사랑다운 사랑에 빠졌다. 그리고 그 사랑은 반년도 채우지 못하고 비참하게 끝났다. 나쁜 일은 손을 잡고 함께 온다던가. 드라마를 같이 했던 어떤 남자 배우는 나와 상의도 없이 스캔들을 터트렸다. 그것도 기자와 술을 마시며 술김에.

두 남자 때문에 벌어진 두 가지 일은 내게 두 개의 상처로 남았지만 죽을 만큼 힘들지는 않았다. 이젠 아주 어린 나이가 아니었으므로. 세상에 대한 눈치도 생겼다. 눈물만 뚝뚝 흘린다고 저절로 해결될 일은 어디에도 없다는 걸 알 때도 됐으니.

어리고 신선하고 깨끗했던 '성현'의 이미지는 유통 기간이 지난 우유처럼 변했다. 더는 팔 수가 없었다. 소속사는 내게 새로운 이미지를 요구했고, 나를 중심으로 몇 개의 새로운 프로젝트를 진행했다. 그 과정에서 사장님과 갈등을 빚던 양 이사님은 결국 회사를 떠났다.

그는 얼굴에 손대지 마라, 는 말만 남기고 내 손을 뿌리쳤다. 난 양승호 이사의 기대와 욕심을 채워 주지 못했고, 회사역시 그가 머물기엔 너무 좁은 곳이었다. 그가 회사를 영영 떠나고 나서야 하나 더 깨달은 게 있다. 내가 그에게 얼마나 의지하고 있었는지를.

일로 만난 사람 중에 양승호 이사만큼 날 이해해 주고 위해준 사람은 어디에도 없었다. 나는 버려진 아이처럼 혼자 남아힘든 시간을 견뎌야 했다. 나쁜 일만 생긴 건 아니었다. 스물다섯의 여름, 나는 오정혜 작가의 시나리오를 받아 영화 〈순정의정원〉에 출연하게 됐고, 그 작품으로 여우조연상을 받았다.

세상이 만만치 않다는 것도 알게 됐지만, 연기의 맛도 조금은 알게 됐다. 오래도록 연기만 할 수 있다면 실패한 사랑쯤이야, 떠도는 루머쯤이야, 나를 내버려 두고 가 버린 사람쯤이야다 지나간 과거일 뿐이야. 난 스타가 되길 원하는 게 아니야. 누가 봐도 진짜 배우가 될 거야. 그런 생각을 할 때만 해도 나름 행복한 시절이었다.

스물여섯 살 전에는 인간이란 존재가 마지막 잎사귀 하나에죽고 사는 약한 존재인가? 하는 고민은 하지 않았다. 유부남과 바람난 여배우. 소문나게 행복한 가정을 깨 버릴 뻔한 뻔뻔한 여자. S라는 이니셜로 돌아다니며 내 명예를 깎아 내리던 두 꼭지짜리 기사는 정정 기사를 내보내지 않았다. 이니셜은 이니셜일 뿐이니까. 그렇게 너무나 어이없는 방식으로 나는 내가 가진 것들을 잃어 갔다.

돌이켜 보면 가진 것의 반을 잃었을 때가 가장 미칠 것 같았다. 20퍼센트쯤 남았을 때서야 포기가 됐다. 더 잃을 것도 없다고 생각했을 땐 차라리 마음 편했다. 세상은 아빠 품처럼 너그럽지 않았다. 내가 무대 뒤와 무대 아래를 제대로 알게 된 건 모든 것을 잃은 뒤였다.

그 후로도 많은 일이 있었다. 나는 연예인이 된 걸 진심으로 후회했다. 그 모든 악조건에도 연기를 포기하지 못하는 나를 이해하게도 됐다. 6년의 세월 동안 내 마음은 두 배의 속도로 늙어 갔다. 아무리 티 내지 않으려고 해도 순간순간 드러날 것이다.

아직도 내 마음속 어딘가에 나이 든 여자 하나가 숨어 사는 것 같다. 나는 그 여자와 사이좋게 동거를 하고 있다. 시간은 상처를 남기기도 하지만 상처에 새살이 돋을 여유를 주기도 한다. 10년 전으로 돌아갈 수 없다면 방법은 하나뿐이다. 현실을 인정하고 받아들일 수밖에.

반신욕은 10년 가까이 유지된 습관이다. 아무리 피곤해져 들어왔을 때도 웬만하면 거르지 않는다. 따뜻한 물에 30분쯤 몸을 담그고 있으면 땀이 촉촉이 배어 나오면서 피부에 남아 있던 여분의 화장품까지 씻겨 나가는 것 같아 개운하다. 반신욕을 마치고 거울을 들여다봤다.

거울은 부옇게 흐려져 있어서 나를 실제의 나보다 예쁘게 비춘다. 세상에서 제일 예쁜 여자는 백설 공주입니다. 그런 투의 말을 기대할 나이는 지났지만, 거울 속 나에게 너 아직 죽지 않았다고 한마디 해 준다. 그래도 내내 머릿속을 맴도는 생각.

오늘 난 실패한 첫사랑 후 다시 두 번째 사랑에 빠진 사람처럼 왜 그랬을까. 눈물로 젖어 버린 내 얼굴을 따뜻하게 씻어 내리던 그 입술에, 내 얼굴을 감싸 안던 그 손바닥에 왜 그렇게 위안을 받았을까. 마치, 그는 정말 나를 사랑하는 사람 같았고 그래서 나는 그걸 처음 알게 된 것처럼 두근거리고 설렜다.

20대의 첫해에 나는 첫사랑을 만났다. 첫 미팅에서 만나 첫 남자 친구가 된 그 애와 나는 사귄 지 6개월이 다 돼서야 처음 입을 맞췄다. 첫 키스였다. 내게 첫 키스는 입술의 감촉보다는 다리가 너무 후들거려 서 있기 힘들었던 기억으로 남아 있다. 그 앤 내가 아는 가장 착하고 순한 남자였다.

그렇게 착하고 순한 남자도 날 안고 싶어 했고, 갖고 싶어 했다. 전부. 내가 줄 수 있는 모든 걸 다. 어떤 날은 키스만으론 너무너무 부족하다며 귀엽게 투덜거리곤 했다. 난 스킨십의 진행 속도가 느린 여자였다. 아직까지 내가 그 아이와의 추억을 아름답게 기억하는 건 그 사랑을 거기서 멈췄기 때문인지도 모른다.

몇 시간 전, 김재현과의 키스는 내가 연기한 가장 아름다운 입맞춤이었다. 다시 찍는대도 그 이상 애절하게 연기할 자신이 없다. 우여곡절 끝에 살아남은 재유와 나의 키스신은 조만간 방영된다. 시청률이 오른 만큼 수많은 시청자가 그 장면을 숨죽여 보게 될 것이 틀림없다. 그리고 분명 유부남 배우와의 불쾌한 추문처럼 성현과 서재유의 눈물 젖은 키스신 영상은 죽을 때까지 날 따라다닐 것이다.

네 명의 피디가 단체로 시위라도 하는 것처럼 일이 꼬였다. 덕분에 생각지도 못한 휴식을 하게 됐다. 시은이와 함께 저녁을 먹고 집까지 데려다준 뒤 다시 자유로를 타고 집에 도착하니 9시 10분. 오늘은 데이트가 없는지 동생도 집에 있었다.

싱크대의 물기를 보니 내가 도착하기 직전에 청소와 설거지를 마친 모양이다. 보통 때의 나는 요리를 도맡아 한다. 동생이 빨래를 세탁기에 넣어 돌리면 내가 꺼내 널고 바싹 말린 후 개어 서랍이나 옷장에 정리해 놓는다.

설거지는 동생의 몫이지만 설거지를 하는 횟수는 반반 정도다. 군대에 다녀온 기간을 제외하고 거의 3년째 유지되어 온 이 집의 규칙이다. 동생은 처음엔 청소를 싫어했지만, 이젠 내가 떨어뜨린 머리카락을 스카치테이프로 한 올 한 올 찍어 모아 보여 주는 수준이 됐다.

"누나, 머리 좀 자르면 안 되냐? 머리숱을 좀 치든지. 이렇게 허구한 날 빠지는데 대머리가 안 되는 게 신기하네."

드라마 속 캐릭터에 맞게 세팅된 연기자 누나의 머리 스타일 따위는 안중에도 없는 백성찬. 가끔은 뇌가 없는 게 아닌가 싶다. 공부하는 머리만 따로 타고났거나.

"너 이다음에 와이프한테도 그러면 쫓겨나. 누나한테만 그 래라."

"미쳤어? 와이프한테 그러게?"

"이거 봐, 이거. 키워 봐야 소용없다니까. 옛 성현들의 말씀 은 버릴 게 없지."

"머리털 검은 짐승은 거두지 말랬다고?"

"알면 됐어. 좀 있다 대본 연습할 거니까 대사나 받아 줘."

"또 해야 돼? 하기 싫은데. 서재유하고 해. 파트너 놔두고 왜 나한테 자꾸 그러는데?"

"서재유는 바빠요. 나처럼 드라마 촬영만 하는 게 아니라고. CF도 찍고 사인회도 하고 별걸 다 하더라. 연습할 거야, 말 거 야?"

"잠시 잊었다. 누나가 내 물주라는 걸. 조금만 더 기다려. 나 도 돈 번다."

"공부 더 하라니까. 넌 학교에 남아."

나를 따라다니다 보면 종종 동생에게도 모델이나 연기 제의 가 온다. 성찬인 살만 조금 빼면 연기자가 된다 해도 욕먹지 않 을 정도의 준수한 마스크를 지녔다. 키는 이미 모델 수준이다. 문제는 동생이 연기에 소질도 관심도 없다는 거다.

성우에 버금가는 목소리를 타고났는데도 동생의 딕션은 한 심한 수준이다. 발성에 앞서 드라마적 감성이 문제일 터다.

"집에 말씀드렸어. 결혼하고 싶은 여자가 생겼다고. 진아, 가면 좀…… 놀랄지도 몰라. 아, 미치겠네! 내가 말이야, 여자 친구한테도 이런 말을 해 본 적이 없거든? 더는 못 해. 혀가 막 꼬인다고. 누님, 차라리 날 매우 치세요."

"그만할까?"

말이 떨어지기가 무섭게 동생이 대본을 던지고 자기 방으로 도망쳤다. 드립 커피를 한 잔 만들어 들고 창가에 기댔다. 비 오는 창밖은 속을 알 수 없을 만큼 깊고 어둡다. 머릿속엔 동생과 주고받은 대본 속 대사가 계속 맴돈다.

두 사람의 대화를 읽다 보면 오 작가는 어떻게 이런 말을 생각해 낼까, 그 생각이 자주 든다. 그들의 대화는 긴장을 잃지 않으면서도 순수했고, 그래서 더 가슴을 울린다. 잊고 지냈던 사실이 떠오르기도 한다. 아, 사랑은 이런 거였지. 나도 이런 감정을 느껴 본 적이 있었지.

나의 첫 남자 친구는 동갑의 평범한 남자애였다. 돌이켜 보면 평범한 게 아닐 수도 있다. 그 아인 단 한 번도 내게 화를 낸 적이 없었다. 한 번도 날 기다리게 하지 않았다. 내가 다른 남학생과 미팅을 하러 간다고 했어도 나를 그 장소까지 데려다줬을 아이다.

우연히 데뷔하고 소속사가 정해진 뒤에도 그 친구와 나는 만났다. 그 애는 내가 연예인이 되는 걸 좋아하지 않았다. 그렇다고 적극 반대하지도 못했다. 내가 그 일을 꼭 하고 싶어 한다는 이유로. 그런 아이였다.

집안 사정이 그리 넉넉지 않았던 그 앤 내가 2학년이 됐을 때 입대했다. 난 한 번도 면회를 가지 못했다. 소속사에서 그것까지 허락하지는 않았기에. 그렇게 1년을 버티다 결국 헤어졌고, 다행히 그 친구는 탈영하지 않았다. 지금 생각해도 좋은 사람이지만 그때 입대하지 않았다 해도 오래 만나진 못했을 것이다. 소속사에서 시키는 건 나쁜 짓 빼고는 다 했던 때였으니까.

가끔 그 애를 생각한다. 지금도 누군가의 착한 애인이나 남편 노릇을 하면서 잘 살겠지. 만약 내가 배우가 안 됐더라면 세상 어디에선가 그 남자의 착한 아내 노릇을 하고 있을까.

"성현아, 난 너랑 꼭 결혼할 거야. 대학 졸업하자마자."

그 앤 그 말을 자주 했다. 스물한 살 어린 남자가 뭘 안다고.

대본 후반 작업에 바쁜 오 작가와는 일주일에 몇 번씩 통화한다. 감정 처리가 힘들 땐 감독보다는 작가한테 전화를 걸어의도를 물어보는 게 편하다. 주인공을 가장 잘 파악하고 있는사람은 그 캐릭터를 만들어 낸 작가니까.

통화를 마친 뒤 반신욕을 하러 들어갔다. 기적처럼 주어진나머지 시간은 밀린 잠으로 때울 생각이었다. 욕조 안에서 깜빡 잠들었던 것 같다. 감기에 걸릴까 봐 걱정하며 가운을 걸치고 거실로 나왔을 때 방에서 희미한 벨 소리가 들렸다. 휴대폰 액정에 낯선 번호가 떠 있었다. 받지 말까 싶었지만 내 손이 0.1초쯤 빨랐다.

— 누나.

나를 누나라고 부르는 남자는 동생 친구들을 비롯해 여럿이다. 누구지?

— 나. 나야.

나야. 라니. 내게 이런 식으로 전화를 걸 남자가 누가 있지?

— 나, 재유.

"어. 서재유? 진짜 재유 맞아?"

— ……나 말고 다른 서재유가 있나.

전혀 생각지도 못한 사람이었다. 누군지 대뜸 못 알아챈 게 이상한 일이 아니다. 재유의 전화번호를 물어본 적도, 내 번호를 가르쳐 준 적도 없다. 몇 번의 스캔들 이후 그건 금기 사항이 됐다. 솔직히 그가 내게 전화를 할 줄은 몰랐다.

"미안해. 급히 받아서 누군지 몰랐어. 목소리가 좀 다르게 들린다?"

— 누나도 그러네.

"내 번호 어떻게 알았어?"

— 가르쳐 주는 사람이 있더라. 걱정하지 마. 집이야?

"응. 많이 늦었는데 무슨 일 있어?"

— 일산 산다고 했지?

"왜? ……어."

— 일산 왔다가……. 혹시 잠 깨웠어?

"이제 자려고. 피곤한데 왜 돌아다녀. 비도 오던데. 어서 들어가."

— 갈 거야. 지금 정발산 근처에 있는데 생각나서. 늦었는데

미안해.

알면 됐어, 할 수가 없었다. 그 아인 점점 작품 속 김재현을 닮아 가고 있었다. 지난봄의 첫 자락에 봤던 그 서재유가 아니다. 그게 좋으면서도 부담스러웠다. 나를 보는 눈빛이, 나를 향한 미소가 선우진을 향한 것으로 생각하려 하지만, 과연 선우진만을 향한 것일까? 그런 의문이 점점 커진다.

— 대본 다 외웠어?

"그런대로."

— 역시 부지런해. 그거 읽는데 내 생각 안 났어?

"……났어. 넌 김재현이잖아."

— ……이제 얼마 안 남았네. 고마워. 고마워요. 날 잘 참아줘서.

"나도 고마워. 재유야, 너 아주 잘하고 있어."

— 근데, 김재현이 다 이해 가? 오늘 대본 읽는데 난 답답하던데.

"난 이해돼."

— 김재현은 너무 순수해. 너무 착해. 그런 남자가 어디 있어. 나 같으면 사랑하는 여자한테 그렇게 못 해.

"너도 그렇게 보이는데? 둘이 닮았어."

— 아니. 난 그렇게 좋은 남자 아니야. 사람 잘못 봤어.

"나는 너하고 김재현을 분리할 수가 없어. 진짜 너는 잘 모르니까."

이건 실수다. 방금 뱉어 낸 말을 얼른 주워 담고 싶었다. 잠시 뜸을 들이던 그가 말했다.

— 날, 더 알고 싶지 않아?

"지금은 김재현 하나로 충분해."

— 그럼 나중이라도 나, 더 알고 싶지 않아요?

"취했니?"

— 추하다고?

"내 말 알아들었잖아. 드라마부터 잘 끝내자. 어서 들어가 쉬어. 내일 촬영할 때 힘들어."

— 나 어려워하지 말라고. 나한테 막 대해도 되니까. 그게 좋아. 나도 그게 더 편해. 누나 욕하는 내 팬들은 무시해요. 성현 누나여서가 아니라 그냥…… 내 옆에 다른 여자가 있는 게 싫은 거니까.

꼭 그런 것만은 아니겠지만, 알았다고 대답했다. 전화를 끊기 전 재유는 한 가지만 약속하라고 졸랐다.

"뭘? 너 은근 어리광 심한 거 알아?"

— 시청률 30퍼센트 넘기면 나한테 선물 하나 줘.

"야, 그런 거 싫어. 내가 가진 게 뭐가 있다고. 니가 더 부자잖아."

— 그건 내 사정 아니니까. 돈 드는 거 아니야. 30퍼센트 넘기면 날 더 알고 싶다고 생각해 보기로. 어렵지 않지?

그건 너무나 어려운 문제였다.

"드라마 끝날 때까진 날 선우진으로 생각해. 그럼 그 약속 잊지 않고 있을게. 조심해서 가."

— 갈 거야. 6회 엔딩에서 재현이가 한 마지막 대사 기억나?

"……뭐였지?"

금방 기억났지만 모른 척했다.

'당신을 더 알고 싶어졌어. 당신의 모든 걸. 그래서 이젠 당신도 나만 궁금했으면 좋겠어.'

기억한다고 하면 안 될 것 같았다. 방법은 달랐지만 이런 경우가 처음은 아니기에.

— 먼저 끊어요. 누나 먼저.

그날 침대에 누워 바라본 재유의 눈은 따뜻하고 다정했다. 그 눈은 나를 사랑하고 있었다. 그 순간만큼은 나도 그를 사랑하지 않을 수 없었다. 재현의 손이 진의 얼굴로 천천히 다가와 이마와 볼을 어루만졌을 땐 가슴이 너무 뛰어 나도 모르게 눈을 감을 뻔했다. 아무리 대단한 여자라도 설레었을 것이다. 김재현은 정말 매력적인 남자니까. 게다가 서재유의 얼굴로 연기하는 김재현이란.

그러나 이것은 일시적인 감정의 오류다. 늘 그래 왔듯이 드라마가 끝나면, 시간이 지나면 잊힐 감정의 잔해들. 멜로 연기를 하는 배우들이 흔히 겪는 심적 혼란, 드라마가 빚어낸 일시적인 착각일 뿐. 아마 그게 맞을 것이다. 늦어도 가을이 오기 전에 나는 다 잊을 수 있다. 서재유는 어쩌면 그 전에 잊을지도 모른다. 언제 그랬냐는 듯 까맣게.

사실 나는 촬영장을 벗어난 곳에서까지 동료 배우나 파트너 생각을 많이 하는 사람이 아니다. 배역에 몰입한 나머지 맡은 역할에 따라 성격까지 바뀌는 사람도 아니다. 공과 사를 칼같이 구분할 만큼 냉정한 사람은 못 되지만, 카메라가 없는 곳에선 원래의 나로 살려고 노력한다.

서재유 역시 나에겐 같은 드라마를 하는 동료 이상도 이하도 아닌 존재였다. 그러나 그 아인 자기만의 방식으로 '서재유'를 내 머릿속에 각인시켰다. 물끄러미 쳐다보는가 하면 무심한 눈길로 외면했고, 웃는가 하면 금방 입을 다물었다. 한마디씩 우스갯소리를 툭툭 내뱉다가도 피곤하니 얼른 마치고 가서 잠 좀 자자고 투덜댔다. 커피를 갖다 주는가 하면 커피 좀 그만 마시고 시간 날 때 잠이나 자 두라고 잔소리를 하기도 했다. 혼자 운전까지 하지 말고 사람 좀 쓰라고 화를 내다가도 누나 맘대로 하라며 손을 휘휘 내저을 때도 있다. 한밤중에 전화를 걸어 자길 더 알고 싶지 않으냐고 서글피 묻는가 하면 다음 날은 아무 일 없었던 듯 자기 할 일만 몰두했다.

재유는 그날 이후 내게 전화를 하지 않는다. 나는 그 모든 행동을 이해한다. 지금은 그럴 수밖에 없다는 걸. 내가 할 일이 뭔지도 안다. 그저 성현을 향한 서재유의 출렁거리는 마음이 잠잠해지길 기다리는 수밖에 없다는 걸.

아침 일찍 안 피디로부터 재유가 아파서 2, 3일 정도 촬영을 못 할 것 같다는 연락을 받았다. 스케줄은 바로 변경됐다. 박우진과 촬영하기 위해 이동하면서도 이상하게 불안했다. 김재현으로 저장해 둔 전화번호로 연락해 볼까 하다가 말았다.

육체적 문제든 정신적 문제든 내가 관여할 부분이 아니다.

젊으니까 아픈 건 금방 나을 테고, 난 재현으로 돌아온 재유를 아무렇지도 않은 척 반기면 된다. 김재현이 아닌 서재유는 내가 신경 쓸 영역이 아니다. 그게 옳다.

재유

신기한 일이다. 처음 서준유가 여섯 살이나 많은 여자와 연인 연기를 한다고 했을 때만 해도 과연 두 사람 어울릴까? 이상하지 않을까? 그 생각이 지배적이었다. 그런데 이젠 누가 봐도 진짜 좋아하는 사이처럼 보인다.

이젠 서준유가 여섯 살이나 어리다는 것도, 성현이란 여자가 여섯 살 더 많다는 것도 느낄 수가 없다. 신체 사이즈도 보기 좋게 어울렸다. 형의 허우대만으로 그 여자의 몸은 감쪽같이 가려졌다. 여자에겐 자기를 품에 폭 감싸 줄 수 있는 남자가 로망이라면(그렇다고 들었다), 남자에겐 품에 쏙 들어오는 여자를 꿈꾸는 오래된 습성이 있다(나는 예외지만). 그 여잔 분명 작은 키가 아닌데도 형과 같이 있으면 안아 주고 싶은 본능을 일깨웠다. 이게 바로 연기 궁합이 찰떡같다는 소린가.

신기한 여자다. 서준유가 저렇게 환하게 웃을 수 있는 사람이었다니!

이번 드라마가 잠시 정체된 형의 인기에 얼마나 중요한 작품인지 안다. 그런 걱정을 나도 해 봤는데 형의 주변인들은 오죽할까. 조마조마했던 형의 연기는 점점 좋아졌고, 심지어 다음 장면을 기대하게까지 됐다.

형의 연기를 보며 내가 가장 감탄했던 건 빗속에서 우는 장면과 둘이 나란히 누워 한참을 마주 보는 장면이었다. 내 평생, 내가 아는 선에선 형이 다른 여자에게 그런 눈빛을 주는 걸 본 적이 없다. 저 사람이 내가 알던 서준유가 맞나? 연기력도 하루아침에 뻥튀기 되나?

이번에도 형이 먼저 전화를 걸어왔다. 나는 착한 시청자처럼 드라마 잘 보고 있다고 선수 쳤다. 앞으로가 더 기대된다는 판에 박힌 멘트까지 던졌다. 서준유는 나와 통화하면서 심지어 소리 내 웃기까지 했다. 헐, 이 인간 왜 이래? 사람이 왜 이렇게 변한 거지?

인터넷을 열면 어디서나 〈온리 원〉 얘기를 하는 것 같다. 내가 가입돼 있는 몇 개의 카페에서도 그 소재는 빠지지 않는다.

"요새 많이 못 자겠네. 안 힘드냐?"

— 힘든데 안 힘들어.

"그게 무슨 성철 스님 같은 소리여? 쉽게 말해, 쉽게."

— 몸은 고된데 시청률도 잘 나오고, 욕도 덜 먹고, 그래서 안 힘들다고.

"덜 먹긴. 욕 많이 하더구먼. 온리 형만의 광팬들이 그 여자한테."

— 공홈 들어와 보냐?

"내가 그렇게 한가한 줄 알아? 거기까지 들어가게?"

— 너 한가하잖아.

"그래! 시간이 남아돌아서 기사 댓글까지 쫙 훑어본다! 초강력 달달 커플 탄생 어쩌고저쩌고. 기사만 뜨면 댓글 천 개는 기본으로 찍더구만. 패가 둘로 나뉘었대? 김재현 선우진 지지파, 무조건 절대 반대파로?"

— 머리 아파. 아예 안 보는 게 상책이야.

"나는 세계 10대 불가사의에 여자를 꼭 집어넣고 싶어. 팬 관리 그렇게밖에 못 하냐? 이래라저래라 말도 많아요. 자기들이 매니지먼트 하나?"

— 내가 나서면 더 심각해져. 누나한테는 미안하지만.

"출발부터가 너무 불경스럽다 이 말이지. 마음가짐부터가. 형이 자기들 남편이야? 애인이야? 남자 친구야? 왜 그 난린데?"

형의 낮은 한숨 소리가 들렸다.

— 그분들한테는 내가 남자 친구고 남편이고 동생이고 오빠고 아들이야. 그래서, 내가 이 일을 하는 동안은 좋든 싫든 다 껴안고 가야 할 사람들이고. 그러니까, 니가 이 일을 처음부터 안 하기로 한 건 아주 훌륭한 판단이었어.

잠자리가 늘 뒤숭숭하겠군. 가엾은 인간.

"이 드라마에선 OST 안 불러? 드라마 할 때마다 불렀잖아."

— 안 부르고 싶었는데 불러야 할 것 같아. 후반부쯤.

"팬들이 좋아하겠군. 오매……. 뭐지? 막, 자꾸, 매일 기다리는 거? 오매비……?"

— 오매불망.

"그래, 그거! 오매불망 기다리더라."

— 놀아도 스웨덴 가서 놀아. 학교도 다시 알아보고.

"드라마 끝내는 건 보고 들어가야지."

— 이번엔 내가 끝까지 할 거야. 걱정하지 마.

"걱정해서가 아니라 끝나면 축하주라도 같이 마시려고."

— 뭘 축하해 줄 건데?

"드라마 대박 난 거? 다음 주 예고편 죽이더라. 어우, 수영장 신!"

— 아유, 진짜.

놀아도 스웨덴 들어가서 놀라는 말에 나는 꼬리를 내릴 수밖에 없었다. 내가 뭐 그리 대단한 인물이라고 세계 각국을 돌아다니며 방황씩이나 하겠나. 그동안 휴학까지 해 가며 많이도 놀았다. 나도 올해가 마지노선이라고 생각하고 있다.

"그럼 나 정 대표님한테 전화 와도 절대 안 받는다? 그래도 되지?"

서준유는 그런 일 때문에 전화 받는 일은 절대 없을 거라고 대답했다.

준유

"6회 엔딩에서 재현이가 한 마지막 대사 기억나?"

그런 질문은 하는 게 아니었다. 그녀는 분명 그 대사를 기억했다. 기억 못 한다고 둘러댄 것뿐이지. 빗줄기가 갑자기 잠잠해졌다. 내 마음도 같은 속도로 잠잠해지길 기다렸다.

되돌아오면서 생각했다. 나는 큰 실수를 했다. 일로 만난 파트너의 전화번호를 알아내 전화까지 한 건 처음이었다. 더군다나 이 늦은 시간에 무작정 찾아가서.

마음을 준 건 문제가 안 된다. 나만 힘들면 되니까. 그러나 그걸 겉으로 드러낸 건 문제가 된다. 아주 큰 문제가 될 수도 있다. 다음 날 누나는 웃는 얼굴로 나를 맞이했다.

"어서 와. 오늘 좀 늦었네."

평소와 다름없어 보였다. 언제나처럼 밥은 먹었는지 궁금해했고 대사와 리액션에 관한 질문도 해 왔다. 감독님과 동선을 의논하면서 내 팔을 잡아당기는가 하면 약간의 스킨십이 있는 장면에선 껄끄럽지 않게 행동했다. 웃어야 할 상황엔 웃고 짜증을 낼 만한 상황에선 그전처럼 참아 냈다. 겉으론 그럭저럭 평온한 날들이었지만, 어떻게 보면 처음으로 다시 돌아간 것 같다. 그녀와 나의 마음의 거리가.

안영하 피디 말처럼 드라마는 대국민 사기다. 대본상 갈등이 몇 번 있었고 슬픔이 있었고 어쩔 수 없이 짧은 오해가 있었다. 멜로드라마의 법칙, 혹은 공식이 열 개라면 〈온리 원〉엔 예닐곱 개 정도가 등장한다.

16회를 끌어가기엔 이야깃거리가 부족하지 않나 싶다가도 새로운 이야기가 자연스럽게 연결돼 나왔다. 평범할 수 있는 상황도 오정혜 작가의 입담과 위트, 필력이 덧입혀지면 그럴듯하게 보완됐다. 내 연기가 그전보다 칭찬받는 이유는 내 머리가 이해하는 대사를 하기 때문일 수도 있다. 그렇게 며칠이 지나갔다. 벌써 6월. 하루가 다르게 더워졌다.

드라마가 인기를 끌수록 촬영장에는 많은 기자가 들락거린다. 시청률이 높은 만큼 대부분의 기사는 칭찬 일색이다. 인터뷰 요청이 많았으나 대개 감독 선에서 거절되곤 했다.

장면마다 공을 들이는데다 찍어 놓은 신이 많지 않아서 시간이 늘 부족했다. 그만큼 수면 시간이 줄어들 수밖에 없었다. 부쩍 피곤한지 성현 누나는 말이 점점 사라졌다. 나는 사람 좀 쓰라는 말이 목구멍 입구까지 나오는 걸 번번이 눌러 삼켜야 했다.

드나드는 사람들과 기자들 때문일까. 이젠 특별한 경우 아니면 먼저 말을 걸거나 장난을 치지도 않았다. 내게만 그러는 게 아니라 누구에게나 비슷하게 행동했다. 체력이 방전돼 가는 게 분명했다. 누나는 카메라의 빨간 불이 켜질 때만 잠깐잠깐 살아났다. 드라마 속 선우진이 김재현을 보며 활짝 웃는 장면에서는 감격스러울 정도였다. 현실과 다르게 드라마 속 두 사람의 관계는 마냥 행복하다.

다음 장면 촬영이 준비되고 있다. 아직 어둡기 전이었다. 박 감독이 나를 세워 놓고 콘티를 보며 어떤 식으로 찍을지 간단히 설명했다. 술자리에서보다 말이 빨랐다. 시간만큼은 한 번도 넉넉한 적이 없다. 종영이 가까워질수록.

"다들 왜 안 와! 밥을 지어 먹나. 막내야!"

막내 보조가 눈치 빠르게 대답했다.

"네! 네! 바로 확인할게요!"

"재현이 가서 준비하고, 진이 준비 다 됐지? 어! 어! 성현이 코피 난다!"

자기 코에서 코피가 흘러나오는 줄 몰랐던 모양이다. 옆에 있던 코디가 휴지를 찾는 동안 누나는 옷을 버릴까 봐 그런지 손으로 그 피를 받아 냈다. 브랜드가 어딘지도 모르겠는, 협찬 받은 것이 분명한, 그리 좋아 보이지도 비싸 보이지도 않는 옷. 그것마저도 곱게 입은 후 며칠 안으로 돌려줘야 하겠지.

화가 난다. 그까짓 옷이 뭐라고 저 피를 손으로 받고 있나.

코피는 금방 멈추지 않았고, 내 화도 금방 멈추지 않았다.

세트장 한쪽엔 내가 입을 옷과 가방이 이동식 옷걸이에 주르르 걸려 있다. 나는 저 옷들을 입어 주기만 해도 회당 천만 원이 넘는 돈을 받는다. 자사 브랜드의 옷을 협찬해 주려고 내코디나 소속사로 연락하는 의류 회사가 한두 군데가 아니다. 인기는 이렇게 극과 극의 상황을 극명하게 보여 준다.

겨우 코피가 그친 누나는 촬영을 시작하자고 했고, 나는 좀더 쉬길 바랐다. 박 감독과 안 피디도 같은 의견이었다. 누나가목소리를 낮추며 내게 속삭이듯 말했다.

"스태프들 기다리잖아. 그냥 촬영하자."

"원래 코피 자주 흘려? 아니지?"

"흘리지. 눈물도 흘리고, 가끔은 콧물도 흘리고."

"지금 농담이 나와?"

"그럼 울어? 얼른 끝내자."

"갈 때 또 혼자 운전해? 사람 하나 써라. 그 코디 누나를 시키든지."

"시은이 운전 잘 못해. 완전 초보야. 내가 불안해서 못 타."

어휴. 덩치만 크지 도움이 안 된다. 그깟 돈 몇 푼이나 된다고, 아낄 걸 아끼라는 말까지 나오려는 걸 겨우 참았다. 아끼고싶어서 아끼는 게 아닌 사람도 있다는 걸 나라고 모르겠는가. 내가 화낼 일은 아니겠지만 그래도 짜증이 났다. 내 성질머리는 이렇다.

"매니저 좀 구해. 남자인 나도 힘든데 진짜 왜 그래? 보는 사람도 힘들게?"

"나도 매니저 구할 생각 해 봤는데, 한 달 정도밖에 안 남았 잖아. 드라마 끝난다고 바로 일거리가 생긴다는 보장도 없고. 그 사람 또 백수 되면 어떡해? 급하게 아무나 뽑을 수도 없잖 아. 나 운전 잘해."

"그래, 누나 맘대로 해. 맘대로!"

"이따가 동생 부를 거야. 아! 나 오늘 광고 하나 들어왔다? 지면 광고지만. 다음 주 안에 찍을 거 같아."

그깟 돈도 안 되는 지면 광고. 어제 내게도 새로운 광고가 하나 더 들어왔다. 공교롭게도 성현 누나와 스캔들 났던 탤런 트가 모델이었던 음료수 광고다. 내가 그 남자의 뒤를 잇는 셈 이다. 여자 모델도 필요했으나 음료수 회사는 나보다 주민등록 상 나이가 어린 여자를 원했다.

〈온리 원〉 김재현의 다정하고 세련된 이미지를 업고 냉큼 굴러 온 광고. 누나가 받기만 한다면 내 몫의 모델료를 반쯤 떼 어 주고 싶다. 돈은 둘째다. 드라마 촬영을 마치고 지면 광고를 찍으러 가면 밤을 꼬박 새워야 할지도 모른다. 이른 새벽 대형 트럭이 쌩쌩 달리는 자유로를 넘어가다가 졸음운전을 할 수도 있다. 그 이상은 상상하기도 싫다.

내가 왜 내 아내도 아니고, 애인도, 딸도, 가족도 아닌 여자 에게 이렇게까지 예민해져야 하는지. 이렇게 티도 못 내고, 대 놓고 챙겨 주지도 못하면서 신경 써야 하는지. 난 이런 쪽엔 인 내심이 많지 않다. 기약 없는 답변을 기다리는 짓, 정말 내 스타일이 아니다.

　그날 밤 나는 덮개를 덮어 둔 채 오래 방치했던 오토바이를 탔다. 자유로가 아닌 반대 방향으로. 한 시간쯤 달렸을 때 비가 오기 시작했고, 오래지 않아 이어폰에서 그 노래가 흘러나왔다.
　사랑은…… 창밖의 빗물처럼 흘러서 사라져 가는 게 아니라, 자꾸 신경 쓰이는 거다. 필요해서 생겨났을 테고, 굳이 빼낼 필요는 없지만 그냥 두자니 틈틈이 아파 신경 쓰이는 사랑니처럼. 그런 게 내겐 사랑이다. 더 늦기 전에, 더 아프기 전에 그 여자를 빼내야겠다. 그게 맞다.
　몸이 점점 젖어 왔다. 집으로 돌아가기 위해 커브를 그리던 순간 무언가 단단한 것이 앞바퀴를 건드렸다. 내 몸은 곧 붕 떠올랐다. 본능적으로 충격을 최소화하려고 애썼지만 아스팔트 바닥은 두툼한 매트리스가 아니었다. 나는 몇 바퀴 굴러 갓길로 내팽개쳐졌다.
　잠시 기절했던 것 같다. 오토바이는 반파됐다. 다행히 날 밟고 지나간 자동차나 트럭은 없었다. 내일 촬영은 어떡하지? 모레는? 어디에 먼저 전화해야 하나 고민하다 바지주머니에서 휴대폰을 꺼냈다.
　"김상엽, 뭐 하냐?"
　― 돈 세. 오늘 한 시간이나 늦게 끝나서.
　"좀 다쳤는데 데리러 올래?"
　하루 일을 마감하고 수입 계산을 하던 친구는 놀라서 어디냐고, 괜찮으냐고 거듭 물었다.

"가평 쪽이야."

— 많이 다친 거야?

"안 죽었으니까 전화하지."

— 새끼야, 그걸 말이라고 해!

집에는 알리지 말라고 했다. 같은 일로 걱정 끼쳐 드리긴 싫었다. 팔과 옆구리의 통증이 점점 커졌다. 며칠 안으로 촬영할 수 있을까. 정문용 대표에게도 연락해야겠지만 당장은 하기 싫었다.

비를 맞으며 한참을 누워 있었다. 생각하지 말아야 하는데 자꾸 생각났다. 어쩌면 스물여섯에 죽을지도 모르겠구나 하던 그 짧은 순간, 내 머릿속에 가장 먼저 떠오른 건 사랑니였다. 그 순간만큼은 그 여자 얼굴밖에, 아무것도 생각나지 않았다.

재유

홀가분한 마음으로 양양을 떠나 가평 쪽으로 내처 달렸다. 오랜만에 번지점프를 하고 싶었다. 하지 않고는 견딜 수가 없었다. 가평에서 며칠 지내다가 남이섬으로 갈 예정이다.

55미터. 아파트 20층 높이. 내가 오늘의 첫 손님이었으면. 밧줄에 매달려 뛰다가 바로 물속으로 다이빙할 수 있다면 얼마나 좋을까. 언젠간 남아공에 있다는 세계에서 두 번째로 높은 216미터짜리 번지점프에 도전해 보리라. 이왕이면 와이프 삼고 싶을 정도로 마음에 드는 여자와 함께. 내 여자가 되려면 그 정도 깡은 있어야 한다.

번지점프를 하기 전엔 계약서부터 써야 한다. 키, 몸무게, 나이, 질병 유무, 번지점프 경험 등등. 계약서 내용은 '만약 번지점프를 하다가 죽어도 그쪽한테 책임지라는 말은 절대 하지 않겠다' 정도로 보면 된다. 가끔 번지점프를 수십 번 넘게 해 본 내가 이걸 왜 또 써야 하나 싶지만 서약을 안 하면 아예 타지를 못하니 따지지는 않는다. 이 얼굴을 가지고서는 따질 수도 없다.

저 멀리 번지점프대가 보였다. 순식간에 피가 끓어올랐다. 공중에서 날아다니는 그 느낌이 묘하게 좋아서 끊을 수가 없다. 만화 같은 일이 현실에서도 가능하다면 〈하울의 움직이는 성〉에 나오는 하울처럼 자유롭게 하늘을 날아다니고 싶다. 어려서부터 나는 그런 상상을 자주 했다.

아, 그런데 이분은 왜 이렇게 일찍 전화를 하는 걸까. 유난히 받기 싫었다.

— 어디냐? 니가 와야 할 것 같다! 급해!

"아이, 씨! 서준유 또 사라졌어요? 이 인간 철들었나 했더니!"

— 차라리 그러면 좋은데, 사고야. 다쳤어. 오늘 새벽에.

"어디를요! 많이 다쳤어요? 얼굴은 아니죠?"

— 다행히 얼굴은 피했고 팔을 많이 다쳤어. 하필 오른팔을. 손가락 진단이 제일 많이 나왔고. 지금 팔뼈는 맞춰 놨는데 일주일 정도 지켜보고 수술할지 말지 결정한다더라. 잘 붙어 주면 깁스만 해도 된다는데. 비도 오는데 오토바이는 왜 탄 건지. 어휴.

"오토바이요? 왜 하필……. 저희 부모님은 아세요?"

— 부모님께는 절대 연락하지 말래서 안 했어. 너도 말씀드리지 마.

"알았어요. 얼마나 입원해 있어야 해요?"

— 6주 정도 나왔는데 지금 촬영하겠다고 난리야. 말을 안 들어. 바로 출발할 수 있지? 제작진한테 대충 둘러대긴 했는데, 빠르면 낼모레부터는 촬영 들어가야 해. 드라마 계속 봤지?

"네. 가평 근처예요. 서두르면 한 시간 안에 도착할 수 있을 거예요."

— 서두르지 마라. 너까지 다치면 진짜 수습 불가야.

"사장님 형님이 하는 병원으로 가면 되죠? 얼굴부터 봐야겠어요."

— 안 그래도 거기로 부르려고 했어.

커튼이 쳐진 맨 구석의 물리 치료실. 서준유는 팔에 깁스를 하고 허리에 복대 비슷한 걸 두르고 간이침대에 누워 있었다. 손가락 두 개에도 깁스를 했다. 그것도 양손에. 링거에서 말간 수액이 뚝뚝 떨어졌다. 화가 많이 났는지 내 얼굴을 보고도 아무 말이 없다. 그나마도 시선을 바로 거두어 천장만 바라보고 있다. 역시 잘난 사람은 뭐가 달라도 다르군. 도대체 뭘 잘했다고 저러는 거지? 저게 바로 말로만 듣던 한류 스타의 위엄인가.

권혁주 이사가 내게 대본을 건넸다. 상황이 상황인지라 몸도 마음도 바쁠 터였다.

"12, 13회야. 작가가 쪽대본 안 내놓는 사람인 걸 천운으로 알아. 형 상태 봐선 니가 마무리까지 해야 할지도 모르겠다. 이게 무슨 날벼락이냐. 요새 서재유 연기에 물올랐다고 칭찬이 자자한데. 하아."

"그러니까 내가 한다고요!"

시체처럼 누워 있던 형 입에서 나온 소리였다. 다친 게 아니라 미친 거 아냐?

"몇 번을 말해! 혼자 화장실도 겨우 가면서 촬영을 하겠다고? 지금 때가 어느 땐데 한밤중에 오토바이를 타냐."

"액션 신 없잖아요. 살살 하면 돼요. 좀 다쳤다고 양해 구하고."

"우리 제발 말이 되는 소리만 하자. 응?"

"형 마음엔 안 들겠지만 내가 할게. 이 상태서 무리하면 영원히 액션 신 같은 거 아예 못 할 수도 있어. 이 드라마만 찍고 연예인 그만둘 거야? 적어도 2, 3주는 꼼짝 않고 쉬어야 한다고."

"12회 대본 너도 봤을 거 아냐. 액션만 없으면 할 수 있을 거 같아?"

권혁주 이사가 대본을 재빨리 훑어 넘기며 말을 이어 갔다.

"……이거 봐. 뛰고 업고 팔 당기고, 몸 움직이는 게 얼마나 많은데. 어라, 13회엔 키스신도 있네. ……이번엔 진짜 제대로 하는데?"

"키스신이요? 성현 씨랑?"

"그럼 누구하고 하겠냐. 왜, 싫어?"

"좋죠! 키스는 처음인데. 아, 방송에서는요. 저 그렇게 이상한 캐릭터 아니에요."

권혁주 이사가 나를 보며 씩 웃었다. 어쩌면 오늘 일어나서 처음 웃는 것일 수도.

"그냥 보기에도 아주 잘할 것 같다."

"아, 감사. 근데 이사님, 제대로 하는 키스신이면 어떤 거예요? 방송용 테크닉이 따로 있나?"

"그거야 그때그때 다르겠지. 연구 잘해서 멋지게 해 봐. 형하고 의논해 보든지. 어설프게 하면 안 된다."

권 이사가 형을 힐끗 보더니 "저번처럼."이라고 짧게 덧붙였다. 내내 못마땅한 얼굴로 우리를 지켜보던 형이 불만 가득한 표정으로 입을 뗐다.

"그게 왜 어설퍼요? 설레고 아련한 거지."

"아련? 그렇다고 하자, 그럼."

"형도 키스신 찍었어요? 그 드라마 전체 관람가 수준이던데?"

"자막 봐. 15세야. 그 키스신 이번 주에 나올걸?"

"무슨 연인이 그래요? 손만 잡고 같이 누워서 하염없이 바라보다가 잠, 들, 고. 성인 남녀가 어떻게 그냥 자지? 잠이 와? 그 시점에서? 병적으로 로맨틱한 거지. 에로틱 제로. 현실 불가능이야."

"넌 그렇게 안 해 봐서 모르나 본데, 그게 더 절절한 거야. 그 장면 분당 시청률이 얼마나 높았는지 알아?"

서준유의 얼굴을 바라보았다. 진심으로 하는 말인 것 같다. 사람이 더 이상해졌다.

"이사님, 이분 왜 이렇게 지고지순해졌어요?"

"김재현 덕분이지. 아우, 너도 머리부터 손댈 게 너무 많아 보인다."

"제가 한다고요."

권 이사는 방금 형이 한 말을 못 들은 체했다. 그러면서 다시 형에게 말했다.

"니가 성현 씨에 대해 알아야 할 것 좀 말해 줘. 가능한 한 자세히. 지수빈도. 나머지 상황은 점심 먹으면서 시청각 자료로 브리핑할게. 촬영장에서 처신 잘할 수 있겠냐? 이건 광고 찍는 거 하곤 다른데. 그것도 이따가 말하자. 아, 단잠 자다 물벼락 맞은 느낌이네."

권 이사가 전화를 받으며 치료실 밖으로 나갔다. 일요일이라 그런지 오가는 사람도 없고, 병원 전체가 고요했다. 모르긴 해도 분명 주사를 놓는 간단한 일까지 원장이 직접 와서 처리할 테지. 간호사조차 보이지 않았다. 난 침대 옆의 의자에 앉아 내 형이란 사람의 얼굴을 쳐다보았다. 여전히 얼굴에 '불만'이라고 쓰여 있다.

"안 타던 오토바이는 왜 탔어? 비까지 오는 날에?"

"나갈 땐 안 왔어."

"나나 주지. 그 비싼 오토바이를. 엎어진 김에 쉬어 간다고, 푹 쉬어. 이만하길 천만다행이네. 갈비나 쇄골이 부러졌어 봐. 얼른 나아야 마지막 주 방송분이라도 형이 찍을 거 아니야?"

"……."

"파트너 얘기나 좀 해 봐. 이설리로 나오는 그 애도."

형이 혼잣말처럼 말했다.

"내가 해야 하는데. 약속했는데."

"뭘? 누구하고?"

"……시작하자. 메모해."

"외울게."

형이 담담한 목소리로 지수빈에 대해 설명했다. 그건 5분도 안 돼서 끝났다. 요약하자면 예전에 몇 번 같이 일한 적은 있으나 특별히 친하게 지내진 않았으니 가르쳐 줄 것도 없다는 것. 촬영이 아닐 땐 아직도 존칭을 쓴다고 한다. 스물여섯 살짜린 존칭을 하고 스물세 살짜린 오빠라고 부른다? 이상한 사람 맞다니까. 어리고 예쁜 애가 오빠라고 불러 주면 좀 좋아? 하긴, 오빠라는 단어에 질릴 만은 하다. 세상에 배다른 여동생들이 좀 많아야지.

"혹시 지수빈이 너 좋아하는 거 아냐? 형 바라보는 눈빛이 남다르던데?"

내 말에 서준유는 대꾸 없이 이맛살을 찌푸렸다. 곧바로 여주인공 성현에 대한 브리핑을 시작했다. 뭘 말해 줘야 할지 고민하느라 그런지 말에 두서가 없었다. 형이 한 말을 들으며 내가 한 대답만 대충 적자면 이렇다.

그래서 많이 친해진 거야? 이젠 반말도 하고. 좋네.

여섯 살 많은 여자한텐 반말, 세 살 어린애한테는 존댓말. 희한한 상황이군.

나도 반말 좀 해 보자. 여섯 살 누나한테. ……아, 누나라고는 한다고? 누나는 무슨. 선배지.

가끔 운전해 주고 따라다니는 키 크고 남자답게 생긴 남자는 남동생. 대학교 4학년. K대? 군대는 다녀왔고. 스물다섯 살.

나보다 키 커? ……크네.

그 여자 연극도 했었어? 그게 더 보고 싶네. 그래서 발성이 좋았군.

책 읽는 거 좋아하고, 은근히 엉뚱하지만 보기보다 정적靜的이다? 너무 나대는 여잔 나도 싫어.

와인이나 양주보단 소주를 더 좋아한다. 들을수록 내 취향하고 딱 맞네. 같이 한잔해야지. 왜 흥분하고 그래? 내가 뭘 어쨌다고? 누가 맞선 상대 고른데?

옛날 노래 좋아한다고? 아, 8, 90년대 노래. 사랑은 창밖의 빗물 같다고? 제목이 뭐 그래? 어? 그거 엄마가 좋아하던 노래 아니었나?

잘 먹으니까 먹는 거로 놀리지 말라고? 미식가는 아니구만. 애식가? 그런 말도 있어? 그냥 대식가구만. 알았어, 알았어. 장난 안 친다니까. 속고만 살았나.

본명이 백성현이야? 별 성에 빛날 현이라고? 하얀 별처럼 빛나라는 뜻. 그럼 성씨가 흰 백이야? 그건 아니야?

형의 마지막 브리핑.

"실물 보고 놀라지 마라. 처음 보면 놀랄 수밖에 없는데, 놀란 거 티 내진 말라고."

"왜? 화면보다 뚱뚱해? 까매? 혹시…… 입 냄새 나?"

"닥쳐라. 그 입 좀."

"농담이야. 별것도 아닌데 발끈하고 그러냐. 링거 안에 흥분제가 들어 있나."

"지금 농담이 나와?"

"그러게. 내가 잘못했네."

"아주 흰 피부는 아닌데 예전엔 선탠을 자주 했었나 봐. 화면이나 사진 이미지하고 꽤 달라 보일 거야. 그냥 같은 사람 같지는 않아. 이름 말 안 하면. 그러니까 가서 얼굴 보고 놀라는 척도 하지 말라고. 새삼스럽잖아."

"뭘 그렇게 복잡하게 말해? 화면발 더럽게 안 받는다고 하면 되지. 듣다 보니까 얼른 보고 싶네. 그냥 오늘 밤부터 촬영하면 안 되나?"

"니 꼬락서니를 봐라. 그게 내 얼굴이라고? 일어나 봐. 안경 좀 벗고. ……나보다 3, 4킬로는 더 쪄 보이는구먼. 너 70킬로 넘지?"

"와, 진짜! 내가 너하고 비슷해 보이려고 그동안 술도 자제하고, 밥도 한 그릇씩만 먹고, 얼마나 개고생을 했는데!"

"그랬냐? 난 1년에 열한 달을 그렇게 사는데."

깨갱.

"또 리모델링 해야 하는 거야? 눈썹 뽑고, 다듬고? 털이란 털은 거시기만 빼고 다 정리해야……."

"넌 니 입도 단속이 안 되냐?"

"싫은 건 싫은 거지. 까칠하기는. 근데 너 분위기가 좀 달라졌다. 아깐 잘 몰랐는데 어딘지 모르게 달라진 것 같아……."

드라마 한 편을 만드는데 이 많은 사람이 꼭 필요한가. 스태프들이 너무 많았다. 두 팀이라 두 배로 외워야 했다. 다행히 서준유는 그 사람들과 골고루 친하게 지내지 않은 모양이다. 몇몇 꼭 알아야 할 사람들은 사진과 함께 이름, 호칭까지 미리 익혔다. 권혁주 이사가 사진을 하나하나 클릭하며 그 인물에 대한 설명을 간단히 곁들였다.

키 크고 마르고 지적으로 생긴 이 남자는 박지형 감독. 35세. 냉소적이며 성깔도 있으나 매사에 철두철미하다. 논리적이면서도 섬세한 연출로 인지도가 점점 높아지고 있다. 보통 키에 큰 눈, 동글동글한 인상의 단발머리 여자는 안영하 조감독. 박감독과 동갑이며 입사 동기다. 인간관계가 두루 원만한 동시에 성격이 좋고 마당발이다. 잘 안 풀리는 일도 안영하 피디가 끼어들면 얼추 정리된다. 눈이 부리부리하고 하얗게 덮인 흰머리가 잘 어울리는 40대 후반의 남자는 김종태 카메라 감독. 어떤 악조건에서도 유려한 영상을 담아내는 것으로 정평이 나 있다. 외모만 봐선 셋 중 가장 예술가답게 보였다.

"잠깐, 정평이 뭐죠? 소문났다는 뜻인가."

"비슷해. 모든 사람이 인정한다는 뜻. 잘한다고."

"아! 박우진 씨는 알고, 지수빈은 연기 전공이네요. 4학년."

"요새 인기 많아. 두루 갖췄지. 하나만 빼고. 지수빈 데리고 있는 이사가 그러는데, 애가 어려서부터 무용만 쭉 해서 그런지 상식이 많이 부족하다더라고. 착하긴 한데 말주변도 별로 없고. 그렇게 책 좀 읽으라고 해도 말을 안 듣는다네. 대본만 읽는다고 하더라. 예능 프로나 토크쇼엔 아예 못 내보낸다고 짜증 내더라니까. 나가 봐야 눈치 없이 엉뚱한 말만 하고 그래서 나갈수록 마이너스래. 본의 아니게 신비주의가 된 케이스지. 말은 성현 씨가 잘할 거야. DJ도 오래 했잖아. 공부도 꽤 잘했다고 하던데? 졸업은 못 했지만. 성현도 지수빈 나이 땐 꽤 잘나갔어. 유부남 루머로 훅 가서 그렇지. 예전에 성현 씨 관리 하던 이사가 있었는데, 나보다 몇 살 위였거든. 사람이 샤프하고 괜찮다고 평판이 좋았는데."

"아는 분이에요? 그 여자 매니저였던 사람?"

"잘 아는 건 아니고. 그때 성현 소속사 대표하고 마찰이 심해서 회사 그만두고 외국 갔다지 아마. 저번에 아는 형님이 그러더라고. 그 사람이 계속 데리고 있었으면 그렇게까지 망가지진 않았을 거야. 소속사가 이것저것 무리하게 일을 벌이긴 했지. 섹시 컨셉으로 화보 찍고 그런 거 있잖아. 실제로 만나 봐도 그런 이미지는 아니야. 사람은 소탈하고 괜찮다고 그래. 다들. 여배우랍시고 별스럽게 구는 애들 많잖아."

"형도 그런 거 알아요? 그 여자 예전 일?"

"말 안 했어. 알면 뭐 하겠냐. 어차피 드라마 끝나면 끝이지."

"마음도 끝일까요? 아니, 같이 연기하다 보면 정도 들고 그럴 수 있잖아요."

"안 그래도 사장님이 이번엔 좀 이상하다고 걱정하시던데 할 수 없지. 이젠 다쳐서 볼 수도 없는걸. 연기는 진짜 좋아졌잖아. 아! 성현 그 여자가 그런 게 있다네? 같이 연기한 파트너들은 성현하고 작품 하나 하면 다들 뜬다고. 샐리의 법칙 징크

스라고 해야 하나. 따져 보니 맞는 말이더라고. 김성유야 원래도 잘나갔지만."

"김성유가 누구예요?"

"성현하고 바람났다고 루머 돌았던 유부남 탤런트."

"그거 진짜예요?"

"진짜는 무슨. 파워게임에서 밀린 거지. 김성유 그 자식, 아는 사람은 다 알아. 이미지와 완전 딴판이라는 거. 아유, 걱정된다. 너 촬영장 가면 모르는 얼굴이라도 무조건 인사부터 해라. 너보다 아무리 어려 보여도. 니 형도 그랬어."

"그것도 서재유 컨셉인가요?"

"컨셉은 무슨. 원래 형 모습이잖아. 누구에게나 매너 있게 행동하지만, 아무에게나 정 주지 않는 거."

권혁주 이사와 정문용 대표 말고도 내가 연예인 서재유가 아닌 걸 아는 사람이 한 명 더 있다. 세 명의 스타일리스트 중 가장 나이가 많은 정연 누나.

한밤중, 비밀리에 미용실에 들렀다. 거울 속 내 모습이 분 단위로 점점 형을 닮아 갔다. 이젠 눈썹을 정리할 차례다. 정연 누나의 야무진 손이 잡초 뽑듯 잔털을 쏙쏙 뽑아내며 눈썹 모양을 수정했다. 손이 정교한 기계 같다.

"와, 손이 뭐 그래요? 사람이 아니라 기계네. 타고났나 봐."

"타고나긴. 이 짓만 십 몇 년인데. 참, 신기하지? 눈썹만 다듬어도 이미지가 확 달라진단 말이야. 니가 전체적으로 털이 더 많다. 눈썹도. 어쩜 쌍꺼풀도 없는데 눈이 이렇게…… 깊고 남자답고 그러면서도 예쁜……."

여기까지 말한 누나가 빙긋 웃었다. 듣는 난 민망해서 불판 위의 오징어처럼 오그라드는 것 같았다.

"이런 눈은 정말 드문데. 형이나 너. 그러니 그래픽 배우라는 말이 나오지."

"유럽 가면 발에 차이는 게 눈 크고 속눈썹 긴 남자예요. 북유럽 애들은 키까지 커. 내 키가 평균이니 말 다 했지."

"종자가 다르잖아. 상추랑 배추랑 같이 비교하면 되니? 같은 종끼리 비교해야지."

"나는 뭔데요? 상추? 배추? 설마, 고추?"

"하하하. 얘 또 시작이야. 19금 드립."

"언제부터 이 나라가 흔한 채소 이름도 눈치 보고 말해야 하는 경직된 나라가 됐지?"

정연 누나가 깔깔대며 웃었다. 난 그 얼굴을 바라보며 너불너불 떠들었다.

"본격적으로 19금 토크 시작하면 난리 나겠네? 슬슬 해산물 쪽으로 가 볼까."

"하지 마. 너 하지 마!"

"저도 아무 때나 실력을 보여 주진 않아요. 설마 누나, 지금 속눈썹 파마인가 그거 할 거예요? 나 그거 진짜 싫은데. 남자한테 그게 무슨 짓이에요."

"싫어도 해야 해. 네 속눈썹은 처졌잖아. 티 안 나게 살짝만

올릴 거야."

"너무 길어서 그래요."

"형도 길어. 근데 안 처졌잖아?"

"익은 벼가 고개를 내린다는 말 몰라요? 내 속눈썹도……."

"벼는 익을수록 고개를 숙인다겠지."

"또 틀렸어? 하, 난 우리나라 속담, 고사성어, 그런 거 너무 어렵더라. 잠깐만요."

스마트폰으로 검색해 봤다.

"정확히는 벼 이삭은 익을수록 고개를 숙인다네."

"준유는 스마트폰 같은 건 살 생각도 안 해. 관심도 없고. 아직도 피처 폰만 쓴다니까. 넌 기계를 잘 다루는 것 같더라. 와, 손 봐. 진짜 빠르네?"

"난 어려서부터 이과적 인간에 가까웠어요. 형은 문과 타입이고."

"그런 것 같아. 형이 싹수없는 척을 해서 그렇지 속은 진짜 깊지. 딱할 정도로."

"그럼 난 속이 진짜 얕은 건가?"

"으이그, 말꼬리 잡기는. 네 속도 대서양 정도는 되지. 지중해?"

"이거야말로 엎드려 인사 받기네."

"인사 아니고 절. 작년 초에 우리 남편이 교통사고를 내서 몇 달 입원해 있었거든. 합의금 내느라 돈도 많이 쓰고, 나도 이 샵 오픈 한 지 얼마 안 돼서 이래저래 쪼들릴 때였는데, 그때 내 통장으로 꽤 큰돈을 입금했더라고. 그것도 우리 남편 이름으로. 형한테 물어봐도 그런 일이 있었느냐고 웃기만 하는데, 그럴 사람 네 형밖에 없어. 다른 사람 같으면 줘도 티 내고 주지. 원금이라도 준대도 안 받는다. 쟤…… 네 형이."

"그 인간 원래 그래요. 형만 한 동생, 아니 아우 없다는 말이 괜히 생겼겠어요."

"너도 착해. 너희 부모님이 되게 부럽다니까. 태교를 어떻게 하셨길래 이렇게 잘난 아들을, 그것도 둘씩이나 낳으셨을까. 메이크업 단단히 해야겠다. 선크림 좀 잘 바르고 다니지."

"이것도 노력한 거라고요. 이번엔 끝까지 갈 줄 알았는데, 오토바이는 왜 타 가지고."

"내 말이. 그만하길 천만다행이지. 내가 그 얘기 전해 듣고 놀라서 체했잖아. 배고프지?"

"죽겠어요. 난 다이어트 힘들어서 연예인 못 하겠어."

"한 달만 참아. 형은 아직도 화나 있다니?"

"여전히. 멘탈에 문제 있는 거 아니에요? 자기가 왜 화를 내느냐고? 누가 오토바이 타라고 시켰어?"

"누가 아니. 그 속을. ……참, 너희 둘 신기할 정도로 닮긴 했어. 네 이미지가 좀 더 밝아 보이긴 하지만."

"백 실장님이나 다른 코디 누나들은 눈치채지 않을까? 정말 모를까요?"

"걱정하지 마. 내가 그건 알아서 할게. 다들 상상도 못 할 거다. 이게 상상한다고 짐작이 되는 일이니."

"그 누난? 성현 씨요."

"글쎄. 나도 걱정은 되는데, 어쩌겠어. 설마 쌍둥이라고 생각은 못 하겠지."

어쨌든 지겨운 변신의 시간이 다 지나간 것 같다. 권 이사에게 오라고 전화하는 걸 보니.

"다 됐다. 거울 좀 봐 봐."

내 머리카락은 형 머리 길이에 맞게 다시 재단되고 밝게 채색됐다. 피부의 쓸데없는 털들은 다 뽑히고 깎였으며 얼굴은 교묘하게 변신했다. 미용 기술의 힘은 놀라웠다. 내가 봐도 진짜 '서재유'처럼 보였다. 거울로 나를 보던 정연 누나가 아마추어 연극배우처럼 말했다.

"자, 지금부터 당신은 배우 서재유입니다!"

"하, 미치겠네. 스웨덴 들어가랄 때 그냥 갈걸!"

그런 식으로 4박 5일을 줘야만 가능한 일들을 2박 3일 안에 처리했다. 기다리다 보니 기대도 됐다. 드디어 촬영 날. 팬티만 빼고 모두 형 옷으로 갈아입었다. 심지어 형이 사용하는 화장품과 향수까지 발랐다. 메이크업을 마치니 모공조차 좁아진 느낌이다. 아, 답답해.

서준유가 또 전화를 걸어왔다. 집에서 나오기 전에 끝낸 거 아니었어?

― 잘 모르는 일 생기면 알아서 둘러대. 너 그런 거 잘하잖아. 전화로 물어보든지. 성현 누나하고 너무 친하게 지내지 마. 들킬 수 있으니까.

"알았다고. 몇 번째 하는 말인지 알아? 진짜 끊는다."

— 서재유.

"또 뭐?"

— 키스신 찍을 때, 하는 척만 해. 혀 집어넣으면 죽는다.

헐. 그 맛에 키스하지 입술 주름 확인하려고 하나. 이 멘트는 뭐지?

— 너 연애하러 가는 거 아니야. 연기하러 가는 거지.

"그 여자 좋아하냐?"

— ……좋은 누나야. 허튼소리 하지 마.

"좋아하는 누나가 아니고?"

서준유가 다시 무슨 말을 하려 했지만, 대답을 들어선 안 될 것 같았다. 아무리 임시 아르바이트지만 내게도 새 파트너에게 심적으로 적응할 시간이 필요한 거 아닌가. 잠시지만 선우진은 내 여자다. 파트너에 대한 불필요한 선입견으로 생애 처음으로 하는 멜로 연기를 망치고 싶지는 않았다. 나는 재빨리 휴대폰에 입을 대고 대꾸했다.

"하긴! 석 달을 같이 찍었는데 정도 들었겠지. 다행이네. 좋은 사람이라니."

— 다른 때처럼 쓸데없는 말 하지 마. 지나친 행동도.

예를 들면 키스신 때 혀를 집어넣는 그런 행동?

"알아서 할게. 걱정 마셔. 어서 잘 먹고 빨리 낫기나 해. 나도 이 드라마 끝까지 하고 싶은 생각 절대 없으니까!"

성현

다시 나타난 서재유는 어딘가 달라 보였다. 많이 아팠다더니 얼굴이 좀 부었나 싶으면서도, 아팠던 사람 같지 않게 혈색은 좋았다. 왠지 선뜻 다가갈 수가 없었다. 말간 눈으로 나를 바라보던 재유가 먼저 입을 열었다.

"누나, 잘 있었어?"

"……어."

"나 때문에 스케줄 많이 꼬였지? 미안. 난 이틀 내내 먹고 자기만 했어."

"많이 아팠다더니 빨리 나았네. 멀쩡해 보인다."

"……젊잖아."

나를 바라보는 시선이 어딘가 낯설었다. 평소의 다정함도 걱정도 아닌 눈길. 목소리조차 다르게 느껴졌다. 분명 같은 목소린데도. 대사 연습할 때도 평소와 좀 달랐다. 그동안 재유와 나 사이엔 말하지 않아도 알 수 있는 무언의 사인이 생겼었는데, 그 앤 기억을 잃어버린 사람처럼 모른 척했다. 그전처럼 말도 많이 걸지 않았다.

그를 늘 따라다니는 코디들이나 매니저들, 가끔 나타나던 권혁주 이사는 그런 재유를 평소처럼 대했다. 재유도 그들과는 잘 웃고 말도 잘했다. 나만 이상하다고 느끼는 건가. 내가 이상한 건가. 이 모든 미묘한 변화가 저 사람들은 아무렇지도 않은가.

솔직히 재유가 전혀 다른 사람처럼 느껴질 정도였다. 하지만 그건 애초에 불가능한 일 아니던가. 그의 몸에서 늘 풍기던 은은한 향수 향기까지 똑같은데. 내게 영 남처럼 구는 것만은 아니었다. 흥미로운 눈길로 나를 관찰하면서 한 번씩 툭툭 질문을 던져 왔다.

"왜 더 안 먹어? 원래 많이 먹잖아?"

"오늘은 남동생 안 와? 백성찬 보고 싶은데."

"나이 들면 어릴 때보다 피부가 더 하얘지나?"

종일 시달렸던 이상한 긴장감으로 피곤한데다 평소 같으면 하지도 않을 질문을 하는 재유에게 짜증이 난 나는 이렇게 쏘아붙였다.

"너도 나만큼 늙어 봐."

오히려 촬영장 분위기는 더 좋아졌다. 늘 예의 바르게 행동했지만 약간의 거리감을 두었던 전과는 달리 스태프들과도 곧잘 어울렸고 농담도 제법 했다. 거리감을 느끼는 건 나뿐인지,

내가 먼저 다가가기가 어색했다.

서재유만 이상해진 게 아니다. 나 역시 몰입이 잘 안 됐다. 분명 김재현은 사랑에 빠진 남자였는데 그의 눈에선 애정이 사라지고 장난스러운 호기심만 가득했다. 며칠 전까지 나를 향하던 그 눈빛이 아니었다. 침대에 누워 나를 간절히 바라보던 눈도 아니었고, 내 얼굴에 흐르던 눈물을 핥듯이 입 맞추던 그 사람도 아니었다. 아, 뭔지는 잘 모르지만 정말 아니었다.

이상한 게 한둘이 아니었지만 더는 내색하지 않았다. 너 좀 달라진 것 같아, 그런 말도 하지 않았다. 이틀 동안 박우진과의 촬영을 몰아서 했기 때문에 오늘부터는 내내 재유와 촬영을 해야 한다. 재유는 평소보다 NG를 많이 냈다. 박 감독이 모자를 벗어젖히며 NG! 하고 소리 질렀다.

"재유 오늘 왜 그래! 아픈 거 낫다 말았냐?"

"아, 죄송해요. 다시 갈게요. 누나, 미안! 나 세 번만 때려 주라. 딱 세 번만."

안 피디가 재유를 바라보며 웃었다.

"저 저 느물느물해진 거 봐. 무슨 약 먹고 나은 거예요? 지금 촬영이 얼마나 밀렸는지 아시나요? 서재유 씨?"

"알죠. 잘 알죠. 진짜 너무 죄송해요. 제가 좀 있다가 한턱 쏠게요. 이번엔 절대 NG 안 낼게요."

한턱낸다더니 낮엔 스태프들에게 아이스크림과 도넛을 돌리고, 밤 촬영을 마쳐 갈 즈음엔 맥주와 안주를 돌렸다. 떡 본 김에 제사 지낸다고 잠시 쉬어 가자고 한 건 뜻밖에 박 감독이었다. 지친 모습으로 앉아 있던 카메라 감독님이 맥주를 벌컥벌컥 마시며 한마디 했다.

"쉬어 가긴 뭘 쉬어 가? 그냥 접지. 벌써 더위를 먹었나. 종일 재유가 영 다른 사람처럼 보이더라. 박 감독, 난 이거 마시고 갈란다. 죽이든가, 보내 주든가."

김종태 카메라 감독은 A팀 스태프 중 제일 연장자다. 이전 드라마를 끝내고 피곤이 채 풀리기도 전에 〈온리 원〉에 합류한데다 더위를 많이 타는 체질이라 요새 들어 부쩍 힘들어하셨다. 부모님께서 보내 준 건강식을 부담스럽지 않을 선에서 챙겨 드릴 때도 있다. 카메라 감독님은 나만 보면 어제보다 더 예쁘게 찍어 주겠다며 농담을 건넨다. 결국, 촬영을 접기로 했다.

박 감독, 안 피디, 재유, 수빈이, 나, 그렇게 다섯이 세트장 소파에 둘러앉아 맥주를 마셨다. 세 시간만 지나면 새벽이다. 새벽이 가까워지니 조금은 선선해지는 것 같다. 따끈한 허브차를 마시고 푹 자고 싶다고 생각할 때, 선우진에 대한 재현의 참을성에 관한 얘기가 나왔다.

여성 시청자들이 남자 주인공 김재현에 갖는 믿음은 팥으로 간장을 담근대도 백 번이고 그렇고말고 할 정도가 됐다. 평생 한 번 마주치기도 어려울 좋은 남자.

안 피디가 실실 웃으며 말문을 열었다.

"생각해 봤는데 참을성이란 말, 성욕을 참는다는 말에서 나온 거 아닐까? 참을 성性. 그럴듯하지 않아?"

웃자고 한 소리겠지만 듣고 보니 그럴듯한 말이었다. 박 감독이 픽픽거리며 대꾸했다.

"역시 아줌마는 뭐가 달라도 달라. 어떻게 그런 생각을 하지?"

"참을성이란 게 결국 욕구를 참아 낸다는 거잖아. 식욕, 수면욕, 성욕 같은 것도 당연히 포함되지 않겠어?"

"네, 당연히 그러시겠죠."

"박 감독, 혹시 세상 여자가 다 아줌마로 보이는 거 아니야? 저번에 성현 씨한테도 그러더니."

"절대. 여기 수빈인 전혀 안 그렇게 보이는데?"

지수빈은 늦은 시간임에도 푹 자고 일어나 곱게 단장한 사람처럼 화사했다. 젊음이 좋긴 좋구나. 아무리 눈이 삐었대도 널 아줌마로 볼 수는 없겠지.

재유가 옆자리의 수빈 쪽으로 고개를 한껏 기울이고 속닥거렸다. 두 사람은 3인용 소파에 나란히 앉아 있었다. 곧 수빈이의 달뜬 목소리가 작게 들려왔다.

나는 집에 갈 걱정을 하며 남은 맥주를 마셨다. 카메라 감독님 의견에 전적으로 동의한다. 저 아인 내가 아는, 내가 알았던 서재유와 같지 않다. 저것도 서재유가 가진 모습 중 하나겠지만, 촬영장에서 재유는 늘 내 옆에 앉았었다. 내 기억으론 수빈에게 먼저 말 거는 걸 한 번도 본 적이 없다.

질투 같은 감정이 내 몸을 훑고 지나갔다. 그런 내가 어이없어 실소가 나왔다. 백성현, 정신 차려. 넌 선우진이 아니란다.

안 피디도 비슷하게 생각한 모양이다.

"어? 드라마 끝나 갈 때서야 두 사람 친해진 거야? 어째 너무 깍듯하더니만. 재유 씨도 보통 남자 맞네. 난 김재현 같은 스타일인 줄 알았는데. 하하."

재유 얼굴에 당황한 표정이 떠올랐다. 그 애의 입이 뭔가 할 말이 있는 것처럼 열리는 순간, 수빈이의 목소리가 먼저 들렸다.

"에이, 친해지긴요. 근데 남자는 다 늑대 아니에요? 우리 아빠가 늘 그러시는데. 우리 대표님도 남자는 무조건 조심하라고 신신당부하세요."

이 시점에서 웃으면 되나. 순진한 건지, 순진한 척하는 건지. 하긴 저 때가 아니면 쉽게 할 수 없는 말이지. 내 나이의 여자가 말간 얼굴로 저런 식의 대답을 했다면 욕부터 먹을 거다. 남자는 다 늑대 아니냐고? 세상 남자가 모두 늑대 같기만 하다면 얼마나 좋을까.

박 감독이 삐딱한 웃음을 물고 수빈이를 쳐다보았다.

"여기서 그 말이 왜 나와? 지수빈, 국어 시간에 주제 찾으라고 하면 엉뚱한 데서 찾고 그랬지?"

당황한 수빈이 어떻게 대답해야 할지 모르겠는지 손가락 관절을 물어뜯으며 그를 바라보았다. 대신 대답해 줄 수도 없고. 그 모습을 보니 딱하다는 생각이 들었다. 아직은 아는 것보다 모르는 게 더 많을 나이니.

"근데 왜 다들 늑대 보고 뭐라고 하지? 늑대가 어디가 어때서요. 난 다음 세상엔 암컷 늑대로 태어나는 게 소원인데?"

박 감독이 내 쪽으로 시선을 돌렸다. 방금 내가 한 말의 의미가 궁금한 표정이다.

"왜요? 하필 늑대로?"

"수컷 늑대는 평생 암컷 하나만 보고 산대요. 한눈도 팔지 않고, 제 암컷하고 새끼들한테 헌신하면서. 그러니까 남자는 다 늑대라는 말은 정정돼야 맞죠. 세상 남자들이 늑대 정도만 돼도 훌륭하지 않나?"

"진짜? 와, 나 오늘부로 늑대 팬! 웬만한 인간보다 훨씬 낫구먼."

안 피디의 말에 재유와 수빈이가 약속이나 한 것처럼 마주 보고 웃었다. 스물여섯 살, 스물세 살. 그 모습 그대로 액자에 찍어 넣어도 좋을 만큼 예쁜 장면이다. 그래, 저게 정상이지. 또래끼리 어울리는 게.

"근데 박 피디는 왜 술 안 마셔?"

"성현 씨 데려다주려고."

깜짝 놀라 박 감독을 본 건 나만이 아니었다.

"왜들 갑자기 날 숭배하는 거야? 재유랑 수빈인 어차피 매니저가 집까지 데려다줄 테고, 성현 씬 아무도 없으니까 나라도 챙기려고. 안 피디도 내 차 같이 타고 가자. 가는 길에 내려 줄게."

"안 피디님이나 모셔다드리세요. 전 혼자 갈게요."

"술 마셨잖아요. 어차피 오전에 여기서 또 촬영 시작하니까 차 놓고 가요."

"고맙긴 한데요, 아침에 저도 차 써야 하니까요. 그게 더 번거로울 것 같아서요."

"그럼 성현 씨 차를 내가 운전하죠. 됐죠? 다음 촬영에 지장 줄까 봐 그래요. 몰아서 찍어야 하는데. 자, 다 마셨으면 정리해. 일어나자고."

솔깃한 제안이긴 했다. 평소 같으면 끝까지 거절했겠지만, 기분도 상한데다 안 피디까지 날 부추겼다.

"그게 낫겠다. 성현 씨도 너무 피곤해 보여. 가면서 좀 자요. 한 시간이라도."

지금, 서재유가 날 보고 있을까. 어쩌면 내 대답을 궁금해할까. 이런 나를 어떻게 생각하든 말든.

"그럼, 오늘 하루만 부탁드릴게요."

"그럼, 매일 데려다줄 줄 알았습니까?"

"아이고, 꼭 저런다니까. 박 감독은 그렇게 말하면 속이 시원해? 그러니까 못됐다는 소리를 듣지."

"누가 그래?"

"내가! 내가 내가!"

30분 뒤, 분당에 있는 안 피디의 아파트에 들어섰다. 나는 내 허벅지를 베고 잠든 안 피디를 조심스럽게 흔들어 깨웠다. 박 감독은 그녀가 엘리베이터에 타는 것까지 확인한 뒤에 출발했다. 촬영하면서 자주 느끼는 거지만 시니컬한 말투로 무장하고 있어도 섬세한 사람이었다. 뒷좌석에 앉아 있자니 감히 감독님을 운전사처럼 부려 먹는 것 같아 미안했다. 눈을 감아도 잠이 오지 않았다.

"자요?"

"아뇨."

"언제부터 늑대를 좋아하게 됐어요?"

"……20대 중반 이후부터요."

"그때 무슨 일이 있었기에?"

"제가 왜 일산까지 가서 사는지 아세요?"

"경치가 좋아선 아닐 테고."

"경치가 좋아서요."

"지고는 못 살지. ……《트와일라잇》 시리즈, 스태프니 메이어가 쓴 판타지 소설 알아요?"

이 남잔 내가 아는 책은 모르는 게 없네.

"책도 다 읽었고 영화도 봤어요."

"그 시리즈 팬이에요? 영화는 그저 그렇던데?"

"남자들은 그런 영화 보면 확 돌아 버리잖아요. 재수 없다고."

박 감독의 큰 웃음소리가 차 안에 울려 퍼졌다.

"원작이 소설인 영화는 대부분 그렇지 않나요. 워낙에 복잡하고 방대하니까 그걸 영상으로 다 옮기기도 힘들고, 책의 섬세함을 따라가기도 어렵고. 감독은 배우하고 영화 보는 눈이 다르잖아요. 그죠? 감독님."

"사실 원작을 못 따라가는 게 대부분이죠. 특히 고전 명작은. 〈트와일라잇〉은 케이블에서 우연히 보게 됐는데, 음악에 꽂혀서 끝까지 봤어요. 영화 먼저 보고 소설 찾아서 본 케이스."

"저하곤 거꾸로네요. 난 소설부터 읽었는데. 그 영화에 나오는 OST를 좋아해요."

"아! 영화음악 DJ 했었지. 어떤 거요?"

"음……. 드뷔시의 〈달빛〉, 두 사람이 무도회에서 춤출 때 나오던 노래 〈플라이트리스 버드 아메리칸 마우스Flightless Bird, American Mouth〉, 에드워드가 떠나고 나서 흐르던 노래 〈파서블리티Possibility〉도 좋아요. 부르노 마스가 부른 〈잇 윌 레인It Will Rain〉도 참 좋은데. 제일 좋아하는 건 〈플라이트리스 버드 아메리칸 마우스〉예요. 그 노래는 가사가 참 특이해요. 시 같다고 해야 하나."

"나하고 음악 듣는 취향이 비슷하다고 하면 화낼 건가?"

내 짧은 웃음을 마지막으로 질문이 끊겼다. 더는 특별히 할 말이 없었다. 〈플라이트리스 버드 아메리칸 마우스〉의 가사를 떠올렸다.

난 흠뻑 젖은 소년이었고 동전을 찾아 너무 깊이 들어갔었지. 그때 너의 가로등 같던 눈. 난 어릴 적 긴 머리를 잘랐어. 낡은 지도 한 장을 도둑맞은 뒤 너를 찾아 사방을 헤매 다녔지. 내가 널 찾았던 걸까. 날지 못하는 새. 질투심에 차 울고 있었던. 아니면 내가 널 잃어버렸던 걸까.

이런. 왜 이러지. 코끝이 시큰해졌다. 오늘, 나를 좋아한다고 생각했던 남자는 아무것도 모르는 표정으로 다시 나타나 장난스러운 시선으로 날 바라보았다. 그전 같으면 하지도 않을 질문과 행동을 하면서 내 마음을 툭툭 차듯이 건드렸다. 눈물이 흘러나올 것 같아 당황한 난 눈두덩을 지그시 눌렀다.

긴 머리를 자르고 나를 찾아 헤매던 소년은 서재유가 아니다. 나는 질투심에 가득 차 우는 새여선 안 된다. 절대. 내가 잃어버린 사람이 서재유여서도 안 된다. 절대. 이제 난 사리 분별조차 못 하게 된 걸까. 왜 그따위 일로 상처를 받는 걸까.

집이 가까워져 온다. 얼른 가고 싶었다. 나의 집으로.

"거기에 나오는 제이콥 같은 늑대인간이 이상형입니까?"

"전혀요. 전 온리 에드워드 컬렌*만 사랑해요."

"뱀파이어라도?"

"네. 그런 뱀파이어라면 얼른 낚아채서 결혼해야죠."

"성현 씨, 결혼할 마음은 있어요?"

"그럼 평생 혼자 살아요? 여태까지도 혼자 살았는데?"

다시 박 감독의 웃음소리가 차 안을 채웠다. 뭐가 웃긴 거지? 피곤하지도 않은가.

"혹시 결혼이 사랑의 완성이다, 뭐 그런 생각 가지고 있어요?"

"그렇게 순진하진 않아요. 결혼은 무언가의 완성이 아니라 새로운 인생의 시작 아닌가. 이거 공익광고 문구 같네. 남들 다 하는 거니까 해 보고도 싶고, 아이를 좋아해서 아기도 낳고 싶고 그래서요. 미혼모가 될 수는 없잖아요."

"진짜 웃기는 거 알아요? 성현 씨 가끔…… 진짜 웃기는 여자야."

"……감독님, 저 소문 많은 거 알죠? 다 들었잖아요. 스물아

---

* 《트와일라잇》 시리즈 남주인공 이름.

홉 살 때쯤 논현동에 살았어요. 부모님이 제주도로 내려가시고 남동생하고 둘이 살 때였거든요. 동생하고 일주일에 한두 번 정도씩 마트에서 장 보고 그랬는데 몇 달 뒤 이상한 소문이 돌더라고요. 성현이란 한물간 여배우가 젊고 키 큰 남자하고 동거한다고. 참, 이상해요. 탤런트 김성유가 와이프랑 같이 나와서 행복하게 사는 척하면 믿어 주면서, 내가 김성유하고 바람난 적이 없다는 건 믿어 주지 않아요. 내가 그 드라마 할 때 그 사람을 얼마나 싫어했는데."

취하지도 않았는데 왜 이럴까. 안 해도 될 말을 하고 있다.

"그래서 이사했어요. 사람 적고 경치 좋은 정발산 자락으로."

"너무 늦은 말 같지만 미안해요."

"뭐가요?"

"내가 처음에 반대 많이 한 거. 그것도 사람 앞에 두고."

"그럴 만했죠. 이해해요. 내가 감독님이라도 다른 여주를 뽑고 싶었을 거예요."

"서재유야 내가 아예 못 건드리는 감자니까. 연기도 오래 쉰 데다 재유하고 나이 차이도 꽤 큰데 과연 잘해 줄까? 그 생각도 많았고, 머리에 든 게 없으면 어떡하지, 그 생각마저 했어요. 그땐 내가 성현 씨를 너무 몰랐어."

그럼 이젠 나를 많이 아나요? 물으려다 말았다. 어차피 다 지나간 일이다.

"난 성질 나쁜 배우는 참아도 머리 나쁜 배우는 못 참아요. 심지어 증오해요."

"혹시 저 증오받을 때도 있나요?"

"아니. 성현 씨를 스물여섯 살로 돌려놓고 제대로 키우고 싶을 정도가 됐지."

"아, 나 오늘 잠 못 자겠네. 깐깐한 박 감독님께 칭찬을 다 받고."

"딱 한 번만 더 말할게요."

"한 번이면 충분해요."

백미러로 박 감독과 눈이 마주쳤다. 나는 그 눈을 향해 웃어주었다.

"그래도 감독님은 사과도 할 줄 아시네요. 그런 단어가 세상에 있는지조차 모르는 사람도 많은데. 저 앞에서 우회전하면 금방이에요."

차에서 내린 박 감독은 할 말이 남은 얼굴이었다. 나는 모른 척하고 허리를 푹 숙여 인사하며 안녕히 가시라고 했다. 복잡한 일을 더 만들어선 안 된다. 지금 내게 남자는 드라마 속 김재현 하나로도 넘친다.

몇 년 만에 얼굴에 뾰루지가 돋아났다. 메이크업으로 대충 가려 놓긴 했는데 아무래도 피부과에 들러야 할 것 같다. HD 화면으로부터 자유롭지 못한 나는 직업 특성상 피부 상태를 늘 신경 쓰는 편이다.

평소의 나는 실물이 훨씬 어려 보인다는 말을 많이 듣는다. 외모를 과신하는 건 아니지만 사진이나 화면 속의 나를 보면 왜 이렇게밖에 안 나올까? 그 생각부터 드는 게 사실이다. 그나마 카메라와 이 정도 친해진 것도 근래 일이다.

나를 처음 본 사람들은 대부분 내 외모와 내 이름을 분리해 생각한다. 어? 진짜 성현 씨 맞아요? 다른 사람 같아요. 연예인이 되고 난 후 그 말을 지겹도록 들었다. 카메라 마사지란 말도 날 비껴 가는 것 같았다. 겁은 나지만 성형 수술의 유혹을 느낄 때도 있었다. 이마를 조금만 높이면, 코를 조금만 더 세우면……

20대 후반에 들어서면서부터는 어릴 때보다 아름다워졌다는 말을 종종 듣게 됐다. 얼굴의 젖살이 많이 빠져서인지 화면에서도 꽤 나아 보였다. 천천히, 자연스럽고 우아하게 늙어 가기를 바라지만 현재 내 목표는 서재유보다 나이 들어 보이지 않는 거다. 특히 화면 속에서.

촬영 장비를 만져 보며 근처를 어슬렁대던 재유가 슬쩍 다가오더니 내 얼굴을 들여다봤다.

"본인이 화면발 더럽게 안 받는 거 알아?"

대답하지 않았다. 말투가 묘하게 거칠어진 느낌이다. 무시하고 의자에 앉은 채 양쪽 어깨를 주물렀다. 요즘 들어 자주 어지럽고 자꾸 뒷목이 뻣뻣했다. 피곤할수록 운동을 해 줘야 하는데, 그걸 못 하니 몸 상태가 짧은 잠에서 막 깬 사람처럼 몽롱하다.

"누나, 화났어?"

"왜? 뭐가 궁금한데?"

"아니 그냥. ……화난 사람처럼 왜 그래. 사탕 줄까?"

"저는요, 단 거 안 좋아해요. 가서 코디들하고 나눠 드세요."

이 아인 언제부터 코디들하고 수다 떠는 걸 좋아하게 된 걸까. 서재유는 내가 생각했던 것보다 가벼운 사람인지도 모르겠다. 그게 나와 무슨 상관이냐고 생각하면서도 싫었다. 어쩌면 이런 모습이 제 나이에 맞는 행동인지도 모르는데.

"내가 코디 누나들하고 말하는 거 싫어?"

"아니. 가서 재미있게 놀아."

"재미있는 얘기 해 줄까? 진짜 이건 처음 들어 봤을 거다."

아, 얘 뭐지? 며칠 전까지만 해도 심드렁하더니 이건 또 무슨 버전이지?

"성현 씨, 잠깐만. 서재유, 선우진 좀 빌리자."

"내가 렌탈용 정수기예요? 누구 맘대로 누굴 대여해?"

박 감독이 날 바라보며 씩 웃었다. 이상한 것으로 치면 이 남자도 만만치 않지. 대학 1학년 때 같은 과 선후배 둘이 나를 두고 양보를 하네 마네 하는 일이 있었다. 내 감정은 완전히 배제한 채. 너무너무 재수가 없어서 학교 매점 앞에서 만난 두 남자를 세워 놓고 크게 화낸 적이 있다. 생각해 보니 그때의 내가 오히려 더 야무졌던 것 같다.

박 감독이 세트장 구석으로 나를 데려가면서 들으라는 듯 중얼거렸다.

"감독한테 뻣뻣한 여배우 대회가 있다면 적어도 2등은 할 거야. 백성현은."

왜 친한 척하고 그래? 나는 내 동의 없이 내 이름을 성까지 부르는 걸 싫어한다. 특별한 사이가 아니면 그저 성현으로만 불러 주는 게 편하다.

"재미없어요."

"재미있으라고 한 말 아닌데?"

내 입으로 이런 말 우습지만, 나는 보기보다 재미있는 사람이다. 과거형으로 말해야 할까. 가만있으면 차갑고 새침하다는 말을 종종 듣지만 입만 열면 은근 깬다, 웃긴다, 겉보기와 다르다는 소리도 제법 들었다. 그날 처음 본 사람도 금방 웃길 줄 알았고 웃음도 많았다.

갓 스물을 넘긴 나는 호기심 많은 아가씨로 자랐고, 배울 게 넘치는 세상이 놀이터처럼 즐거웠다.

20대 중반에 들어서면서 난 하루가 다르게 여자가 돼 갔다. 윤기 흐르는 볼은 아직 젖살이 남아 있었지만, 허리는 23인치를 넘지 않았다. 숱 많은 머리카락은 막 빗질을 끝낸 것처럼 찰랑거렸고 사시사철 검은 윤기가 흘렀다. 눈가의 지방이 점점 빠지면서 눈매가 더 아름답고 깊어졌다는 칭찬도 꽤 들었다.

사랑에 빠지기 좋을 나이였다. 소속사에선 처음부터 연애를 금지했다. 나는 모범생처럼 시키는 대로 따랐다. 짝사랑까지 금지한 건 아니었으므로 지난달은 이 남자가, 이번 달은 저 남자가 멋있어 보인 적도 있었다.

세상 여자들은 좋은 남자를 기가 막히게 알아보고 잽싸게 채 갔다. 내가 좋아한 남자들은 대부분 연인이 있었고, 그걸 알게 된 순간 나는 쉽게 포기했다. 삼각관계나 다른 여자에게서 남자를 뺏어 오는 짓은 내 적성이 아니었다. 짝사랑이 여러모로 편했다.

아직 순진할 때였으므로 잘해 주는 남자에게 간당간당 넘어갈 뻔한 적도 있다. 당시 내게는 몇 개의 광고가 걸려 있었다. 소속사 상사들은 눈치가 빨랐다. 그들은 내게 정신 차리라고 다그쳤다.

"그런 남자 세상에 쌔고 쌨어. 몇 년만 더 고생하면 그 남자들보다 몇 배 나은 남자 네 마음대로 고를 수 있다고. 네가 지금 이럴 때냐? 돈 안 벌고 싶어? 여태 고생만 했는데 유명해지고 싶지 않아?"

돈과 인기는 내 최종 목표가 아니었으므로 그 말은 나를 크게 움직이지 못했다. 하지만 이런 말 앞에선 금방 약해졌다.

"넌 아직 연예인이야. 그저 흔한 탤런트일 뿐이라고. 진짜 배우 안 될 거야?"

그 말을 전부 맹신해서는 아니지만, 오래지 않아 내게 남자는 믿지 못할 존재가 됐다. 순진한 여자에겐 순진한 남자들만 접근해 오는 게 아니다. 세상은 언제나 그래 왔고, 나는 사랑의 감정 앞에서만큼은 늘 어리숙했다. 그러니 서재유 역시 착한 학생처럼 누군가의 조언을 새겨들었을 수 있다.

그런 여자 쌔고 쌨어. 몇 년만 더 고생하면 그 여자보다 몇 배 나은 여자 네 마음대로 고를 수 있다고. 네가 지금 이럴 때냐?

스물여섯. 어젠 이 여자가 좋았다가 내일은 저 여자가 좋아지는 나이기도 하다. 결혼을 심각하게 생각할 나이도, 평생의 배필을 간절히 찾을 나이도 아니다. 그래도 이렇게 빨리 식으리라곤 짐작 못 했다. 서재유만큼은 보통 남자들과는 다른 부분이 있을지 모른다고 느꼈던 것 같다. 우습게도 서운했다. 아직 드라마는 촬영 중인데, 그 마음이 조금만 더 늦게 끝나도 좋지 않았을까. 이런 생각을 하는 나 역시 속물일지도 모른다.

밤늦게 오정혜 작가가 전화를 걸어왔다. 무슨 일인가 싶어 얼른 전화를 받았다.

— 오늘 편집실 들렀다가 요새 촬영한 장면들 좀 봤는데 너무 이상해서. 박 감독도 이상하대.

"뭐가요?"

— 자긴 안 이상하니? 서재유 말이야.

"아프고 나서 좀. 저만 느끼는 건 줄 알았어요."

— 그전의 눈빛이 아니야. 이거 아니라고. 둘 사이에 무슨 일 있었어?

"……없었어요. 별거 없었어요."

별것이 있었다고 말할 수는 없었다. 그 애가 날 좋아한다고 고백을 한 것도 아니고, 나와 사적인 일이 있었던 것도 아니니 아주 틀린 말은 아니었다.

— 이 드라마 〈온리 원〉, 왜 인기가 점점 높아지는지 알아? 내가 갈수록 잘 써서? 아니. 시청자들이 그 차갑던 서재유가 변해 가는 걸 같이 느끼고 있거든. 예민한 사람이라면 다 눈치 챌 거야. 다른 남자 같아. 무늬만 같은 사람. 안 피디가 재유한테 전화번호 가르쳐 줬다고 하던데. 그것도 서재유가 먼저 물어봐

서. 전화 받은 적 있어?

"네."

— 혹시 그 애한테 심하게 대했어?

"그런 거 아니에요. 그런 적도 없고. 저도 요즘 연기하기 어려워요."

— 나 사실 재유가 자기 좋아한다고 생각했거든. 좋아하게 됐다고. 저번에 내가 촬영장 갔을 때 다 같이 저녁 먹었었잖아. 걔 매운 냉면 못 먹는 애야.

"네?"

— 내가 일부러 유심히 봤는데, 그날 비빔냉면 억지로 먹은 거야. 먹으면서 바로 눈하고 코가 빨개지더라고. 못 먹는 거 티 안 내려고 물도 안 마시고, 그 매운 걸 끝까지 다 먹더라. 왜 그랬겠어?

나는 내 냉면에만 눈길을 주느라 그런 줄도 몰랐다. 먹고 싶어서 먹겠거니 했다.

— 내 눈이 틀린 건가? 안 되겠다. 내가 직접 통화해 봐야지. 자기는 아직까진 잘하고 있어. 서재유가 문제야. 내가 처음에 그랬지? 걔 연기 기복이 심하다고. 너무 이상해. 재유가 아닌 것 같아. 이제 3분의 1 남았어. 성현 씨, 우리 용두사미 만들지 말자.

전화를 끊기 전 오 작가는 잠시 뜸을 들이다가 이렇게 말했다.

— 나도 자기한테 이런 말 하는 거 미안한데, 그 애가 조금만 더 성현 씨를 사랑하게 만들어 봐.

억지로 할 수 있는 건가? 사랑이라는 게. 누군가가 누구를 좋아하게 만든다는 게 시킨다고 될 수 있는 일인가. 며칠 전, 8회 키스 장면이 방영됐다. 엔딩 신이었다. 화면은 어두웠지만 내 눈에서 흐르는 눈물은 알아볼 수 있었다. 김재현이 선우진의 볼에 흐르는 눈물을 핥듯이 입 맞추는 장면은, 뜻밖에도 에로틱해서 정말 놀랐다.

8회가 끝나자마자 드라마 게시판은 난리가 났다. 반응은 딱 두 가지였다. 그건 김재현, 선우진 커플 팬들과 서재유의 개인 팬들과의 기 싸움이라고 해도 무방했다.

다음 주 12회를 보는 사람들은 또 놀랄지 모른다. 지난번에 우리가 본 서재유의 절절한 눈빛과 사랑스러운 미소는 어쩌면 착각일 수도 있다고. 8회의 재현은 진에게 심장이라도 내줄 듯 간절한데 실제의 재유가 나를 바라보는 시선엔 불이 꺼졌다. 그리고 그 불씨는 다시 살아나지 않을 수도 있다.

재유

　나는 여자를 보고 자주 감탄하는 남자가 아니다. 스물여섯 인생을 통틀어 내 눈에 흡족하던 여자는 한 손도 남아돈다. 보통의 남자들처럼 내게도 첫사랑이 있지만, 그마저도 오래전 일이다.

　여자를 싫어하는 건 아니다. 세상 어떤 남자가 감히 여자란 존재를 거부하겠는가. 다만 나는 그 존재를 도자기 감상하듯 어루만지고 즐기다가 원래의 자리로 돌려보내곤 했다. 헤어지기 싫다고 징징대던 여자가 없던 건 아니지만, 나처럼 바람 같은 남자를 오래 좋아하기란 쉽지 않을 것이다.

　같이 잤으니 책임지라는 둥, 아무래도 임신한 것 같다는 둥, 그런 이유로 매달리는 여자는 상상만으로도 끔찍하다. 여자는 내게 잘 차려진 성찬 같은 존재다. 혼자 받기엔 아직 부담스럽다.

앞뒤 안 맞는 소리겠지만, 서른이 되기 전에 결혼하고 싶다. 늙은 아빠가 되기도 싫고, 2남 2녀를 낳아 키우려면 무엇보다 시간부터 넉넉해야 하지 않겠는가. 미치게 좋은 여자를 아직 못 찾았을 뿐이지, 그게 내 인생 계획 중 하나다.

그러나 어떤 여자가 대단한 학벌도, 일정한 직업도 없이 중고 캠핑카를 끌고 돌아다니며 사진이나 찍어 대는 남자를 오래 사랑할 수 있을까. 여자들은 예나 지금이나 그런 남자를 참아낼 인내심이 부족하다. 나 역시 아직은 한 여자를 책임지고 건사할 능력이 안 된다고 생각한다.

기대가 크면 실망도 큰 법. 세상에 둘도 없는 천사를 상상하진 않았으나 저렇게 눈이 크고 얼굴이 작은 여자는 내가 공부하던 나라에도 차고 넘친다. 실물이 화면하고 다르다는 건 인정한다. 그러나 가슴이 풍만한 것도 아니고, 팔다리가 모델처럼 쭉쭉 뻗어서 시원시원한 것도 아닌데 도대체 어떤 부분이 그렇게 놀랄 만큼 아름답다는 말인가. 아, 꾸밈없이 웃는 모습 하나는 보기 좋았다.

형은 내게 가능한 한 성현 씨와 부딪힐 일을 만들지 말라고 신신당부했다. 오감을 동원해 최대한 고급스럽게 해석해 보면, 의도치 않게 상처 줄 만한 일은 아예 만들지 말라는 뜻 같다. 누가 상처를 주고 싶어서 주나? 어떻게 해야 여자에게 상처를 주지 않는 건지 나는 잘 모른다. 우는 여자는 지겨운 동시에 무섭다.

점심을 먹으며 두 명의 피디와 오후에 찍을 장면을 의논했다. 형이 거짓말한 건 아니겠지만, 그 여잔 수다스럽지도 잘 웃지도 않았다. 잘 먹는다고 들었는데 밥도 먹는 둥 마는 둥 했다. 곱빼기로 먹는 거 아니었어? 몇 마디 건네지도 않았는데 하도 싸늘하게 굴어서 뻘쭘해졌다.

세상은 넓고 사람도 많은데 한 여자한테만 신경 쓸 수는 없지 않나. 연기도 잘해 내야 하고 처신도 잘해야 하니까.

오후에 지수빈이 합류했다. 지수빈은 의문을 담은 눈길로 나를 뚫어지게 바라보거나 생각보다 멀쩡해 보인다는 식의 발언은 하지 않았다. 단순해서 편했다. 그 애가 걱정 가득한 시선으로 날 보며 말했다.

"오빠, 많이 아팠어요? 얼굴이 되게 핼쑥해 보여요."

눈썰미가 이렇게 없을 수가! 어딜 봐서 내가 핼쑥해 보이냐 되묻고 싶었을 때, 형이 아직도 존대한다는 게 기억났다.

"괜찮아요. 다 나았어요."

"오빠, 이젠 말 좀 놓으세요. 저 너무 불편해요."

그럼 그럴까? 하고 싶은 걸 꾹 참고 떨떠름한 미소를 지으며 코디들에게로 갔다. 어린 게 말 좀 놓겠다는데 왜 거부를 하나? 아무리 생각해도 이상한 인간이다.

정연 누나는 일이 있어 먼저 갔고 수정 누나가 내 메이크업을 다시 손봤다. 마지막으로 수민 누나가 내 옷을 갈아입혀 주었다. 이게 다 자란 어른이 할 짓인가? 민망해 죽겠다.

수민 누나는 작년보다 살이 더 찐 것 같다. 나라면 5킬로쯤 늘었지? 하며 놀렸겠지만 서준유라면 아무 내색도 하지 않겠지. 그래서 웃고 나면 그만인 말들만 떠들었다. 두 여자가 재미있다고 난리다. 다루기 쉬운 여자들이여!

일명 '자수정' 누나는 내가 말을 걸면 좋아 죽는다. 정문용 대표의 친척이라고 얼핏 들었는데, 뒷조사를 해 보면 사실은 팬클럽에서 보낸 사람이 아닐까. 우리 재유 아프더니 성격까지 싹싹해졌어, 심지어 이런다. '우리 재유'라니.

동선을 체크하느라 두 여자가 나란히 서 있는데 이상하게 지수빈보다 성현 누나에게 눈이 갔다. 키도 더 작고, 가슴도 더 작고(분명 그래 보였다), 나이도 더 많은데. 놀랍게도 두 여자의 나이 차이가 거의 느껴지지 않았다. 방송으로 볼 땐 그 정도는 아니었는데. 화면발 얘기가 여기서 나온 거군. 실물이 훨씬 낫다는 건 인정해야 했다.

백호민 실장님과 수환인 '내'가 아플 동안 2박 3일의 휴가를 받았다. 그들은 '서재유'가 본가에서 링거를 맞으며 절대 안정을 취하고 온 줄 안다. 과하게 친절한 백 실장님이 수시로 몸은 어떠냐고 물어 왔다. 억지로 아픈 척할 수도 없고, 멀쩡한 걸 티 낼 수도 없어서 여러모로 곤란했다. 조금만 덜 직업 정신이 투철했으면 좋겠는데.

이런 식의 엄청난 하루가 지나갔다. 그런데도 아직 촬영이 남았단다. 이 짓을 석 달째 하고 있다고?

세 시간이나 잤나. 7시도 안 돼서 날 깨운 인간이 있었으니.
"너 왜 전화 안 받아?"

"온 걸 너무 늦게 확인했어. 잘까 봐 안 했지."

"새벽까지 기다렸거든?"

"자라, 좀. 누군 더 자고 싶어도 못 자는데."

"별일 없었어?"

참을성이 성인聖人 반열에 들어선 김재현을 연기하느라 개고생 한 거? 그 사람이 그 사람 같아서 헷갈린 거? 성현이 서준유가 아니라 박지형 감독하고 열애설 나는 게 아닐까 생각한 거?

"종일 별일이었지. 당연한 거 아니야?"

"진지하게 좀 대답해. 촬영은?"

"NG 많이 났다고 벌써 연락 간 거 아니었어? 촬영 조감독하고 소품 담당하고 좀 헷갈렸는데 대충 잘 넘겼어. 백 실장님이 뭘 묻는데 몰라서 기억 안 나는 척했고. 지수정 누난 형을 왜 그리 좋아해? 눈만 마주쳐도 웃데?"

"그러고 싶냐? 그리고?"

"카메라 감독님이 종일 내가 서재유가 아닌 걸로 보인다면서 더위 먹은 것 같다고 해서 식겁했고, 두 피디는 그냥저냥 NG 낼 때 외엔 특별한 거 없었던 거 같아. 박지형 감독은…… 깐깐하긴 하더라. 아, 어리고 예쁜 게 최대 장점인 지수빈은 아줌마처럼 안 보이는 걸 아주 자랑스러워했고."

서준유가 지금 어떤 점을 가장 궁금해할지 모를 만큼 내가 바보는 아니다. 가장 중요한 사람은 엔딩에 등장하는 법. 목마른 사람이 우물을 판다던가. 결국, 형이 먼저 물었다.

"누나한테 쓸데없는 말 하고 그런 건 아니지?"

"별로 특별한 말도 안 했는데 화내던데."

"뭐라고 했는데?"

"나이 들면 젊었을 때보다 얼굴이 하얘지냐고."

"잘했다. 아주 잘했어."

이거 반어법이지?

서준유가 인내심을 가지고 다시 질문했다.

"누나가 뭐라고 해?"

"너도 나만큼 늙어 봐, 그러던데? 화낸 거 맞지?"

"넌 여자한테 그게 무슨!"

"아, 그 누나 밥 별로 많이 안 먹던데? 그래서 왜 많이 안 먹느냐고……."

"먹는 거로 놀리지 말랬지?"

"그게 놀린 거야? 많이 안 먹어서 왜 더 안 먹느냐고 물은 건데."

"차라리 아무 말 하질 마라."

"별로 할 말도 없어. 박지형 감독하고 그 누나 사이는 어때? 친해?"

"왜?"

"아니 그냥. 감독님이 그 누나한테 관심이 좀 있는 것 같아서. 조금보다는 쪼금 더?"

"니가 신경 쓸 문제 아니니까 모른 척해."

"그러지 뭐. 근데 놀랄 만큼 예쁘진 않던데? 뭐, 그냥저냥."

"씻고 나갈 준비나 해!"

이 사람 왜 이래? 재밌네, 이거. 나는 옷을 훌훌 벗어 던지고 휘파람을 불며 샤워를 시작했다.

이렇게 오랫동안 서준유 노릇을 하는 건 처음이다. 사람들하고 어울리는 건 즐겁다. 대사 외우는 것도 그럭저럭 하겠다. 카메라를 의식하지 않는 것도 성격상 어렵진 않다. 그러나 누군가를 애절하게 사랑하는 건 너무 힘든 일이다.

드라마와 대본을 쭉 보긴 했지만, 난 연기력까지 타고난 사람이 아니다. 그러니 NG를 낼 수밖에. 특히 성현 누나와 둘이 나오는 장면에서는 더 NG가 났다. 그때마다 누나는 한 말 또 하고, 한 행동 또 해 가며 선우진을 반복해야 했다.

게다가 성현이란 누나의 눈길은 상당히 부담스럽다. 차라리 너 좀 이상해. 많이 이상해, 대놓고 말하면 변명이라고 하겠는데 어떤 식으로도 캐묻지 않는다. 의문을 잔뜩 담은 눈빛은 여전한데.

날은 덥고 유난히 소음에 예민한 나는 촬영장의 인파와 조명이 고역이었다. 하루빨리 형 몸의 뼈들이 제자리로 돌아와 주길 바라며 긴 하루를 꾸역꾸역 버티고 있다.

짬짬이 생기는 휴식 시간은 스태프들과 시답잖은 농담을 주고받고 촬영 장비를 구경하며 보낸다. 카메라 렌즈를 보면 사진이 찍고 싶어 근질근질하지만 그림의 떡이다. 서준유는 촬영장을 돌아다니며 배우들이나 스태프의 사진을 찍는 짓 같은 건 절대 하지 않을 타입이니까. 진짜 안 맞는다. 안 맞아.

서준유는 매일 밤 내가 집에 들어갈 때까지 새색시처럼 날 기다린다. 부담스러워 죽겠다. 사춘기 때 우리 엄마도 날 저렇게 밤마다 기다리진 않았다. 우리 형제가 이렇게 오랜 시간을 같이 지내는 건 근 7년 만이다. 형은 뭐가 그렇게 궁금한지 귀찮아하는 날 살살 달래 가며 촬영장의 하루를 요령껏 캐묻기도 한다.

"내가 잘했는지 못했는지 그렇게 궁금하면 피디한테 직접 전화해 보든가."

"종일 같이 일해 놓고 감독님, 저 오늘 어땠어요? 그렇게 묻냐?"

"그러니까 요점만 물어보라고. 진짜 궁금한 게 뭐야?"

형이 한숨을 삼켰다.

"뭘 기대하는데? 니가 하라는 대로 하긴 하는데 솔직히, 연기 잘했겠어? 늘 하던 일도 아닌데? 내가 연기 천재냐고."

"좀 잘해. 열심히 하라고. 이 드라마가 나한테 얼마나 중요한지 알아?"

"그거야 나보다 니가 잘 알겠지. 성현 누나 얘기해 줘?"

"너 이상하다고 생각하지 않아? 정말 아무것도 안 물어?"

"말을 해야 알지, 말을. 원래 그렇게 말이 없어? 무슨 여자가 애교도 없고, 잘 웃지도 않고, 어떨 땐 짜증도 내고. 우이 씨, 짜증 잘 안 낸다며?"

"피곤해서 그런 거야. 혼자 하는 일이 너무 많아서."

"나도 NG가 나서 죽겠다고. 그 여자랑 하면 더 난다고. 얼른 나아라. 배턴 터치하게. 아! 키스신까지만 하고. 흐흐흐, 그래도 나한테 보상은 좀 있어야 하지 않겠어?"

"아휴, 어리다. 어려."

죽이고 싶은 눈빛인데?

서준유의 아킬레스건이 하나 늘었다. 본인도 아는지 모르겠지만 그 여자 얘기만 나오면 평정심을 잃는다. 도대체 어떤 부분이 좋아서 그러는 건지 이해 불가다. 나이도 많아, 애교도 없어, 잘 웃지도 않아. 그렇다고 파트너를 편하게 대하길 해. 연기는 잘하지만 내가 여자를 판단하는 기준은 연기력이 아니다.

막 씻고 나왔을 때 권혁주 이사가 보였다. 방금 도착했다고 한다. 형은 불편한 자세로 소파에 기대 있었다.

"오 작가가 너한테는 전화 안 했어?"

"좀 전에 재유 씻을 때 왔는데 일부러 안 받았어요."

"화면만 보고도 느껴지나? 서재유 왜 그러냐고 낮에 박 감독한테 난리였나 봐. 자긴 치질이 생길 정도로 죽어라 써 대는데 똑바로 연기 못 시킨다면서. 예전의 그 김재현이 아니래. 눈빛부터가 다르다고. 귀신이 죽어서 다시 태어나면 작가가 되는 거냐? 무섭더라."

"……."

아는 건 별로 없지만 내 생각은 이렇다.

"작가가 왜 그런 것까지 일일이 참견해요? 성현 씨도 그 작가가 쓰자고 우겨서 하게 된 거라면서요? 감독이 할 일을 왜 작가가 하려고 해? 대본이나 잘 쓰지."

"넌 가만있어."

형이었다. 낮게 한숨 쉬던 권혁주 이사가 날 바라보았다.

"드라마 판은 달라. 작품 잘 뽑는 피디가 열이면 대본 잘 쓰는 작가는 셋도 안 돼. 답 안 나오냐? 방송은 희소가치 있는 사람이 이기는 게임이야."

가만있을걸. 내가 주제넘었다.

"그렇겠네요."

"적어도 열흘은 더 깁스하고 있어야 하지? 12회는 거의 다 찍었고, 이제 4회 남은 건데……. 14회부터는 준유가 했으면 좋겠는데, 아무래도 무리겠지?"

"며칠 안에 깁스 풀 거예요. 제가 마무리해야죠."

"무리야, 무리. 올해만 쓰고 말 몸도 아니고. 재유 네가 준유 대신 잘해 주는 수밖에 없어."

"그게, 생각대로 안 돼요. 연기엔 소질이 없나 봐요."

"네 마음을 바꿔 봐. 저 여자가 내 애인이다. 내가 진짜 좋아하는 여자다, 그렇게 생각하라고. 더도 말고 딱 2주 정도만."

그렇게 무서운 여자를 애인처럼 사랑하라고? 한숨이 저절로 나왔다.

"지금도 잘하고 있어. 너만큼 적응하는 것도 기적이야. 아, 며칠 안에 연예 프로 몇 군데에서 인터뷰하러 올 거니까 저번처럼 서른 살 전에 결혼을 하니 마니 그런 말 제발 하지 마라. 피곤해진다."

"그게 왜 문제가 돼요? 미성년자가 결혼하겠다는 것도 아닌데?"

"왜냐하면, 서재유니까. 서재유가 서른 전에 특정 여자와 결혼한다는 건 일종의 범죄 행위니까. 그것도 아주 흉악한."

일주일에 2회분을 뽑아내야 하는 대한민국 드라마 현장에선 하루 일과가 끝난 뒤 동료끼리 마주 앉아 소주에 삼겹살을 구워 먹는 것도 사치인 모양이다.

연기는 기다리는 게 반이라고 하지만, 막바지로 치달을수록 시간은 점점 모자라, 시쳇말로 볼일 보고 그게 잘 붙어 있는지 확인할 시간도 없다. 이건 스태프들이 농담 반 진담 반 하는 말이다. 나는 내 물건 정도는 확인하고 산다.

한마디로 드라마 촬영 기간은 배우나 스태프로선 죽어나는 시간인 거다. 그래도 그런 시간이 전혀 없지는 않다. 제주도에 산다는 성현 누나의 부모님께서 아침에 잡아 바로 손질한 싱싱한 회를 비행기 편으로 보내 주셨다. 누나의 동생이 그걸 공항에서 바로 받아 차에 가득 싣고 왔다. 종류도 다양한데다 70명이 넘는 스태프가 나누어 먹을 정도로 양도 푸짐했다.

회라면 나도 미친다. 누나도 좋아하는지 반색했다. 아무거나 잘 먹으니 놀리지 말라고 했었어도 그동안은 그럴 기회조차 없었다. 이렇게 잘 먹는 건 처음 본다. 박우진 형이 내 마음을 들여다본 것처럼 말했다.

"소주 생각나는 사람 많겠는걸. 안주가 좋아서 한 짝은 마시겠는데?"

성현 누나가 두 눈을 반짝이며 맞장구쳤다.

"그 사람이 나야. 우리 낮술 하고 연기할까?"

"콜!"

"술 못하는 사람 둘이 지금 뭐 하는 건가요?"

"안 피디님, 전 좀 빼 주셔야. 우진이하고 절 동급으로 취급하면 곤란하죠."

술을 잘한다고?

우진 형이 빙긋이 웃으며 대답했다.

"인정! 은근 세지. 누나 예전에 영화 찍을 땐 도시락 많이 싸왔었잖아? 가끔 그 도시락 생각나더라."

"그때는 조연이었잖아. 스케줄도 많지 않고. 사실 유안 언니 연기하는 거 보고 싶어서 자주 갔었어. 도시락은 핑계고."

"누나 도시락 정말 맛있었는데. 이젠 못 먹는 건가? 아이고, 잠잘 시간도 없는 사람한테 이게 무슨 노망난 소리야."

"누나 음식 잘하나 보네?"

내 질문에 대답한 건 백성찬이었다. 회만 주고 그냥 간다는 걸 여자 스태프들이 먹고 가라며 억지로 잡아 앉혔다. 남매간에 사이가 좋아 보였다. 처음 봤을 땐 성현 누나의 오빠 줄 알았는데.

"우리 누나가 만든 음식 안 먹어 본 사람은 말을 말아야 해요. 나 결혼하면 누나 음식 많이 생각날 것 같아."

"그럼 니 와이프랑 셋이 같이 살까?"

"누나, 미안한데 나도 신혼을 즐겨야지."

"나도 내 남편 밥만 해 주고 살 거거든? 나중에 김치 해 달라, 밑반찬 해 달라 그러기만 해 봐. 사 먹어라? 해 먹든지."

남매의 대화를 듣던 우진 형이 끼어들었다.

"선우진, 나하고 결혼하자!"

"회나 드세요."

"회나 처먹으라고?"

누나가 그래, 하면서 우진 형 입에 두툼하게 썬 우럭 몇 점을 쑤셔 넣었다. 고추냉이를 잔뜩 묻혀서. 괴로워하는 그의 모습을 보며 다들 즐거워했다. 사악한 인간들 같으니라고. 물론 나도 즐거웠다.

그 많던 회가 얼마 남지 않은 걸 확인한 나는 젓가락질에 집중하기로 했다. 오늘만 같으면 드라마도 찍을 만하겠다.

눈코 뜰 새 없이 바빠도, 잘 시간이 없어도, 설사 전쟁터라 해도 남자와 여자가 있는 곳이라면 사랑이 싹튼다. 아무리 사는 게 힘들어도 사랑 없이 지내는 시간만큼 힘들기야 하겠는가.

만날 시간이 없어서 헤어졌다는 말, 난 믿지 않는다. 좋은 친구로 남기로 했다는 말, 진짜 웃긴다. 그중에서도 사랑하므로 헤어진다는 말이 제일 가관이다. 연인과의 이별 멘트 중 압권이다. 사랑하는데 왜 헤어져? 친구도 되는데 애인은 왜 유지 못 해? 다 핑계다. 지질해 보인다.

안 믿어도 할 수 없지만, 나는 사랑에 대한 판타지가 있다. 결혼 후 내 인생에 대한 환상도 좀 있다. 누가 뭐래도 그걸 포기할 순 없다.

김재현은 내 판타지를 대리 만족시켜 준다. 누나나 여동생이 있다면 강력 추천하고 싶은 남자. 같은 남자로서 배울 점이 많은 타입. 굳이 따진다면 현실에선 극히 보기 어렵다는 것. 선우진은 또 어떻고. 이렇게 메이크업도 안 하고 화면에 얼굴을 자주 비추는 여주인공은 처음 봤다. 영화도 아닌 드라마에서.

이 누나 말이 없는 편인 줄 알았는데 나한테만 그런 듯싶다. 다른 사람하고는 잘 웃고 농담도 제법 한다. 어디서 들었는지 썰렁한 농담을 떠들 때면 귀엽다는 생각도 든다.

나한테는 왜 농담 안 하는데? 가끔은 따지고 싶지만, 눈물의 키스신이 방영된 이후로 누나에 대한 '그녀들'의 공격이 더 심해졌다고 한다. 여기서 그녀들이란 형의 추종자들을 말한다. 사람이 사람을 그렇게 좋아할 수도 있나. 남편도, 애인도 아닌 서재유 한 사람을 향한 무한 애정은 혼자 보기 아까울 정도다. 드라마 게시판을 보면 저절로 형을 놀리고 싶어진다.

"김재현과 서재유를 분리를 못 하는구만. 이래서야 다른 남자들이 눈에 차겠어? 아무래도 니가 이 여자들 다 데리고 살아야겠다?"

서준유는 내 말에 대꾸조차 없다. 표정도 바뀌지 않는다. 그럴 때면 정말 포스가 대단한 것이, 여자들이 왜 저 인간에게 목을 매는지 살짝 이해되기도 한다. 노트북을 들여다보는 형의 심기가 몹시 불편해 보인다. 요샌 늘 그렇지만.

"시간 많으니까 아예 노트북을 끼고 사네. 뭘 그런 걸 보냐?

무시해. 언제부터 일일이 확인하고 살았다고."

"나한테 팬 관리 제대로 안 한다고 한 건 너였어. 기억 안나? 오늘 인터뷰할 때 뭐라 그랬어?"

"실제라면 선우진 같은 여자와 결혼하고 싶은지 묻더라."

"그래서?"

"뭐가 그래서야? 선우진 같은 여자, 너라면 싫겠어? 그런 여자가 정말 존재한다면 당장에라도 결혼하고 싶다고 했지."

"또 결혼 타령했냐? 너도 참 말 안 들어. 그게 다야?"

"같이 연기한 성현 씨는 어떠냐고 하더라고. 뭐, 괜찮다고 했어."

"그 말만?"

"그래도 방송 분량은 뽑아야지. 어떤 남잔지 모르지만 성현 씨와 결혼하는 남잔 복 받은 거라고 했어. 그 정도 립 서비스는 괜찮지 않나? 참, 실물이 훨씬 더 예쁘다고……."

"안 예쁘다며? 그냥 그렇다며?"

"자꾸 보니까 정들어서 그런가? 가끔 예뻐 보이더라고."

어제 오후, 다음 촬영을 기다리던 중이었다. 오전엔 금방이라도 비가 올 듯 흐리더니 정오가 지나자 날이 개기 시작했다. 둘이 산책하는 장면을 찍기 직전 잠깐 짬이 생겼다. 대화를 나누다 보니 이런 질문까지 하게 됐다. 요새 내 머릿속을 가득 채운 생각.

"누난 드라마가 뭐라고 생각해?"

"음……. 밥줄?"

누나가 앞쪽을 가만히 응시했다. 지금 저 눈에 비친 건 뭘까. 그녀의 장난스러운 목소리가 다시 들려왔다.

"농담 아니야."

"나도 그래. 먹고살려고 이 짓 하는 거지. 어, 진짠데?"

이번엔 내 쪽을 보더니 살짝 웃었다. 언젠가 한 번 정도 들어 본 재미있는 말을 또 듣는 것처럼.

"그게 전부는 아니지?"

"그런 마음으로만 어떻게 연기를 해. 그건 너무 피곤하지. 음……. 어려운 말로 설명하긴 싫고, 내가 아는 드라마는 인간과 사회에 대한 해석? 이것도 어려운가? 세상에 별의별 사람이 다 있잖아. 그래도 공통분모가 있을 거 아냐. 이해시키고 설득시키는 거. 영상으로 하는 설득이라고 해야 하나. 넌 드라마가 뭐라고 생각하는데?"

나는 있는 그대로 대답했다. 더는 솔직할 수 없을 정도로.

"지금 내가 사는 모습. 이 상황이 진짜 드라마고 영화야. 아닌 것 같아?"

성현 누나가 내 얼굴을 갸웃이 바라보더니 부드럽게 미소 지었다.

"그래. 니 말이 맞는 것 같다."

뭐라고 한마디 더 하고 싶었을 때 누나가 갑자기 두 손바닥을 마주치며 소리쳤다.

"아, 예쁘다! 예쁘다! 저거 봐! 재유야, 저기 하늘……."

그녀가 하늘을 가리키며 감탄했다. 하늘 한쪽에 새털구름인지 양털구름인지가 가득 떠 있었다. 누나 말대로 예쁘고 특이한 모양의 구름이었다. 구름의 이름이 궁금했지만, 정확히 뭐냐고 물을 수가 없었다. 누나가 주변 사람들에게 들뜬 목소리로 말했다.

"저기 하늘 좀 보세요! 저런 구름 진짜 오랜만이다!"

주위의 모든 사람들이 하늘을 올려다봤다. 나도 다시 고개를 한껏 젖혔다. 얼마 만에 보는 하늘이지? 머리에 이고 살면서도 너무 무심했네.

"서재유 나는, 저 구름을 깔고 다섯 시간만 푹 잤으면 좋겠어."

그때, 확실히 알았다. 형이 왜 그 여자가 예쁘다고 말했는지를.

준유

100년 전, 아인슈타인은 이렇게 생각했다. 세상에 절대적인 시간은 존재하지 않으며, 개인의 상황에 따라 다른 상대적인 시간이 존재한다고. 우주에서의 '하루'는 지구에선 '10년'이 될 수 있다. 집에서의 하루가 촬영장의 하루보다 100배는 길게 느껴질 수도 있다는 말이다.

병원에선 그날 밤으로 퇴원했다. 당장 수술을 할 것도 아닌데다 어차피 오래 머물 수도 없었다. 아무리 대표님 가족이 하는 개인 병원이라지만 보안 문제도 있고, 나 역시 여러모로 불편했다. 은밀하게 집으로 옮겨진 나는 성인이 된 후 처음으로 동생과 동거를 하게 됐다. 기묘한 동거라고 불러야 할까.

동생의 첫 촬영 날. 그날처럼 동생을 간절히 기다려 본 기억이 없는 것 같다. 전화도 안 받고 해서 내내 기다리다가 깜빡 잠이 들었는데, 그사이 들어온 모양이다. 아침 일찍 잠에 취한 재유를 흔들어 깨웠다. 겨우 정신을 차린 동생이 어제의 만행을 이실직고하기 시작했다. 한숨이 나오도록 동생은, 그 아이답게 행동한 것 같다. 하루아침에 낯선 사람처럼 구는 서재유를 지켜보는 백성현의 마음을 상상하기란 어렵지 않았다. 당장에라도 전화해서 어제 촬영장에 있던 그 망할 놈은 절대 서재유가 아니라고 변명하고 싶었다. 하지만 원인부터 결과까지 내가 만든 일이니 누굴 원망할 수가 없다.

잠의 마수에서 겨우 벗어난 동생이 은근한 목소리로 물어왔다.

"박지형 감독하고 그 누나 사이는 어때?"

박 감독이 그녀에게 관심이 있다는 건 이미 알고 있다. 처음엔 어땠을지 모르지만 동생 말대로 '쪼끔' 있는 정도라 아니라 꽤 많아졌다는 것도 안다. 어쩌면 그사이 관심을 넘어선 감정으로 깊숙이 옮겨 갔을 수도 있다. 나는 그를 충분히 이해한다. 내가 중요하게 생각하는 건, 박지형 감독을 향한 백성현의 마음이다.

"근데 놀랄 만큼 예쁘진 않던데? 뭐, 그냥저냥."

다행이다. 내 눈에 든 여자가 다른 남자 눈에까지 예뻐 보이는 건 그리 환영할 일이 아니니까. 더군다나 그 남자가 피와 살을 나눈 가족이라면.

아침마다 모자를 눌러쓰고 나가는 젊은 남자는 내가 아니다. 잠이 많은 동생은 몇 번을 깨워야만 겨우 일어나곤 했다.

이런 생활이 익숙하지 않은 그 애로선 힘들 만도 하다. 눈도 못 뜨고 욕실로 들어가는 재유를 보면 말할 수 없이 미안했다.

"대사가 왜 이리 많아? 점점 더 많아져요. 벙어리면 좋겠네."

마주 앉아 여유 있게 식사할 시간은 없어도 몇 마디씩 투덜거리고 나갈 시간은 있게 마련이다.

"벙어리 연기가 더 어려운 거야. 대사로 전혀 커버가 안 되니까."

"알아요, 알아. 그럼 종일 멍 때리는 바보는 어때? 그건 자신 있는데."

"쉬운 연기가 있는 줄 알아? 좀 있으면 생방송 수준으로 찍을 거다."

"여태까지 뭐 하다가 인제 와서 서두는 거야? 그걸 그렇게 잘 아는 사람이……."

더는 듣기 싫어서 동생의 입을 막았다.

"너 왜 이렇게 잔소리가 많아졌냐?"

"누구 때문이겠어? 내가 그날 번지점프는 꼭 하고 오는 건데!"

친구의 아이디로 내 팬 사이트에 들어가 동생이 만들어 놓은 촬영장 분위기를 살펴볼 때도 있다. 변명하자면 평소에는 이런 짓 절대 하지 않는다. 바쁘게 살던 사람에게 갑자기 너무 많은 시간이 주어졌을 때 나타나는 부작용 정도로 이해해 줬으면 좋겠다.

재유가 성현 누나를 어떻게 대하는지 정확히 알 수는 없지만, 팬들의 반응은 대단히 희망적이고 긍정적이었다. 이를테면 이런 식이다.

서재유는 '그 여자'에게 관심이 별로 없다. 쉬는 시간엔 주로 코디들이나 매니저, 드라마 스태프들과 시간을 보낸다. 밴에 들어가 있는 시간도 많다. 어쩌다 그 여자와 같이 있어도 낯선 사람 보듯 쳐다보곤 한다. 친하게 지낸다는 한동안의 소문은 상당히 왜곡되거나 과장된 것 같다. 그동안 보여 줬던 다정한 모습은 연기에 몰입했던 것일 뿐. 우리 재유에게 일은 그저 일이다. 이젠 드라마나 즐기자. 결론적으로 말하면 우리들의 서재유는 아무 여자한테나 정 주는 그런 시시한 남자가 아니다. 서재유는 프로니까.

……내 의견을 묻는다면 노코멘트다.

이틀에 한 번씩 정형외과 원장님이 집에 들러 꼼꼼히 환부를 치료한다. 한밤중에 병원에 숨어들어 엑스레이를 찍고 물리 치료까지 받고 올 때도 있다. 정문용 대표의 부탁인지, 그분은 치료 목적 외엔 사적인 질문이 없어서 좋았다. 다행히 뼈가 자리를 잘 잡아 가 수술은 안 해도 된다고 한다. 어제 처음으로 잔소리를 들었다.

"젊고 몸이 유연해서 그 정도로 그친 거지, 앞으로 오토바이는 탈 생각도 하지 말아요. 장기나 안구 제공자들 다수가 누군지 알아요? 폭주족들이에요. 그건 자해행위라고. 이건 의사들끼리 하는 말이지만, 병원에선 폭주족들을 고마워하기도 하지. 그런 식으로나마 장기 수급이 유지되니까."

정 대표님과 권 이사님 역시 꼬리곰탕 같은 영양식을 들고 번갈아 들른다. 권혁주 이사는 몇 주 쉬게 한 도우미 아주머니 대신 청소도 하고, 심지어 내 머리까지 감겨 준다. 목욕까지 시켜 준다는 걸 참으시라고 했다. 처방된 약은 물론 특별히 주문한 세 끼 식사도 꼬박꼬박 챙겨 먹고 있다. 몸에 좋은 거라면 그게 뭐든 억지로라도 삼킨다. 하루라도 빨리 촬영 현장으로 돌아가기 위해.

걱정되는 게 한둘이 아니었다. 이렇게 지루하고 조바심 나는 시간은 내 인생을 탈탈 털어 처음이었다. 팔과 손을 다쳤으니 혼자 할 수 있는 일은 어차피 정해져 있다. 다리가 멀쩡해도 밖으로 나갈 수가 없으니 감옥에 갇힌 것처럼 답답했다. 아무리 피곤이 쌓였다지만 잠으로 때우는 데는 한계가 있었다. 영화를 봐도 음악을 들어도 집중이 안 됐다. 책도 눈에 들어오지 않았다. 시간은 남아돌았고, 머릿속 생각은 늘 하나로 모이곤 했다.

멍하니 텔레비전 채널을 돌리는 대신 대본을 연구하는 쪽을 택했다. 누구를 가르칠 만큼 연기가 탁월한 건 아니지만, 밤늦게 도착한 동생을 붙잡고 대사라도 맞춰 봐야 마음이 편했다. 김재현을 나만큼 잘 아는 사람은 작가 외엔 없으므로.

어려서부터 나보다 에너지가 넘치던 동생이지만 휴일도 없이 하루 세, 네 시간 자면서 촬영한다는 게 쉬운 일이 아닐 터다. 아무리 건강해도 이렇게 빡빡한 일정에 금방 적응하기는 힘들 테니. 낮잠을 푹 자 두는 대신 동생이 올 시간엔 깨어 있으려고 노력한다.

하루에 두 번 마주치는 동생은 내 얼굴을 보고 문득문득 생각난 듯 몇 마디씩 툭툭 던졌다. 하루는 성현 누나의 제주도 본가에서 보내 준 자연산 활어회를 먹고 왔다며 자랑해 댔다. 동생은 약 5분에 걸쳐 푸른 바다를 헤엄치다가 운 나쁘게 잡힌 바다 생물의 신선함과 질감에 대해 조근조근 설명했다. 평소 음식을 탐하는 성격은 아니지만 그건 정말 아까웠다.

"근데 박우진 형도 그 누나 좋아해?"

"예전에 같이 영화 했었잖아. 둘이 친해."

"그냥 친한 정도가 아니던데. 그 형이 누나한테 결혼하자고 하더라?"

웃자고 한 농담일 테지. 내가 했다면 촬영장이 뒤집어졌을 말이지만 우진 형의 말을 심각하게 받아들이는 사람은 거의 없다. 내 기준으론 박우진 형은 비정상이다. 그래서 정말 고맙다. 그나저나 이 자식, 지금 나 떠보는 거냐?

"박 감독님도 그 누나 은근 챙기고. 그 누난 어떤 남자랑 붙여 놔도 어울리겠던데? 그거 신기한 거지?"

"니가 원래 자리로 돌아가면 터치 안 하겠는데, 드라마 끝날 때까진 꼭 필요한 말만 해. 특히 밖에서는."

"어떤 게 꼭 필요한 말인지 잘 몰라서. 근데 그 누나 요리 잘하나 봐? 볼수록 은근 여성스럽더라고."

내가 백성현에 대해 너보다 모르겠냐? 슬슬 화를 돋우는 동생에게 짜증이 나려고 했다.

"너 대사 칠 때 목소리 좀 신경 써. 앵앵거리지 말고."

"내가 진짜 그래?"

"너 그래."

"오늘은 한 신에서 NG를 여섯 번도 더 냈네. 정확히 일곱 번 이던가? 성현 누나한테 미안하긴 하더라. 날도 더운데."

안 봐도 고화질 HD 화면처럼 눈에 선하다. 얼마나 고생이 심할지. 동생은 내가 듣고 싶은 말보다는 내가 알고 싶지 않은 것들 위주로 대화를 진행하곤 한다. 일부러 더 그러는 걸 알지 만 내색하지 않는다.

"니 팬들 좀 적당히 오라고 하면 안 돼? 하루도 안 빼고 촬영 장 따라다니는 여자도 있더라. 할 일이 그렇게 없나?"

"그러려니 해. 그것도 아무나 하는 거 아니야. 너 같으면 하 겠냐?"

"못 하지. 미쳤어? 남자를 따라다니게? 사진은 왜 그리 찍어 대는 거야? 서재유 처음 봤느냐고요. 스태프들이 그렇게 찍지 말래도 말도 더럽게 안 들어. 코나 파고 있을까 보다!"

영상으로 뜨면 볼 만하겠군. 아무리 대범하고 유들유들한 성격의 소유자라도 수많은 변수가 등장하는 촬영장은 만만치 않은 장소일 터다.

"그래도 이상하게 나온 사진은 인터넷에 안 올려. 잘 나온 것만 올려 주지."

"배려심 죽이네. 자주 오는 팬들 얼굴도 알고 이름도 다 알아?"

"자주 보는 사람은 알지. 본명까진 일일이 모르지만."

"역시 스타의 길은 멀고도 험하군. 오늘 어떤 여자하고 눈이 딱 마주쳤는데 날 잘 아는 사람 보듯 하더라고. 마치…… 애인 보듯?"

"그래서 좋다고 같이 실실 쪼개 줬냐?"

"아니, 웃길래 그냥 살짝 인사만 했지. 혹시, 팬하고 연애한 적 있어?"

"나 그 정도로 이상한 놈 아니거든?"

"진심으로 조언하는데, 앞으로도 그런 격 떨어지는 짓 하지 마라. 내가 젤 싫어하는 연예인이 자기 팬하고 연애질하는 인간이야. 하긴, 그걸 바라는 여자들도 줄을 섰겠지만."

연애 정도면 양반이다. 더 심한 용도로 팬들을 이용하는 연예인도 있다. 일회용품처럼 하룻밤 사용하고 폐기 처분하는 경우라고 없겠는가. 개중에는 그런 용도로라도 사용해 주길 바라는 사람도 있다는 걸 모르지 않는다. 그러나 나와는 거리가 먼 얘기다.

"젤 주접이 팬하고 결혼하는 연예인이고. 그거 완전 환자 수준 아냐? 집에서까지 스타 대접받겠다는 거야, 뭐야?"

"뭣 때문에 흥분하는데? 넌 연기에나 신경 써. 진심으로 내가 행복하고 잘되길 바라는 팬들이 훨씬 많아."

"순진하긴."

"너보다 순진하긴 하지. NG 좀 줄어들 때 안 됐냐? 너 뭐든 빨리 적응하잖아. 대사 치기 전에……."

"자야겠군. 잘 시간이 지났어. 아, 니 팬들이 뭐 하려나 보더

라. 생일 이벤트?"

"들었어. 팬들한테 사인 함부로 하지 마. 니 맘대로 내 사인 바꾸지 말라고."

"잠잘 시간도 없는데 내가 사인 연습까지 해야겠어? 바랄 걸 바라서. 그냥 서재유 세 글자만 써 줄 거야. 초딩처럼 또박또박!"

늘 그래 왔듯이 생일에 팬클럽에서 스태프들까지 먹고도 남을 식사와 간식, 선물을 준비해 왔다. 밤에 백 실장님과 수환이 팬들이 보낸 선물을 싣고 와 거실 입구에 쌓아 두고 갔다. 동생이 10년은 같이 일한 사람처럼 두 사람에게 인사를 하고 보내는 소리가 들렸다. 이젠 안에서나 밖에서나 내 역할을 능글맞게 잘하는 것 같다.

소속사에도 내 앞으로 도착한 생일 선물이 많다고 한다. 팬들에게 받은 선물 중 내가 한 번이라도 사용하는 건 10퍼센트도 채 안 된다. 나머진 모두 여러 시설에 기부한다. 사실 난 싸든 비싸든 무언가를 선물 받는 걸 좋아하지 않는다. 그걸 아는 내 팬들은 어느 순간부터 내 이름으로 기부를 해 오고 있다. 미안하기도 하고 고맙기도 하지만 부담스러운 마음 역시 접을 수 없다.

부모님하고는 미리 통화해 뒀다. 엄마가 생일상이라도 차려 주시겠다는 걸 스케줄을 핑계로 말렸다.

— 그럼 이번 생일은 둘 다 못 오네. 걔는 어딜 그렇게 돌아

다닌다니? 아휴, 누굴 닮은 건지 원.

"걱정 마세요. 잘 있을 거예요. 드라마 끝나면 같이 갈게요.
길게 잡아 한 달이면 돼요."

— 같이 오지 마! 와도 따로 와. 엄마 심장 떨려.

"심심하면 여행이나 다녀오세요. 해외로 가실래요?"

— 아냐. 넌 드라마에나 신경 써.

엄마가 서운해하셨지만 다친 걸 들키지 않으려면 어쩔 수
없었다. 뜻밖의 선물도 받았다. 생일 다음 날 아침, 동생이 집
을 나가기 전 내게 작은 종이 가방을 내밀었다.

"생일 선물이야. 받아."

"누가 준 건데?"

"형이 가장 보고 싶어 하는 사람. 책이더라."

백성현이 준 선물이다.

"니가 그걸 왜 열어 봐? 내 건데!"

"선물인데 그 자리에서 뜯어야 맛이지. 이 책 나도 받을 자
격 있어. 나도 생일이었다고. 혹시 쌍둥이인 거 알고 두 권 준
거 아닐까? 눈 감고 한 권씩 집을래? 가위바위보 해서 고를래?"

동생을 얼른 쫓아내고 선물을 독차지하고 싶었다. 나누는
건 물론 같이 구경하는 것조차 싫었다. 전혀 기대 안 했다. 생
일 선물을 준비했으리라곤.

그녀가 내게 준 생일 선물은 두 권의 책과 책갈피였다. 제
목이 마음에 드는 추리 소설 한 권, 그리고 《노인과 바다》. 그
책을 읽으면 살고 싶어진다던 그녀의 목소리가 생생하게 재생

됐다. 표지를 넘기니 앞쪽 속지에 누나의 단정한 손 글씨가 보였다.

《노인과 바다》를 읽어도 눈물 나지 않는 인생을 살기 바라며.
서재유, 스물여섯 번째 생일을 축하해.

추리 소설도 얼른 펼쳐 봤다.

우리 인생도 마지막 장을 덮기 전에 모든 걸 알 수 있는 책처럼 선명했으면 좋겠다.
재유야, 어쨌든 행복해.

날짜는 없고, 둘 다 '성현 누나가'라는 말로 끝을 맺었다. 책갈피는 직접 만들어 코팅까지 한 것이었다. 거기에도 두 개의 문구가 앙증맞은 그림과 함께 예쁘게 인쇄돼 있었다. 나는 책갈피의 글귀를 한참 들여다보았다. 어떤 마음으로 이 문장을 적었는지 이해할 수 있을 것 같다.

백성현은 내가 행복하길 바란다. 촬영장의 서재유가 그토록 이상하게 행동하는데도.

선물 받은 책을 읽으면서 아침을 먹었다. 책에 음식을 떨어뜨릴까 봐 조마조마해서 결국 저만치 밀어 놓았다. 투명 플라스틱 용기에 담긴 야채샐러드에 노란색과 주황색 파프리카가 섞여 있다.

그녀에게 말을 걸고 싶어서 나는 주황색 파프리카를 처음 본 사람처럼 행동했다. 사랑에 대한 판타지 같은, 평생 어떤 여자한테도 물어본 적 없는 간지러운 질문을 하기도 했다.

고개를 갸웃이 기울이며 나를 바라보던 백성현의 표정. 별 것도 아닌 말에도 어린애처럼 환히 웃어 주던 얼굴. 때로 아주 오래 산 사람처럼 상처받은 내 마음을 다독여 주던 나지막한 목소리가 그리웠다. '미치도록'이란 표현을 덧붙이고 싶진 않다. 다시 만날 거니까. 곧 그 여자 옆으로 갈 거니까.

시간이 많아도 절대 하지 않으려고 했는데, 결국 성현 누나의 지난 출연작들을 찾아보게 됐다. 누나의 연기는 노래로 치면 합창단의 단원 같은 스타일이다. 본인보다는 상대를 돋보이게 연기를 한다. 배우로서 욕심을 더 부려도 좋았을 장면에서도 혼자 돋보이려고 기를 쓰지 않는다. 그런 배려가 누나에겐 한계가 됐고 때론 배우 인생에 마이너스가 된 건지도 모르겠다. 백성현과 같이 연기했던 '재수 없는' 전 파트너들은 하나같이 그 전보다 잘 풀렸다.

사람들은 내게 종종 묻는다. 지금과는 아주 다른 일을 해 보고 싶지 않은지. 그 질문은 쉽고도 어렵다. 내가 기억하지 못하는, 가장 첫 번째 장래 희망은 '아빠가 되는 것'이었다고 한다. 엄마를 유독 따르는 아이답게 이런 말을 한 적도 있다.

"이다음에 크면 엄마하고 결혼할 거야."

지금도 언뜻 기억난다. 옆에서 레고로 탑을 쌓던 동생이 의

아한 듯 나를 쳐다보았다.

"엄마는 아빠랑 결혼했잖아. 형이 크면 엄마는 할머니처럼 할머니가 될 건데?"

그 애는 언제나 나보다 똑똑했다. 충동적으로 시작한 일이지만 나는 이 직업을 사랑하려고 애쓴다. 늘 내가 가진 재능에 비해 정말 운이 좋았다는 걸 잊지 않는다. 내가 MO아티스트 기획 1기 연습생으로 들어가 제일 처음 받은 주문은 살을 찌우라는 거였다.

"지금부터 몇 달 동안 막 먹어. 아직 어리니까 더 클 수 있을 거야. 180은 넘어야지. 살은 빼면 되지만 키는 늘릴 수 없잖아."

나는 정문용 대표가 시키는 대로, 당시는 실장이었던 권혁주 이사의 주도 아래 먹고 또 먹었다. 살이 붙으면서 키가 조금씩 자라는 게 느껴졌다. 물론 보컬 연습부터 안무 연습까지 단 하루도 빠지지 않고 해야 했다. 일주일에 두 번 기타와 피아노 레슨도 받았다. 두 가지 악기 다 어려서 배웠기 때문에 곧 손에 익숙해졌다.

키가 더 이상 자라지 않는다는 걸 확인하고서야 내 상사들은 내게 헬스를 하도록 허락했다. 근육을 일찍 만들면 키가 더 디 자란다는 이유였다. 뭐든지 늦됐던 나는 키까지 늦었다. 스무 살의 나는 10개월 새 3센티 이상이 자라 182센티의 보기 좋은 키가 돼 있었다. 얼굴형이 갸름하고 팔다리가 긴 편이라 혼자 세워 놓으면 185센티 정도로 보였다.

정문용 대표는 포털 사이트에 올릴 내 프로필 키까지 바꾸고 싶어 했다. 이번엔 내가 허락하지 않았다. 만약 키를 속인다면 모든 포털 사이트에 직접 전화를 걸어 정정시키겠다고 말했다. 진심이었다.

"그런 것까지 거짓말하는 거 싫습니다."

"재유 넌 그냥 봐도 184센티 이상으로 보여. 그래 봐야 2센티인데 뭘. 다른 연예인들 봐. 5센티 올리는 건 기본이야. 학벌을 속이겠다는 것도 아니고 고작 2센티……."

"속이지 않아도 되는 건 안 속이고 싶습니다. 182센티가 부끄러우세요?"

"……그래. 알았다. 대신 몸을 근사하게 만들어 봐. 전문 트레이너 붙여 줄 테니까. 몸 만드는 것도 앨범 준비 중 하나야. 7개월 뒤에 첫 정규 앨범 나온다."

"네? 벌써요?"

"뭘 놀라?"

"아직 보컬도 제대로 안 되는데."

"그 정도면 욕 안 먹어. 춤도 그 정도면 됐고. 어차피 타이틀하고 활동할 곡 위주로 연습하면 되니까."

"7개월 만에 가능해요? 미니도 아니고 정규인데?"

"빠듯하긴 하지. 곡 수집은 벌써 시작했어. 너만 잘 따라오면 돼. 팬들 생긴 거 안 보여? 쟤네들이 언제까지 니 숙소 앞에서 너만 기다려 줄 것 같으냐? 아니. 여자보다 더 변덕스러운 게 팬들 마음이야. 앨범 몇 달 더 늦춘다고 뭐가……."

그는 거기서 말을 멈췄다. 몇 달 더 연습한다고 해서 내 실력이 박효신이나 나얼처럼 될 수는 없다고 하고 싶었던 걸까. 그건 나도 잘 알았다. 그래도 지금보다는 낫지 않을까. 그렇지만 그 생각을 밖으로 꺼내지는 못했다.

내 동기 중 나보다 좋은 점수로 들어온 장우연이란 형이 있다. 그 형에겐 그때까지 앨범 얘기조차 없었다. 우연 형이 나에 비해 모자란 건 외모와 말주변 정도였다. 그러나 그건 가수로서의 재능이 아니지 않은가. 실력은 탁월했지만 어떤 소속사에서도 그 형을 뽑아 주지 않았다고 한다. 징크스처럼 늘 마지막 단계에서 탈락하곤 했다고.

그런 점에서 MO아티스트 기획은 인간적이었으나 내가 억지로 살을 찌워 가며 키를 키울 때, 우연 형은 성형 수술을 고민해야 했다. 형은 선뜻 결정을 내리지 못했다. 당시 우리는 직급이 높지 않은 매니저 형들과 함께 소속사에서 얻어 준 아파트에서 같이 살았다. 어느 날 밤, 실장님과 성형외과 몇 군데를 다녀왔다면서 형이 먼저 말을 꺼냈다.

"코 세우는 건 기본이고 양악까지 해야 한대."

"양악? 그게 뭐야?"

"위, 아래턱뼈를 잘라 낸 뒤에 다시 붙이는 거래. 목숨 걸고 하는 수술이라더라. 돈도 많이 들고, 시간도 오래 걸리고. 치아교정까지 해야 한대."

"그럼 위험한 수술이잖아! 그냥 치아교정만으로 안 된대?"

"그 정도로는 연예인 하기 어렵다더라. 너랑 같이 다니니까 내가 더 못난이로 보이나 봐."

형의 고민은 그것만이 아니었다. 회사에선 섣부른 투자를 하느니 형을 전속 보컬 트레이너로 키우자는 말까지 거론되고 있었다. 뽑을 때 마음은 어디 간 걸까. 얼굴 없는 가수로 내보내자는 얘기도 잠깐 나왔으나 이미 한물간 마케팅이었다. 막상 그가수가 실물로 등장했을 때 잘생긴 미소년 타입이 아니라면 큰효과를 거두기 어렵다. 방송 출연은 하지 않아도 OST 정도는부를 수 있을 테지만, 그거야말로 진짜 얼굴 없는 가수 아닌가.

"난 형 얼굴 좋은데. 화면발을 진짜 안 받아서 그렇지 정감있게 생겼어. 형 목소린 더 좋고."

"너는 나처럼 안 생겨 봐서 몰라. 알 수가 없지."

"……미안해."

"니가 왜 미안해하냐. 우리 부모님도 안 미안해하시는데."

"형이 나보다 먼저 앨범을 내야 하는데. 그래도 내 실력하고형 얼굴하고 바꾸라면 절대 안 바꿀 거지?"

"얼마 전까진 그랬는데, 이젠 내 목소리 너 주고, 재유 니 얼굴 반만이라도 가져올 수 있으면 좋겠다. 니 외모에 내 재능.사장님이 바라는 건 그런 걸까. 그럼 난 여기 안 있겠지. 벌써뭐가 돼도 됐겠지."

"형, 스타 되려고 가수 하는 거 아니잖아."

한숨을 푹 내쉰 우연 형은 잠시 후 서글피 털어놓았다.

"그건 내가…… 스타가 되지 못할 거라는 걸 알아서 한 말인지도 몰라."

나라고 해서 그 형보다 고민이 적진 않았다. 거짓 오디션으로 시작된 이 길이 과연 내 길인가, 그만둬야 하나, 하루에도 수십 번 고민하던 연습생 시절 아버지의 작은 회사가 부도났다. 한국으로 돌아와 새로 시작한 사업은 여러모로 운이 안 좋았다. 그저 운만 나빴던 게 아니라 아버지는 세상에 믿을 사람이 얼마나 없는지 뼈저리게 깨닫게 됐다.

세상이 너무 변했다. 한국은 더 빨리 변했다. 이 나라에서 사업을 하기엔 아버지는 너무 무른 사람인지도 모른다. 부도 규모는 꽤 컸다. 평생을 힘들게 벌어서 모은 돈으로 산 작은 건물과 널찍한 집, 전원주택을 지으려고 사 둔 땅을 포함해 갖고 있던 모든 재산을 정리해도 돈이 모자랐다. 노후 준비는커녕 당장 생계를 걱정해야 할 지경이었다. 나보다 32년 먼저 태어난 엄마의 인생에 닥친 가장 큰 시련이었다.

나는 어려서부터 엄마가 우는 게 싫었다. 문을 부술 듯 열고 들어온 집달관들이 내 방까지 들어와 돈 될 만한 모든 물건에 압류 딱지를 붙이는 것까지는 참을 수 있었다. 그러나 엄마가 생전 처음 본 거친 남자들에게 미안하다고, 조금만 기다려 달라고 눈물을 흘리며 고개를 숙이는 건 죽을 만큼 싫었다.

돈이 있는데 안 쓰는 것과 없어서 못 쓰는 건 천지 차이다. 엄마는 가족을 위해서라면 길거리 청소라도 할 수 있는 분이지만, 집안에 남자가 셋이나 있었다. 그건 정말이지 말도 안 되는 소리였다.

내 소원은 다시 변경되었다. 엄마를 그전처럼 살게 해 주고 싶었다. 우리 가족이 가장 행복했던 시절만큼. 당연히 이 길을 가야 하나 말아야 하나 하는 내 고민은 사치가 됐다. 어차피 들어선 길이다. 뒷걸음칠 게 아니라면 앞으로 나갈 수밖에 없었다.

앨범이 나오자마자 행사를 가능한 한 많이 잡아 달라고 부탁했다. 얼굴에 경련이 일어날 정도로 낯선 사람들을 향해 인사하고 웃고, 노래하고 춤췄다.

누가 봐도 어색했던 웃음은 어느새 자연스러워졌고 시간이 흐를수록 수입도 늘어났다. 엄마는 내가 드리는 돈을 불편해하셨으나 나는 자동이체를 신청해 다달이 생활비를 보냈다. 그런 것도 효도라면 그게 내가 태어나서 처음 한 효도였다. 아버지 사업은 큰돈이 되는 건 아니지만 그런대로 다시 자리를 잡아 가는 것 같다. 마음이 한결 편해졌다. 한번은 엄마가 내가 보내는 돈으로 적금을 붓고 있다며 몇 개의 통장을 보여 주셨다.

"이거 너 장가가면 줄 거야. 얼마나 모였는지 볼래?"

"아뇨. 엄마 다 쓰세요. 저 생각보다 많이 벌어요."

"여보, 준유가 이다음에 어떤 여자 데리고 올지 궁금하지 않아?"

"그걸 말이라고. 난 손주까지 궁금한데? 몇이나 낳아 주려나."

"어이구, 니 아버지 또 앞서가신다. 우리 준유한테 잘 어울리는 예쁘고 착한 여자를 만나야 할 텐데. 똑똑하면 더 좋고."

내가 기억하는 첫 번째 장래 희망은 놀이공원 직원이었고, 두 번째는 레스토랑 사장이었다. 그 후로도 내 꿈은 보통 아이들처럼 여러 차례 바뀌었다. 나는 어릴 적 소원했던 꿈을 하나도 이루지 못했다. 이제 내 앞에 엄마 바람대로 예쁘고 착한데다 똑똑하기까지 한 여자가 나타났다.

'자꾸 보니까 정들어서 그런가? 가끔 예뻐 보이더라고.'

동생이 특정 여자가 예쁘다고 말하는 걸 들어 본 기억이 거의 없다. 그 애는 점점 말이 없어진다. 단지 피곤해서 그런 게 아니라는 걸 직감으로 안다. 어떤 말로 이 상황을 설명해야 할까. 기가 막힌다고? 황당하다고? 말도 안 된다고? 모두 실제 일어난 일이다.

그녀와 함께 같은 미래를 꿈꾸기엔 걸림돌이 많다는 걸 난 너무 잘 안다. 그렇다면 나는 또 내 꿈을 이루지 못하게 되는 걸까. 내가 먼저 담담하게 그 꿈을 놓아주어야 하는 걸까.

〈온리 원〉 홈페이지 포토스케치 코너는 하루에도 몇 장씩 사진이 업데이트 된다. 물향기 수목원에서의 한때. 사진을 올리는 홈 지기는 달달하고 유머러스한 코멘트를 달아서 클릭 수를 높인다. 김재현의 이름이 들어간 사진이 조회 수가 제일 많다. 〈온리 원〉 커플 사진도 인기가 좋다. 시청자들은 진, 재현의 이니셜을 따서 투J 커플이라고 부르기도 한다.

새로 올라온 사진이 많았다. 모자를 쓴 그녀가 동생을 보고 웃는다. 동생이 다정하게 미소 지으며 그 여자 입에 체리를 넣어 준다. 동생이 그녀의 다리를 베고 누워 있다. 여자가 동생의 눈썹을 어루만진다. 모자에 가려 보이진 않지만, 그녀가 동생의 입술에 입맞춤을…… 하는 것 같다.

한 프레임 안에 찍힌 두 사람은 그림처럼 아름답다. 김재현의 분장을 한 동생의 얼굴이 거리낌 없는 행복으로 빛났다. 그 아인 확실히 변했다.

사고가 난 지 열흘이 넘었다. 통증은 많이 줄었지만 내 마음은 조바심으로 넘쳐 가고 있다. 동생이 못 일어나는 것 같아서 억지로 깨워 놓고 소파에 멍하니 누워 있는데 전화가 왔다. 백 실장님이었다.

— 일어났냐?

"네. 금방 준비할게요."

— 아니, 서두를 거 없어. 성현 씨가 아픈가 봐. 응급실 실려 갔다고 연락 왔어.

놀란 내 가슴과 머리는 생각을 멈추고 대꾸할 말을 찾지 못한다. 실장님이 이어 말했다.

— 집에서 쓰러진 걸 동생이 발견했나 보더라고. 몸을 못 가누더래.

그게 더 놀랍다. 자기 발로 걸어간 것도 아니고 쓰러져 누군가에 의해 발견됐다는 사실이.

"어디가 얼마나 아픈 거래요?"

— 정확히는 몰라. 여태 안 쓰러진 게 이상하지. 촬영 분량은 제일 많잖아.

"어제는 어땠…… 그럼 전 어떻게 하면 돼요?"

— 일단 세트장으로 오라는데. 김재현 단독 신부터 찍자고. 성현 씨도 점심때까지는 와 본다고 했대.

"더 쉬어야 하는 거 아닌가. 쓰러졌을 정도면."

— 촬영이 워낙에 급하니까. 암튼 천천히 씻고 간만에 아침이나 든든히 먹고 있어라. 먹을 건 있지?

"있어요."

— 그래. 한 시간쯤 뒤에 출발하는 거로 알아 둬.

"형, 별일 없겠죠? 그냥 과로겠죠?"

— 별일 생기면 안 되지. 너도 어제 걱정했잖아. 성현 씨 몸이 안 좋은 거 같다면서, 남자라도 쓰러지겠다고. 말이 씨가 됐네.

욕실 문을 노크했는데 답이 없다. 두 번째 노크에도 마찬가지. 문을 여니 벌거벗은 동생이 물줄기 아래 멍하니 서 있었다. 다시 인기척을 내며 문 안쪽을 두드렸다. 무심코 돌아서던 동생이 나를 발견하곤 짜증을 냈다.

"왜 또! 노크할 줄 몰라?"

"노크했다. 세 번이나. 못 볼 거라도 달렸냐? ……평범하구먼."

"평범? 와, 이게 노멀한 거라고? 이런 바디가 코리언으로서 쉬운 줄 알아? 와서 벗고 나란히 서 볼래?"

되게 자신 있어 하네. 지 몸이나 내 몸이나. 깁스를 눈짓으로 가리켰다.

"정 원하면 나중에. 왜, 촬영하러 가기 싫어?"

"누가 싫대?"

"며칠만 참아. 깁스 금방 풀 거야. 천천히 씻어라. 촬영 장소 바뀌었대."

"어디로?"

실장님께 들은 말을 그대로 전했다. 그 아인 짐짓 무심한 척 대답했다.

"그래?"

"한 시간 뒤에 세트장으로 바로 출발하면 돼."

"괜히 일찍 일어났네! 30분은 더 잘 수 있었는데."

만약 동생이 놀란 얼굴로 어디가, 얼마나 아픈 거냐고 성현 누나를 걱정했다면 나 역시 자연스럽게 받아들였을 것이다. 그 앤 그게 누구든 같이 일하는 사람에게 그토록 무심할 수 있는 성격이 아니다. 그 정도로 예의 없는 인간은 아니란 말이다.

재유는 어려서부터 거짓말을 싫어했다. 귀찮게 왜 거짓말을 해? 한번 시작하면 계속해야 하는 게 거짓말인데. 이해가 안 돼. 그랬던 아이였다.

오랜만에 식탁에 마주 앉아 아침을 먹었다. 하고 싶은 말과 해야 할 말 사이에 길을 잃은 채 침묵이 길어졌다. 정적을 깬 건 동생이었다. 연기가 질리고 재미없으니 어서 몸이나 추스르라고. 거짓말이다. 재유는 그 말을 하는 내내 내 얼굴을 바라보지 않았다. 애꿎은 샐러드만 뒤적거리던 재유가 포크를 내려놓으며 투덜거렸다.

"아, 귀찮아! 오늘이라도 당장 그만두고 싶네."

이 또한 거짓말. 동생을 이렇게 만든 건 내 잘못이다. 그날 밤, 성현 누나가 산다는 동네를 찾아가는 게 아니었다. 내가 너무 성급했다. 그녀는 이미 내 역할을 하는 동생이 무심코 던진 한마디에, 동생의 무심한 눈길에 상처받았을지 모른다. 어쩌면 서재유란 인간에게 실망했을 수도 있다. 다시 변한 서재유의 모습에 혼란스럽기도 할 것이다.

동생에게 내 역할을 맡기는 게 아니었다. 촬영을 2, 3주 못하는 일이 생기더라도, 한두 주 결방을 하더라도, 내 이미지에 금이 가더라도, 오토바이 사고가 난 걸 밝혔어야 했다. 재유가 촬영장으로 떠나자마자 오늘 실내 촬영분을 찾아 다시 읽었다.

씬 67. 재현 집, 현관. 저녁.

재현, 진을 업고 들어온다. 웃는 얼굴, 다정히 말하며. 진, 재현의 등에 업혀 어리광 부리는.

김재현: (짐짓 진지하게) 뭘 먹어서 이렇게 무거워?
선우진: (애교스러운 목소리로) 언제는 세상에서 젤 가볍다더니! 치!
김재현: (시침 떼며) 내가? 내가 진짜 그랬다고? 설마! (그러면서도 구두 벗겨 주고 소파에 가서 얌전히 진 떨어뜨리는) 오늘 집에 못 간다. 내 허락 떨어지기까지는. (진 바라보며 씩 웃는)
선우진: (소파에 누워 올려다보며 일부러 장난스럽게) 뭐로 나 꼬드길 건데? 먹을 거 많아?
김재현: (미소 지으며 말할 듯 말 듯, 할 때 컷 하길)

씬 68. 재현 집, 주방. 밤.

주방에서 음식(일품요리 정도) 만드는 재현, 식탁에 엎드려 그걸 바라보는 진. 둘 다 말은 없지만 행복한 분위기.

　　선우진: (명랑하게) 많이 해. 넉넉히.
　　김재현: 3인분?
　　선우진: 맛없으면 안 먹는다? 나 나름 까다로워.
　　김재현: (피식 웃는) 더 달라고나 하지 마. (진에게 다가와 음식 맛보여
준다)
　　선우진: (너무 과하지 않게 적당히 감탄하는 표정으로) 오호!

　　씬 69. 재현 집, 거실 소파. 밤.

　　다시 소파 위. 등을 돌리고 모로 누워 있는 진의 머리카락에 가려
다른 부분은 보이지 않는다. 진의 머리카락에 얼굴을 묻고 허리에 손
을 걸친 채 생각하는 재현.

　　김재현: (N) 이 여자가 돌아누워서 나를 보고 웃어 주었으면 좋겠다.
내 이름을 부르며 아까처럼 어리광을 부려 주면 좋겠다. 내게 이런저
런 요구를 해 줬으면 좋겠다. 그런다면 밤을 새워서라도 그녀가 원하
는 모든 걸 들어줄 수 있는데. 해 달라는 거 뭐든지 해 줄 수 있는데.
　　선우진: …… (눈 감고 있는, 자는지 안 자는지 모르게)
　　김재현: (독백하듯, 천천히) 선우진, 사랑해. 사랑해. ……사랑해.
　　선우진: (몸 천천히 돌리며 재현의 눈 바라본다) 너는 왜 이렇게 착하
니. 너는 왜 이렇게……. (재현의 얼굴 어루만지는)

김재현: (자신의 얼굴을 만지는 진의 손을 잡아 그 손에 입 맞추는)

그 여자가 아프다. 어디가 아픈지 알고 싶지만 물어볼 데가 없다. 얼마나 아픈지 확인하고 싶지만 찾아갈 수가 없다. 누군가를 이토록 간절히 그리워하는 게 처음이라 당황스럽다. 휴대폰을 보면 전화를 걸고 싶고, 대본을 읽으면 대사를 맞춰 보고 싶다. 그녀의 얼굴을 감싸는 동생의 사진을 보면 그 몸을 밀치고 내가 그 자리를 차지해야 할 것만 같다.

구체적으로 뭘 어떻게 하겠다는 게 아니다. 그 누구에게도 할 수 없었던 얘기들. 무엇이든 솔직히 털어놔도 부끄럽지 않을 존재. 내게도 그런 사람이 있으면 좋겠다. 단 하루라도 세상 사람들에게는 주어지지 않는 절대적인 동시에 상대적인 시간이 허락된다면 내가 가진 버거운 비밀을 그 여자에게 다 털어놓고 싶다. 그래도 된다면 나도, 밤을 새워서라도 그녀가 바라는 모든 걸 들어줄 수 있는데. 해 달라는 거 뭐든 다 해 줄 수 있는데.

69번 신 재현의 내레이션을 다시 읽었다. 부러운 자식. 내게도 이런 비밀의 시간이 주어진다면 그녀의 아름다운 눈을 들여다보며 고백하고 싶다.

나는 김재현이란 이름을 눈으로 지우고 내 이름을 끼워 넣었다.

서준유: (독백하듯, 천천히) 백성현, 사랑해. 사랑해. ……사랑해.

성현

사람들은 내 파트너 서재유를 세상에 둘도 없는 미남이라고 찬양하지만, 외모만 따지면 그는 내 이상형이 아니다. 나는 그보다는 덜 꽃 같은 남자가 좋다. 남자가 꽃처럼 예쁠 필요가 있나. 나무 정도만 되어도 충분하지.

재유는 종일 돌아다니다 보면 한두 번은 마주치게 되는 그런 흔한 미남과는 거리가 멀다. '미남'이란 말은 서재유의 외모를 표현하기엔 너무 단순한 어휘다. 다음 신 의상을 챙기던 시은이 재유 얘기를 꺼냈다. 벌써 몇 번째 듣는 말인지 모른다.

"언니야, 서재유 얼굴 좀 달라 보이지 않아?"

"왜, 오늘따라 더 잘생겨 보이냐?"

"아니, 전보다 남자다워졌다고 해야 하나. 왠지 느낌이……. 하기야 괜히 천의 얼굴이란 말이 나왔겠어? 저 얼굴에 쌍꺼풀까지 굵게 있으면 느끼할까?"

"흔한 미남으로 보일 수도 있겠지."

"박우진도 잘생겼는데, 재유랑 같이 있으면 상대적으로 거시기해 보여."

"일러야지. 우진이한테!"

"어휴! 나잇값 좀 해라. 언니도 이제 곧 삼삼한 나이 되거든."

"나 아직 만 나이로 서른이야. 올겨울까지는."

"좋냐? 서른이라서? 이모뻘이란 소린 안 들리나 봐? 조카랑 이모가 연기한다는 개소리는?"

"나도 눈 있고 귀 있어."

"도대체 그분들은 어떤 여자를 원하는 거야?"

"아직도 몰라? 시은아, 언니가 정리해 줄게. 서재유 파트너나 애인, 혹은 배우자가 되려면 일단 어려야 해. 스물셋, 넷 정도? 너무 어린 건 곤란해. 왜냐? 철이 없어서 재유를 힘들게 할 수 있거든. 두세 살 차이가 딱 좋아. 학벌은 아이비리그 대학이나 스카이 정도는 나와야겠지? 나처럼 휴학을 거듭하다 졸업도 못 한 경우는 바로 탈락. 연애 경험은 없을수록 좋을 거야. 이유는 말 안 해도 알지? 스캔들은 물론 남자와 관련된 루머로 오르내렸던 사람은 영순위로 제외야. 나처럼. 영어는 당연히 유창해야 하고, 일어나 중국어 중 하나로 의사소통 정도는 해야 할걸. 재유도 그러니까. 집안은 강남에 100억 대 빌딩 서너 채 정도는 갖고 있거나 의사나 법조계 집안, 아니면 중소기업 정도 운영하는 집?"

시은이가 눈살을 잔뜩 찌푸린 채 내 얼굴을 들여다보았다.

"아직 끝난 거 아닌데?"

"그래. 더 해 봐."

"음…… 전통 따지거나 너무 고리타분한 집, 재벌가는 안 돼. 은근 자유로운 서재유의 영혼이 처가 분위기 때문에 힘들어질 수도 있잖아? 절대 반대해야지. 미모는 당연히 세상 둘도 없을 만큼 청순하거나 미스코리아 빰을 열두 번은 칠 만큼 예뻐야겠지. 재유보다 인물이 달리면 되겠어? 어우, 그건 정말 말도 안 되지. 키는 서재유 키를 더 돋보이게 해 줘야 하니까 170은 넘지 말고, 너무 작으면 볼품없으니까 168 전후? 딱 수빈이 키네. 얼굴은 재유보다 작은 게 좋겠다. 이런! 내가 해당하는 건 얼굴 크기밖에 없네?"

"재밌냐? 그러고 싶어?"

"나 이렇게 분석하는 거 상당히 좋아해."

"언니, 자학하는 취미 생겼어?"

"아직 다 안 했는데? 더 남았어. 센스 있고 착한 여자……."

"그런 여자가 세상에 어디 있어? 아예 유전자 조합을 해서 새로 만들라고 해라. 아이비리그? 스카이? 지들 오빠 최종 학력이 고졸인 건 생각도 안 해요. 웃긴다니까. 서재유가 1년에 학교에 몇 번이나 갈 것 같아? 이름만 올려놓고 학비만 내는 대학은 나도 다닌다! 돈만 많음!"

"구시은, 왜 그래? 오늘은 안티 모드인 거야?"

"심해도 너무 심하니까 그러지. 재유 인터뷰 기사에 달린 댓글 못 봤지? 언니가 서재유한테 결혼을 하재? 연애를 하재? 왜 가만있는 사람을 들들 볶느냐고!"

"어차피 한 달 뒤면 끝이야. 나만 당하는 일도 아니잖아. 좋게 끝내자, 우리."

"아효. 그놈의 휴머니즘은 아무 때나 발휘하고 난리야. 근데 언니야, 시작부터 틀렸다."

"뭐가?"

"서재유 팬들은, 재유가 결혼 안 하는 걸 제일 좋아해. 한 여자만의 남자로 만들 생각이 전혀 없다는 거지. 쟤는 다 좋은데 생긴 게 진짜 문제야."

꽤 많은 배우를 봤지만 재유처럼 얼굴선이 반듯한 남자는 본 적이 없다. 순정만화에서 튀어나온 외모 같다고 해서 주먹만 한 얼굴에 뾰족한 턱을 가진 젖비린내 나는 모습을 상상하면 안 된다.

남자다움을 잃지 않으면서도 미소년의 모습을 동시에 소유한 마스크. 어떤 머리 스타일도 잘 소화하는 두상. 넓지도 좁지도 않은 반듯한 이마. 부담스럽지 않을 정도의 농도로 돋아난 눈썹. 여배우에게서도 보기 어려운 짙은 갈색의 큰 눈동자. 그 눈동자를 보호하듯 자라난 긴 속눈썹. 보기 좋게 자리 잡은 오똑한 코. 선이 뚜렷하면서도 탐욕스럽지 않고 단정해 보이는 입술. 관상학자들이 보면 좋아할 만한 귀 모양. 차가운가 하면 순식간에 다정하게 바뀌는 입매와 표정까지. 쌍꺼풀이 없는 눈으로 태어난 건 조물주의 특별한 한 수처럼 여겨진다.

언젠가 시은이가 찾아서 보여 준 어린 재유의 모습은 내 동생이 자랄 때보다 인물이 못했다. 성찬인 어려서부터 잘생겼다는 소릴 밥 먹듯 듣고 자랐다. 우리 남매는 동네에서 예쁜 꼬마들로 유명했다. 어린 서재유는 똘망똘망하고 귀엽게 생긴 아이 정도였다. 팬들이 들으면 화낼 말일지 모르지만, 지금 내가 사는 동네에서도 그렇게 생긴 꼬마 한두 명 정도는 어렵지 않게 찾을 수 있다.

동생은 사춘기를 거치면서 얼굴 골격이 바뀌더니 지금은 제법 잘생겼다는 소릴 듣는 선이 굵은 남자로 변했다. 재유는 중학교 때부터 인물이 피어난 것 같다. 사과나무를 배경으로 서 있는 10대 중반의 재유는 하얗고 여리고 순수한 미소년이다.

가끔 메이크업을 마친 그 아이 얼굴을 보고 있노라면 비현실적인 느낌이 들곤 한다. 만화 속 인물에 실사를 입힌 느낌. 그래픽으로 처리한 얼굴 같다는 말이 괜히 나오는 게 아니다. 재밌는 건 메이크업을 지우면 의외로 남자답게 변한다는 것이다. 나이도 몇 살 더 들어 보인다. 성격은 보기와는 다르다. 지금은 종잡을 수 없다고 표현해야 할 것 같다.

아직도 가끔, 서재유가 다른 사람처럼 보일 때가 있다. 이건 정말 떨칠 수 없는 생각이다. 마치 두 개의 영혼을 가진 사람과 상대하는 듯한 느낌. 그러나 그는 분명 서재유다. 그걸 누가 부정하겠는가.

새벽 5시 가까운 시간. 자정 전에 집에 들어간 게 언제인지 모르겠다. 박지형 감독이 우겨 힘들게 지켜 오던 일주일에 단 하루 휴일도 없어진 지 오래다. 여배우에게 여름은 힘든 계절이다. 더군다나 생리라도 겹칠 때면.

날 데리러 왔던 동생은 방으로 바로 들어갔다. 씻으러 들어갈 기운이 모자라 소파에 누웠다. 배터리가 간당간당한 휴대폰이 된 느낌이다. 겨우 충전한 몸을 억지로 일으켜 욕실로 갔다. 아무리 피곤해도 메이크업을 한 채 잠들 수는 없다. 죽어도 씻다가 죽어야 한다는 게 내 신조다.

역시 매니저를 구했어야 했다. 20대 때의 체력만 생각하고 너무 겁 없이 덤볐다. 동생도 나 때문에 고생이 많다. 신문, 잡지, 공과금 용지, 물티슈 같은 잡다한 것들이 가구 위마다 어수선하게 널브러져 있다. 바닥만 그럭저럭 깨끗하다. 아마 이것도 동생이 정리한다고 한 걸 거다. 집에서 만족스럽게 깔끔한 곳은 내 방 하나뿐이다.

여자 셋만 모이면 남진 팬과 나훈아 팬으로 나뉘어 싸웠던 시절, 아빠는 통기타를 치고 노래까지 잘 부르던 소년이었다. 그 소년이 자라 세 살 어린 우리 엄마를 만났다.

"인물이 빠지나. 성격이 모났나. 아주 여자들이 줄줄 따랐을 거야."

엄마와의 결혼을 반대하셨던 외할머니의 말씀이다.

힘들게 허락받아 결혼한 부모님은 이듬해 나를 낳으셨다. 엄마가 겨우 스물다섯 살 때였다.

"네 아빠가 갓 태어난 널 안고 기뻐서 울더라. 어쩜 이렇게 예쁜 아기를 낳을 수가 있느냐면서. 엄마가 그날 아직 꺼지지 않은 배를 끌어안고 다짐했지. 평생 네 아빠와 너를 지키겠다고."

감동한 나는 눈물을 글썽이며 오래전 젊은 아빠의 모습을 상상했다. 갓 태어난 나에게 젖을 물렸을 젊은 엄마의 얼굴도. 일곱 살까지 혼자 자란 나는 아빠와 유난스러울 정도로 사이가 좋았다. 나는 아빠가 젊은 것도, 잘생긴 것도, 노래를 잘 부르는 것도 좋았다. 내게 오므라이스 만드는 법을 알려 준 것도, 영어 교습서를 사다가 알파벳을 가르쳐 준 것도 아빠였다.

그렇게 좋고 다정한 아빠에게 결함이 있다면 부모가 없다는 거였다. 보육원에서 자란 건 아니지만 고아나 다름없이 컸다. 중학생이 되기도 전에 아빠의 부모님은 돌아가셨고, 누나와 둘이 어렵게 살다가 엄마를 만났다고 한다. 운명이었을까.

20대 때의 엄마 사진을 보면 지금과 사뭇 다르다. 통통한 볼에 쌍꺼풀 없이 길쭉한 눈매와 상대적으로 크고 도톰한 입술은 밸런스가 맞지 않았다.

"엄마 웃는 모습이 얼마나 예뻤는지 알아? 성현이가 딱 엄마 입매를 닮은 거야."

낙천적이고 유머 감각이 풍부하다는 표현은 우리 엄마와 딱 어울리는 말이다. 타고난 재능이 많았으나 가정환경 때문에 우울한 성정으로 자란 아빠에겐 더 이상 좋을 수 없는 인생의 파트너였다.

저녁이면 우리 남매는 오늘은 엄마가 어떤 요리로 아빠를 즐겁게 해 주실까 기대하곤 했다. 그것이 비록 김치찌개나 감자볶음처럼 평범한 음식이더라도 아빠는 늘 엄마가 만든 음식이 세상 어떤 진미보다 맛있다고 칭찬하셨다. 네 식구가 모인 밥상 앞에서 우리 남매는 마음껏 행복한 시간을 보냈다. 우리 집은 식탁을 중심으로 하루가 시작됐고 하루가 끝났다.

아빠는 개의 충심을 닮은 사람이다. 자신에게 사랑을 주는 사람은 절대 배신하지 않는. 두 분의 인생이 늘 평탄했던 건 아니다. 그래도 나는 아빠 같은 남자를 만나 엄마처럼 살고 싶었다.

엄마의 20대 때 사진을 보여 주면 사람들은 놀란다. 통통했던 얼굴 살이 빠지고 없던 쌍꺼풀이 생기면서 다소 밋밋했던 엄마의 얼굴은 조화롭게 변했다. 약간은 고집 세 보이던 인상도 훨씬 부드러워졌다. 엄마는 30대 중반이 넘어서면서 인상 좋은 미인이라는 소릴 듣기 시작했다. 나는 아빠의 한결같은 애정이 엄마의 얼굴을 바꿨다고 확신한다. 사랑받는 여자는 아름답다. 만고의 진리다.

처음 서재유의 파트너로 결정됐을 땐 내 얼굴이 훨씬 나이 들어 보이면 어떡하나 그게 고민이었다. 누나 동생 사이로 나오는 게 아니니까. 또래보다 대여섯 살 이상 어려 보인다는 건 날 실제로 본 사람들이 입을 모아 하는 말이지만 시청자들은 실물로 우릴 보는 게 아니다. 성현이 서재유보다 여섯 살이나 많다는 건 시청자들도 이미 알고 있다.

다행히 드라마가 진행될수록 우리 두 사람의 나이 차는 점점 희석되는 것 같다. 시청자들은 여태까지 화면에 비치던 내 모습 중 〈온리 원〉의 선우진이 가장 아름다워 보인다고 칭찬하곤 한다. 어떤 너그러운 팬은 내게 서재유와 얼굴 싸움으로 이긴 첫 여배우라는 타이틀을 붙여 주기도 했다. 그렇다면, 선우진도 김재현의 사랑을 받아서 점점 아름다워지는 건가.

외모가 아름답다고 해서 좋은 배우가 되는 건 아니다. 이젠 애증의 이름이 된 나의 첫 매니저 양승호 실장은 이런 말을 자주 했다.

"좋은 책 많이 읽고, 꼬박꼬박 신문 보고, 뭐든 늘 배워. 언젠간 네 얼굴에 다 묻어날 테니까. 돈으로도, 성형으로도, 가식으로도 안 되는 게 그거야."

어떻게 보면 내게 인생의 단맛 쓴맛을 일찍 맛보게 해 준 사람이지만, 그 점은 지금도 고마워하고 있다.

여배우가 분장 없이 카메라 앞에 선다는 건 말처럼 쉬운 결정이 아니다. 그렇다고 해서 민얼굴로 방송에 나오는 것에 어디 단점만 있을까. 단지 그것만으로도 프로라는 칭찬을 들을 수 있다.

공들여 메이크업하고 헤어를 손보는 데 걸리는 시간은 두 시간 정도. 대충 하는 척만 해도 한 시간. 그 시간만큼 쉬거나 대본을 외울 수 있다.

얼마 전까지만 해도 서서도 잘 수 있을 것 같았는데 이젠 자라고 시간을 줘도 잠이 오지 않는다. 생체리듬이 깨진 내 몸과 뇌는 밤과 낮을 헷갈리고 있다. 봄보다 살이 5킬로 가까이 빠졌다. 육체의 피곤함은 그렇다 쳐도 정신적으로 너무 지쳐서,

어서 이 드라마가 끝나기만을 바라고 있다.

정말 고맙게도 작가가 쪽대본을 내보내는 사람이 아니어서 대기 시간은 다른 드라마보다 짧은 편이다. 두 명의 감독 역시 배우들을 불러 놓고 한없이 기다리게 하는 아마추어가 아니다. 그 두 가지 요건이 충족되지 못했다면 지금쯤 전날 찍어서 다음 날 방송을 내보내는 일이 반복되고 있을 것이다. 생각만 해도 끔찍하다.

의상을 갈아입고 대기실에서 나오자마자 재유와 마주쳤다. 그가 내게 음료수를 건넸다. 서재유. 내 피곤함을 보태 주는 존재. 예전에는 커피를 자주 주더니 요샌 주스를 준다. 아직 다섯 신이나 남았다. 나란히 서서 조명이 설치되고 레일이 깔리는 걸 보며 주스를 마셨다. 재유가 내게 물었다.

"지금 가장 하고 싶은 게 뭐야?"

생각날 때마다 휴대폰에 버킷 리스트Bucket List를 메모해 놓고 있다. 마흔 개를 넘긴 게 며칠 전이다. 순위 안엔 없지만 지금 내게 가장 필요한 건 편안한 잠과 반신욕. 사 놓고 쌓아 두기만 한 책들도 읽고 싶다. 부모님과 건강이 안 좋으신 외할머니도 뵙고 싶고, 제주도 집에 맡겨 놓은 '시월이'도 미치게 그립다.

"24시간 동안 내리 자는 거."

"그런 거 말고. 가장 하고 싶은 건 가장 가능성 낮은 걸 말해야 하는 거야."

"……터키 가고 싶어."

"칠면조* 먹고 싶다고?"

"또 장난한다."

"터키는 왜?"

궁금해하는 재유를 바라보며 짐짓 은근한 목소리로 농담을 건넸다.

"터키탕 가 보려고."

"거기 가서 백날 찾아봐야 누나가 생각하는 그런 터키탕 없거든."

"그렇군요. 이스탄불 갈 거야. 예전부터 꼭 가 보고 싶었거든. 카파도키아에 가서 벌룬 투어도 하고 싶고, 터키 음식도 골고루 맛보고 싶어. 넌 그래도 생생해 보인다. 은근 체력이 좋은가 봐?"

"터키 여행 말고 다른 건 없어? 예를 들면…… 아니다."

하루를 쪼개 쓰는 방법엔 여러 가지가 있다. 요새 난 촬영장의 시간만이라도 48, 혹은 72시간으로 늘리고 싶다는 생각을 자주 한다. 〈온리 원〉과 관련된 사람이라면 누구라도 그럴 테지. 드라마 속 김재현의 눈빛이 식었든 말든 두 사람의 사랑에 눈이 먼 시청자들 덕분에 시청률은 더 올랐다. 이제 25퍼센트 전후를 오간다. 경사가 난 거다. 한동안 삐걱거렸던 재유와의 연기 합도 다시 좋아지고 있다.

시은인 연예인 성현이 드디어 제2의 전성기로 접어들었다며

---

* 칠면조의 영어는 Turkey 발음과 비슷함.

일할 맛 난다고 신나 한다. 요샌 먼저 협찬해 주겠다고 하는 업체도 꽤 생겼다. 나는, 김재현의 한결같은 사랑을 믿고 근근이 버티고 있다. 이런 남자 어디 없느냐고 포털 사이트 메인에 배너 광고라도 띄우고 싶은 심정이다.

"김재현은 선우진을 참으로 좋아하네. 사람이 사람을 이렇게 좋아할 수도 있나."

"그럴 수도 있지 않나? 불가능한 일은 아니라고 보는데?"

김재현의 모습으로 서 있는 서재유의 입에서 나온 말. 분장이 마음까지도 바꿀 수 있는 걸까.

"넌 지금 제일 하고 싶은 게 뭔데?"

"음…… 번지점프."

내 얼굴에 떠오른 표정을 보며 재유가 되물었다.

"번지점프 몰라?"

"알아. ……번지점프 좋아해?"

"드라마 끝나자마자 1순위로 하러 갈 거야."

"원래…… 좋아했어?"

잠시 망설이던 재유가 대답했다.

"그건 아니고."

이런 순간을 어떻게 해석해야 하는 걸까. 마치 나와 번지점프에 관한 이야기를 한 번도 안 한 듯이 말하는, 나와 나눴던 대화만을 쏙쏙 골라 기억에서 삭제한 듯 대답하는 서재유를.

"……."

"얼굴 뾰루지 완전히 사라졌네?"

"너는 남자 피부가 왜 그렇게 좋아? 진짜 나한테 너무하는 거 아니야?"

"가서 숯검정이라도 묻히고 와? 이렇게 태어난 걸 어떡해. 다시 태어날까? 26년만 기다려 줄래?"

"26년 지나면 내가 몇 살인데."

"……누난 늙지 마라. 뱀파이어처럼."

호기심이 사라진 그의 눈동자엔 어느새 예전의 다정함이 돌아와 앉아 있다. 서먹서먹하게 나를 대했던 시간이 언제였느냐는 듯. 혼란스럽다.

"가. 너의 누나들한테로."

"싫은데."

"수정이가 째려보잖아."

"무시해."

"서재유."

재유가 더없이 다정한 목소리로 대답한다.

"응?"

나는, 이 아일 보내야 할 것 같다.

"가서 숯검정 묻히고 와. 나보다 훨씬 어려 보이면……."

"죽일 거야?"

"내가 죽어야지."

"누나 얼굴, 하나도 안 들어 보여. 맨얼굴은 더…… 좋아."

처음 데뷔했을 때만 해도 이렇게 다양한 경로로 세상에 나를 알릴 수 있는, 혹은 알리고 싶지 않은 것까지 알려지게 되는 매체가 많지 않았다. 이제 강산은 10년 주기로 바뀌지 않는다. 변화의 주기는 하루가 다르게 짧아진다. 텔레비전 화면은 점점 커지고, 화소 수는 갈수록 높아진다. 스마트한 전자제품들은 내 눈가의 주름과 자잘한 잡티와 군살을 야무지게 잡아낸다.

그게 끝이면 얼마나 좋을까. 어리고 예쁜데다 춤과 연기는 물론 말투, 유머 감각까지 체계적으로 교육받은 탤런트들이 끊임없이 데뷔하고 있다. 그러니 이런 세상에 나같이 가리는 것 많고 어중간한 나이의 여배우가 비집고 들어설 자리가 얼마나 되겠는가.

곧 밤 촬영을 시작한다. 막 저녁 식사를 마치고 양치질을 끝낸 참이다. 재유가 다가와 뭔가를 쓱 내밀었다. 아이들 식생활에 신경 쓰는 부모라면 절대 사 주지 않을 만한, 내 첫 CF에서 광고했던 것과 비슷한 종류의 소프트 캔디다.

"나 이런 거 안 먹어."

"한 개만 먹어 봐. 누나 주려고 일부러 사 왔는데."

"금방 양치했어."

"그럼 이따가 먹어. 졸릴 때. 나랑 반 나눠 먹을래?"

"이거 되게 신 거 아니야?"

"원래 신 게 몸에 좋은 거야. 요새 나오는 건 그렇게 안 시대."

봉지를 뜯은 재유가 반을 덜어 낸 다음 나머지를 내 손에 쥐여 주고 갔다. 세 시간 뒤 나는 그걸 무심코 먹다가 턱이 빠지는 줄 알았다. 그중 제일 신 게 나한테 들어 있었고, 하필 그걸 제일 먼저 먹었다. 우이 씨. 얘 어디 있어! 두리번거리던 나는 재미있어 죽겠는 표정의 서재유를 발견했다. 그의 입술 모양이 놀리듯 내게 말했다.

'맛있지? 또 사 줄까?'

바보같이 또 속았다. 며칠 전에도 재유는 테이크아웃용 커피 컵에 콜라를 넣어 장난을 쳤다. 냉커피인 줄 알고 마셨는데 한 모금 마셔 보니 내가 제일 싫어하는 탄산음료였다. 요샌 나를 놀려 먹는 재미로 사는 것 같다. 관심의 표현이라고 하기엔 즐거워하는 정도가 너무 크다. 번번이 속는 내가 바보지. 이젠 그 애가 주는 건 절대 먹지 않기로 했다.

재유가 내게 또 초콜릿을 내밀었다.

"안 먹어."

"이건 진짜 다크 초콜릿이야. 초콜릿 함량 72퍼센트."

"그래도 안 먹어. 니가 주는 건 절대 안 받을 거야."

"아, 내 신용이 바닥이군!"

"이런 걸 자업자득이라고 하지."

"자업자득?"

"그래. 다 니가 만든 일이라고."

"그러네."

"서재유."

"응?"

"좀 이상해."

"……뭐가?"

"12, 13회 내용. 꼭 폭풍 전야 같잖아."

"그게 정확히 무슨 뜻이야?"

"너무 다정하잖아. 갈등도 없고. 뭐랄까…… 순순히 진행되는 게 시트콤이나 일일드라마 같지 않아?"

"그게 나쁜 거야? 안 울고 안 싸우고 잘 지내면 좋지."

"이거 오 작가님 스타일 아니야. 이렇게 한 번도 안 울리는 거. 얘네 둘 지금 너무 행복하기만 하잖아. 이상해."

"여자들이란! 행복하기만 해도 불만이군."

내가 너무 예민한지도 모른다. 그러나 나머지 3회에서 도대체 뭘 보여 주려고 그러지? 결혼하고 2남 2녀 낳는 모습이라도 보여 줄 건가. 그걸로 채우기엔 너무 평범한데. 인상적인 엔딩은 오정혜 작가의 장점 중 하나다. 그녀는 굶어 죽으면 죽었지 작품 안에 출생의 비밀이나 불치병, 기억 상실 같은 걸 끼워 넣을 사람이 아니다. 오 작가는 그런 식의 스토리를 혐오한다. 재유에게도 궁금한 게 하나 있었다.

"14회부터 새 OST 나온다던데, 니가 부른다며? 언제 녹음해?"

"이번 주 안에."

"연습했어?"

"이제 해야지."

"제목이 뭐야?"

"〈그렇게 웃지 마〉."

"어?"

"그게 제목이야."

"〈그렇게 웃지 마〉. 나쁘진 않은 것 같다. 가사가 어떻게 돼?"

"……그렇게 웃지 마. 널 떠나기 힘들잖아. 잊게 해 줘야 착한 사람이지. 오늘까지만 바라볼게. 다른 남자에겐 그렇게 웃지 마. 대충 그런 내용."

"가사가 왜 그래? 슬픈 노래 같은데?"

재유가 먼 곳을 응시하며 천천히 입을 열었다.

"슬픈 게 나쁜 거야? 슬픔이 지나야…… 인생이 더 아름답게 느껴지는 거 아닌가."

등 뒤에서 진행 스태프의 커다란 목소리가 들려왔다.

"바로 촬영 들어갑니다!"

재유가 시선을 내게로 돌리며 딱딱하게 말했다.

"일어나시죠, 선우진 씨."

재유에게 줄 생일 선물로 책을 주문했다. 알고도 그냥 지나갈 수는 없었다. 책장에서 재미있게 읽었던 추리 소설 한 권을 꺼내 같이 포장하기로 했다. 지인들에게 책 선물하는 걸 좋아하는 나는 책갈피를 한꺼번에 만들어 코팅해 놓고 선물할 사람에게 어울리는 문구를 골라 준다. 지쳐 가던 내게 힘을 주었던 문장들.

나는 스물여섯의 서재유가 행복하길 바란다. 재유가 내게 그토록 이상하게 굴 수밖에 없는 이유. 내가 모르는, 내가 알 필요 없는 이유가 있으리라고 생각한다. 이젠 나도 서재유의 팬들을 이해할 수 있을 것 같다. 그 아인 아무리 노력해도 미워

할 수가 없다.

6월 20일. 세상에 남자라곤 서재유밖에 없는 것처럼 촬영장이 들썩거렸다. 결국 "서재유 탄신일이야 뭐야? 적당히 좀 하지!" 하며 짜증 내는 박 감독을 안 피디가 구슬려야 했다.

"박 피디, 우리가 그동안 공짜로 먹은 게 얼마야. 이게 다 공짜 밥 먹은 죄야. 팬들 덕분에 시청률도 높고, 블로그며 트위터며 알아서 홍보해 주고, 기사 댓글도 좋게 달아 주잖아. 이 정도면 우리가 팬들한테 술이라도 대접해야 한다고."

"다시는 내가 아이돌 출신하고 일하나 봐라! 캐스팅부터 다자기들 입맛대로 하려고 기를 쓰더니. 카메라 내주면 촬영도 하겠네!"

박지형 감독도 알 것이다. 잘나가는 피디 한 명보다 젊고 인기 많은 스타의 파워가 더 셀 수도 있다는 걸. 두 사람 입장을 모르는 건 아니지만 재유가 박 감독의 말을 들었을까 봐 신경 쓰였다. 나와 눈이 마주친 재유의 표정이 말했다. 괜찮다고. 이해한다고.

분위기 때문인지 재유는 종일 예의 바르게 행동했다. 팬들에게도 입이 무거웠다. 하루 내내 촬영장을 따라다니며 축하해 주던 팬들이 다 떠나자 나까지 긴장이 풀렸다. 느지막이 그에게 종이 가방을 슬쩍 내밀었다.

"생일인 거 알고 있는데 그냥 넘어가기가 그래서. 별거 아니야."

재유가 종이 가방을 들여다봤다. 꺼내 보려는 걸 말렸다.

"책이야. 집에 가서 열어 봐. 또 이동하네. 좀 이따가 집에서 봐."

여기서 집이란 선우진의 집을 말한다. 차를 타고 가면서 머릿속으로 대본을 복습했다. 오정혜 작가의 상상력은 범위가 넓다. 로맨스에도 한껏 물이 올랐다. 태어나서 처음으로 나도 '이런 짓'을 한 번쯤 해 보고 싶다고 생각할 만큼. 어떤가. 누가 보는 것도 아닌데.

아늑하고 편안하게 꾸며진 거실에서 재현이 캠코더를 들고 진의 모습을 촬영한다. 4인용 소파 양쪽 끝을 차지한 두 남녀가 묻고 대답하는 형식이다.

김재현: (장난스럽게) 선우진은 누구 소속이지?

선우진: (역시 장난스럽게) 물론 선우진 소속.

김재현: (진지하게) 다시 물을게. 당신은 누구 소속이지?

선우진: (칭얼거리듯) 이런 것 좀 시키지 마.

김재현: (못 들은 척하며) 누구 소…….

선우진: (포기한 듯) 옜다! 김재현 소속.

김재현: (씩 웃으며) 이제부터 하고 싶은 말 해 봐. 배고프다는 말 빼고. (다시 웃는)

선우진: 꼭 한 번 묻고 싶었어. ……김재현 씨는 언제까지 선우진을 사랑할 계획인가요?

김재현: (단호하게) 그런 계획 한 적 없는데요?

선우진: (일부러 더 담담하게) 그럼 언제쯤 이 사랑을 멈출 생각인가요?

김재현: (표정은 부드럽지만 단호하게) 멈출 계획 전혀 없습니다. 평생.

선우진: (장난스러운 어조로) 거짓말하면 천벌 받아요.

김재현: 거짓말은 피곤해서 안 해요. ……선우진, 이리 와. 내 옆으로.

선우진: (웃을 듯 말 듯) 이 정도 거리가 딱 좋아. 지금은.

김재현: (캠코더로 줌 인 해서 미소 짓는 진을 확 끌어당기며 역시 미소 짓는)

"컷!"

이상하게 재유의 표정이 슬퍼 보였다. 촬영 중에도. NG 컷일 줄 알았는데 OK 컷이다. 박 감독도 이상하다.

"감독님, 다시 안 가요? 분위기가 좀 다운된 것 같은데."

"나쁘지 않아요. 서재유, 잘 찍었지?"

"네."

"안 피디, 캠코더 확인해 보고. 다들 다음 장면 준비해!"

박 감독이 등을 돌리자마자 재유가 내게 말했다. 화난 사람처럼.

"일어나. 잘 거 아니면."

재유는 인터뷰만 하면 내 이야기를 한다. 이해한다. 기자들은 늘 상대 파트너에 대한 마음을 체크해서 자극적으로 기사화하고 싶어 하니까. 그 전의 상대 배우들도 그랬다. 드라마나 영화를 찍는 시간만큼은 배우의 뇌는 평소보다 더 많은 아드레날린이 솟구치면서 파트너를 사랑한다고 착각하기도 한다. 각별한 애인이 있거나 개차반 같은 인간이 아닌 다음에야 사랑에 빠지기에 이보다 더 좋은 조건이 어디 있을까.

그러나 대중은 배우에게 아량을 베풀기 위해 존재하는 이들이 아니다. 좋아하는 연예인에겐 한없이 너그럽지만, 거슬리는 연예인에겐 누구보다 냉정해지는 것이 그들이다. 나는 그 두 가지를 모두 경험했다. 대중의 기호가 얼마나 변덕스러운지, 대중의 입과 손가락이 얼마나 무서운지 너무나도 적나라한 방법으로 배웠다.

서재유의 팬들은 선우진의 캐릭터까지는 이해해도 현실의 서재유가 성현에게 개인적인 관심을 주는 건 이해해 주지 않는다. 드라마 안의 선우진은 동화 속 신데렐라 같은 존재지만, 현실의 백성현은 재투성이 소녀에 가깝다. 재현의 등에 기대서, 재현의 품에 안겨서, 재현이 만들어 준 음식을 맛보며, 재현의 다정한 목소리와 눈빛을 마주하며 생각한다. 이렇게 지고지순한 남자가 내 인생에도 한 번쯤 나타날까.

그리고 또 생각한다. 이 신데렐라 놀음엔 끝이 있다고.

배우로서만 살기를 바랐지만 전 소속사에서는 나를 가수로도 키우고 싶어 했다. 노래 못한다는 소린 한 번도 들은 적이 없다. 하지만 내가 생각하는 가수의 기준엔 한참 모자랐다. 오랜 실랑이 끝에 소속사의 의견을 받아들였고, 그럴 만한 사정도 생겼다. 비밀스럽게 앨범 작업을 진행하고 있을 때 생각지도 못한 스캔들이 터졌다.

주춤했던 앨범 준비는 이듬해 유부남 배우와의 루머가 돌면서 완전히 접을 수밖에 없었다. 앨범의 컨셉과 성현의 이미지는 완전히 물 건너간 사이가 됐고, 어떤 접착제로도 이어 붙일 수 없을 정도로 벌어졌다. 내가 음반을 내려고 했다는 걸 아는 사람은 극히 드물다.

직업이 가수인 사람과 함께 노래를 불러야 하는 장면은 사실 부담스럽다. 다행히도 내가 좋아하는 노래를 부르게 됐다. 90년대 초반쯤 나온 노래인 줄 알았는데 85년에 출시된 음반의 수록곡이었다. 내게 노래를 불러 줄 재유보다 먼저 태어난 노래. 나와 함께 부르는 장면에 이어 배경 음악처럼 나올 부분은 편곡해서 따로 녹음할 예정이다.

어차피 같이 불러 봐야 하니까 연습도 할 겸 노래방에 가자고 한 건 나였다. 시간이 빠듯해 3, 40분의 여유밖에 없었다. 편히 연습하라며 재유의 매니저들은 자리까지 비켜 줬다. 재유는 나와 뚝 떨어져 반대쪽 자리에 앉았다. 너도 그만큼의 거리가 좋다고 생각하는 거니.

"버전대로 다 부를 시간도 부족하겠네. 편곡도 새로 한다며?"

"어. 뭐 이런 구닥다리 노래를 부르라고 해? 〈그대와 영원히〉가 뭐야. 그대가."

그의 표정이 심술 난 장난꾸러기처럼 변했다. 왠지 웃음이 나와 한마디 했다.

"그대가 그대한테 뭐라 그랬어?"

재유가 어이없어하는 표정으로 날 쳐다보았다. 이게 아닌가 보다.

"미안. 먼저 부를래? 노래는 들어 봤다고 했지?"

재유가 번호를 입력시키고 반주에 맞춰 노래를 부르기 시작했다. 어려운 노래는 아니지만 절대 쉬운 노래도 아니다. 내가 놀란 건 재유가 생각보다 노래를 잘해서였다. 깜짝 놀랄 정도로 잘 불렀다.

두 번째 90년대 버전. 재유는 노래 부르는 내내 모니터만 뚫어지게 바라보았다. 이제 내가 부를 차례다. 재유가 내 음정에 맞게 키를 조절해 주었다. 가수 출신이라 그런지 듣는 귀까지 있었다.

이제 2000년대 버전. 그의 목소리가 자연스럽게 내 노래를 거들었다. 혼자서 부르는 것보다 편하다. 두 개의 다른 목소리가 자연스럽게 손을 맞잡는다. '감은 두 눈 나만을 바라보며 마음과 마음을 열고'라는 부분을 부를 때 자석에 끌리는 쇳조각처럼 그와 나의 눈길이 마주쳤다.

눈길에도 델 수 있을까. 마치 못 볼 걸 본 것처럼 네 개의 눈동자는 서둘러 다른 곳을 찾아 나선다. 죄를…… 짓는 걸까.

이 세상이 변한다 해도 나의 사랑 그대와 영원히

살다 보면, 현실이 더 드라마 같을 때가 있다. 지금 이 순간처럼. 철없는 내 심장이 두근거리기 시작한다. 바보 같은 내 머리가 나에게만 들려주는 세레나데 같다고 착각한다.

지금, 서재유가 응시하는 곳은 어디일까.

아름다운 건 때론 슬픈 것. 인생이 늘 아름답지 않은 이유. 사는 게 늘 기쁘지만은 않은 이유. 우리가 나란히 서서 같은 곳을 바라보지 못하는 이유. 그래서도 안 되는 이유. 서로의 감정을 감추고 아무 일 없었던 것처럼 돌아서야 하는 이유. 지금 내가 너에게 이렇게밖에 말하지 못하는 그 이유.

"30분 다 됐다. 일어나자."

재유가 할 말이 많은 눈으로 나를 바라보았다. 반칙이야, 그런 눈빛은. 나는 그 눈길을 무시하고 노래방 문을 열었다. 좁은 복도를 걸어 나오며 생각했다. 서재유, 네 말에 책임질 수 있니? 슬픔이 지나가면 더 아름다운 인생이 기다려 줄 거라는 그 말.

서른두 살의 나는, 파트너를 전적으로 믿지 않는다. 시청자들도 믿지 않는다. 고맙긴 하지만 팬들도 곧이곧대로 믿지 않는다. 서재유의 인터뷰 기사에 달린 수많은 댓글을 읽으면서 다시 생각했다. 스물여섯 살의 한류 스타인 저 남자는 잠깐의 파트너로도 벅찬 존재라고.

김재현의 눈빛으로 다시 변한 재유의 눈을 보면 첫사랑에 빠진 소녀처럼 떨리기도 하지만, 〈온리 원〉 커플처럼 절절한 사랑을 한 번 정도는 하고 싶지만, 저 뒤에 나를 따라오는 남자와는 절대 아니라고. 그래서도 안 된다고.

슬픈 일이지만 내가 마음 놓고 믿을 수 있는 사람은 나밖에 없다. 표정을 감추고, 감정을 속이고, 생각을 바꿔 인생을 무대로 만드는 게 내 직업이다. 그러므로 지금 나는 여자여선 안 된다.

절대, 여자여선 안 된다.

재유

나는 배우다. 왜냐고? 카메라가 없는 곳에서도 연기를 하니까.

'인간의 마지막 개척지는 우주가 아니라 인간의 마음'이란 말을 처음 한 사람은 아인슈타인이다. 그가 세기의 천재라는 의견에 다시 한 번 동의한다. 우주는 넓기라도 하지. 우주엔 일정한 규칙이라도 있지. 성능 좋은 관측기구만 있으면 관찰이라도 할 수 있지. 인간의 마음은 현미경처럼 들여다볼 도구가 없다. 2 더하기 2는 4라는 쉬운 규칙도 통하지 않는다. E=mc2 같은 원리나 공식도 없다. 1 더하기 1이 10이 되고 100이 될 수도 있는 게 사람의 마음이다.

어차피 임시 아르바이트 자리라고 생각했다. 그럴듯하게 연기나 잘해 보자고 생각했다. 나와 형은 여자 보는 눈이 다르다고 생각했다. 여자에게 인색한 서준유의 마음을 홀린 이상한 여자라고, 그저 웃음이 예쁜 누나일 뿐이라고 생각했다. 그랬다.

10일 전

이 여자, 바보 같다. 번번이 속는다. 테이크아웃용 종이컵에 콜라를 넣는 건 아주 쉬운 일이다. 종이컵 겉엔 Coffee라는 쉬운 영어가 쓰여 있다. 참 착한 무생물이다. 나는 그저 덥지? 얼음 많이 넣어 달라고 했어. 잠이 좀 깰 거야, 하며 컵을 건넸을 뿐이다.

대본을 보며 무심코 빨대를 쪽 빨아들이던 누나의 표정이 순식간에 바뀌더니 1초도 안 지나 나를 째려봤다. 참고로 나는 이 순간만을 기다렸다.

"이거 커피 아니잖아!"

"커피라고 한 적 없는데?"

"너나 마셔!"

누나가 빨대를 뽑아내더니 내게 컵을 던지듯 건넸다. 뚜껑을 열어 콜라를 마시며 누나에게 한마디 더 했다.

"진짜 시원한데? 잠이 싹 달아난다?"

놀려 먹는 재미가 있는 여자다. 나름 똑똑한 줄 알았는데 은근 허당이다.

누나가 날 바라보며 쏘아붙였다.

"서재유는 완전 사기 캐릭터라니까! 다들 속고 있는 거야. 니 팬들은."

어쩜, 아닐지도 모르겠다.

#9일 전

전지전능한 〈온리 원〉의 오 작가는 두 연인에게 어리석은 오해와 자잘한 시련과 크고 작은 아픔을 주셨으나, 그것을 충분히 보상하고도 남을 에피소드 역시 끝없이 만들어 내신다. 선우진과 김재현의 현재 상황은 무제한 행복, 24시간 맑음이다.

드라마엔 늘 갈등이 존재하지만, 마지막 회가 끝나기 전 어떤 식으로든 문제는 해결된다. 그게 현실과 가장 큰 차이점이다. 성현 누나 말대로 부러운 인생이다.

이곳은 수원 지나 오산에 자리한 물향기 수목원. 나는 처음 와 봤고 성현 누나는 예전에 한 번 와 본 적이 있다고 한다. 평일 오전인데도 사람들이 적지 않았다. 밖은 꽤 덥지만 큰 나무가 많은데다 바람까지 솔솔 불어 생각보다 시원했다.

"서재유, 소풍이 한자어인 거 알아?"

"아, 그래?"

"그렇더라고. 노닐 소逍에 바람 풍風. 피크닉이란 말보다 훨씬 어울리지?"

처음 소풍 가는 어린애처럼 들떠 나왔다. '피크닉'이란 단어로는 이 기분을 온전히 담지 못할 것 같다.

그림이 될 만한 장소를 골라 거닐며 산책하는 장면부터 찍었다. 다시 장면 전환. 진은 재현과 함께 먹으려고 '화보에서 오려 낸 것 같은' 도시락을 준비해 왔다. 〈온리 원〉의 선우진은 못 하는 게 없는 여자다. 심지어 겸손하기까지 하다.

김재현: (감탄하며) 와, 이걸 언제 다 만들었어? 힘들었겠다. 그릇까지 싹싹 먹어 줄게.
선우진: (기분 좋게 미소 지으며) 2박 3일쯤 걸렸어. 아마, 과일이 제일 맛있을걸?

카메라가 알록달록 먹음직스러운 도시락을 찍고 배경을 한 번 훑었다. 무섭다고 소문났다지만 나와는 크게 상관없는 이규석 감독이 다음 장면을 설명했다.

"지금부터 익스트림 롱샷으로 찍을 거니까 도시락 먹으면서 편히 놀아. 되도록 다정한 말을 나누도록! 분위기로 다 티 나니까. 재현이 니가 체리나 포도 같은 거 진이 입에 넣어 주고. 가능한 한 컬러풀한 음식으로. 15분쯤 찍다가 뽀뽀 신 간다."

〈온리 원〉 홈페이지에 올린다는 사진부터 찍었다. 원하는 대로 포즈도 취해 주었다. 이렇게 의도된 사진은 정말 싫지만 이젠 그럭저럭 익숙해져 간다.

성현 누나가 돗자리 위에 커다란 챙 모자를 쓰고 앉아 있다. 민소매 니트 셔츠에 풍성하게 주름 잡힌 플레어스커트라. 나 보기 좋으라고 입은 옷은 아니겠지만, 내가 좋아하는 옷차림이다. 돗자리 한쪽엔 도시락과 주스 병, 천으로 만들어진 냅킨, 피크닉용 라탄 바구니, 몹시 서정적인 제목의 책 두 권까지 세

팅돼 있다.

마음에 쏙 드는 옷차림의 여친. 맛있는 음식. 평화로운 피크닉. 언젠가 나도 한 번쯤 꿈꾸었던 풍경이다. 도시락 먹는 장면부터 다시 찍기 시작했다. 누나가 펼쳐 놓은 도시락을 가리키며 물었다. 오늘의 선우진은 제법 애교스러운 척을 한다.

"재현 씨, 뭐 좋아해? 뭐부터 줄까?"

"나 이거 먹을래. 이게 뭐야? 이름이?"

"불고기 쌈밥? ……뭐 해? 먹어."

애교 끝. 그럼 그렇지. 당신이 안 하면 내가 하지 뭐.

"자기가 내 입에 넣어 줘야지. 연애 한 번도 안 해 봤어?"

자기, 라는 단어를 발설한 순간, 그녀가 뜻밖의 농담을 들은 것처럼 입을 가리고 웃었다. 기분이 나빠지려고 한다.

"당연히 해 봤지. 날 너무 한심하게 보는 거 아니니?"

"몇 번 해 봤는데?"

"많이."

대답도 담백하다. 이런 게 20분 전 이규석 감독이 강조했던 다정한 대화란 말인가? 그 '많이'에 속했을 법한 불특정 다수의 남자들이 마구잡이로 떠올랐다. 아, 재수 없어! 나는 점점 쉬운 남자가 되어 간다. 얼굴도 모르는 남자들의 이력이 궁금해 죽겠다.

"다섯 번?"

"그게 기준이야? 그 정도 연애하면 많이 한 거예요? 앞으로 많이 하려고. 자, 드세요."

누나가 내 입에 쌈밥을 넣어 줬다. 그것을 씹으면서 나는 왜 그렇게 멍청한 질문을 했을까 후회했다. 연애 경력이 다섯 번이든 열 번이든 내가 상관할 일도 아닌데.

도시락은 짐작만큼 맛있지 않았다. 누나가 내 입에 다시 무언가를 넣어 주었다. 나는 다시 성현 누나의 얼굴을 바라보며 그녀가 직접 싼 도시락을 먹어 보고 싶다고⋯⋯. 진짜, 바보가 된 느낌이다.

아, 우리 지금 연기하는 중이었지! 청포도를 두 알 따서 진의 입에 넣어 주었다. 다정하게 찍히도록. 짙은 빨간색 체리도 넣어 주었다. 화면이 더 컬러풀해 보이도록. 그녀가 내 입가에 묻은 부스러기를 털어 낸 뒤 주스 병을 입가에 대 주었다. 다시 그녀가 흐트러진 내 머리카락을 귀 뒤로 넘기며 정리했다. 따뜻하게 웃으며. 이것도 연기의 일부분인가.

"선우진, 넌 왜 안 먹어? 뭘 제일 좋아해?"

갑작스러운 내 반말에 성현 누나는 당황하지 않았다. 심지어 피식 웃기까지 한다.

"나야 다 좋아하지. 샌드위치 먹으면 보기 흉할라나? 입 쫙 벌려야 하니까?"

"하던 대로 해. 언젠 안 그랬어?"

"카메라 앞이잖아. 저 사람들을 보고도 그런 말이 나오니?"

누나의 목소리가 작아졌다.

"둘러보지 마. 지금 밥 먹으면 체할 것 같아."

형은 그동안 어떻게 살았을까. 익명의 대중들이 큰 원을 그리고 쭉 둘러서서 동물원에 새로 들어온 한 쌍의 신기한 동물 바라보듯 우리의 애정 행각을 주목하고 있다. 내 이름과 누나의 이름, 김재현과 선우진의 이름을 부르는 소리가 여기저기서 무작위로 들렸다. 스태프들이 분주히 돌아다니며 조용히 해 달라고 부탁하지만, 세상 사람들 모두가 배려심이 많을 수는 없다. 다행히 이 장면은 동시 녹음이 아니다.

"그냥 무시해. 유부초밥 먹을래? 자, 입 벌려. 대본에 나오잖아. 서로 다정히 먹여 주는 두 사람. 우리 너무 안 다정한 대화만 나누는 거 아니야?"

내 말을 들은 누나가 소리 내어 웃으며 나를 바라보았다. 왜 처음부터 못 알아봤을까. 이렇게 예쁜 여자라는 걸.

"사랑하는 재현 씨, 그대가 먹여 주실래요?"

이 순간 나는, 이렇게 마음껏 행복해도 되는 걸까.

"많이 먹고 쑥쑥 커."

내가 건넨 유부초밥을 맛본 누나가 솔직하게 표현했다.

"별로다. 쌈밥도 그래?"

"눈으로 먹을 때가 더 나았어. 오, 되게 맛있는 것처럼 먹는데? 행복해?"

누나가 정말 행복한 사람처럼 배시시 웃었다.

"어. 난 배우니까. 초밥이면 더 좋았을 텐데. 나 초밥 되게 좋아해."

"……알아."

만약 내 여자 친구가 이런 말을 한다면 만날 때마다 사 줄 수 있는데. 초밥은 질리니 다른 거로 사 달라고 찡얼거릴 때까지 최고급 자연산 초밥으로 고루고루 갖다 바칠 수도 있는데. 내가 좋아하는 여자가 그런 말을 한다면.

장소 이동 없이 다음 신 촬영이 이어졌다. 꾸물거릴 시간이 없었다. 내가 누나의 다리를 베고 누워 있고 누나가 내 얼굴을 천천히 어루만지다가 그대로 고개를 숙이고 입맞춤하는 장면이다. 카메라 감독님이 슛 들어가기 직전 농담 반 진담 반 섞어 말씀하셨다.

"선우진아, 이번엔 롱샷으로 간다. 어차피 모자로 가려지니까 실제로 입술에 댈 필요는 없어요. 그러나, 한대도 뭐라 하진 않겠어. 재현이 넌 진이 처분에 온몸을 맡기고."

누나는 빙긋이 웃음만 지었다. 그래서 좋다는 건지 싫다는 건지 그 미소를 해석할 수가 없다. 선우진의 손이 내 얼굴을 부드럽게 어루만지는 장면부터 다시 찍었다. 머리카락, 이마, 눈썹……. 눈이 저절로 감겼다. 요란하지 않은 향수 냄새가 들꽃 향기처럼 풍겨 왔고 나는, 눈을 뜰 수가 없었다.

그녀가 내 이마에 입술을 살짝 댔다. 내 가슴이 이렇게 두근거리는 건, 내가 젊고 지극히 건강한 남자라는 뜻이다. 어떤 남자라도, 어떤 여자가 그랬어도 그럴 수밖에 없었을 것이다. 누나는 내 입술엔 입 맞추는 흉내만 냈다. 그래서 난 서운했던가.

두근거림은 쉽게 멈추지 않았다. 컷 소리가 들렸다. 아무렇지도 않은 표정으로 일어나 자리를 정리하던 그녀가 날 내려다보며 딱딱하게 말했다.

"일어나. 잘 거 아니면."

#8일 전

어젠 종일 푹푹 찌더니 새벽부터 비다. 눈을 뜬 나는 빗소리를 들으며 천장을 보고 누워 있었다. 아침부터 왜 이리 생각이 많아지는 건가. 웬일인지 형은 내가 집에서 나올 때까지 코빼기도 비치지 않았다.

기상청이 며칠 전부터 예고한 덕분에 촬영 일정이 변경되는 일은 없었다. 오늘은 실내 촬영과 야외 촬영이 반반이다. 일산이 첫 촬영지인 걸 안 누나는 한 시간은 더 잘 수 있겠다며 즐거워했다. 반경 10킬로미터 안 어디쯤 백성현의 집이 있을 테지.

나는 그녀를 기다리면서 물향기 수목원에서의 소풍을 생각했다. 생각하지 않으려고 해도 자꾸 어제가 떠오른다.

"서재유, 안녕?"

"어."

"집 근처라 긴장이 풀렸나. 10분 늦었다."

"얼굴이 왜 그래? 아파?"

"살짝 체했나 봐. 잠을 좀 설쳤어."

"잠 설칠 시간이나 있었어? 들어가자마자 바로 나왔겠구먼. 정말 괜찮겠어? 병원은?"

"괜찮아. 대사 맞춰 볼래?"

허벅지가 훤히 드러난 짧은 반바지, 무릎까지 올라오는 기하학적 무늬의 장화. 초록색 긴 팔 면 티는 어깨와 팔이 길게 뚫려 있어 자꾸 눈길을 끈다. 잘하면 속옷까지 보일 기세다. 이 여자가 내 여자 친구라면 당장 새 옷을 사다 내밀었을 텐데. 하지만 이런 옷도 옷이냐고 투덜댈 수가 없다. 이 여자는 내 여자가 아니니까.

"옷 좀 따뜻하게 입고 오지. 비도 오는데, 아프다면서……."

그때 누나의 휴대폰으로 발신 번호가 떴다. 휴대폰 액정에 저절로 눈이 갔다. 통화를 마친 누나가 다시 대본을 펼쳤다.

"간단히 맞춰 보자. 38번 신부터 시작할게."

"누구야?"

"울 엄마."

"아니, 그 아이. 전화 올 때 보이는 화면 속 머리 짧은 아이."

"내 딸."

"딸? 아들 아니고? 국적이 달라 보이던데?"

"딸 맞아. 내가 낳은 건 아니지만."

누나가 내게 딸이라 부르는 여자아이의 사진을 보여 줬다.

"예쁘지?"

솔직히 말하면 예쁜 얼굴은 아니었다. 그래서 착하게 생겼다고 했다. 케냐에 사는 열한 살 여자아이. 정기적으로 후원하는 모양이다. 누나는 아이가 똑똑하고 공부도 잘한다며 진짜 딸처럼 자랑했다. 저런 엄마를 뒀으니 그 아이는 전생에 큰 부족 하나 정도는 구했나 보다. 바탕화면도 바꾼 것 같다. 그 전엔 다른 사진이었는데.

"그 강아지는 누구야? 바탕화면에 분홍 리본 단 하얀 강아지."

"얘도 내 딸. 시월이잖아."

"시월이? 무슨 뜻이야?"

"……저번에도 말했잖아. 우리 집에 시월에 와서 시월이라고 지었다고."

"아! 내가 요새 좀 그렇지? 수면 부족 부작용이야."

"좀이 아니라 많이 이상해. 한참 전부터."

"근데, 하얀 별처럼 빛나는 백성현. 너무하는 거 아냐?"

"뭐가?"

"숨겨 놓은 자식이 왜 그리 많아? 못쓰겠네, 이 여자?"

누나가 결국 웃었다. 그런대로 무사히 넘어간 것 같다. 친하게 지내선 안 되는 이유를 까먹었다. 시월이는 드라마 때문에 제주도에 내려보낸 반려견. 그리고 보니 서준유에게 들었던 것도 같다.

"일부러 사진도 잘 안 봤는데, 이젠 한계에 다다른 것 같아. 같이 살고 싶어."

이토록 애끓는 고백이라니. 정말이지 개까지 부러워하게 될 줄은 몰랐다.

분장을 마친 성현은 평소보다 얌전하고 여성스러운 옷을 입고 있다. 이곳은 김재현의 본가. 오늘은 일일드라마에나 어울릴 만한 장면을 촬영한다. 머리가 하얗게 센 할머니가 계시고, 60대 전후의 부모와 형 부부가 있다. 귀여운 남자 아기도 등장한다. 누나는 할머니 역을 맡은 배우에겐 사근사근하게 대했고, 아버지 역의 중년의 배우에겐 예의 바르게 행동했다.

내 어머니 역의 주해선 선생님하고는 원래부터 친해 보였다. 형 역할을 하는 남자 배우는 가짜 와이프를 옆에 두고 자꾸 성현 누나의 얼굴을 흘깃거렸다. 실물로는 처음 봤을 수도 있겠다. 프로답지 못한 모습이지만 같은 남자로서 충분히 이해한다.

꼬마는 엄마 역의 배우에게 가면 울었다가 누나 품에만 안기면 벙글거렸다. 조그만 게 벌써 여자 보는 눈이 있다. 결국, 누나가 아기를 품에 안은 채 촬영을 진행해야 했다.

촬영이 잠시 중단됐을 때 아기를 데리고 노는 우리 커플을 보던 카메라 감독님이 이렇게 어마어마한 멘트를 날렸다.

"둘이 진짜 신혼부부 같다? 점점 닮아 가는데?"

몇몇 생각 없는 스태프들도 함부로 동의했다. 진짜 그래 보인다고. 누나는 못 들은 척했고, 나는 아무렇지도 않은 척 웃어 넘겼다. 내내 까르르 웃던 아기는 웃는 것도 지쳤는지 누나 품에서 곤히 잠이 들었다.

"살결 말랑말랑한 거 봐. 재유야, 아기 볼 냄새 맡아 봐. 난 향수보다 아기들 몸에서 나는 냄새가 더 좋더라."

"얼른 결혼해. 엄마 하면 잘할 것 같아."

"안 그래도 결혼하면 아기 많이 낳으려고. 한 세 명쯤?"

"서둘러야겠다? 나이 생각하면?"

"그래. 내가 좀 오래 살긴 했지."

이젠 화도 안 낸다. 포기했나 보다. 레벨을 두 단계쯤 올려 다시 장난을 걸었다.

"요샌 의학이 발달해서 쉰 나이에도 아기 낳을 수 있대. 잘하면 일곱, 여덟도 가능하겠는데?"

"좋은 정보 고마워. 다 했어?"

"아기…… 누나 닮으면 예쁘겠다. 이건 장난 아니야."

저녁상을 물리고 할머니와 누나, 내가 화투 치는 장면을 찍을 땐 너무 웃어서 NG가 몇 차례 났다. 우리 세 사람을 찍던 카메라 스태프들까지 웃음을 참지 못해 NG를 보냈다. 나는 쉬는 시간을 틈타 누나에게 화투로 할 수 있는 몇 가지 트릭을 선보였다. 호기심으로 반짝이는 백성현의 눈동자가 눈도 깜빡이지 않고 내 손짓에 몰두했다. 이거, '화투 치며 싹트는 사랑'이란 제목의 단막극인가.

누가 백성현에게 '서재유가 좋아하는 여자의 행동 목록'을 갖다 준 게 아닐까. 그게 아니고서야 이렇게 내가 좋아하는 행동만 쏙쏙 골라 할 수가 없다. 혹시 이 모든 시간이 잘 짜인 각본대로 움직이는 연극이나 영화의 한 부분이 아닐까. 어디선가 나 모르게 내 행동을 찍고 있는 게 아닐까.

주위를 둘러봤다. 가끔, 저 카메라들을 싹 치워 버리고 싶다.

#7일 전

꿈에 그 여자가 나왔다. 내가, 내가, 미쳤는지 그 여자에게 '여보'라고 부르는 게 아닌가! 그 이상한 꿈 속엔 아이도 둘 등장했다. 두 아이는 그녀와 나 사이에서 태어난 것으로 추정될 만한 행동을 하고 있었다. 아빠라니. 결혼도 안 한 나에게 아빠라니! 그렇게 귀엽고 예쁜 두 꼬마를 낳아 준 여자가 너무 좋아서 자꾸 안아 주고 싶었다.

이 미친 꿈은 절대 내 무의식이 빚어낸 결과물이 아니다. 어제 촬영의 피곤한 여파이자 말도 안 되는 개꿈일 뿐이다. 인간은 잠에서 깨기 5분 전의 꿈만 기억할 수 있다고 한다. 그렇다면 나는, 그 5분 전 꿈 안에서 도대체 누구와 무슨 짓을 한 걸까. 머릿속이 텅 빈 듯, 꽉 찬 듯 어지럽다. 서둘러야 할 것 같다.

방 문을 열자마자 코앞에 형의 얼굴이 보였다.

"깜짝이야!"

"왜 그래?"

"남의 방 앞에서 뭐 해!"

"너 깨우러 왔지. 놀라긴. 죄지었냐?"

"내가 죄지을 사람이야? 법 없이도 살 사람은 아니지만."

감정이란 한번 불이 붙으면 걷잡을 수 없이 번지는 가뭄 끝의 산불 같은 걸까. 자꾸 그 여자가 눈에 들어온다. 나는 그걸 허락한 적이 없는데, 여긴 내가 임시로 아르바이트하는 편의점 같은 장소일 뿐인데, 나는 그저 서준유의 대타일 뿐인데, 그 전까지 아무렇지도 않던 모든 것이 신경 쓰이고 거슬렸다. 그 여자의 찡그린 표정을, 그 여자의 작은 손짓 하나하나를 무시할 수가 없다. 그 여자의 목소리가, 웃음소리가 내 귀를 비집고 들어와 내 속을 휘저었다.

나는 이 모든 추상적 감정들과 모르는 사람처럼 따로 놀아야 한다. 톡 까놓고 말해서 저 여자는 선우진이 아니다. 나 역시 김재현이 아니다. 그런 건 드라마가 예술이라고 주장하는 인간들이나 하는 말이다. 그런데도, 그걸 알면서도, 나는 또 이 여자에게 쓸데없이 말을 걸고 있다.

"지금 가장 하고 싶은 게 뭐야?"

형은 내게 너무 표면적인 정보만 줬다. 주고 싶은 정보만 알려 줬다. 정작 내가 알아야 할 건 쏙 빼놓은 채. 누나가 내게 조심스럽게 물었다.

"번지점프 원래 좋아했어?"

그녀의 의아한 표정과 억양을 보니 형과도 그 얘기를 나눈 눈치였다.

"그건 아니고."

이렇게 난 또 이상한 사람이 됐다. 그동안 얼마나 나란 존재가 황당하고 싹수없게 느껴졌을까. 이젠 무슨 변명과 거짓말을 준비해야 하나.

"다시 태어날 수도 없고. 26년만 기다려 줄래?"

32 더하기 26은 58. 26년. 누군가의 아내가 된 지 이미 오랠 테고 누군가의 어머니, 빠르면 누군가의 할머니가 될 수도 있는 시간. 이 여자가 나와 같은 속도로 나이 드는 게 싫다.

"누난 늙지 마라. 뱀파이어처럼."

대답 없는 누나를 보며 정신 나간 놈처럼 생각했다. 두 번째 생이 주어진다면 절대 쌍둥이로 태어나지 않을 거라고. 백성현, 지금 이 모습 그대로 날 기다려 줄래? 서준유 말고 나부터 만나 줄래? 어제오늘 합쳐서 네 시간밖에 못 잤다. 미쳐 가는 게 분명하다.

미친 건 나만이 아닌 것 같다. 오정혜 작가는 정상이 아니다. 14회 초반부터 스토리에 반전이 있다고 한다. 이 사실을 아는 사람은 세상에 열 사람도 안 된다는데, 나도 그 안에 들게 됐다. 어쩔 수 없이. 성현 누나는 아직 모른다. 알게 하고 싶지도 않다. 어젯밤, 박지형 감독이 나를 슬쩍 불러냈다.

"니가 입이 무거우니까 말해 주는 거야. 분위기에 맞게 새 OST도 불러야 하니까. 성현인 모르게 해."

생각보다 자제력이 강한 사람이었다. 촬영장에서나 사석에서나 배우 성현을 편애한다는 티는 거의 내지 않았다. 박 감독이 준 파일엔 악보가 들어 있었다. 7년 전, 내가 오디션을 봤던 그 날 날 꼭 뽑으라고 했다던 싱어송라이터 윤승제 씨의 곡이었다.

이 사람은 그동안 형이 낸 앨범을 들으며 무슨 생각을 했을까. 얘는 내가 뽑은 애가 아닌데? 의아해했을까. 아님, 내가 진짜 이런 애를 뽑았다고? 상심했을까. 이건 그저 운명의 장난.

"윤승제 씨가 널 뽑은 거라며?"

"그랬었죠."

"주말까진 녹음해야 하는데, 가능하겠어?"

"해 볼게요."

"권 이사님한테도 얘기해 놨으니까 니가 편한 녹음실에서 불러. 차세준 음악 감독하고 얘기 더 해 보고."

"네. 그런데요, 스토리가 꼭 그렇게 흘러가야 해요? 그냥 해

피엔딩은 안 돼요? 어차피 막바지인데."

"이건 멜로드라마야. 시트콤이 아니라. 웃고 즐기고 행복하기만 한 거 볼 땐 즐겁겠지. 그렇지만 너무 시시하잖아. 쉬운 사랑 얘기를 하려고 했으면 처음부터 두 사람 그렇게 힘들게 만들지도 않았을 거야. 13회 촬영 끝나는 날 공식적으로 얘기할 거니까 그때까지만 입 다물어."

하루도 채 지나지 않아 성현 누나는 내가 부를 OST 제목과 가사에 의문을 던졌다. OST뿐 아니라 드라마에 관련한 모든 것을 의심했다.

"얘네 둘 지금 너무 행복하기만 하잖아. 이상해. 뭔지는 잘 모르겠는데 너무 이상해."

백성현은 추리 소설을 너무 많이 읽었어. 이 호기심 많고 똑똑한 여자는 어느 별에서 살다 이제야 나타난 걸까. 백마 탄 왕자들은 단체로 장기 휴가라도 떠났나. 이래서 나는 드라마가 싫다. 내 인생이 극적으로 바뀌는 건 더 싫다. 차라리 평범한 남자 하나가 망해 가는 지구를 살리는 만화를 보는 게 낫지.

#6일 전

생일이다. 나와는 달리 연예인 서재유의 탄생을 기억해 주는 사람은 정말 많은 것 같다. 며칠 전부터 '서재유' 앞으로 세계 각국에서 보내온 선물들이 도착하고 있다고 한다. 로드 매니저 수환이 본인의 생일 선물을 받는 것처럼 즐거워했다.

촬영장이라고 예외는 없다. 종일 축하한다는 인사를 수도 없이 받았다. 잘 차린 생일 밥상까지 얻어먹었다. 아무래도 MO아티스트 기획사 안에 스파이가 있는 게 분명하다. 그게 아니고서야 이렇게까지 스케줄을 정확히 꿰면서 따라다닐 수가 없다.

솔직히 나는 '서재유'의 팬들이 반갑지 않다. 성현 누나를 싫어하는 사람이 누군지 정확히 알 수 없어 매너를 지키는 것뿐. 그들이 서재유를 사랑하고 아끼는 마음까지 비난하진 않겠다. 다만 그 사랑을 다른 사람을 비난하고 미워하면서 지키는 건 이해가 안 된다.

성현을 싫어하면 서재유가 더 행복해지나? 성현을 비난하면 서재유가 더 기뻐하나? 그럴수록 성현에 대한 서재유의 애정이 커질 수도 있다는 걸 왜 모르는 걸까. 알면서도 도저히 참아 낼 수가 없는 건가.

"카메라 주면 촬영까지 하겠네? 진짜 대단하다. 졌다, 졌어."

박지형 감독이 이를 악물고 화내는 것도 무리가 아니다. 성현 누나는 그 와중에도 날 걱정했다. 나는 그들의 서재유가 아니므로 이런 일로 상처받지 않는다. 그러니 이 여자야, 당신이나 걱정해.

세트장으로 이동하기 직전 누나가 내게 뭔가를 내밀었다. 생각지도 못한 생일 선물. 그저 책이라지만 내겐 그냥 책처럼 느껴지지 않았다. 그 자리에서 뜯어보고 싶었지만 참았다. 이동하는 차 안에서도 무슨 책일지 궁금했다. 얼른 집에 가서 펼쳐 보고 싶었다. 그것 역시 참아야 했다.

대본을 읽다 보면 한 번도 만나 본 적 없는 오정혜 작가가 궁금해질 때가 있다. 특히 이런 장면을 찍다 보면. 재현과 진이 진의 집 거실에서 캠코더를 매개체로 연애한다. 예전의 나 같으면 잘들 논다! 하고 말았겠지만 오늘은 도저히 무심해지지 않는다.

김재현: 거짓말은 피곤해서 안 해요. ……선우진. 이리 와. 내 옆으로.
선우진: ……이 정도 거리가 딱 좋아. 지금은.

나도 안다. 더 가까이 가선 안 된다는 걸. 그래도 너무하는 거 아닌가. 오늘은 내 생일인데. 캠코더 렌즈에 비친 그녀를 가까이 끌어당겼다. 한 번만 묻고 싶다.
'지금 당신은 누구 소속이지?'
아무것도 모른 채 행복한 진의 얼굴이 날 슬프게 한다. 예민한 백성현이 이런 나를 이상하게 보는 것도 무리가 아니다. 다시 찍어야 하는 거 아니냐는 그녀의 질문에 박 감독이 한 대답은 아주 적절했다.
"나쁘지 않아요."
나는, 스물여섯의 생일을 최악으로 보냈다. 모든 게 나빴다.

#5일 전

새벽. 형은 잠들었는지 보이지 않았다. 방으로 들어오자마자 누나가 준 선물을 뜯어봤다. 두 권의 책과 책마다 꽂혀 있는 책갈피. 책갈피는 직접 만든 것 같다. 책갈피에 적힌 백성현의 마음을 읽어 본다.

누군가 나에게 묻는다면, 세상에 저주 따윈 없다고 대답하겠다. 삶이 있을 뿐. 그걸로 충분하다고.*

나는, 누군가를 저주할 만큼 집요한 성격이 아니다. 그런 짓은 시간 낭비니까. 그러나 아무리 긍정적으로 생각해도 내 인생이 제대로 굴러가는 건 아닌 것 같다. 이 시간 내가 이렇게 살아야만 하는 데는 어떤 이유가 있는 걸까.

잠이 오지 않는다. 다시 책을 펼쳐 봤다. 백성현의 글씨, 백성현의 손때가 묻어 있는 책. 주기 싫지만, 줘야 한다. 나는 형이 아니니까. 주는 게 맞다. 날 위해 준비한 게 아니니까. 한 권씩 나눠 갖자고 할까. 책갈피만이라도 달라고 할까. 내가 아는 서준유는 돈을 주면 줬지 이걸 나눠 가질 인간이 아니다.

겨우 세 시간 눈을 붙이고 집을 나오기 직전 생일 선물이 든 가방을 내밀었다. 깜박 잊었다는 듯이. 형은 제 것을 눈앞에서 도둑맞기라도 한 것처럼 화를 냈다.

"니가 그걸 왜 열어 봐? 내 건데!"

어이가 없었다. 내게도 반쯤은 자격이 있는 거 아닌가?

---

* 주노 디아스, 《오스카 와오의 짧고 놀라운 삶》, 문학동네.

"나도 생일이었다고. 혹시 쌍둥이인 거 알고 두 권 준 거 아닐까? 눈 감고 한 권씩 집을래? 가위바위보 해서 고를래?"

현관 입구와 거실 구석에 쌓인 팬들의 선물을 바라보던 서준유가 나를 붙잡았다.

"잠깐 기다려 봐."

형이 방에서 갖고 나온 건 금칠을 한 것처럼 반짝이는 신용카드였다. 이게 말로만 듣던 한도 없는 카드인가.

"드라마 끝날 때까지 갖고 다니면서 써. 필요한 거 있으면 사고."

"넌 돈으로밖에 해결 못 하냐? 차라리 축하 카드라도 한 장 쓰든가."

손에 쥐여 준 카드를 복도에 집어 던지고 현관문을 열었다. 나는 한 달 치 용돈을 한 시간도 안 돼서 삥 뜯긴 아이처럼 허탈한 기분으로 하루를 시작했다.

드라마에서 노래를 부르라고 주문받은 건 며칠 전이다. 고르고 고른 노래라고 한다. 두 명의 감독은 내가 기타를 치며 노래부르길 바랐지만 대본엔 그런 요구가 없었다. 며칠 전 박 감독이 확인 전화를 걸었을 때도 오 작가는 기타 치면서 노래 부르는 건 촌스러우니 순수한 느낌이 들게 그냥 하라고 했다 한다.

촬영장의 스태프들은 다들 좋은 볼거릴 놓친 듯 아까워했으나 겨우 마음이 놓였다. 중학생이던 형이 기타를 배울 동안 나는 드럼을 치러 다녔다.

연습도 할 겸 노래방에 가서 불러 보자고 한 건 성현 누나였다. 내키지 않았지만 그것 역시 해야 할 일이었다. 노래방으로 걸어가는 동안 수환이 누나 옆에 착 붙어서 수다를 떨었다. 틈만 나면 말을 걸더니 제법 친해진 것 같다.

"누나, 누난 왜 여동생이 없어요?"

"그걸 나한테 따지면 어떡해. 동생을 내가 낳아?"

"사촌은요? 누나 닮은 사촌 여동생은 없어요?"

"사촌들은 있는데 나하곤 별로 안 닮았어."

"그럼 됐어요."

백 실장님이 수환이 등을 탁 소리 나게 때리며 눈치를 주었다.

"뭐가 돼? 아무 때나 껄떡대기는."

"아, 형님. 껄떡대다니요! 그렇게 천박한 어휘를 사용하시면 저야 괜찮지만 누나가 뭐가 돼요."

"너의 천박함이나 걱정해."

백성현이 두 사람을 향해 설핏 웃었다. 이번엔 수환이가 내 팔을 붙잡아 가며 애처럼 졸랐다.

"재유 형, 나도 같이 부르면 안 되나? 나도 노랜 좀 하는데."

"누나한테 물어봐."

기꺼이 노래 부를 기분이 아니었다. 수환이가 다시 '껄떡'댔다.

"성현 누나 노래 잘하죠?"

"누가 그래? 어떻게 난 매사가 유언비어야."

"춤도 진짜 잘 춘다던데? 박우진 형이."

"우진이 말 다 믿지 마. 세 배쯤 과장된 거니까."

백 실장님이 편하게 부르라며 노래방 의자에서 엉덩이를 안

떼려는 수환이를 끌고 나갔다. 좁은 공간에 둘이 있으니 왠지 불편해서 멀찍이 떨어져 앉았다. 누나가 버전이 많니 적니 하며 노래방 책자를 들여다본다.

나는 이 노래 가사가 싫다. 이렇게 많은 가수가 리메이크 했다는 건 명곡이라는 뜻이겠지만, 그래도 싫은 건 싫은 거다. 몇 마디 투덜거렸더니 누나가 날 보며 농담을 던졌다.

"그대가 그대한테 뭐라 그랬어?"

이 여자, 농담을 해도 꼭 자기처럼 한다. 귀여워 죽겠는데 티를 낼 수 없으니 짜증이 난다. 내가 먼저 부르기 시작했다. 처음 불러 보는 노래지만 어려운 곡은 아니었다.

헝클어진 머릿결 이젠 빗어 봐도 말을 듣질 않고
초점 없는 눈동자 이젠 보려 해도 볼 수가 없지만…….

왜 이렇게 칙칙하게 시작해야 하는 거지? 불치병 환자에게 청혼하는 노래처럼. 차라리 니가 있어야만 여기가 파라다이스. 영원히 함께할 수 있는 파라다이스. 이런 가사가 백배 낫겠다.

"너 노래 정말 잘한다! 라이브가 훨씬 나은 것 같아."

싫다. 사랑에 목숨을 바치니 마니 하는 가사. 이제 백성현 차례. 노래 부를 때의 목소리가 궁금했다. 노래 부르는 모습도 보고 싶었다. 그래서 나는 노래방 책자만 뒤적였다. 완벽한 솜씨는 아니지만 수환이 말이 영 유언비어는 아니었다.

노래를 마친 누나가 긴장한 얼굴로 나를 쳐다보았다. 내 평가를 기다리는 것처럼.

"혹시, 뮤지컬 했었어?"

"……어."

"이 노랜 뮤지컬이 아니잖아. 힘을 더 빼야 해."

"그래. 알았어."

"누나가 노래를 못한다는 게 아니고, 선우진이라면 좀 더 아마추어처럼 불러야 할 거야."

"그렇겠다. 그럴게."

착하기도 하지. 세상에 이런 학생만 있다면 선생 노릇도 할 만하겠다. 한 마디 더.

"슬프게 부르지 마. 서로에게 청혼하는 노래나 마찬가진데. 죽으러 가는 게 아니잖아."

"이상하게 이 노랜 부르다 보면 슬퍼져. 나라면 이런 노랜 청혼가로 거부. 2000년대 버전으로 부를까? 이번엔 나 좀 도와줘."

누군가와 함께 노래를 불러 보면 혼자 부르는 노래가 얼마나 쓸쓸한 건지 알게 된다. 하나에 하나를 더했을 뿐인데 열이 된 것처럼, 백이 된 것처럼 뻐근하게 가슴이 차오른다. 사람들은 이런 걸 행복이라고 부르는 것 같다.

감은 두 눈 나만을 바라보며 마음과 마음을 열고…….

절대 눈길 주면 안 된다고 생각했는데, 눈이 마주쳤다. 백성현, 그 눈빛은 무슨 의미지? 당신이 아는 나는 누구지? 왜 그런 말을 했을까. 그럴듯한 개소리. 슬픈 건 나쁜 거다. 슬픈 건 아름다운 게 아니라 아픈 거다.

당신은 모르고 나는 아는 것. 백성현은 오직 백성현이지만 서재유는 서재유가 아니라는 것. 그녀와 내가 드라마 속 연인으로 만나는 게 신이 계획한 운명이라면, 내가 처음부터 김재현 역할을 했다면 이 여자를 독차지할 수 있었을까.

하고 싶은 말이 이렇게 많은데 할 수 있는 말이 없다. 그때 왜 나는 오디션에 대신 가 달라는 서준유의 부탁을 들어줬을까. 노래방 복도를 걸어 나오며 처음으로 나는, 가수가 되지 않은 걸 후회했다.

4일 전

형이 몇 번이나 방 문을 노크했다. 이미 눈뜨고 있었지만 마음이 일어나지지 않았다. 억지로 몸을 일으켜 욕실로 들어갔다. 옷을 벗고 샤워기 아래 서서 최대한 차갑게 물을 틀었다. 머리 위로 굵은 물줄기가 쏟아진다. 얼음이라도 들이붓고 싶은 심정이다.

이건 옳지 않다. 누가 봐도 미친 짓이다. 그 여잔 누구의 여자도 아니지만 내 여자도 아니다. 그래서도 안 된다. 정신 차리고 나갈 준비나 해야겠다고 생각할 때 인기척이 들렸다. 언제부터인지 욕실 문 앞에 형이 서 있었다. 짜증이 났다. 짜증은 곧 걱정으로 바뀌었다.

"응급실 실려 갔나 봐. 링거 맞고 점심때까지 온다고……."

30분은 더 잘 수 있었다고 할 것까진 없었는데. 많이 아픈지, 어디가 어떻게 아픈지 궁금했지만 묻기 싫었다. 형에게 그 여자 얘기를 전해 듣는 건, 더 싫다. 나 없는 시간을 어떻게 보내는지 모르지만 서준유의 몸은 무서운 속도로 회복해 가고 있다.

욕실에서 나오니 식탁에 아침을 차려 놓은 게 보였다. 먹기 싫어도 먹으란 소리다. 더불어 하고 싶은 잔소리가 있다는 무언의 압력. 1인분씩 포장된 알록달록한 색깔의 음식을 꾸역꾸역 입으로 집어넣었다.

"촬영은 처음보다 잘하고 있다고 하시더라."

"두 얼굴의 사나이가? 이사님이?"

"사장님이라고 불러. 대표님이라고 하든가."

내가 정문용 대표를 두 얼굴의 사나이라고 부르는 데는 이유가 있다. 형이 연습생으로 들어간 지 얼마 안 됐을 때였다. 정 대표는 나를 따로 불러내 지금이라도 나와 형을 바꾸고 싶다는 제안을 했다.

"난 노래도 너만큼, 너 정돈 아니어도 웬만큼은 할 줄 알았지. 내가 니 노랠 안 들어 봤으면 기대도 안 하는데, 니 형은 재능이 부족해."

"노력하잖아요. 얼굴도 보기 힘들 정도로 연습실에서 살잖아요."

"재능 있는 사람들도 노력하는 세상이야."

"그래서요?"

"너만 허락하면 준유 그만두게 하고 너로 바꾸고 싶다. 솔직히."

나는 유리잔 속의 물을 끼얹고 싶은 충동을 꾹 참고 비싼 맞춤 양복과 안경테로 무장한 정문용 대표를 지그시 바라보았다. 더 심한 말을 할 수도 있었다. 하지만 형 때문에 참았다.

"저한테만 하신 농담으로 알아듣겠습니다."

그런데도 두 얼굴의 사나이라고 부르지 말라고?

"많이 친해졌다며?"

"내가 원래 친화력이 상당히 뛰어나잖아. 특정 인물만 편애하는 스타일은 아니지."

"누나하고도."

"파트넌데 당연한 거 아니야? 안 친하면 이상하게 서먹하다고 뭐라 그러고, 친하게 지내면 너무 가깝게 지내진 말라고 하고. 다들 왜 그러는데?"

"인터뷰할 때 니가 말 한마디 잘못하면 뒷감당은 누나 혼자 해야 해. 우리 잘못은 소속사나 팬들이 실드 쳐 주지만 누나한테는 그럴 소속사도 없고, 팬들도 거의 없어. 이사님이 너 인터뷰할 때마다 조마조마하다고……."

"그럼, 질문하는데 스킵 해? 대답 안 하는 게 더 웃기지 않아? 방송사하고 제작사에선 우리…… 성현하고 서재유가 스캔들이라도 나길 바란다던데? 김재현, 선우진 결혼 추진 위원회라는 것도 있다면서? 보는 사람마다 〈온리 원〉 커플 얘기야. 이게 다 내가 만든 거야? 내가 원한 거야? 아이 씨, 아침부터 말 많이 하게 만드네. 시청자들이 화면으로 나를 본 건 아직 12회 예고편밖에 없어."

"몰라서 하는 얘기가 아니야. 조심하라고. 매사에."

"아예 로봇이 되라고 해라. 이거 맛없다! 연예인으로 살려면 이런 거 쭉 먹고 살아야 하는 거지?"

"······."

"넌 이렇게 사는 거 안 힘들어?"

"안 힘든 일도 있냐? 내가 무슨 일을 해서 이렇게 큰돈을 벌겠어. 난······ 이게 힘든지 안 힘든지 잘 몰라. 다른 일은 해 본 적이 없으니까."

"······재미없다. 내가 내 얼굴 보고 얘기하는 거 같네. 아, 귀찮아! 오늘이라도 당장 그만두고 싶네."

내가 서준유에게 끝까지 대들고 화낼 수 없는 건, 우리 가족을 위해 어떤 희생을 했는지 알기 때문이다. 형이 연습생이 되고 몇 달도 지나지 않아 우리 집은 한순간에 길거리로 나앉을 정도로 기울었다. 드라마에서나 보던 장면이 현실에서 고스란히 재연됐다. 아버지는 동업자의 사기와 부도의 여파로 혼자 몸을 추스르기도 벅차했고, 난 내게 닥친 끔찍한 현실을 회피하고 싶었다. 곱게 자란 엄마로선 태어나 처음 겪는 빈곤이었을 것이다.

MO아티스트 정문용 대표는 용의주도한 사람이었다. 날 멀리 보내기 위해 거액의 유학 비용을 대주고, 형을 심적으로 압박하기 위해 부모님이 작은 월셋집에 사는 걸 모른 체했다. 심지어 나의 유학 비용을 마련하느라 대출까지 받았다는 말을 슬쩍 흘리기까지 했다. 그 시절 우리 가족 중 가장 풍족하게 지낸 사람은 나다.

대한민국 안에서 쓰는 내 이름은 '서준유'다. 차일피일 미루다 형이 연습생이 되면서 뒤늦게 발급받은 주민등록상 이름도 서준유다. 그땐 뭐가 씐 듯 정문용 대표의 말을 들었다. 주민등록증을 서재유로 발급받으면 군대를 두 번 가야 할지도 모른다는 말도 안 되는 소리에 넘어가서. 집이 그렇게 된 뒤 나는 돈이 드는 재수 대신 군대를 선택했고, 그 뒷설거지를 갓 스물이 된 형이 도맡았다.

아버지는 한참 후에야 다시 작은 규모로 일을 시작했다. 그 사업이 잘되는지 안 되는지 나는 물어보지 않았다. 물어선 안 될 것 같았다. 그때부터 지금까지 실질적으로 우리 집안을 이끌어 온 건 이제 겨우 스물여섯이 된 서준유다. 나보다 고작 30분 먼저 태어났을 뿐인, 자라면서 나보다 잘하는 게 거의 없다고 생각했던 형이.

그는 그걸로 단 한 번도 생색을 내거나 대접받으려고 하지 않았다. 내가 집에서 보내 준 돈으로 사고 싶었던 카메라를 사고, 여자 친구와 비싼 밥을 먹고 내키는 대로 돌아다닐 때, 20대 초반의 서준유는 밤낮으로 돈을 벌었다.

"조심할게. 몸이나 어서 추슬러. 나도 이제 좀 질려. 재미도 없고."

거짓말이다. 연기가 점점 재밌어진다. 북적대는 촬영장이,

그곳에 가면 만날 수 있는 사람들이 좋다. 사람들과 부대끼며 무언가를 배워 가는 과정이 즐겁다. 나도 뭔가 생산적인 일을 하는 사람인 것 같아서 피곤을 잊고 지낸다.

세트장으로 가는 길, 내 머리는 더 복잡해졌다. 두 남자가 한 여자를 좋아한다. 그 둘은 혈연관계다. 그러므로 한 여자를 두고 피 튀기는 싸움을 하거나, 테이블 위에 솔직한 마음을 꺼내 놓고 허심탄회한 대화를 나누기 어렵다. 두 남자의 대화는 핵심을 건드리지 못하고 주변에서만 맴맴 돈다.

정작, 그 여자가 두 남자의 마음을 아는지 모르는지도 정확히 알지 못한다. 막말로 그 여자는 드라마를 떠나서는 그 둘을 이성으로서 전혀 좋아하지 않을 수도 있다. 막장 드라마가 따로 없다. 어디서부터 잘못된 걸까. 어떻게 마무리 지어야 할까. 어떤 결말이 최선일까.

세트장에 와 보니 스태프들이 이런 말들을 나누고 있었다.

"그 와중에도 링거 투혼, 그런 기사 내지 말라고 했다더라고."

"성현이라면 충분히 그럴 만하지."

"그래서 더 못 뜨는 거야. 그 비주얼에, 그 연기력에. 답답하다니까. 자기 이름 한 번 더 알릴 기회를 왜 본인이 나서서 막아?"

"그 언니 스캔들 때문에 하도 데어서 그래요. 기사만 올라오면 습관적으로 악플 다는 사람들 있잖아요. 잘 알지도 못하는 사람들이 더 떠든다니까. 성현 언니도 정말 딱해."

이른 아침에 거실에 쓰러져 있는 걸 누나의 동생이 발견해서 119를 부르고 한바탕 난리가 났었다고 박 감독이 전했다.

오늘은 속상한 표정을 감추지도 않았다. 점심시간이 지나서야 누나가 도착했다. 그녀는 파리한 얼굴로 사과부터 했다.

"서재유, 미안해. 스케줄 꼬이게 해서."

지금 남 걱정할 때인가. 화낼 일이 아닌 건 나도 안다. 그래도 화가 났다. 조금이라도 덜 힘들게 해 주고 싶어서 NG를 내지 않으려고 애를 쓴다는 게 더 NG를 내게 했다. 그런 나에게도 화가 났다. 아무렇지도 않은 척 웃으며 연기하는 누나를 보니 속이 상했다. 모든 게 뒤죽박죽이다.

밤에 녹음실에 들렀다. 드라마에선 두 사람이 같이 노래를 부르지만 영상에 입힐 노래는 나 혼자 부른다. 〈그렇게 웃지 마〉도 같이 녹음하기로 했다. 무리한다면 형이 부를 수도 있겠지만 이 곡은 꼭 내가 부르고 싶었다. 녹음실 오는 길에 이사님이 전화를 걸어와 슬쩍 당부했다.

— 재유야, 살살 불러. 너무 티 나지 않게.

나는 절대 음감이다. 피아노 건반을 누르면 소리로도 들리지만, 미, 솔, 라, 시, 이렇게 누가 옆에서 불러 주는 것처럼 음계로도 들린다. 높은음이든 낮은음이든 한꺼번에 세, 네 개의 건반을 눌러도 각각의 음이름을 정확히 구분해 낼 수 있다. 한번 들은 노래를 악보로 옮기거나, 처음 듣는 멜로디를 바로 따라 흥얼거리는 건 그리 어려운 일이 아니다.

정문용 대표는 내가 절대 음감인 걸 알고 화성학을 제대로 공부해 작곡을 해 보라고 여러 번 권했다. 나에게 특별한 재능이 있다는 걸 처음 알게 된 건 일곱 살 즈음이다. 그때까지 나는 누구나 그런 줄 알고 살았다. 때때로 세상이 만들어 내는 온갖 소음에 괴로웠지만, 어른들께 물어볼 생각도 안 했고 누구나 그러겠거니 했다. 안타깝게도 형은 절대 음감을 타고나지 못했다.

"재유 진짜 오랜만이네. 생각보다 안색이 좋은데?"

녹음실의 프로듀서가 날 보며 반가워한다. 그럴듯하게 인사를 건넨 나는 촬영하러 다시 가야 한다며 바쁜 척했다. 녹음은 오래 걸리지 않았다. 마음 같아선 최선을 다하고 싶었지만 그래선 안 됐다. 지난 보름간의 시간이 2배속 빠른 파노라마처럼 머릿속을 스쳤다.

노래는 벌써 끝났는데 마지막 부분의 가사가 자꾸 맴돌았다. 한 여자에게 평생 변치 않는 사랑을 줄 수 있을까. 그게 내게도 가능한 일일까. 이런 사랑을 주고 싶은 여자가 이 곡을 만든 남자에게도 있었던 걸까.

나는 김재현이 아니다. 그러므로 녹음실에서 노래를 부르는 내내 떠올린 여자 역시 선우진이 아니다. 헤드폰을 걸어 놓고 녹음실 밖으로 걸어 나왔다.

"와우, 서재유! 그 바쁜 와중에 노래 연습까지 한 거야? 어째 다른 사람 같다? 나 소름 돋았어! 팔 만져 봐."

굳이 남자의 맨살을 만지고 싶지는 않다. 징그러우니까. 〈그렇게 웃지 마〉는 적절하게 부른 것 같다. 일부러 두어 차례 쉬어 가며 불렀다. 형도 노래를 녹음할 땐 그렇게 하는 것으로 알고 있다.

이형원 프로듀서에게 〈그렇게 웃지 마〉는 한 번에 이어 불러 보겠다고 했다. 무거웠던 분위기의 원곡보다는 다소 밝고 가볍게 편곡돼서 부담이 적었다.

"두 사람 이별한 것도 아닌데 너무 애절하면 안 되겠지? 재유 니 생각엔 어때?"

그대가 그대에게 뭐라 그랬어? 엉뚱했던 그녀의 말이 생각나 슬그머니 미소가 지어졌다.

"헤어지면 안 되죠. 세상에 둘도 없는 연인인데."

3일 전

경기도 가평. 가까운 호텔에 숙소를 잡고 식사와 잠자리를 해결하면서 1박 2일 동안 촬영한다.

늦은 밤, 헌팅 갔던 조연출이 겨우 찾아냈다는 그림처럼 예쁜 펜션의 나무 벤치에 앉아 있다. 노래를 불러 주고 끌어안고 다정한 밀어를 주고받는 신을 찍으며 나는 이 여자와 정 떼는 연습을 해야 한다. 최악의 설정이지만 최대한 노력하고 있다. 어차피 며칠 뒤면 헤어질 여자다.

이 펜션에서의 신과 저수지 신은 원래 13회 대본엔 없었는데 갑자기 추가됐다. 그 이유를 알 것 같다.

팬들이 여기까지는 안 따라와서 다행이다. 마을 어르신들은 우리가 누군지 잘 몰랐다. 촬영하고 식사하고 다시 촬영하고,

간식을 먹은 뒤 또 촬영했다. 틈틈이 수다를 떨 시간도 있었지만 밴에 들어가 대본을 외우거나 잤다. 누나도 내게 필요 이상의 말은 걸지 않았다.

아침 9시부터 시작한 촬영은 새벽 3시가 넘어서 겨우 끝났다. 새벽이지만 조명 때문에 주변이 환했다. 누나의 손가락엔 30분 전쯤 카메라 앞에서 내가 끼워 준 반지가 그대로 남아 있다. 반지 낀 손을 들여다보는 누나를 보는데 괜히 화가 났다.

"남자한테 반지 처음 받아 봐? 뭘 그렇게 보고 또 보고."

"이상해서. 되게 이상하다. 약혼반지 받으면 이런 기분일까."

"그깟 반지 돈만 주면 사는 거."

"그렇긴 하지. 이 반지 괜찮지? 사고 싶다."

"애인 생기면 사 달라고 해. 뭘 궁상맞게 혼자 사서 껴?"

"아무렴 어때? 예쁘잖아. 디자인도 독특하고. 김재현은 센스까지 있어."

"소품 담당하시는 분이 센스가 있는 거겠지. 협찬사나."

나는 이렇게밖에 말을 못 한다. 나는 기분 좋게 정 떼는 방법을 모른다. 반지를 회수하려는지 막내 보조가 다가왔다.

"성현 누나, 반지요!"

"진짜 일 너무 철저하게 한다. 이런 건 잊어버려도 되는데."

백성현이 웃으며 반지 낀 쪽 손을 등 뒤로 감췄다. 그 모습을 보자니 한숨이 저절로 나왔다.

"정환 씨, 이 반지 얼마짜리래?"

"사시려고요?"

"그냥 궁금해서."

그녀가 왼손을 쳐들어 막내에게 보여 주었다.

"어울리지?"

"누난 손이 예뻐서 아무 반지나 잘 어울리겠네. 저도 공짜로 드리고 싶은데 그게 좀 비싼 거라서요. 오백 넘는다던데요?"

"어머! 어서 가져가!"

반지 케이스의 브랜드가 눈에 들어왔지만 못 본 척했다. 저절로 외워지는 건 내 의도가 아니다. 이번엔 하품을 미처 감추지 못하며 백 실장님이 다가왔다.

"아우, 지친다, 지쳐. 두 시간은 잘 수 있으려나? 새벽에 호숫가에 간다드만. 이러다 사람 잡겠다. 아직 3회나 남았는데."

숙소로 와서 씻고 바로 침대에 누웠다. 보이지 않는 별을 하염없이 센다. 그것도 지쳐 양 3,650마리……. 아무리 애를 써도 잠은 달아나기만 했다.

여자의 손가락에 커플링을 끼워 준 적이 있다. 그 애는 서양 여자답지 않게 사귄 지 두 달이 넘어가자 볼 때마다 커플링을 하자고 졸랐다. 나는 적어도 6개월은 만나 봐야 한다고 거절했다. 돈이 아까워서가 아니다. 여자와 무언가를 걸고 어떤 약속을 한다는 것 자체가 나와는 어울리지 않는 짓이다. 그 애는 못 들은 척하는 나를 끌고 가 기어코 제가 원하는 반지를 사 주게 했다. 내 손가락에도 크기만 다른 반지를 억지로 끼워 줬다. 여자와 헤어지면서 나는 그 반지를 버렸다. 한 줌의 미련도 없이.

실장님이 겨우 잠든 나를 깨우느라 애를 먹었을 것이다. 안 그러더니 코까지 골더라며 내게 따뜻한 녹차를 건넸다. 재빨리 샤워한 뒤 주스 한 병을 억지로 마셨다. 이른 새벽이라 액체 외엔 아무것도 넘어가지 않았다.

피곤한 낯짝을 가리려고 메이크업을 하고 호숫가로 갔다. 낚시 온 사람들이 있는지 호수 반대쪽에 작은 텐트 몇 개가 보였다. 성현 누나는 모포를 두르고 의자에 앉아 입을 다물고 있었다. 여전히 아픈지 묻고 싶었는데 박지형 감독이 나보다 한 발 빨랐다. 난 한 치의 미련도 없는 사람처럼 바로 돌아섰다.

씬 75. 호숫가, 아직 어두운 새벽.

재현, 차에서 얇은 모포를 가지고 나온다. 고요하다. 밖은 서서히 밝아 온다. 재현, 진을 뒤에서 모포로 감싸 안는다. 저수지 바라보며 커피를 마시는 두 사람. 손가락에 청혼 반지 보이는.

선우진: (재현 바라보며 다정히) 한 번만 먹으면 정 없대.
김재현: (한 모금 더 마시는 재현. 진을 꼭 끌어안는) 아직 추워? 왜 떨어?
선우진: 해 뜨기 전이 제일 춥고 제일 캄캄하다는 말 들어 봤어?
김재현: 어. 바로 지금이네.
선우진: (담담히) 지금이 우리 인생에서 제일 춥고 어두운 시절이었으면 좋겠다.
김재현: (미소 지으며) 난 요새 좋은데. 태어나서 제일 행복한 거 같은데.

선우진: (재현의 눈을 바라보며) 난, 재현 씨가 더 행복해졌으면 좋겠어. 지금보다 더.

모포에 둘러싸인 누나의 몸은 작은 새처럼 품에 쏙 들어왔다. 마지막 진의 대사를 들으면서 나는 누나의 인생도 부디 그러하길 바랐다. 난 백성현이 더 행복해졌으면 좋겠어. 지금보다 더. 그런데 나는 행복하지가 않아.

새벽 촬영까지 다 끝났다. 어둠과 빛이 반반이던 저수지는 그새 환해져 있었다. 숙소로 돌아가 잠시 눈을 붙이고 늦은 아침을 해결한 뒤 다시 서울로 출발할 테지. 백 실장님께 바로 서울로 올라가자고 부탁했다. 그녀와 조금이라도 멀리 떨어져 있고 싶었다.

"감독님, 저흰 먼저 올라갈게요. 11시까지 세트장으로 가면 되죠?"

"안 피곤해? 눈 좀 붙이고 가지."

"집에 가서 자는 게 편해요. 차에서 자도 되고. 먼저 올라갑니다."

늦어도 2, 3일 안으로 형은 깁스를 풀고 촬영장으로 복귀할 것이다. 동시에 나는 한 치의 미련도 없이 '지긋지긋한 드라마는 영원히 굿바이!'란 멘트를 날리며 서준유와 배턴 터치를 해야 한다.

나는 소개팅할 여자를 만나기 전 블로그나 페이스북 등을 미리 방문해 상대방을 예습하는 남자가 아니다. 자기만의 공간에 올린 글이나 사진이 한 사람을 있는 그대로 보여 준다고 생각할 만큼 순진하지도 않다. 인터넷 창으로 보이는 모습과 실제에는 크고 작은 차이가 존재한다. 백성현이란 사람이 그랬던 것처럼. 예습이 부족해 당황했던 것처럼 평생 그녀를 복습하며 살 마음은 없다.

추운지 여전히 모포를 두르고 있는 성현 누나와 눈이 마주쳤다.

"갈게."

짧은 인사를 무뚝뚝하게 건넸다. 나는 그녀의 대답을 기다려 주지 않고 바로 돌아섰다.

나는, 어려서부터 형하고 무언가를 나누는 게 싫었다. 차라리 통째로 줘 버리면 줬지 하나를 가지고 두 개로 나누는 건 아예 안 가진 것만 못하다고 생각했다. 엄마의 자궁을 나눠 좁디좁게 열 달을 살았으니 그것만으로도 충분하다고. 장난감도, 옷도, 침대도 아닌 여자 하나를 두고 이게 무슨 짓인가. 더군다나 피를 나눈 형제가.

김재현에게 선우진이 오직 하나이듯 세상에 백성현도 하나다. 그러니 그 여자를 좋아하는 남자도 서준유 하나면 충분하다.

내 역할은 여기까지다.

준유

성현 누나가 생일 선물로 준 추리 소설은 사실 일본에 잠깐 머물 때 영화로 먼저 본 것이었다. 마지막 몇 장을 남기고 있을 때, 민규가 문자를 보내왔다.

5분 안에 도착.

약속한 시간보다 한 시간이나 빠르다. 이것들이 나이를 먹더니 잠이 없어지나.

10분 뒤, 민규가 가져온 음식을 주섬주섬 식탁 위에 늘어놓았다. 상엽이가 냉장고에서 꺼낸 음료수를 두 개의 컵에 따르더니 남은 주스를 병째로 입에 들이부었다. 둘 다 자기 집처럼 알아서 착착 움직인다.

아침 내내 간절히 기다리던 게 안 보인다. 양념치킨을 만들어 오겠다더니 생닭 두 마리가 거대한 알몸을 드러내고 발라당 누워 있다. 민규가 고개를 요리조리 돌려 가며 내 얼굴을 관찰했다.

"몇 주 쉰 게 얼굴에서 보이네. 안색 좋아졌다고. 다크서클도 거의 사라졌고. 팔은 어때?"

"괜찮아. 치킨은?"

민규가 생닭을 가리켰다.

"이게 영어로 치킨이여. 영어 잘하는 애가 왜 이러실까?"

"양념치킨은?"

"초딩처럼 맨날 치킨 타령이야. 형아가 백숙해 줄게. 이거 엄마한테 특별히 부탁해서 어렵게 구해 온 거야. 얘네 발목 좀 봐 봐. 거뭇거뭇하지? 너처럼 다리도 길쭉하고, 지방도 적고. 이게 진짜 토종닭이야. 마트에서 파는 흔해 빠진 토종닭이 아니라고. 낮엔 산에서 실컷 놀게 하고 밤엔 잠까지 재워 가면서 5개월 넘게 키웠다더라."

"그렇게 키운 걸 어떻게 먹어? 데리고 살아야지."

"식재료에 감정 이입하지 말랬지? 먹거리를 의인화하면 먹을 게 없어요. 야, 우리 엄마가 너 드라마 찍느라 고생한다고 약재 많이 넣고 푹 고아 주라더라. 같이 먹으라고 겉절이까지 해 주셨어. 어떻게 친아들보다 아들 친구를 더 좋아하지? 자존심 상해서 원."

옆에서 실실 웃던 상엽이 느물느물 입을 뗐다.

"너 같으면 안 그러겠어? 덕분에 살림이 쫙 폈는데. 토종닭 아니라 더한 것도 잡아다 주지. 폭주족, 아침은 먹었어?"

"대충."

"샐러드 쪼가리?"

민규가 백숙에 넣을 황기, 인삼, 대추, 찹쌀, 마늘, 부추 같은 걸 정리하면서 그럴듯하게 떠들었다.

"사람이 금방 만든 음식을 먹고 살아야지. 아무리 칼로리, 영양 따져 만든 비싼 음식이면 뭐 해. 음식에 온기가 없는걸. 다 필요 없어. 육체의 배고픔만 채우는 먹거리는. 그런 것만 먹고 살면 영혼이 허기진다니까."

"와, 우리 공민규 진짜 많이 컸다! 나름의 철학이 있다니까. 리허설이 번성하는 덴 이유가 있어요."

"말은 바로 하자. 나 때문이 아니라 한류 스타 서재유 덕분이지."

"인정. 이 닭님을 우리 쌍둥이 형제하고 같이 먹어야 하는데."

"할 수 없지. 촬영장까지 들고 갈 순 없잖아. 거긴 팬들이 워낙에 잘 챙겨 먹이니까 괜찮아. 두 마리 끓일 테니까 한 냄비는 나중에 재유하고 같이 먹어. 야, 근데 냉장고에 무슨 보약이 이리 많냐. 아무리 비싼 보약을 사시사철 먹어 봐라. 정성껏 차린 세 끼 밥에 비할 수 있나."

내내 듣고 있던 나는 이 말이 꼭 하고 싶었다.

"참하기도 하지. 우리 민규 더 늦기 전에 시집보내야 하는데."

"죽을래?"

"조금만 더 살자. 드라마는 끝내야지."

상엽이가 내 등 뒤로 와서 어깨와 깁스한 팔을 조심스럽게 만졌다. 약간의 통증이 느껴졌지만 신음이 나올 정도는 아니다. 제자리로 돌아온 상엽이 내 쪽을 바라보았다.

"어제 재유하고 통화했어. 안 힘드냐니깐 괜찮다던데? 하여간 적응력 끝내줘."

"말이 그렇지 힘들 거야."

"닭이 하도 커서 한 통에 들어가지도 않네."

불 위에 냄비 두 개를 올려놓고 온 민규가 의자를 끌어당기며 말했다.

"그 자식이야 사막에 던져 놔도 사막여우랑 맥주 마시며 수다 떨 놈이잖아. 우리 넷이서 같이 논 것도 참 오래됐다. 그지?"

일곱 살의 봄. 엄마 심부름으로 깡통에 들어 있는 파인애플을 사러 갔었다. 파인애플은 그날 재유가 유일하게 먹고 싶어한 음식이었고, 엄마는 동생을 돌보느라 집을 비울 수 없었다. 늘 건강한 아이였는데 그날은 어딘가 많이 아팠던 모양이다. 엄마가 내게 모자를 씌워 주면서 몇 번이나 다녔던 슈퍼마켓만 가라고 다짐을 받아 냈다. 어쩌면 그날 처음으로 혼자 심부름을 한 건지도 모르겠다.

늘 다녔던 마트엔 동생이 먹고 싶다던 게 보이지 않았다. 엄마 말대로라면 집으로 돌아가야 했지만, 동생에게 그걸 사 주고 싶었다. 번화가 쪽으로 더 걸어갔다. 세 번째 들른 마트에서 델몬트라는 이름이 붙은 깡통 파인애플을 찾았다. 두 개를 샀는데 꽤 무거웠다. 거스름돈을 챙겨 주머니에 넣은 뒤 깡통이 든 비닐봉지를 들고 집 쪽으로 되돌아가는데 누군가 동생 이름을 불렀다.

"재유야! 서재유!"

돌아보니 키가 작고 통통한 남자애와 역시 키가 작고 마른 남자애 둘이 내 쪽으로 뛰어오고 있었다. 두 아이 중 통통한 애가 먼저 물어 왔다.

"어? 재유 아닌가? 닮았는데? 너 서재유 맞아?"

마른 애가 날 요리조리 살피더니 통통한 애 쪽을 보았다.

"머리 모양이 다르잖아. 키도 작고, 더 말랐고. 너 서재유 동생이야?"

당시 내가 다니는 유치원은 집에서 20분 거리였다. 집 근처엔 내 친구들이 없었다. 나는 서재유도 아니고, 서재유의 동생도 아니라고 해야 하는데 선뜻 말이 나오지 않았다.

"얘 왜 이래? 말 못 해? 너 서재유 몰라?"

마른 애가 또 물었다. 나는 동생보다는 작았지만 그 두 아이보다는 키가 컸다. 그럼 너희도 내 동생이냐? 그런 생각을 하며 입을 열었다.

"서재유 알아."

"오늘 재유랑 같이 놀기로 했었는데. 많이 아파?"

재유가 친구들과 놀기로 했다면서 징징거렸던 게 떠올랐다.

"우리 집에 가서 놀래? 따라와."

그 동네엔 일곱 살이 되기 직전에 이사 와 겨우 몇 달을 살

앉을 뿐이었다. 동생은 집 근처 유치원에 혼자 걸어 다녔고, 나는 엄마와 함께 버스를 타고 그 전에 다녔던 유치원으로 통학했다. 어려서부터 나는 무언가가 자꾸 바뀌는 게 싫었다. 동생과 달리 금방 적응하지도 못했다.

아픈 동생 때문에 집을 비울 수 없었던 엄마는 그날 내게도 유치원을 쉬라고 하셨다. 재유는 내내 누워 있었다. 종일 심심했던 나는 누구하고라도 놀고 싶었다. 평소 동생은 주로 밖이나 친구들 집에 가서 놀았다. 마른 애가 내 발걸음에 맞춰 따라오며 다시 물었다.

"근데 너 누구야?"

"서준유."

"아니, 이름 말고. 재유 동생이야?"

"아니. 재유 형."

통통한 아이가 놀란 목소리로 끼어들었다.

"뭐? 형? 니가?"

"그래. 내가 형이야."

작고 마른 애가 내 얼굴에 가무잡잡한 얼굴을 들이밀며 되물었다.

"형아가 형이라고? 진짜로?"

토종닭은 일반 닭보다 두 배는 오래 삶아야 한다. 저 닭은 유난히 크기 때문에 더 오래 끓이는 게 좋겠다. 황기를 넣으면 국물이 진해지고 투명한 갈색이 되면서 닭 비린내까지 잡아 준다. 대추와 마늘을 넣으면 맛과 향이 좋아진다. 밤은 너무 일찍 넣으면 뭉그러진다. 부추는 살짝 데쳐서 닭고기에 싸 먹으면 맛있다. 소스는 겨자를 살짝 넣어……. 어려서부터 통통했던 민규가 그 모습 그대로 자라서 이런 설명을 하고 있다.

작고 말랐던 상엽인 키만 쭉 자랐지 여전히 마른 편이다. 우리는 산비탈에서 뛰어노느라 근육이 질겨진 시골 닭이 익기를 기다리며 거실에서 노닥거렸다. 잠깐 화장실을 다녀온 사이 상엽이 탁자 위에 있던 책을 펼쳐 보고 있었다. 누나의 글씨가 보였다.

"이리 내."

"안 가져, 인마. 이 누나, 글씨가 시원시원하네. 우리 인생도 마지막 장을 덮기 전에 모든 걸 알 수 있는 책처럼…… 크하. 누가 내 인생도 좀 총정리 해 줬으면 좋겠구만."

"난 헌신할 여자라도 있으면 좋겠네요."

"있잖아. 매주 목요일 저녁만 되면 오는 여자. 설거지해 준다고 설치는 그 여자."

"그 여잔 서재유 팬이잖아."

"너한테도 관심 많아 보이던데? 오빠~."

상엽이 목요일마다 온다는 여자의 목소리를 간드러지게 흉내 냈다.

"민규 오빠! 바쁘면 내가 설거지할까요? 호호호."

민규의 얼굴이 순식간에 구겨졌다.

"내가 꿩 대신 닭이냐? 그렇게 설치는 타입 딱 질색이거든.

근데 이 책은 누가 받은 거야?"

민규가 내게 물었는데 상엽이가 대답한다. 이상한 놈들이다.

"누구겠어. 그제가 생일이었는데, 촬영장에 있는 재유가 받아 왔겠지."

"그럼 책 주인은 누구라고 해야 하지? 서준유 거냐? 서재유 거냐?"

"준유 거지. 재유는 금방 떠날 사람이잖아. 책 읽어 봤느냐고 내용이라도 물어보면 어떡할 건데?"

"준유가 똑같은 책 주문해서 보면 되지. 선물은 직접 받은 사람이 갖고. 흐흐흐."

지극히 주관적인 판단이지만, 내가 보기엔 민규 자식이 더 이상하다. 이상한 공민규가 작은 눈을 반짝이며 내 눈을 들여다봤다.

"아주 보고 싶어 죽겠지? 그 누나?"

오늘은 김상엽 이 자식까지 내 편이 아닌 것 같다.

"보면 모르냐. 책에 손때 묻을까 봐 벌벌 떠는구먼. 엥? 《노인과 바다》도 그 누나가 준 거야?"

"어디 줄 게 없어서 생일 선물로 책을 주나. 난 책 선물하는 사람들 진짜 좀 그래. 《노인과 바다》가 뭐야. 새파랗게 젊은 놈한테."

"그럼 '야구 동영상의 정석'이란 책이라도 선물해야 하나?"

"그런 책이 진짜 있어? 당장 읽어 봐야겠다!"

아, 이놈이 내 친구라니. 어디 가서 자랑은 못 하겠다.

"공민규, 차라리 나 무식해요, 하고 등에 써 붙이고 다녀. 어떻게 명작을 몰라. 아무리 《노인과 바다》를 안 읽어 봤대도 그렇지."

"그러는 넌 그 책 누가 쓴 건지는 알아?"

민규가 짧고 두툼한 손으로 잽싸게 책 표지를 가리며 상엽에게 질문했다.

"사람을 뭐로 보고! 헤밍웨이잖아."

"무슨 헤밍웨이?"

"……어니스트! 어니스트 헤밍웨이. 세상에! 내가 이걸 기억하네?"

장난기가 동한 난 두 녀석에게 동시에 질문을 던졌다.

"너희들, 어니스트 헤밍웨이 가운데 이름이 뭔지 알아? 미들네임?"

민규가 1초쯤 빨랐다.

"닭 좀 보고 와야겠다! 넘치겠네."

잽싸게 일어나는 민규의 뒷모습을 바라보며 상엽이 씁쓸한 목소리를 냈다.

"새끼, 지 혼자 살겠다고. 난 한국식 이름이 제일 좋더라. 얼마나 간단해. 김상엽."

닭이 다 삶아졌다. 한약재가 듬뿍 들어간 뜨끈한 국물이 시원해서 아예 그릇째 들고 마셨다. 죽은 먹는 흉내만 냈다. 동생이 살이 꽤 빠졌기 때문에 나 역시 살이 붙으면 안 된다. 안 그래도 이틀에 한 번씩은 서로의 몸무게를 비교해 보고 있다.

민규가 쫄깃한 닭살을 발라 내 앞 접시에 자꾸 올려놓았다. 깁스한 손가락 때문에 포크를 사용하는 날 위해 부추에 겨자 소스를 찍어 먹여 주기도 했다. 자상한 자식. 여자들은 왜 이런 남자를 못 알아보는 걸까.

접시 위의 겉절이를 보니 성현 누나를 처음 만난 날 라면과 함께 먹던 겉절이가 생각났다. 민규가 가져온 배추 겉절이는 꽤 매웠다. 캅사이신과 청양고추가 듬뿍 들어간 비빔냉면을 안 매운 척 억지로 먹느라 고생했던 게 어제 일처럼 떠올랐다. 이런 것도 추억인가. 그녀를 위해 기꺼이 매운 냉면을 나눠 먹을 날이 내게 또 주어질까.

드디어 깁스를 풀었다. 근질거렸던 팔과 손가락 피부는 창백하게 탈색돼 있었다. 손가락 관절이 굳을 수도 있어서 아무리 길어도 3주 이상 깁스를 하지는 않는다고 한다. 경직됐던 근육은 곧 제자리로 돌아갈 것이다. 통증이 깨끗이 사라진 건 아니어도 견딜 만했다. 남들 눈에 아파 보이지만 않으면 된다.

집으로 온 정문용 대표와 촬영 복귀 날짜를 조율해 봤다.

"어차피 이렇게 된 거 13회는 마치고 들어가라. 재유도 적응된 거 같던데. 니 생각은 어때? 아직 좀 무리일 것 같은데?"

"내일부터라도 할 수 있어요. 원장님도 힘든 액션만 아니면 움직여도 된대요."

"나도 형한테 들었는데, 혹시 탈 날까 싶어서 그렇지. 2, 3일만 더 쉬어. 니가 몸이 유연해서 크게 다치지도 않고 금방 나은 거라고 하더라. 운 나쁘면 죽을 수도 있었어. 나하고 같이 일하는 동안은 다시는 오토바이 타지 마."

"그다음엔 타도 돼요? 대표님하고 결별하면?"

"환갑까지만 참아. 그땐 나도 안 말려. 재유보다 하얘 보이는데 어떡한다. 메이크업으로 해결되려나."

동생은 이른 아침 1박 2일 일정으로 가평으로 출발했다. 진의 약지에 청혼 반지를 끼워 주러.

내가 이토록 변덕스러운 인간인지 몰랐다. 어쩌면 내게도, 그 여자에게도 위험한 인연. 모든 걸 제자리로 돌려놓고 싶으면서도 어디가 끝인지 내 눈으로 확인하고 싶다. 도무지 마음의 갈피를 잡을 수 없다.

요샌 낮잠을 자주 잔다. 아주 가끔은 이대로 영원히 잠들면 어떨까 하는 상상을 한다. 동생이 전화한 건 긴 낮잠에서 막 깨어난 순간이었다. 처방받은 마지막 약을 먹고 바로 잠들었던 것 같다. 멍한 상태로 전화를 받았다. 졸음은 곧 달아났다. 동생의 질문은 간결했지만 강력했다.

— 성현 누나 좋아해?

"그게 왜 궁금한데?"

— 배우로서, 파트너로서, 동료로서, 그딴 시답잖은 대답 말고. 좋아하지?

"촬영장에선 연기에만 집중해. 잡생각 그만하고."

— 알아야겠어. 여자로 순수하게 좋아하는 거 맞지?

"아냐."

— ……내가 너하고 배 속에서 열 달 가까이 같이 살았던 것까진 부인 못 하지? 누가 쌍둥이 영혼의 동반자라고 하더라. 우리한테도 해당하는 말인지 모르겠지만.

재유가 먼저 전화를 끊었다. 이유 없이 전화할 아이가 아니다. 이렇게 대놓고 물어본 이유를 어느 정도는 알 것 같다. 나는 백성현을 배우로서, 파트너로서, 동료로서 좋아한다. 그리고 여자로서 관심이 있다. 많다. 그러나 지금은 솔직하게 말할 수 없다. 아무리 동생이라도.

나 같은 직업을 가진 사람의 연애는 보통 사람들의 연애와는 다른 경로를 밟는다. 나 너 좋아한다. 너도 내가 싫지 않다면 지금부터 만나 보자 따위의 말들로 가뿐하게 시작할 수 있다면 좋겠지만, 그건 치기 내지 용기가 많아야 가능한 일이다.

연예인의 연애는 일대일의 관계가 되기 어렵다. 인기가 많을수록 더더욱. 어쨌거나 나는 비겁한 대답을 했다.

오전 9시가 넘은 시간. 평소보다 늦은 기상이다. 거실로 나와 보니 언제 들어왔는지 동생이 소파에 널브러져 자고 있었다. 몸에선 술 냄새가 진동했다. 씻지도 않고 잠들었는지 겉옷이 거실 바닥 여기저기에 팽개쳐져 있었다.

나갈 시간을 체크한 뒤 모자를 푹 눌러쓰고 해장국을 사러 갔다. 돌아온 나는 바닥의 옷을 정리하고 재유를 억지로 깨워 욕실에 밀어 넣었다. 샤워를 마친 동생의 눈은 여전히 충혈돼 있었다. 홍삼진액을 컵에 따라 코앞에 들이밀었다. 재유는 이맛살을 찌푸리며 갈색 액체를 들이붓듯 마셨다.

"또 해장국이야? 새벽에도 비슷한 거 먹었는데."

"촬영 앞두고 잘한다."

"먹기 싫어. 안 먹어."

"국물이라도 마셔. 술 냄새 없애야 할 거 아냐?"

"왜 다들 나한테 이래라저래라야? 오늘부터 니가 촬영해라. 지금부터 준비하면 시간 맞출 수 있을 거야. 얼른 정연 누나 불러."

"14회부터 들어갈 거야."

"……그래도 되겠어? 진짜?"

"길어 봐야 하루 이틀이야. 식는다. 어서 먹어. 먹여 주리?"

"누구하고 말도 똑같이 하네."

스케줄대로라면 두 사람은 오늘 밤 안으로 키스신을 찍는다. 오정혜 작가의 대본은 섬세하다. 목의 각도와 손의 위치까지 적혀 있었다. 시청자들이 텔레비전으로 보는 키스신은 한 번이라도 실제 카메라 앞에서는 몇 번이고 반복될 때가 많다. 만약 NG가 난다면, 감독이 좀 더 리얼하고 아름다운 키스신을 요구한다면 한 시간이고 두 시간이고 금방 지나간다.

배우는 프로다워야 한다는 말까지 꺼낼 것도 없다. 어차피 연기자에겐 피하기 어려운 상황. 키스신은 키스신일 뿐이다.

등을 돌리고 앉아 신발을 신던 동생이 들으라는 듯 툭 내뱉었다.

"새벽에나 들어올 거야. 기다리지 말라고. 의부증 걸린 마누

라처럼!"

내가 마셔 본 술 중 가장 도수가 높았던 건 재작년 미국에 갔을 때 마셔 본 75.5도짜리 보드카다. 바텐더가 칵테일 만들 때 넣는 '에버클리어'라는 이름의 95도짜리 술도 보여 줬는데 그건 차마 마실 엄두가 안 났다. 그날 마신 보드카는 안동소주는 명함도 내밀지 못할 만큼 독했다. 한국엔 아예 수입조차 안 되는 도수의 술은 식도를 태우듯 독하게 흘러들었고, 취하고 싶었던 그날의 나는 급하게 술을 들이켰다.

밤의 호르몬은 낮의 호르몬보다 다혈질인가. 그날 밤, 내 몸과 정신을 마비시켰던 술이 간절했다. 성인이 되고 나서 3주 가까이 술을 전혀 안 마신 건 처음이다. '리허설'에라도 가고 싶었으나 공식적으로 '서재유'는 촬영장에 있어야 하는 사람이다.

연예인 친구들 역시 내 존재의 비밀을 정확히 모른다. 날 아는 사람은 많지만, 내가 아는 사람도 많지만, 그들과 나의 관계엔 늘 한계가 존재한다. 나를 100프로 솔직하게 보여 줄 수 없으므로. 믿기는가. 이 넓은 세상에 마음 놓고 갈 데가 없다는 게?

다음 날 아침 마주친 동생은 평소와 다름없었다. 나 역시 보통 때처럼 행동했다. 어제 밤늦게 14회 대본이 나왔다. 대본상 반전이 있었다. 이미 2주 전 나와 있었던 걸 배우들에겐 13회 촬영을 마치고 보여 주자고 합의했다 한다.

이런 식의 전개가 되리라곤 전혀 예상하지 못했다. 제작진이 배우들의 감정선이 흐트러질까 봐 걱정한 게 이해가 된다.

짐작조차 못한 반전이지만 나쁘지 않아 보였다. 시청자들의 반응은 극과 극으로 나뉘어 분분할 것이다. 분명.

드라마 〈온리 원〉의 홈지기는 잠도 없는 모양이다. 그새 넓은 소파에 같이 누워 있는 두 사람의 사진을 올려놓았다. 키스신 직전의 모습이다.

동생의 품에 안긴 그녀는 잠이 든 것처럼 편안해 보였다. 아무 걱정 없는 무방비 상태. 남자에게 모든 걸 맡긴 모습. 그런 백성현을 바라보는 동생의 눈길은 또 어떤가. 이 사진은 보지 말 걸 그랬다.

재유는 6시가 되기 직전에 들어왔다. 새벽이지만 밖은 벌써 환했다. 일찍 잠에서 깬 14회 대본을 외우고 있던 나는 들어왔느냐는 인사 외엔 아무 질문도 하지 않았다. 동생이 그 촬영장에 모든 마음을 같이 내려놓고 왔기만을 바랄 뿐. 오늘부터는 내가 촬영이다.

거실 바닥에 드러누워 천장을 보고 있던 재유가 먼저 말을 걸었다.

"밤새 안 잔 거야? 벌써 일어난 거야?"

"자야 일도 하지. 또 술 마셨어?"

"보시다시피. 마지막 연기 잘했냐고 안 물어?"

동생은 내 얼굴을 보지 않았다. 이젠 아예 눈을 감고 있다.

"고생했다."

"누나 아픈 거 병명이 메니에르 증후군이래. 귀와 관련된…….

귀찮다. 검색해 봐."

"그래."

"새벽에 내가 실수를 좀 했어. 누나한테."

"무슨 실수! 어떤?"

"대충 수습하고 왔으니까 그렇게 알아."

"구체적으로 말을 해야 대처할 거 아냐?"

"……누나랑 번지점프 얘기 했었어?"

"……어."

"파프리카 색이 몇 가지야?"

"믿거나 말거나 열두 가지."

"허. 시월이가 왜 시월이지?"

"10월에 처음 데리고 와서."

"서재유 이상한 캐릭터 됐군. 혹시 누나 집 어딘지 알아? 자기 집이 어디냐고 물어보는데 대답을 못 하겠더라. 가 봤어야지 알지."

"정발산 근처라는데 나도 정확히는 몰라."

"너무 걱정하지 마. 뛰어난 순발력으로 그런대로 잘 마무리지었으니까. 대본도 확 바뀌었으니 좀 어색한 것도 나쁘진 않겠네. 선택된 인간은 뭐가 달라도 다르네. 오늘은 촬영 없어."

"왜? 시간도 없을 텐데."

"어젯밤 늦게 이 감독님 모친상 당하셨어. 다 같이 장례식장 다녀오는 길이야."

"그래? 내가 가 봤어야 하는데."

"그 전엔 박지형 감독 집에 갔었고. 거기는 가 봤지? 몇 회였나. 6횐가? 죽 먹는 장면 나왔던 그 집."

"거긴 왜?"

"반전에 대처하는 자세인 거지. 14회 대본 의논한다고. 미친 거 아니야? 어떻게 그런 여자하고 헤어질 수가 있어? 넌 이해가 되냐?"

"이해를 시켜야지. 솔직히 그대로 가면 더 보여 줄 게 없잖아. 시청자들이 나머지 3회 동안 주인공들이 애 둘, 셋 낳는 것까지 굳이 보고 싶겠어? 너무 시시해지잖아."

"애 셋 낳는 게 시시한 거야? 난 엄청 시시하게 살고 싶은데?"

"그건 현실이고, 이건 드라마니까."

어떻게 마무리하려고 그러지? 너무 타이트 할 텐데.

"2회 정도 더 연장할지도 모른대. 잠은 다 잤다. 각오해라. 머리 스타일부터 확 바꾸라는데? 정연 누나가 전화할 거야. 할 얘기 뭐가 더 있었지……? 모르겠다. 빠르면 낼 오전부터 촬영 들어간대."

"그래. 내가 통화해 볼게."

"난 좀 자고 일어나자마자 갈 거야. 할 말 있음 지금 해."

"애썼다. 그동안. 이제부터 뭐 할 거야?"

"머리부터 자르고 스웨덴 들어가려고. 친구들이 기다려."

"집에 들렀다가 가. 기다리셔."

"그래야지. 이건 말해 주기 싫은데……. 13회 69번 신은 찍다 말았어. 뭔지 알지? 누나가 찍다가 잠이 들어서. 어젯밤에 이어서 촬영하려고 했는데 아예 빼기로 결정했대. 되게 서운하네. 그거 하나 바라고 시작한 건데."

"……스웨덴 들어가기 전에 한 번 더 보자."

"뭘 또 봐. 지겹게 봐 놓곤. 아! 젓가락질 속성 코스로 배워. 언제 고쳤느냐고 하더라. 성현 누나가."

씻고 나온 동생은 주스 한 잔을 마시더니 방으로 들어가서 나오지 않았다. 처리할 일이 적지 않았다. 소소한 볼일을 마치고 돌아온 시간은 밤 9시경. 동생이 쓰던 방은 깨끗이 정리돼 있었다. 침대 시트까지. 식탁 위엔 14회 대본과 손때 묻은 12, 13회 대본을 올려놓고 갔다. 그리고 작은 메모지 한 장.

다시는 자의든 타의든 사고 치지 마. 앞으론 네 대타 안 할 거야.

무슨 일이 생겨도 절대 안 할 거니까 펑크를 내든, 돈으로 막든 알아서 해.

전화 안 받는다. 이메일 체크도 안 해.

당분간 어떤 문명의 이기도 접하지 않을 거니까 그렇게 알아.

덕분에 한몫 두둑이 챙겨 간다. 드라마 잘 마무리해. 건강해라, 형.

어릴 적 동생은 30분 먼저 태어났을 뿐인 나를 꼬박꼬박 형이라고 불렀다. 부모님의 명령이기도 했으나 굳이 안 지킬 수도 있었다. 때론 짓궂고 가끔 심술 맞고 종종 엉뚱했지만, 기본적으로 심성이 착한 아이였다.

별 볼 일 없는 나 때문에 스무 살부터 서준유가 된 동생에게 나는 늘 빚을 진 느낌으로 살았다. 처음부터 솔직했더라면, 적어도 내가 쌍둥이라는 걸 세상에 알렸더라면, 그 애나 나나 이렇게까지 힘들지 않아도 됐을 것을. 언제나 뒤늦은 후회. 후회는 아무리 빨라도 늦다.

인터넷으로 내 이름을 검색하면 아직도 나와 이름까지 똑같은 사람을 알고 지냈다는 이야기가 돌아다닌다. 어릴 때 한 동네에 쌍둥이 형제가 살았는데 그게 가수 서재유 같다는 사람도 있다. 하지만 네티즌들은 말도 안 되는 소리라며 믿어 주지 않았다. 서재유가 쌍둥이라뇨! 하나도 고마운데 둘씩이나!

이름은 약간 다르지만 20대 초반, 얼굴이 비슷한 남자와 군 복무를 같이 했다는 사람의 주장도 있었다. 내 팬들은 내가 군대를 벌써 다녀온 거면 얼마나 좋겠냐고, 차라리 사실이라면 고맙겠다며 하소연했다. 군대 사진도 몇 장 돌았지만, 살집이 오른데다 검게 탄 동생과 마르고 한껏 꾸며진 나는 빼닮아 보이지 않았다. 그나마도 증거 사진은 잽싸게 삭제되곤 했다. 소속사에서 손을 쓴 것이리라.

나와 관련한 뜬소문은 적지 않다. 인간의 상상력이 어디까지인가를 시험하는 루머도 꽤 있다. 심지어 내가 친하게 지내는 유명 가수 아무개와 연인 사이라는 소문까지 돌았다. 그 가수의 성별은 남자다.

나에 관한 모든 소문이 다 거짓은 아니다. 다행인지 불행인지 팩트는 금방 사라졌고, 루머는 끈질기게 살아남아 아직도 여기저기 떠돈다. 나는 내 모든 비밀이 밝혀질 이후가 두렵다.

불면증이 생길 정도로.

짐작이지만 동생은 본가로도 스웨덴으로도 바로 가지 않을 것이다. 그러나 어디로 갈 거냐고 두 번은 묻지 못했다. 지금쯤 어느 길바닥을 헤매고 있을까. 다음에 다시 만나면 그 얼굴을 편히 볼 수 있을까. 이렇게 은근한 신경전을 벌였던 걸 민망해하며 아무렇지도 않은 척 술잔을 부딪칠 수 있을까. 한 여자를 같이 좋아했던 시간도, 그 여자의 얼굴마저도 짧은 과거가 되어 지난주에 먹었던 점심밥 메뉴를 기억 못 하는 것처럼 부담 없이 잊어버리는 날이, 올까.

생각해 보니 같이 지내는 동안 마주 앉아 맥주 한 캔을 못 마셨다. 이렇게 난 또 그 애를 미안한 마음으로 보냈다.

대본상 반전이 있는 게 내가 다시 촬영장으로 돌아가는 데 큰 도움이 됐다. 소설처럼 주인공의 심리를 구구절절 설명할 수 없으므로 시간의 흐름을 알리기 위해 가장 쉽게 할 수 있는 건 스타일을 확 바꾸는 것.

직원들이 출근하기 전에 샵으로 정연 누나를 만나러 갔다. 헤어 디자이너였던 누나는 나 때문에 메이크업까지 배웠고, 데뷔할 때부터 내 머리와 얼굴을 관리해 주고 있다. 남자보다 더 입이 무겁고 의리가 있는 사람이다.

"이마 드러내니까 훤하다! 한동안 드라이 좀 안 했다고 머릿결이 살아났네. 근데 너희 둘 이젠 더 구분을 못 하겠어. 어떻게 꼭 닮아졌니? 같은 사람 역할을 해서 그런가?"

"그렇게 닮았어요?"

"징그럽게 닮았어, 야! 내가 사람 얼굴 무지 많이 봤는데, 이렇게 치아까지 닮을 수 있다는 건 진짜 미스터리야. 신기한 건 너흰 머리 스타일 바꾸면 또 달라 보인다? 네 얼굴이 조금 더 예뻐."

"재유가 좋아하겠네. 어려서부터 예쁘다는 말 되게 싫어했거든요."

"니 동생 어젯밤 머리 깎고 갔어. 박박 밀어 달라는 걸 겨우 말렸다니까. 너하고 다른 색으로 염색해서 보냈어. 돌아다닐 때 조금이라도 편하라고."

"누나, 난 이 얼굴로 태어난 게 싫어."

"또 또 배부른 소리 한다. 형제가 쌍나팔이야. 어제 재유도 그러더니만. 너 죽을죄 짓는 거 아니야. 너무 부담 갖지 마. 막말로, 알려지면 어때? 연예인이라 소속사와 의논해서 쌍둥이라는 거 안 밝혔다고 하면 되지. 어차피 재유는 유학 가 있었는걸. 너희가 가끔 역할 분담한 거야 몇 사람만 입 꾹 다물면 되는 거고. 니가 우겨서 속인 것도 아니잖아. 그때 정 대표님이 잘못 판단한 거야. 심하게 잘못 판단하셨지."

"내 잘못이 제일 크죠."

"솔직히 그게 범죄야? 누구한테 피해 주는 일은 아니잖아."

"어쨌든 속인 거고, 동생이 피해를 봤잖아요. 나 때문에."

"너도 여기까지 오느라 개고생 하고 살았잖아. 재유도 그거 알아. 걔가 어제 그러더라. 부담 갖지 말고 서재유로 편히 살라고 전해 달라고. 그 말 듣는데 나 눈물 나오는 거 참느라 혼 났어."

"……."

늘 어린 줄만 알았던 재유가 훌쩍 나이 들어 떠난 걸까.

"다 됐다! 이제 좀 들어 보이나? 어머, 우리 서준유 실시간으로 늙는 거 봐. 너 처음 봤을 땐 소년티가 남아 있었는데. 이 큰 눈엔 반항기가 가득해서 말이야. 이젠 누가 봐도 남자네, 남자야. 이 머리 스타일도 반응이 좋아야 할 텐데……."

짐작엔 한계가 있다. 상상은 현실을 온전히 담지 못한다. 늘 넘치거나 모자란다. 사람들은 모른다. 나하고 똑같이 생긴 사람이 세상에 하나 더 있는 게 어떤 무게인지. 사람들은 모른다. 나처럼 사는 인생이 어떤 건지, 모른다.

거울 안에 서재유로 바뀐 서준유가 보인다. 김재현으로 돌아갈 마음의 준비도 끝냈다. 드라마를 하면서 촬영장을 그리워한 건 처음이다. 연기가 이렇게 간절히 하고 싶었던 것도 처음이다. 이렇게 나는 다시 서재유의 모습을 하고 세상 밖으로 나간다.

"준유야, 괜찮아. 다 잘될 거야."

그래, 나는 배우다. 이것이 가식이든 연기든 운명이든 지금은 이렇게 살 수밖에 없다. 그러므로 그토록 아프게 헤어졌어도 결코 잊을 수 없었던 〈온리 원〉의 옛 연인 선우진을 만나러 가야 한다. 지금, 그 여자를 만나러 간다.

성현

노래를 잘하는 사람은 반 박자 느린 듯 부른다. 절대 서두르는 법이 없다. 누군가를 웃길 땐 상대방보다 먼저 웃지 말아야 한다. 다른 이에게 감동을 주고 싶다면 먼저 울음을 터트려선 안 된다. 타인을 설득할 땐 필요 이상 언성을 높이거나 흥분하지 말아야 한다.

드라마는 설득이다. 설득하지 못하면 시청자는 외면한다. 연기는 그 이상의 설득이다. 내가 '성현'인 걸 이미 아는 사람들에게 드라마가 방영되는 순간만큼은 '선우진'이라고 착각하게 하는 것.

나탈리 포트먼은 열세 살에 레옹을 따라다니던 당돌한 소녀 마틸다를 소화했다. 조디 포스터는 열네 살 나이에 매춘부 역할을 해내 아카데미 여우조연상 후보에 올랐다. 레오나르도 디

카프리오는 열아홉 살에 천재 시인 랭보를 눈부시게 연기했다. 천재가 천재를 연기한 셈이다.

그보다 더 어린 나이에 천재 취급을 받는 배우도 적지 않다. 다코타 패닝은 여섯 살 나이에 일곱 살 지능을 가진 아빠를 돌보는 꼬마 숙녀 루시 다이아몬드를 연기해 몇 날 며칠 나를 울렸다. 지금도 나는 그 영화를 볼 때마다 눈물을 흘린다. 다코타 패닝이 보여 준 최고의 연기는 여섯 살 때 출연한 〈아이 엠 샘〉이라는 생각도 바뀌지 않는다.

서른둘의 나는 천재로 태어나지 못했다. 연기만을 위해 미친 듯이 살았다고 할 수도 없다. 눈물 연기만큼은 자신 있지만, 잘 우는 배우는 흔하다. 누가 내게 직업을 물어보면 배우라고 당당하게 말할 자신 있는 필모그래피 역시 만들지 못했다.

담배를 입에 안 대거나 인적 드문 건널목에서 신호등을 지키는 건 연기에 아무 도움이 되지 않았다. 그러나 내게도 잘하는 연기가 몇 가지 정도는 있다. 안 슬픈 척, 안 아픈 척, 안 힘든 척하는 것. 아무렇지도 않은 얼굴로 신경 쓰이는 상대방을 바라보는 것. 지금처럼 이렇게.

"재유 형! 반지요. 보관 주의. 취급 주의. 헤헤."

"이거야? 커플링이 뭐 이래? 커플링 같지 않네."

재유가 자기 손 안에 들어온 반지를 들여다보며 퉁퉁거렸다. 오늘은 종일 까칠하다. 하긴 어제도 그랬고 그제도 좀 그랬던 것 같다. 촬영할 때만 빼고는.

"여자 스태프들은 예쁘다고 난리던데요?"

나는 반지가 궁금했다. 내가 받을 거니까.

"어디 봐 봐."

재유가 내게 반지를 건넸다. 한때 좋아했던 영화의 여주인공이 받은 청혼 반지와 모양이 비슷했다. 순식간에 내 것처럼 애정이 생긴다.

"예쁜 거로 협찬 받았네. 미리 껴 보면 안 될까?"

"없어 보이게 왜 그래? 이까짓 반지가 뭐라고 여자들은 목숨을 거냐."

여자에게 반지가 주는 의미는 생각보다 클 수도, 작을 수도 있다. 남자들이 생각하듯 반지를 받을 때마다 심각해지는 여자는 많지 않다. 나는 장신구 중에서 반지를 제일 좋아한다. 반지가 어울리는 손이라는 소리도 자주 듣는다. 물론, 남자한테 반지를 받아 본 적도 있다. 누군가 날 생각해서 주는 것인데 처음부터 기분 나쁠 이유는 없다. 나중에 그 남자 얼굴에 그것을 집어 던지는 일이 생기더라도.

내 기억에 가장 남는 반지는 첫사랑 남자애가 준 것이다. 작은 방울 두 개가 매달린 평범하고 앙증맞은 14K 반지. 남자에게 받았던 반지 중 가장 싼 것이었지만 그걸 받던 날, 스무 살의 나는 행복했다. 미안하게도 나는 그 반지를 잃어버렸다. 언제, 어디에서 잃어버렸는지도 모르게.

여기는 경기도 가평의 작은 마을. 부모님이 사는 바닷가 동네처럼 소박한 아름다움이 남아 있는 곳이다. 지은 지 얼마 안 된 펜션엔 나무로 만들어진 딱딱한 그네 대신 소파처럼 편안한 그네가 있다.

나는 오늘 이곳에서 사랑하는 남자로부터 청혼을 받는다. 그것이 아무리 예정된 연기라 해도 조금은 설레는 마음이 생긴다. 하늘에 별이 많았다. '별이 쏟아질 것 같다'는 표현은 이런 하늘을 보고 만든 게 아닐까. 서재유의 표현대로라면 이렇지만.

"우주는 원래 별투성이야. 시골이니까 유난히 많아 보이는 것뿐이지. 속지 마, 하늘에."

내가 무모했다. 저 많은 별의 숫자를 세려고 하다니. 137개까지 세어 보다가 어지러워서 그만뒀다. 눈을 감아도 어지러움은 금방 가시지 않았다. 어제 아침엔 샤워하기 전부터 계속 어지러웠다. 두어 시간 잠들었다 겨우 눈을 떴는데, 천장이 빙글빙글 돌길래 시간 내서 병원엘 가긴 해야겠구나 생각했다. 몇 주 전부터 어지러운 증상은 드문드문 있었다. 몇 달째 제대로 못 잔데다 피곤이 누적돼서 그렇겠거니 했다.

메니에르 증후군이란 묘한 이름의 증상이 날 괴롭히는 건 줄은 정말 몰랐다. 겨우 샤워를 마친 뒤 가운을 입고 욕실을 나오는데 바닥이 나를 향해 일어났다. 온몸의 피가 순식간에 싹 빠지는 기분을 느끼며 그대로 쓰러졌다. 몸을 일으킬 수도, 동생을 부를 기운도 없었다.

"왜 그래? 어지러워?"

또, 재유였다.

"조금."

"매니저 좀 구하면 안 돼? 누가 요새 그러고 다녀? 소녀 가장

이야? 진작 병원엘 좀 가지. 미련스럽게."

아픈 건 난데 왜 자꾸 화를 내는 걸까. 이것도 관심이라고 생각해 봤지만, 그래도 서운했다.

"안 그래도 알아보려고."

"병…… 심하대?"

"병이라기보다는 일종의 증상이야. 아주 심한 건 아니래."

"쉬어야 한대지?"

병원에선 무조건 쉬어야 한다고 했다. 불가능한 주문이었다. 처방받은 약을 하루 세 차례 먹고 있다. 증상은 싹 사라지지 않았으나 토할 것처럼 울렁거리는 건 없어졌다. 주위가 빙글빙글 도는 느낌도 꽤 줄었다.

"그렇지 뭐. 드라마 끝나면 6박 7일 내리 잠만 자려고."

시골은 외할머니와의 추억을 떠올리게 한다. 외할머니는 어떤 얘기든 원래보다 더 드라마틱하게 하는 재주가 있는 분이시다.

"느이 애비한테 일부러 모질게 굴었지. 제일 의지하던 딸인데, 일부러 늦게 시집보내려던 막낸데. 세상에! 집도 절도 없는 놈이, 심지어 부모도 없는 놈이 우리 막내딸을 데려간다는 거야, 글쎄! 말이 말 같아야 들어 주지. 그런 집으로 시집가 봐야 호강을 하겠어, 시부모 사랑을 받겠어? 그 잘난 얼굴 보고 할미가 절대 안 된다고 그랬지. 내가 말이야, 대통령이 와도 눈 하나 깜짝 않을 사람이야. 근데 느이 아빠한테는 그 말 하는 게 어찌나 어렵던지. 내 앞에 무릎 꿇고 앉아 그 큰 눈으로 눈물만 뚝뚝 흘리는데, 할미가 차마 더는 못 보겠어서 방 문을 쾅 닫고 들어갔다. 아무래도 느이 엄마가 시킨 거 같어. 우리 엄마는 인물과 눈물에 약하니 그걸로 해결해 보라고 말이여."

"그래서요? 할머니, 그래서요? 재밌다!"

"애비 운 얘기가 재미있냐? 이래도 효녀라고 자랑만 하지! 느이 아빠가 너 돌 땐가 그러더라. 서운한 건 진작 다 잊었다고, 어머니 마음 이젠 이해한다고. 자기 같아도 반대했을 거래. 처음 봤을 땐 잘생기기만 하고 애 같더니 애아범이 되니까 그새 어른이 됐더라고. 애비가 널 손에서 놓질 못하더구나. 얼마나 귀애하는지. 인형 같은 얼굴로 니가 아빠, 아빠 하면서 종종 따라다니는 게 꼭 병아리 같더라니까. 니가 지금도 예쁘지만 어려서도 아주 이뻤거든. 내 손주 중 우리 성현이 인물이 최고여. 느이 남매 보다가 다른 손주 놈들 보면 하나같이 오징어, 꼴뚜기나 진배없어. 근데 성현아, 할미가 돼서 이런 말 하면 안 되지? 그 뭐냐, 드라마 보니까 솔직한 것도 죄라고 하드만."

나는 할머니의 주름진 얼굴을 바라보며 다음 말을 기다리곤 했다. 몇 번을 들어도 질리지 않는 이야기.

외할머니의 네 딸 중 우리 집이 제일 가난했다. 그래도 할머닌 눈엔 우리 엄마가 제일 행복해 보였다고 한다. 반대한 결혼이었지만 네 사위 중 아빠만큼 편한 사위가 없었다고. 아빠는 우리 엄마한테 하듯 외할머니께도 정성이셨다.

드라마가 끝나면 제주도부터 가 보리라. 오래 편찮으신 외할머니와 부모님이 뵙고 싶었다. 시월이도.

설렘은 잠깐이고, 얼른 청혼 장면을 마무리하고 눕고만 싶었다.

밤은 낮과는 다른 나를 만든다. 어둠을 틈타 내 육체로 스며든 낯익은 감성이 날 조금씩 잠식하고 있다. 너무 깊이 받아들이지 않으려고 한다. 내가 다칠 수도 있으니까.

재현이 진의 손가락에 반지를 끼워 주며 나직이 말한다.

"나랑 같이 늙어 가자. 검은 머리 파뿌리 될 때까지."

이토록 평범하고 오래된 문구는 서재유의 다정한 목소리로 재현되면서 세상 유일무이한 청혼으로 바뀐다.

'늙어 버린 나도 지금처럼 사랑할 수 있겠어?'

진의 독백을 시청자는 듣지만, 재현은 듣지 못한다. 타원형의 반지는 나를 위해 맞춘 것처럼 쏙 들어갔다. 투명한 보석이 박힌 반지가 조명 아래서 반짝거린다. 달빛이든 별빛이든 조명이든 중요하지 않다. 데자뷔. 마치, 언젠가 어디선가 한 번쯤 겪었던 일처럼 낯설지 않은 풍경. 낯익은 대화. 낯익은 냄새. 기분이 너무 이상했다.

우리는 서로의 손을 어루만지며 예정된 대사를 했다.

"컷! 잠시 휴식."

어이없게도 나는 내 분량의 대사를 까먹을 뻔했다. 다시 어지럽다. 시은이가 잽싸게 가져다준 모포를 두르고 그네에 기대 눈을 감았다. 조금 전의 다정함은 개나 줘 버린 듯 툴툴대는 재유의 목소리가 귀에 거슬린다.

"백성찬 걔는 도대체 어딜 간 거야? 누나만 달랑 데려다주고 바로 가 버리데?"

"교수님 따라 지방에 내려갔어. 잘 보여야 하는 교수님이야. 취직할 생각 말고 대학원 준비하라고 했거든."

"하여간 우리나라 대학은 문제가 많아요. 뿌리부터 썩었다니까."

틀린 말은 아니라고 생각하지만 잠자코 있었다.

"누나 이름이라도 팔라고 해. 혹시 알아? 더 잘해 줄지?"

"그 교수가 나 싫어하는 사람이면? 성현 비호감이라고 하면?"

"밥 한 끼 먹어 줘. 대낮에. 차도 한 잔 마셔 주고. 동생 입회 하에."

여기까지 말하던 재유가 저만치 걸어가 하늘을 쳐다보았다. 마치 내게서 벗어나려는 듯. 다음 장면 대사를 생각하는데 어느새 돌아온 재유가 내 주변을 서성였다.

"생각해 보니 안 되겠다."

"뭐가?"

"교수님 만나는 거. 위험한 발상이더라고. 남자는 늑대야. 늙어도 늑대는 늑대야. 이것은 진리야."

"늑대가 어때서? 늑대를 모욕하지 마."

"이 늑대하고 누나가 좋아하는 그 늑대하곤 질적으로 완벽히 다르거든. 백성찬한테 본인 능력으로 해결하라 해. 누나 덕볼 생각 하지 말고."

"걔 안 그러거든요."

"그럼 다행이고. 노래 연습이나 더 할 걸 그랬나. 천기를 누설한 기분이네. ……별이 참 많다."

그리고 침묵. 며칠째 반복되는 이 패턴은 뭘까. 말문이 막 터진 어린애처럼 내 주변을 빙빙 돌며 말을 걸다가, 내게서 가능한 한 멀리 떨어져 날 피하다가(분명 나는 그렇게 느꼈다), 다정한 오빠처럼 날 감싸다가, 모르는 사람처럼 보고도 못 본 척하며 침묵을 금같이 여기는 순환 패턴. 같이 있으면 재미있고, 드물지만 화도 났고, 때때로 황당했다. 나는 서재유가 피곤했다.

하루 중 가장 춥고 어둡다는 시간. 새벽의 저수지는 처음 와 본다. 저수지에서의 장면은 세 개다. 이제 마지막 한 신만 남았다. 번번이 컷 소리가 나자마자 내게서 재빨리 떨어지는 재유를 보며 서운해하는 내가 한심하다. 저런 애한테 뭘 바라는 거니?

박 감독이 슬그머니 다가와 내 옆에 앉았다.

"아직 어지러워요?"

"조금요."

"괜찮아요? 토하진 않고?"

"어떻게 감독님은 모르는 게 없어요?"

"모르는 것투성이인데? 그 병 심하면 혼자 돌아다니지도 못하던데."

"겁주지 마세요."

"심한 경우 그렇다고. 안 추워요?"

"으슬으슬해요. 시골이라 그런가, 새벽이라 그런가."

"몸이 안 좋아서 그렇겠지. 숙소 들어가면 따뜻한 물에 푹 담그고 자요. 피곤해도 30분만. 잘 땐 목에 수건 꼭 두르고. 목이 약한 것 같던데."

대답도 귀찮아 고개만 끄덕였다. 드라마를 책임지는 감독으로서 소속사도 없는 불쌍한 여배우를 챙기는 것만은 아닐 터였다. 그만큼 한가한 사람도 아니다. 이 남자, 그제 내가 쓰러진 이후 평소보다 몇 배는 더 신경을 써 준다. 나보다 고작 세 살 더 많을 뿐인 박지형 감독이 나를 좋아하는 건 확실해 보인다. 그러나 나보다 여섯 살이나 어린 서재유가 날 좋아하는 건 확신할 수가 없다. 그런가 하면 바로 아닌가 싶다.

75번 신. 재유의 두 팔이 내 몸을 따뜻하게 감싼다. 커다란 모포 안에서 나는 그의 입가에 커피를 대 주었다. 실제의 재유는 커피를 마시지 않지만, 〈온리 원〉의 재현은 진이 주는 거라면 양잿물도 마실 사람이다.

재유가 늘 바르고 다니는 은은한 향수 향이 모포 안을 향기롭게 감돈다. 재유의 손이 자기 몸에 기대라는 듯 내 몸을 슬쩍 당겨 안았다. 그 순간만큼은 나도 마음 놓고 그의 의지에 따랐다.

〈온리 원〉. 이것이 실제 내 얘기라면 지금 얼마나 행복할까. 이런 남자가 내 남자라면 이 시간이 얼마나 든든할까. 아, 이런 한심한 생각은 하는 게 아니지.

"지금이 우리 인생에서 제일 춥고 어두운 시절이었음 좋겠다."

내 인생에서 제일 춥고 어두운 시절은 지나갔을까. 누가 그렇다고, 그러니 아무 걱정 하지 말라고 대답해 줬으면 좋겠다.

지금 나를 안고 있는 서재유는 행복할까. 태어나서 제일 행복할까. 모르겠다. 분명한 건, 내가 서재유의 행복을 진심으로 바란다는 거다. 이 아이가 더 행복해졌으면 좋겠다. 나와는 상관없이.

컷 소리와 함께 재유는 내게서 바로 떨어졌다. 전염병 환자를 모르고 만졌던 것처럼. 1박 2일 내내 신경을 너무 써 버려서인지 저수지에서의 마지막 신이 끝났을 땐 한 마디도 더 하기 싫었다.

모포를 두르고 멍하니 앉아 있던 내게 재유는 갈게, 두 글자만 남기고 쌀쌀맞게 돌아섰다. 대답도 듣지 않은 채. 왜 저렇게 차갑게 돌아서야 하는 거지? 그냥, 먼저 갈게. 잘 들어가 정도만 해 줘도 좋을 텐데. 왜 저래야만 하는 거지? 오늘만 보고 말 사람처럼.

몇 시간 뒤 재유는 술 냄새를 풍기며 촬영이 진행될 주차장에 도착했다. 얼마나 마신 건지 흰자위가 벌겋게 충혈돼 있었다. 프로답지 못한 그의 모습에 실망스러웠다.

"눈이 그게……. 요새 텔레비전 화소가 얼마나……. 술이 그렇게 좋아?"

"어떻게 술이 싫어요? 새벽에 데리러 오는 거잖아. 잠 못 자서 그런다고 생각하겠지. 〈온리 원〉 팬들은 천사표니까."

"저리 가. 으, 술 냄새. 이 모습 그대로 네 팬들한테 보여 주고 싶다."

"더한 것도 봤을걸? 술 냄새 화면으로 안 보이잖아. 누나만 모른 척하면 돼. 애드리브 좀 넣어 주라. 재현 씨, 요새 일하느라 피곤한가 봐. 눈이 충혈됐네. 그 정도?"

박 감독이 재유를 보더니 몇 마디 툭 던지고 갔다.

"여기가 어디라고 술에 취해 오냐? 촬영장이 너희 집 안방이야?"

재유는 죄송하다고만 했다. 이래저래 마음에 안 들었지만 어쩔 수 없이 짧게 애드리브를 넣어 남은 촬영을 마쳤다.

오늘은 동선상 13회 대본에서 빠졌던 장면들과 처음으로 '제대로' 된 키스신을 찍는다. 〈온리 원〉은 누가 봐도 멜로드라마지만 키스하는 장면이나 부담스러운 스킨십은 최소한으로 등장한다. 시청자들은 생전 키스 한 번 못 해 본 사람들처럼 투J 커플의 키스신을 기다리고 있다.

재현 집에서의 촬영. 무채색 톤의 인테리어로 단장된 고급 오피스텔이다. 김재현은 언제부터 이렇게 부자가 된 걸까. 길고 널찍한 거실 소파에 누워서 하는 입맞춤. 머릿속으로 69번 신을 몇 번이나 상상해 봤다. 재현의 내레이션 대사 덕분에 말초신경을 자극하기보다는 아름답게 느껴진다.

나는 카메라 앞에서 구역질 나는 키스를 하거나 상대 배우의 흥분한 몸과 부딪혀야 하는 베드신을 찍느니 온종일 울거나 와이어를 매고 하늘을 나는 게 낫다고 생각하는 쪽이다. 이건 되고 저건 안 되고, 처음부터 한계를 두고 옷 고르듯 역할을 골랐다. 이런 마인드를 가지고 소심한 연기를 했던 나다. 그런 내게 서재유처럼 여자 팬이 많은 배우와 하는 키스신이란 폭약을 짊어지고 불길로 들어가는 것과 다름없다.

코디들 사이에 앉아 있던 재유를 불러냈다. 나를 별로 좋아하지 않는 지수정 코디의 표정이 티 나게 샐쭉해졌다. 저 애는 보기보다 더 단순하고 순수한 사람인지도 몰라. 감정을 숨기지 못하는 걸 보면.

"왜?"

"이번엔 제대로 하자."

"뭘?"

"키스신. 지금이라도 소속사와 의논하고 오든지."

"어떤 걸 의논하라고?"

"서재유 팬들과 광고주들을 의식한 수위 조절."

"아는데, 나 스물여섯이야. 그 정돈 해도 되거든?"

"어머, 그렇게 많이 되셨군요. 저는 너~어~무 어려서 명함도 못 내밀겠는데요?"

웃자고 한 소린데 재유는 웃지 않았다.

"멜로 영화처럼 할 수도 있어. 너만 괜찮으면, 나도 괜찮아. 그 신, 내가 먼저 시작하는 셈이니까 누나가 리드할게. 넌 그냥 하던 대로 해."

"평소 하던 대로 하라고? 그럼 당황할 텐데? 장난이고. 15금에 맞게 하면 되지? 근데, 이상한 약 먹었어?"

"그래! 먹는다! 하루 세 번씩 꼬박꼬박."

"타이밍 참 죽이네. 가만있어도 어질어질하다는 사람이 무슨 키스신이야? 너무 좋아서 쓰러지면 안 된다? 창피하잖아?"

"NG나 내지 마."

"NG 내면…… 죽일 거야?"

"나 아무나 죽이고 그런 사람 아니야."

일부러 내가 먼저 주사위를 던졌다. 엊저녁 오정혜 작가에게 키스신이 얼마나 더 나오는지 물어보았다. 드라마 끝날 때까지 많아 봐야 세 장면이라고. 베드신은 한 장면 정도. 수위는 여전히 고민 중.

"제대로 할게요. 가능한 한 리얼하게."

오 작가는 대환영이라며 좋아했다.

— 그게 프로지. 다른 건 다 잘하면서 러브신만 몸 사리는 거 보기 안 좋아. 허지윤 알지? 걔가 딱 그 스타일이야. 충분히 잘할 수 있으면서 그런다니까. 남자랑 한 번도 안 해 본 것처럼. 아! 자기 춤 잘 추지?

"조금요. 이것저것 배우기는 했어요."

— 요가도 배운 적 있지?

"네."

— 오케이!

전화를 끊기 전 오 작가가 몇 마디 덧붙였다.

— 서재유 돌아왔더라?

"네?"

— 눈빛. 그제 편집실 다녀왔어.

"그런 것 같기도 해요."

— 그래도 좀 이상하지 않아? 뭔지 모르지만 조금씩 이상해.

"사실 많이 이상해요. 근데 또 멀쩡해요. 독특하기도 하고, 이중인격 같기도 하고. 저 그 친구랑 두 번은 일 못 하겠어요. 그쪽에서 하자고도 안 하겠지만."

— 난 자연인 서재유가 참 궁금해. 연구 대상감이야. 암튼 말로만 그러면 안 된다? 여섯 살 어린 남자야. 잘 요리해 봐.

임팩트가 강한 장면이어야 한다. 이왕이면 드라마 역사에 길이 남을 키스신을 찍어 보자고 나 자신에게 주문했다. 상대가 서재유라면 할 수 있을 것 같다. 그의 팬들이 날 죽이든 살리든 지금은 생각하고 싶지 않다.

불행히도 몸 상태는 금방 좋아지지 않았다. 피로 누적, 수면 부족, 면역력 저하가 불러온 메니에르 증후군. 그런 게 내 몸이 시들시들 아픈 이유였다. 좀 낫나 했더니 밤이 깊어질수록 버거워졌다.

8시부터 시작한 촬영은 끝이 없었다. 기껏해야 본방송에선 10분 전후로 채울 장면인데. 재유는 요리하는 장면을 찍다가 팔을 데기도 하고 대사도 자꾸 씹었다. 발음은 꼬이고 시선 처리는 불안했다. 나도 두 번이나 실수했다.

중간에 없던 신을 급히 만들어 찍게 됐다. 재유의 의견이었다. 아까부터 어질어질해서 눕고만 싶었던 나는 참견할 정신이 없었다. 오가는 말을 들어 봤을 땐 하자는 대로 해도 될 수준이었다. 박 감독이 오 작가와 통화해 몇 마디 대사를 급히 추가했다.

다시 촬영. 내가 먼저 소파에 드러누웠다. 누우니 살 것 같았다.

왜 그랬는지 몇 번을 되돌려 생각해도 기막히고 어이없다. 막내 보조가 나를 깨우는데, 잠시 여기가 어딘지 어리둥절했다. 갑자기 나타난 박 감독이 나를 내려다보며 물었다.

"더 자고 싶어요?"

"아! 내가, 내가⋯⋯."

"푹 잤죠. 깨워도 모를 만큼."

"촬영은? 재유는! 다 안 끝난⋯⋯."

벌떡 일어나 주위를 둘러봤다. 촬영 장비는 싹 치워져 있었다. 스태프도 몇 안 남았다.

"아, 어떡해! 어떡해요? 미쳤나 봐! 돌았나 봐. 깨워서 마저 하지 그랬어요?"

"카메라 감독님이 깨우지 말라고 하던데? 아픈 사람인데 자게 놔두라고."

지나가던 스태프가 한마디 거들었다.

"에이, 감독님이 깨우지 말라고 해 놓고선. 우리까지 대기시켜 놓고."

"일해라."

"넵!"

너무너무 한심했다. 이게 무슨 민폐인가.

"하, 죽어야겠다."

박 감독이 나를 보며 씩 웃었다. 지금 웃음이 나와요?

"스케줄은요? 또 꼬이잖아요."

"어차피 여기서 또 찍을 거예요. 그때 같이 하면 되지."

"14회 대본은 나왔어요?"

"그게…… 이따 오후에 나와요."

"저 얼마나 잔 거예요?"

"4, 50분 정도? 어디까지 찍었는지 기억나요?"

"……재현이 사랑해 세 번 하기 직전까지…… 들었나? 아닌가? 모르겠어요."

시간을 되돌려 봤다. 텔레비전 소리가 계속 윙윙거리는 것 같았다. 내 주위로 벌이 열 마리쯤 날아다니는지도 모른다. 눈은 뜨고 있었지만 화면은 눈에 들어오지 않았다. 등 뒤에서 날 안고 팔베개를 해 주던 재유가 내 팔을 부드럽게 토닥였다. 어릴 적 아빠는 잠투정이 심했던 나를 그렇게 재워 주시곤 했다.

대본대로라면 눈을 감을 시점이었다. 내레이션이 나올 시간을 벌어야 했다. 그의 큰 손은 계속 내 팔에 머물렀다. 재유가 무슨 말을 했고, 그다음부터는 필름을 잘라 낸 것처럼 기억나지 않는다.

키스신을 앞두고 쿨쿨 자는 여배우라니. 이거야말로 드라마 역사에 길이 남을 일이다.

몇 시간 뒤 촬영장에서 마주친 재유는 나를 보자마자 실실 웃으며 놀려 댔다.

"푸욱 잤어? 나이 들면 잠이 없어진다던데, 그것도 아닌가 봐?"

"하지 마! 아무 말 하지 마! 진짜 너무 창피해 죽을 거 같아. 소문 다 났지?"

"그래도 침 안 흘린 게 어디야? 내가 턱에 손수건 받쳐 주고 가려다가……."

"뭐? 또 무슨 얘기 하려고?"

"객관적으로 말해서 소문나면 누나보다 내가 더 창피하지. 어떻게 남자 품에 안겨서 그렇게 푹 자냐? 김재현하고 한 30년 살았지? 차암, 미스터리야. 살다 살다 처음 봤네."

"왜? 니 품에 안기면 다들 숨도 못 쉬고 좋아 죽나 보지?"

"노코멘트! 내가 코 고는지 안 고는지 확인하려다가 피곤해서 그냥 갔네."

예정대로라면 지난밤 불발된 키스신을 찍어야 했다. 그사이 작가와 피디들 사이에 조율이 있었고, 키스신은 처음부터 없던 장면이 됐다. 오 작가는 원래 대본처럼 연결해 찍기를 바랐지만, 촬영분을 직접 본 뒤 마음을 바꿨다고 한다. 오히려 그게 더 절절해 보인다는 이유였다.

내가 아는 한, 없던 키스신을 집어넣는 경우는 봤어도 있던 키스신을 뺀 건 처음이다. 69번 신은 김재현의 사랑 고백으로 끝나게 됐다.

긴 오후 촬영을 마치고 내 손에 14회 대본이 들어왔다. 열혈 시청자처럼 다음 내용이 궁금해 내내 답답했었다. 박 감독이 다들 들으라는 듯 큰 소리로 외쳤다.

"오늘 주연진은 바로 못 갑니다. 코디 분들도 남아 주세요."

뭔가 이상했다. 박 감독에게 가서 대놓고 물어보았다.

"뭐 있죠? 왜 그래요?"

"흐름이 확 바뀌었어요. 우진이도 금방 올 거예요."

"혹시 이 모든 게 꿈? 설마 그런 건 아니죠?"

"아니에요. 다 같이 우리 집에 가서 한잔합시다. 할 얘기도 있으니."

"안 피곤해요?"

"피곤하니까 마셔야지. 왜? 나하고 둘이서만 마시고 싶어요?"

"무슨 재미로 둘이 마셔요. 술은 여럿이 마셔야 재미지."

때마침 우진이가 들어왔다. 박지형 감독과의 대화는 지적인 즐거움을 주지만 때론 부담스럽다. 첫인상이 평균 이하였던 그는 겪을수록 괜찮은 사람이었다. 그러나 스태프들이 이렇게 많은 곳에서, 아무리 주연 배우라고 하지만 필요 이상으로 챙김받는 모습은 보여 주고 싶지 않다. 앞으로 더 잘나갈 것이 분명한 연출자에게 잘 보여서 나쁠 건 없겠지만.

이규석 감독은 노모의 병환이 악화돼서 병원으로 바로 갔고, 안 피디와 박 감독은 다시 사라졌다. 재유를 부른 우진이가 내 얼굴을 찬찬히 살폈다.

"아이고, 얼굴이 실종 중인데?"

"카메라 감독님이 화면발은 더 잘 받는대. 불행 중 다행이지?"

"하여간 못 말리는 긍정적 마인드. 이상한 병 걸렸다며? 메니……?"

"메니에르 증후군. 질환 명이 왠지 고급스럽지 않냐?"

"으이그. 병원에 실려 갔다고 해서 놀랐잖아. 그러게 진작 매니저 구하라니까. 그런데 말이지, 잡지 표지 사진 잘 나왔던데? 아주 그냥 적절하게 관능적이고 은근 귀엽고 청순한 게 딱 성현 같아."

말이 끝나기 무섭게 우진이 내가 표지로 실린 7월호 잡지를 머리 위로 들어 보였다. 며칠 전 잡지사 기자가 내게도 주고 갔다. 계절에 어울리게 찍은 사진은 꽤 마음에 들게 나왔다. 문제가 있다면 노출이 많아서 여럿이 같이 보기엔 민망하다는 점. 표지 속의 나는 등과 허벅지가 훤히 드러난 미니 원피스 차림이다.

재유가 잡지 표지를 흘깃 쳐다보더니 얼굴을 찌푸렸다. 근처에 있던 스태프들이 달려들어 환호성을 지르며 잡지를 뺏어 갔다. 도로 뺏어 올 틈도 없었다. 박우진 나쁜 놈.

"너 때문에 내가. 너 진짜!"

"왜? 사진이 오랜만에 실물을 담았더구먼. 저런 건 막 뿌려야지. 매니저는 어떡할 거야?"

"알아보고 있어."

"빨리도 알아본다. 드라마 다 끝나 가는 시점에."

"마땅한 사람이 없어. 너무 단기라 선뜻 못 하겠지."

"내가 알아봐 줄까? 잘해 줄 만한 사람 있는데. 조건은 유단자? 여자한테 무심한 남자? 누나보다 어려야 하고, 인물은 없을수록 좋고, 잠 없고. 오케이?”

“……그래. 알아봐 줘. 가능한 한 빨리.”

드라마를 하면서 친해진 세 주인공의 코디들은 재유의 밴으로, 재유는 우진이 차로, 나는 안 피디 차로 이동했다. 차 안에서 겨우 대본을 펼쳐 볼 수 있었다. 읽을수록 어지러웠다. 회복덜 된 귀가 문제가 아니라 14회 내용 때문에.

〈온리 원〉은 재벌, 출생의 비밀, 기억 상실이나 불치병 같은 설정이 나오지 않아서 무공해 드라마라고 불려 왔다. 그동안 나는 착한 시청자들뿐만 아니라 이렇게 좋은 두 남자에게 넘치게 사랑받았다. 재현은 눈빛으로도 진을 사랑한다. 문석호는 또 어떤가.

사랑의 절정을 맛본 직후, 재현과 진은 과거로 돌아간다. 회귀하는 정도가 아니라 아예 새롭게 각색된다. 어디까지가 상상이고 어디부터가 현실인지 모호했다. 분명한 건 가장 행복했던 13회는 선우진의 상상이라는 것. 두 사람은 이미 이별한 사이였다.

엘리베이터 입구로 들어가는 길에 재유와 마주쳤다. 그 모습을 발견한 순간 눈물이 핑 돌았다. 순식간에 시큰해진 눈은 눈물을 내뱉지 못해 점점 뻐근해졌다. 재유가 놀란 눈으로 날 바라보았다.

“왜 그래?”

“새 대본 나온 거 읽어 봤어?”

“아직. 왜, 결혼식이라도 올린대? 속도위반이라도 했나?”

"우리, 헤어졌나 봐."

"……."

"주차할 자리가 없어서 겨우 껴 넣었네. 안 피디님은?"

우진이 말은 귀에 들어오지 않았다. 내 눈엔 김재현을 연기하는 서재유만 보였다. 재유의 눈이 뚫어질 듯 나를 응시했다. 어이없게도 나는 울음이 터질 것 같았다.

"선우진하고 김재현…… 헤어졌나 봐."

"알아. 헤어진 건."

"그냥 헤어진 게 아니고, 그게 진의 상상이래. 오 작가님 왜 이래?"

황당하게도 눈물이 주르르 흘러내렸다. 재유의 눈이 커다래졌다. 그사이 남편과 통화를 마친 안 피디가 합세했다.

"이게 뭐냐고요. 해피엔딩으로 편하게 가나 했더니."

안 피디였다. 재유가 말없이 내 손에 들려 있던 대본을 뺏어 갔다. 엘리베이터가 도착했다.

"성현 씨, 일단 올라가서 얘기해 보자고. 대본 읽어 보면 알겠지만 나쁘진 않아요."

"상상이라. 진짜 상상도 못 한 반전이네. 안 피디님, 몇 층이죠?"

"18층."

"층수 한번 고약하네."

엘리베이터 안의 재유는 내내 대본만 읽었다. 나는 그치지 않는 눈물을 자꾸 손으로 훔쳐 냈다. 우진이가 내 어깨를 달래

듯 토닥이며 휴지를 건넸다.

"첫 신부터 쭉 울리긴 하더라. 그림은 좋겠어."

"안 피디님, 나 김재현 정말 좋아했나 봐요. 재유 보니까 자꾸 눈물 나."

순간, 재유와 눈이 마주쳤다. 선우진이 사랑하는 김재현과 내가 사랑하는 김재현은 같은 사람일까. 드디어 입이 열린 재유가 나지막이 말했다.

"울지 마. 어차피 두 사람, 다시 만날 거니까."

정확히 몇 살인지도 기억 안 나는 어린 날, 외할머니와 함께 상갓집을 다녀온 적이 있다. 할머니의 치맛자락을 잡고 따라간 곳은 고만고만한 시골집이었다. 어른들이 아주 많았다. 그렇게 사람이 많이 모인 걸 본 건 그때가 처음이었다. 그 집에선 이상한 냄새가 났다. 향을 피우는 냄새였을 것이다. 할머닌 내게 그곳이 어딘지, 왜 가야 하는지 가르쳐 주지 않았다. 다만 나는 그곳이 무서웠다. 그땐 그게 영정 사진인지도 몰랐지만, 제단 위에 얼굴만 나온 사진이 보였다.

그 흑백 사진 속 어르신이 할머니인지 할아버지인지도 모른다. 기억하는 건 구슬피 우는 노인들의 울음소리뿐. 외할머니가 아이고, 아이고 하더니 구슬픈 울음소리를 냈다. 할머니가 엎드려 우는 걸 보던 나는 영문도 모른 채 한참을 따라 통곡했다. 그날 일은 자라면서 내 기억 속에서 영원히 삭제되지 않고 가끔 기분 나쁘게 떠오르곤 했다.

아주 긴 하루였다. 박 감독 집에 모여 있던 우리는 갑작스러운 이규석 감독 모친상을 전해 듣고 병원으로 자리를 옮겼다. 장례식장은 아직 썰렁했다. 이 감독님은 외아들이었고 가까운 친척이 거의 없었다. 스태프들이 대신 그 역할을 했다.

이상하게 자꾸 눈물이 났다. 어릴 적 상갓집을 갔던 그날처럼. 어제까지 살아 있던 이의 영혼이 세상에서 완전히 사라진다는 것. 날 세상에 보내 준 부모를 잃는다는 것. 누군들 그런 아픔을 겪고 싶을까. 차마 가늠하기 어려운 슬픔을 어떻게 위로해 드려야 할지 몰라서 감독님의 손만 잡아 드렸다.

나는 아직 가까운 사람의 죽음을 겪지 못했다. 한참을 못 뵌 할머니가 자꾸 생각났다. 헤어진 지 오래됐다는 김재현과 선우진도 떠올랐다. 14회 앞 장면이 자꾸 생각나 눈물을 보냈다. 사람이 점점 늘어났고, 더 있어 봤자 도움도 안 될 것 같아서 일어나기로 했다. 그런 나를 재유가 잡았다.

"누나, 더 있다 가. 조금만 더."

테이블에 기대앉아 술잔을 기울이며 날 응시하던 재유가 어떤 사람인지 이젠 더 모르겠다. 그러나 그런 눈으로 바라본다면 어떤 여자라도 오해할 수밖에 없을 것이다.

"피곤해."

"낼 오전까지 쉬잖아. 언제 또 만……."

"뭐? 차나 잡아 주라. 내가 보기보다 겁이 많아서."

"……."

"택시 태워 주는 것도 귀찮아? 나하고 헤어졌다고 너무하는 거 아니에요? 벌써 잊은 건가."

대답도 안 듣고 일어났다. 병원이라 택시는 오래 안 기다려도 될 테지. 다만 아무 택시나 타는 게 무서웠다. 안 피디에게 먼저 간다고 슬쩍 말하고 콜택시를 부를까 생각하며 건물 밖으로 나왔다. 택시는 금방 보이지 않았다. 휴대폰으로 콜택시 번호를 검색하는데 재유가 옆으로 다가왔다.

"조금만 더 있다가 가. 10분만."

이해할 수 없다. 놀러 온 것도 아닌데 왜 자꾸 가지 말라는 건지.

"어서 들어가. 괜한 오해 받아."

"들어갈 거야. 택시 위험하지 않나. 집까지 데려다줄게. 너무…… 그게 택시는 위험하고. 잠깐만. 가서 인사하고 올게. 기다려."

횡설수설. 취했나 보다. 하긴 아까 소주를 엄청나게 마시긴 했지. 재유가 가지도 오지도 못하는 모습으로 나를 지켜보았다. 나는 서재유에게 꽤 오래전부터 궁금한 게 있었다.

"안 갈 거지? 여기 그대로 있어. 금방 올……."

"잠깐. 우리 집 어딘지 알아? 내가 어디 사는지 알아?"

"일산."

"일산 어디?"

"……일산 세트장 근처."

"너 우리 집 근처에 와 본 적 있다며? 저번에 나한테 전화했었잖아."

"……그게…….."

정말이지 이 말은 드라마가 끝날 때까지는 하지 않으려고
했는데, 더는 참을 수가 없었다.

"서재유, ……너 누구야?"

재유

"재유야, 뭣 좀 먹고 갈까. 출출하지 않아?"

"실장님, 저도 배고파 죽겠어요."

"넌 24시간 내내 배고파 죽잖아."

"아, 잘 땐 제외 좀. 우리 막국수 먹으러 갈까요?"

"인간아, 매니저란 놈이 관리하는 연예인을 먼저 생각해야지 제 입이 먹고 싶은 걸 먼저 말하면 되냐. 새벽부터 무슨 막국수야? 그게 지금 넘어가겠어? 밤을 꼬박 새우다시피 했는데 뜨끈한 걸 먹어야지. 넌 언제나 눈치 생길래?"

"그러니까요. 전 왜 이럴까요? 나가 죽어야겠죠? 힝."

두 사람의 사소한 대화가 너무 시끄럽다.

"안 속는다. 속에 없는 소리 하지도 말아. 근처에 일찍 문 연 데가 있으려나."

다 귀찮다. 1초라도 빨리 가평 땅을 떠나고 싶다는 생각뿐이다.

"형, 아무거나 빨리 먹을 수 있는 거로요."

그렇게까지 쌀쌀맞을 필요는 없었다. 편한 선배 대하듯 평범한 대화를 주고받으며 헤어지는 게 나을 뻔했다. 체한 것처럼 그녀의 눈길이 자꾸 걸렸다.

가까운 소머리 국밥집을 찾아 들어갔다. 식당 안의 손님들이 무심코 우리 일행을 보다가 놀란 눈으로 나를 다시 쳐다보았다. 나는 아직 연예인 서재유. 어딜 가든 알아보는 사람이 점점 많아진다.

"소주 한 병만 시킬게요."

"너 술 마실 때 안주 잘 안 먹는다고 사장님이 뭐라 하시던데. 그러다 속 버려."

"이번 주 내내 한 번도 안 마셨잖아요. 열흘도 넘었을걸."

"사람들 눈도 많은데."

"주정 안 해요."

"주사 없는 거야 잘 알지. 좀 많이 마셔서 그렇지. 그럼 딱 석 잔만 마시기다? 밥부터 좀 먹고."

술맛을 아는 사람은 음식으로 미리 배를 채우지 않는다. 빈 속에 들어간 알코올은 직선으로 식도를 타고 내려가 찌릿찌릿 온몸을 관통한다. 그 느낌이 좋아서 마실 때도 있다. 실장님이 국밥엔 손도 안 대는 날 보더니 수육을 시켰다. 잠시 먹느라 조용했던 수환이 갓 나온 수육을 내 그릇에 두 점 올려 주더니 제 입에도 집어넣었다. 수환이 수육을 급히 씹으며 중얼거렸다.

"서엉차니 혀어엉이 그러는데에요."

"누구? 세 점씩 먹어도 되니까 다 씹고 좀 말해."

"……성현 누나 동생이요. 백성찬."

"아! 그 키 큰 애. 그 집은 남매가 인물이 참 좋더라."

"지난주에 저랑 얘기하다가 예전에 돌던 루머 얘기가 잠깐 나왔거든요."

"연예인이야 스캔들, 루머 한두 번은 기본이지 뭐."

"누나는 좀 심하게 났잖아요. 그 유부남 배우하고요. 자기가 그땐 너무 어려서 대충 지나갔는데, 생각할수록 억울하대요. 자기 누난 연애도 제대로 못 해 본 사람인데 스캔들만 난다고."

"억울한 게 있어도 일일이 못 따지는 게 이 바닥 아니냐. 얼마 전에 성현 씨 전 소속사에 있던 이사님을 만났는데……."

"그 회사 없어지지 않았어요?"

"몇 년 전 문 닫았지. 매니저들도 다 뿔뿔이 흩어지고. 성현 씨가 거기 있을 때도 사고 한 번 안 치고 착실했나 보더라고. 끼를 제대로 발산 못 해서 그렇지 재능도 많고 천생 여자라고 하더라."

"제가 보기에도 성현 누나는 진짜 아까운 케이스 같아요. 실물은 걸그룹 멤버보다 훨씬 낫지 않아요?"

"가수가 아무리 인물 좋아 봐야 배우 얼굴을 어떻게 이기냐. 우리 재유는 제외지만."

여기까지 말하던 백 실장님이 뜻밖의 말을 꺼냈다.

"성현 씨 음반도 내려고 했다는데?"

누나는 한 번도 그런 내색을 한 적이 없었다. 노래방에 들어가 있던 때조차도.

"가수요?"

"그래. 앨범 준비하다가 스캔들 연달아 터지고 회사도 힘들어지고, 이래저래 복잡해져서 접은 거래. 노래 잘한단 소린 나도 들은 거 같아. 재유 넌 잘 알겠네. 같이 불러 봤으니까."

"잘해요."

"내가 그때 노래방에서 끌려 나오는 게 아닌데!"

"수환아, 우리 낄 데 안 낄 데 구분 좀 하고 살자. 그게 니 직업이야."

〈그대와 영원히〉를 부르던 백성현이 떠오른다. 노래 부르는 모습까지 예쁜 여잔 흔치 않은데.

"차라리 잘난 남자 만나 결혼이나 하지. 성현 누나 정도면 들이대는 남자도 많을 텐데."

"그러게. 내 딸은 절대 연예인 안 시킨다. 이리 채이고 저리 씹히고, 너덜너덜."

"그때 스캔들 터지고 누나 집에서도 연기하는 걸 심하게 반대했나 보던데요?"

"그럴 만하지. 한순간에 유부남하고 바람난 여자가 됐는데. 원래 그 자식 같이 일하는 여자들 한 번씩 떠보는 거로 유명하단다. 언플의 제왕이지. 난 김성유 인기 많은 거 진짜 이해가 안 가. 그 인간 운도 좋지. 드라마 두 개 잘 잡아서 얼마나 우려 먹고 사는지. 돈이 좋긴 좋아. 와이프가 그 꼴을 다 봐주는 거 보면."

백성현 얘긴 더 듣고 싶지 않았다. 좋은 말이든 나쁜 말이든.

"없는 사람 얘긴 그만해요."

"그래. 우리가 흥분할 문젠 아니지. 재유야, 국물이라도 좀 떠먹어라. 수육도 먹고. 먹여 주리?"

국물은 느끼했고 수육은 질긴 옷감을 씹는 것 같았다. 식어 가는 국물에 깍두기 국물을 부어 몇 숟가락 떴다. 밥알이 알알이 목에 걸리는 것 같다.

드라마에 자주 등장하는 회상 장면을 보면서 나는 투덜대곤 했다. 과거 지향적 인간들 같으니라고. 지난날은 뭘 그리 곱씹어?

내가 그러고 있었다. 귀엽게 찡그린 이맛살. 장난스럽게 빛나던 까만 눈동자. 궁금한 게 생길 때마다 말없이 나를 보며 짓던 표정. 웃을 때면 환하게 드러나던 하얀 잇속. 처음 본 날 그 여자가 입었던 옷까지 고스란히 떠오른다. 안 예쁜 줄 알았는데. 술이 더 필요했다.

"몇 시간 지나면 촬영할 텐데, 술 냄새는 어쩌려고."

"한 병만 더요. 안 돼? 그럼 반병만."

이번엔 실장님도 말리지 않았다. 수환이가 일어나 소주를 가져왔다.

"너 광고 하나 들어올 것 같더라. 어제 이사님이 미팅하러 갔었어. 될 확률 85퍼센트."

그깟 광고. 나보다 수환이가 더 반겼다.

"오! 뭐요?"

"큰 거야."

"집은 아닐 테고, 자동차는 저번에 했었고……."

"냉장고. 모델료 150퍼센트 인상."

"와우! 대박! 드디어 재유 형님 가전업계까지 진출하는 거예요? 실장님, 김치냉장고 오어or 그냥 냉장고?"

"둘 다. 조용히 좀 해라. 광고 처음 찍냐? 우리 품위 좀 지키자. 니가 모시는 서재유 한류 스타야. 소주 밝히는 한류 스타."

"흐흐흐. 나도 한잔하고 싶다. 광고 접수 기념으로."

"이게 자리 펴 줬더니 드러누우려고 하네? 나보고 운전하라고? 나 너만 한 나이에 엄청 뺑이쳤거든. 하루에 열다섯 시간 운전한 적도 있거든?"

"실장님, 120프로 농담입니다! 전 그냥 안주발만."

나도 궁금한 게 있었다.

"광고주들이 도대체 서재유를 왜 쓰는 거예요? 뭘 보고?"

"이미지가 좋잖아. 개념 있고, 매너 있고, 센스도 있는데다 맘만 먹으면 재미도 있고. 비주얼이야 두말하면 잔소리고. 이번 냉장고 광고는 〈온리 원〉 덕을 좀 봤지. 오 작가님께 장뇌삼이라도 보내야 하는 거 아니야? 공진단이나?"

"그 정도로 되겠어요? 벌써 두 개짼데. 냉장고 광고 성현 누나랑 부부 컨셉으로 하면 안 되나?"

"얘가 뭔 소리야? 나이 차가 그렇게 많은데 어떤 광고주가 써 주나?"

"그냥 보면 또래 같잖아요. 형하고 성현 누나 되게 어울리지 않아요? 저만 그런 거 아니에요. 다들 그러던데."

"큰일 날 소리만 골라 하네. 여자들이 재유 옆에 다른 여자 서 있는 꼴 보고 그 냉장고를 사 줄 거 같아? 무조건 혼자 팔아야 해. 요새 커플 컨셉으로 전자제품 찍는 거 봤어? 단독으로 가거나 남자들끼리 묶지."

"암튼 전 좋아요! 형 지난달에 음료수 광고도 찍었잖아요. 모델료가 얼마야? 5만 원권으로 깔고, 덮고 자도 남아돌겠다. 흐미, 부러운 거!"

자기 일처럼 즐거워하는 수환의 둥글넓적한 얼굴을 보니 웃음이 났다. 속병은 안 생기겠군.

"임수환, 좋냐?"

"좋죠. 형의 영광은 나의 영광! 형의 출세는 나의 출세!"

"그러다 망하면? 거품 빠지면?"

"제가 전 재산 걸고 보장하는데 적어도 10년은 끄떡없어요."

"너 모아 둔 돈 없지? 그러니까 팍팍 걸지."

"형님은 정말 날 너무 잘 알아. 난 가끔 형이 무서워!"

진짜 무서운 게 뭔지 보여 줄까. 네가 보는 내가 원래의 서 재유가 아니라고 하면 덩칫값도 못 하고 기절하려나. 비워져 가는 소주병을 드는데 실장님이 내게서 소주잔을 뺏어 갔다. 그가 내 입에 아직 온기가 남아 있는 수육을 억지로 넣어 주며 다정히 말했다.

"재유야, 거품도 인기야. 거품 한 방울 없는 연예인도 쌔고 썼어. 미안해할 것도 민망해할 것도 없어."

깨어나 보니 소파였다. 여기저기 던져 놨던 옷들은 한쪽에
잘 개어져 있었다. 어려서도 늘 저랬다. 세상 둘도 없는 형제애
를 갖고 살지는 못했지만, 나는 기본적으로 형을 싫어하지 않
는다. 사춘기 소녀처럼 하루에도 열두 번 마음이 바뀐다.

"오늘부터 니가 촬영해. 지금부터 준비하면 시간 맞출 수 있
을 거야."

"14회부터 들어갈 거야."

나는 형에게 두 번의 기회를 줬다. 백성현을 좋아한다고 솔
직히 대답만 했어도 이쯤에서 물러서려고 했다. 원한다면 당장
에라도 배턴 터치하고 드라마에서 빠질 수 있었다.

기회를 버린 건 서준유다. 한 번은 본인이 깼고, 한 번은 타
인에 의해 깨졌다. 기가 막힌 건 그랬음에도 내게 남은 건 아무
것도 없다는 거다.

오정혜 작가는 김재현에게 선우진과 함께 먹을 일품요리를
만들라고 주문했다. 볶음밥은 성의 없다. 비빔밥은 복잡하다.
스테이크는 식상하다. 스파게티는 더 식상하다. 자장면은 말도
안 된다. 그렇게 하나하나 제외하다 보니 결국 남은 게 오므라
이스였다.

혼자 살다 보니 자연스럽게 요리에 관심이 많아진 내게 오
므라이스는 그리 어려운 요리가 아니었다. 그럼에도 실수 연
발. 양파 대신 손가락을 썰 뻔했고, 뜨거운 프라이팬에 당근을

넣다가 팔을 데었다. 대사를 잊은 건 너무 당연했다. 발음이 꼬여서 몇 번이나 NG를 냈다. 자꾸 딴생각이 끼어들어 집중력을 떨어뜨렸다.

시간을 벌고 싶었던 나는 감독을 붙잡고 대본에 없던 장면을 하나 끼워 넣자고 우겨 보았다. 박 감독이 내 눈을 가만히 들여다보며 물어 왔다.

"어떤 점에서 노골적인데?"

"아무리 급해도 그렇지, 밥 먹이자마자 키스하는 건 좀. 그것도 눕혀 놓고."

양쪽 눈두덩이를 피곤한 듯 문지르던 그의 입가에 설핏 웃음이 떠올랐다. 역시 만만한 사람이 아니다.

"얘네 둘 그래도 되는 사이야. 어차피 15금에 맞춰 찍어야겠지만."

놀랄 정도로 담담한 목소리다. 나 같으면 이런 얼굴로 이런 대답 못 한다.

"그럼 와인이라도 마실래? 촌스럽나."

"영화나 예능 프로 같은 거 보게 하면 어때요? 그게 더 자연스럽지 않나. 일상적이고 순수한 느낌도 들고."

"……그래. 그러자."

69번 신을 찍기 전에 다시 한 번 동선을 체크했다. 키스신을 의논하는 누나의 목소리는 사무적이었다.

"내가 네 목을 끌어안고 입 맞추면 조금 있다가 네가 날 당겨 안아. 3초 정도 뒤에 내 등을 어루만지면서 꽉."

지금부터 내가 하는 말은 믿지 않아도 좋다. 나는, 그 키스 신을 피하고 싶었다. 그게 안 된다면 조금이라도 늦추고 싶었다. 계속 만날 수 있는 게 아니라면, 편하게 좋아할 수 있는 사람이 아니라면 하고 싶지 않았다. 그냥 사랑한다는 대사까지만, 돌아누워서 나를 보며 착하다고 말하는 장면까지만.

그녀와 나는 넓은 소파에 나란히 누워 말 많고 오버 액션이 심한 사람들이 바글대는 예능 프로를 보았다. 덩치가 더 큰 내가 뒤에서 누나의 몸을 살며시 끌어안았다. 그녀의 머리카락에선 코를 파묻고 싶을 정도로 좋은 향이 뿜어 나왔다. 밤새 안고만 있으래도 있겠다, 생각하며 나도 모르게 누나의 팔을 토닥였다. 작가의 주문에는 없는 행동이었다.

다른 부분은 대본에 충실히 하려고 노력했다. 사랑해라는 말을 세 번에 걸쳐 하고 기다렸다. 기다려도 그녀는 돌아눕지 않았다. 당황한 내가 박 감독을 불러야 할지 누나를 흔들어 봐야 할지 고민할 때 카메라 감독님의 목소리가 들려왔다.

"허, 키스신 앞두고 잠든 여배우는 처음 봤네. 허허."

박 감독이 다가와 성현 누나의 얼굴을 살필 때, 카메라 감독님이 몇 마디 덧붙였다.

"해외 토픽감이구먼. 어지간히 피곤했나 보다. 재유는 뭐 하냐? 같이 잘 거냐?"

그래도 될까요.

조심스럽게 팔을 풀고 살며시 일어나 누나의 얼굴을 들여다봤다. 기가 막히게도 정말 잠들어 있었다. 그것도 아주 푹. 긴 촬영에 지쳐 눈 밑 지방이 더 불룩해진 카메라 감독님이 박 감독을 쳐다보았다.

"성현이 깨워 말아?"

"……그냥 놔두죠. 어차피 이 빌라 하루 더 써야 해요. 그때 같이 가요."

"그러자. 아픈 사람 데리고 너무 무리했지. 나도 늙었나 보다. 이젠 키스신도 안 설레고, 베드신은 힘만 들고. 재유 넌 설레지?"

뭐라고 대답할 것인가. 그렇다고 대답할 수도, 아니라고 할 수도 없었다. 그건 단순한 설렘이 아니었다. 조명 감독님이 그 말에 맞장구쳐 주었다.

"선배는 뭘 그렇게 당연할 걸 물어요? 팔팔한 26세 청년한테? 당근 말밥이지."

한눈에도 지쳐 보이는 스태프가 다가와 다음 진행 상황을 확인했다.

"감독님, 성현 누나 일어나야 정리되는데요."

"좀 더 자게 놔둬. 모포 좀 덮어 주고. 다른 데부터 정리해."

성현 누나를 보디가드처럼 따라다니는 덩치 큰 코디도 박 감독에게 할 말이 있는 듯했다.

"그럼 저 먼저 가 봐도 돼요? 아침 일찍 협찬 때문에 누굴 만나기로 했는데, 집에 들렀다 가야 해서요. 제가 짐이 많아서 차를 얻어 타고 가야 하는데 언니한테……."

"알았어요. 무슨 말인지. 성현 씨 걱정은 말고 가요."

다시 내 또래로 보이는 남자 스태프. 아, 이 남자들 너무 짜증 난다.

"감독님, 제가 성현 누나 깨면 같이 갈까요? 저 일산 살아요."

"너 파주 살잖아."

"그니까 일산 지나야 파주……."

"까불지 말고 정리나 해. 뭐 해? 일 안 해?"

그때 조심성 없는 스태프가 소품을 떨어뜨려 큰 소리가 났다. 누나는 잠결에 깜짝 놀라 움찔했을 뿐 잠에서 벗어나지 못했다. 나를 따라다니는 개인 스태프들이 드디어 집에 가서 잘 수 있겠네, 하는 얼굴로 나를 바라보았다. 무슨 핑계로 이 자리에 더 남아 있겠는가. 내가 타고 다니는 밴은 빈자리가 있지만 방향이 달랐다. 누나를 깨워서 데리고 갈 핑곗거리는 만들어서도 안 되고 만들 수도 없다.

생일 파티에 초대받지 못한 속 좁은 마녀의 미움을 받았던 어느 나라의 공주는 열여섯 살부터 100년이나 잠을 자야 했다. 달콤한 키스로 깨워 줄 멋진 왕자를 기다리며. '잠자는 숲속의 공주'가 정말 존재했다면 저런 모습이었을까. 세상 그 어떤 무뚝뚝한 왕자가 왔더라도 그 여자의 평화로운 얼굴에 입 맞추고 싶었을 것이다. 지친 스태프들을 지나치면서 나는, 그녀의 잠든 얼굴을 뒤돌아보지 않으려고 기를 써야 했다.

집으로 오는 내내 백성현 생각이 머리에서 떠나지 않았다. 지금쯤 일어났을까. 일어나서 혹시 '재유는 먼저 갔어요?' 그렇게 물어봐 주지 않을까. '왜 마저 촬영 안 했어요? 깨우지.' 하며 마치지 못한 키스신을 조금은 아쉬워했을까. 어쩌면 박 감독이 태워 주는 차를 타고 집으로 가는 중일까. 앞좌석에 나란히 앉아 박지형 감독의 지적인 옆모습을 바라보며 '어, 이 남자 괜찮네?' 하는 순간을 만나게 될까. 매 순간, 모든 게 처음 같다.

"어이쿠! 다치겠네. 재유야, 앞 좀 보고 걸어."

백 실장님 말에 정신을 차려 보니 나 혼자 엉뚱한 방향으로 가고 있었다.

"니가 지금 제정신이 아닌 것 같다. 일본처럼 일주일에 한 번만 방영하면 안 되나. 우리나라도 시스템을 확 바꿔야지. 누구 하나 죽어 나가야 생방송 드라마가 끝나려나."

"그래서 김재현 집이 그렇게 좋은 거였어."

그게 성현 누나가 박지형 감독 집에 들어와 처음 꺼낸 말이었다. 피곤한 하루였지만, 시간은 어제와 같은 속도로 흘렀다. 느지막이 술 냄새를 풍기며 나타난 나를 누나는 한심하게 쳐다봤고, 대놓고 잔소리도 했다. 그래서 좋았다. 이 밤이 지나면 잔소리마저 그리울 테니까.

"감독님, 머리 꼭 잘라야 해요?"

"자르기 싫어요? 아까워요?"

지쳐 보이는 낯빛의 박 감독이 누나를 지그시 응시했다. 짧은 시간 얼마나 울었는지 벌겋게 부어오른 눈두덩을.

"그게 아니고, 애인과 이별했다고 머리 자르는 거 전 이해 안 돼요. 머리하고 헤어졌나. 남자하고 헤어졌지."

안 피디가 웃음 띤 얼굴로 그녀를 바라보았다.

"성현 씨, 이제 다 울었어?"

"모르겠어요."

두 사람이 헤어진 건 알고 있었지만, 가장 행복했던 순간들이 선우진의 상상일 줄은 몰랐다. 왜 그렇게 써야만 했을까. 얼굴도 마주친 적 없는 오정혜 작가가 싫었다. 운 좋게도 나는 행복한 연기만 해도 됐다. 누나가 내 앞에서 눈물 연기를 한 적은 한 번도 없었다. 그러므로 다시 붉어지는 저 눈은 연기가 아니다.

박 감독이 재차 물었다.

"그럼 어떻게 하고 싶은데요?"

"염색을 하면 어떨까요. 머리는 조금만 자르고 스타일을 바꾸는 선에서. 혹시, 커트 머리로 자르는 장면 홍보 사진으로 내보내려고 하는 거예요?"

"난 촌스럽게 그런 짓은 안 해요."

"성현 씨, 내가 오 작가님한테 물어볼게. 대본 보면 선우진이 씩씩한 척하잖아. 내 생각에도 굳이 짧게 자를 필요가 있을까 싶어."

안 피디 생각이 내 생각이다. 이번엔 우진 형이 박지형 감독에게 질문했다.

"겨우 3회 남았는데 이제 와서 반전을 만들면 어떻게 마무리하시려고요?"

"질문 타이밍 아주 좋아. 그래서 하는 말인데…… 2회 정도 연장할 수 있어요. 현재 상황 98퍼센트 확정."

박 감독이 거실을 꽉 채운 사람들을 빙 둘러보며 마저 말했다.

"좋아서 돌아 버리겠죠?"

다들 뱀파이어에게 목을 물린 것처럼 새된 비명을 질렀다. 스타일리스트들은 평소보다 몇 배의 부담을 안고 오피스텔을 떠났을 것이다. 한꺼번에 다섯 여자가 빠지니 살 것 같았다. 이제 남은 사람은 피디 둘과 주연 배우 셋. 지수빈은 광고 촬영 때문에 외국에 가 있어서 빠졌다.

"스토리 늘어지면 그건 누가 책임질 건데요? 말이 쉬워 2회지, 120분 분량을 더 찍어야 한다고요. 연장은 누구 생각이에요? 방송사? 제작사? 하여간 시청률만 오르면 늘이고, 또 늘이고."

신랄한 어조로 따지는 성현 누나를 박지형 감독은 가만히 지켜보았다.

"오 작가님도 합의한 결정이에요. 늘어질 것 같으면 본인이 먼저 싫다고 했을 거예요. 그 부분은 내가 총대 메고 책임질게요."

"잘못되면 욕은 다 같이 먹겠죠. 오 작가님은 믿지만."

"나도 아무나 믿는 사람 아니에요. 오 작가님이 나서서 연장하자고 했대도 안 될 것 같으면 내가 먼저 보이콧 했을 거라고. 시청자들도 싫어하진 않을 거예요. 선우진, 김재현을 그만큼 더 볼 수 있을 테니까. 힘들겠지만 조금만 더 참아요."

우리끼리 떠든다고 번복할 수 있는 문제가 아니었다. 박 감독이 찻잔을 치우고 와인을 꺼내 왔다. 성현 누나는 대본을 넘기며 와인을 벌컥벌컥 마셔 댔다. 우진 형이 그걸 보고 걱정스럽게 한마디 했다.

"누나, 이거 막걸리 아냐."

"그럼 막걸리 사 와. 돈 줄게."

"천천히 마시라고. 몸도 안 좋으면서."

"그래, 다 좋아요. 물 들어올 때 노 저어야지. 근데 왜 하필 나예요? 오 작가님 그제까지도 나한테 아무 말도……. 선우진 캐릭터를 왜 그 모양으로 만드는 건데. 진짜 서재유만 편애하시나 봐."

나는 아무 말 하고 싶지 않았다. 휴대폰 벨 소리가 들렸고, 안 피디가 얼굴을 찡그리며 전화를 들고 일어났다. 박 감독이 와인을 따라 주며 누나를 쳐다보았다.

"화났어요? 반전 때문에?"

"김재현이 선우진을 더 좋아했는데 왜…… 상상이든 망상이든, 해도 재현이 해야지 왜 진이 그러냐고요."

"이래서 성현 씨한테 미리 말을 못 꺼냈지. 김재현은 그런 상상도 할 수 없을 정도로 힘드니까. 아직도 1년 반 전 과거에 머물러 있으니까. 그게 어떤 건지, 얼마나 힘든 건지 알아요? 모르겠지."

"몰라요. 죽을 만큼 힘든 사랑. 알아야 하죠? 배우의 의무니까?"

박지형 감독은 그걸 아나? 과거에서 벗어나지 못하는 사랑 같은 거. 누나를 보며 씩 웃던 박 감독이 자기 잔에 와인을 따랐다.

"모르는 게 낫겠다. 아이구야, 앞으로 얼마나 들볶일까. 안 피디, 오정혜 작가 나 싫어하는 거 아니야?"

"직접 물어봐. 그나저나 박 감독, 우리 남편 좀 데리고 살아 주면 안 돼?"

누나가 오피스텔에 들어와서 처음으로 웃었다. 그 얼굴을 보며 나는 이런 생각을 했다. 1년하고 6개월. 한 여자와 한 남자가 사랑에 빠져 결혼하고 아이를 낳을 수도 있는 시간. 1년 반 뒤 나는 어디서 무엇을 하며 살고 있을까. 내게도 저 여자 얼굴 따윈 까맣게 잊을 만큼 좋은 여자가 생길까. 아무렇지도 않게 채널을 돌려 가며 〈온리 원〉을 복습하는 날이, 올까.

와인이 바닥을 드러냈다. 그래서 한 병 더 딸지 말지 다 함께 고민할 때, 인생에도 이렇게 쉬운 고민만 있으면 좋겠다고 생각할 때, B팀 스태프에게서 연락이 왔다. 부랴부랴 일어나 다 같이 병원으로 이동했다.

장례식장은 아직 썰렁했다. 겨우 진정됐던 누나는 자리에 앉아서도 눈물샘이 고장 난 사람처럼 계속 눈가를 훔쳐 냈다. 마지막 밤인데 온 밤 내내 우는 얼굴만 본 것 같아서 마음이 좋지 않았다.

와인이 들어찬 위장에 다시 소주를 들이부었다. 취해서 잠이라도 들었으면. 잠에서 깨면 이 모든 게 한여름 밤의 지독한 악몽이었으면. 그랬으면.

웃지 않아도 좋으니 조금 더 같이 있고 싶었다. 5분만 더. 10분만 더. 이게 마지막이라고 생각하니 미칠 것 같았다. 이 여잔 내 마음을 알 턱이 없다. 내가 왜 이러는지 알아서도 안 된다. 하지만 이건 너무 잔인한 일 아닌가.

그래도 내가 파트너라고 택시를 잡아 달라고 부탁한다. 나는 장례식장을 빠져나가는 누나를 천천히 뒤따랐다. 차라리 백실장님이나 수환일 불러 누나를 집까지 데려다주라고 하는 게 나을 뻔했다.

"우리 집 어딘지 알아? 내가 어디 사는지 알아?"

지난 3주 동안 조마조마한 순간이 많았다. 잘 버텼다고 생각했는데 결국. 난 백성현이 어디 사는지 모른다. 대답을 찾지 못하는 내게 그녀가 다시 물어 왔다. 너는 도대체 누구냐고?

그러게. 난 누굴까. 지금 이 순간, 난 누구로 살아야 맞는 걸까.

"나…… 서재유."

"아니. 너 서재유 아니야."

"내가 서재유가 아니면 누구야?"

"내가 아는 재유는…… 달라. 너처럼…… 나한테…… 안 그래. 재유는, 안 그래."

그녀의 목소리가 울 것처럼 떨렸다. 너처럼, 나한테, 안 그래. 재유는, 안 그래. 한마디 한마디가 나를 푹푹 찔렀다. 마음이 찢기면 왜 피가 나지 않는 걸까. 이렇게 아픈데. 그녀의 눈빛이 금방이라도 눈물을 터트릴 듯 흔들렸다. 전부 털어놓고 싶었다. 내가 그럴 수밖에 없었던 모든 이유를.

"누나가 모르는 게 있어."

"그래? 그런 거구나. 내가 모르는 게 또 있구나."

"미안해. 이해해 줘."

"얼마나 더 이해해야 하는데? 왜, 너희 소속사에서 나하고 친하게 지내지 말래? 추문 제조기 성현이 꼬드겨도 넘어가지 말래?"

"무슨 그런. 그런 거 아니야!"

"그럼 뭔지 말해 줄래? 니가 그동안 했던 이상한 행동들, 말들, 설명해 봐."

"그냥…… 누나하곤 상관없어."

"상관이 없어? 여태까지 나, 너하고 뭐 한 거니? 난 이 드라마 파트너이기 전에 선배야. 니가 얼마나 인기 많고 잘나가는지는 몰라도 그건 나와 상관없는 일이야. 이러니까 재밌어? 지금 나하고 장난해!"

그 짧은 순간, 많은 생각이 머릿속을 스쳤다. 누나가 모르는 게 있듯 내가 모르는 것도 있겠지. 형에겐 성현과 필요 이상 친하게 지내지 말라는 소속사의 단속이 있었을지도 모른다. 훌륭한 삶을 살진 못했어도 타인의 감정을 갖고 노는 인간은 아니다. 억울한데, 하소연할 데가 없다. 그래서 또 억울했다.

"너, 내가 지난봄에 번지점프 하러 가고 싶다고 했을 때 한 번도 못 해 본 것처럼 말했었지? 근데 번지점프 아주 좋아해? 내가 파프리카가 열두 가지 색…… 허, 지금 웃음이 나와?"

"화나게 해서 미안한데, 내가 어떻게 누날 상대로 장난을 쳐?"

재빨리 손을 내밀어 백성현의 두 팔을 잡았다. 이 상황은 연애의 연장선상이 아니다. 진정부터 시켜야 한다. 여자의 검은 눈이 차갑게 일렁였다.

"놔! 손 떼!"

"그래. 이렇게 화내니까 좋잖아?"

"뭐 하자는 거야! 화내니까 좋아? 그래?"

"진정해, 진정! 나 사실 누나가 너무 화를 안 내서 이상하다고 생각했어. 그동안 내가 아무리 힘들게 해도 다 봐주고 참아줬잖아. 그거 비정상⋯⋯."

"둘이 여기서 뭐 해? 싸워? 재유야, 성현 씨한테서 손 떼야지."

백 실장님이었다.

"감히 선배랑 어떻게 싸워요. 제가 구박받을 짓을 좀 해서 그래요."

"낼 마저 싸우고, 넌 들어가. 대표님 오셨어. 이사님도. 기자들 눈에 띄면 오해받아. 어서."

"뭘 했다고 오해를 해요? 우리가 살림을 차렸어요? 길거리에서 부둥켜안고 키스라도 했어요?"

내 말에 누나가 다시 화를 냈다.

"너 진짜!"

"허허. 오늘따라 왜 이러냐. 언젠 꼭 뭘 해서 기사가 났어? 최근 인기리에 방영되고 있는 드라마 땡땡땡의 주연 커플 S군과 S양이 사실은 엄청나게 사이가 나쁘다. 촬영장에서만 친한 척하는 거다. 땡땡땡의 관계자 A씨는 어쩌고저쩌고 몰라? 똥파리가 무서워서 피하냐고. 책 안 잡히는 게 상책이야. 성현 씨, 재유가 뭘 잘못했는지는 모르지만 좀 가라앉혀요. 내가 대신 사과할게요."

"백 실장님, 저 먼저 갈게요."

"누나, 택시 잡아 줄게."

그녀는 나를 무시했다. 내 쪽은 바라보지도 않고 벌써 저만치 걸어가고 있었다.

"형, 얼른요."

"성현 씨, 잠깐만요! 잘 보낼 테니까 걱정하지 마. 대표님이 너 어디 있느냐고 오자마자 찾으신다. 왜 전화도 안 받고 신경 쓰이게 해?"

"……모범으로 불러요."

그게 내가 누나에게 한 마지막 말이었다. 아니, 그건 실장님께 한 말이었지. 뭐였더라. 택시 잡아 준다는 거였나. '진짜 좋아했어. 보고 싶을 거야. 평생 못 잊을지도 몰라' 그런 말까지 할 마음은 없었다. 그래도 '아프지 마. 잘 지내' 정도는 하고 싶었다. 이것도 티 난다면 늘 하던 대로 평범한 인사를 나누며 헤어지려고 했다. 정말이지 이런 식으로 우리의 마지막을 장식할 생각은 없었다. 내일은 싸울 기회조차 없다.

백성현이 멀어진다. 실장님이 그 뒤를 따라 뛰었다. 나는 나를 찾는다는 지겨운 사람들을 만나러 장례식장으로 들어갔다. 실장님은 시간이 꽤 지난 후에야 들어왔다.

"모범이 없어서 그냥 콜택시 불렀어. 무슨 말을 했길래 그렇게 화를 내냐. 성현 씨 화내는 거 처음 보네. 물어봐도 아무 말 안 하던데?"

"이젠 내가 꼴도 보기 싫은가 봐요."

"그럴 리가 있어? 태워 보내는데 불안하긴 하더라. 차 번호는 찍어 났어. 누군지 잘 모르겠지? 알려나? 택시 기사 인상이 좀 더럽게 생겼던데. 별일이야 없겠지만……."

하는 말마다 불안했다. 당장에라도 전화를 걸어 돌아오라고 하고 싶었다. 그러나 난 백성현의 전화번호조차 모른다. 누구한테 물어볼 수도 없다. 빈소 쪽에서 잠시 멈췄던 울음소리가 들려왔다. 나도 그들을 따라 울고 싶어졌다.

긴 낮잠에서 깨어 보니 밖은 이미 어둑어둑했다. 나는 형의 집에서 내 흔적을 싹 치운 뒤, 〈온리 원〉이 내게 남긴 몇 가지를 식탁에 올려 두고 나왔다. 마음도 두고 올 수 있는 거라면 그렇게 했을 것이다.

밤늦게 정연 누나의 샵에 들러 머리를 깎고, 그 길로 바로 매봉산 자락의 주차장 한구석에 세워 두었던 캠핑카를 찾았다.

내가 기억하는 가장 오래전 서준유는 침대에 누워 잠든 모습이다. 그 옆에서 엄마가 기도하듯 손을 잡고 눈물을 흘렸다. 땀이 밴 형의 창백한 얼굴과 엄마의 눈물을 번갈아 보며 나는 무슨 말을 해야 엄마가 웃을까 고민했다. 결국 해답을 찾지 못한 채 일어나야 했다. 아버지가 만들어 준 맛없는 저녁밥을 먹으며 나도 좀 아팠으면 좋겠다고 생각했다. 그럼 엄마가 내게 관심을 더 줄까.

기억이란, 어린아이처럼 자기중심적이다. 우리 엄마도 나를 자주 안아 주고 도닥여 주었을 것이다. 내가 아플 때면 잠들 때까지 머리맡을 지켜 주었을 것이다. 적어도 몇 번쯤은 날 위해 눈물 흘렸을 것이다.

엄마가 나보다 형을 더 좋아하는 것 같아도 아무렇지 않은 척했다. 어느 날인가 축구를 하고 먼지를 잔뜩 묻힌 채 집에 들어와 보니 엄마와 형이 쿠키를 만들고 있었다. 집 안이 과자 굽는 냄새로 달콤했다.

"우리 준유는 쿠키도 잘 만들지. 나중에 화가가 될 건가? 디자이너? 데코레이션도 예쁘게 잘하네!"

엄마 말대로 형이 만든 쿠키는 하나같이 귀엽고 기발했다. 오늘 두 골이나 넣었다며 자랑하려던 나는, 두 모자가 만들어 놓은 풍경을 보며 손님 같다는 생각을 했다. 나한테도 미리 물어볼 수 있는 거 아닌가. 오늘은 축구 하지 말고 쿠키나 만들자며 작은 앞치마를 둘러 줄 수 있는 거 아닌가.

나는 다음엔 나도 쿠키 만들 거야, 하는 대신 심술 맞게 먼지 묻은 손으로 쿠키를 집어 와작와작 씹었다. 엄마는 손이 더럽다며 질색했지만 형은 자기가 만든 쿠키를 기꺼이 내 입에 넣어 주었다.

"재유야, 다른 집 형들은 동생 것도 빼앗아 먹는댄다!"

차라리 내 것을 욕심껏 빼앗는 나쁜 형으로 태어나지. 그럼 나도 형은 꼴도 보기 싫다며 마음껏 화낼 수 있었을 텐데. 형을 이기고 싶어서, 부모님의 칭찬을 받기 위해서 뭐든 악착같이 했다. 알람을 맞춰 놓고 새벽에 일어나 책을 읽고 숙제도 복습도 거르지 않았다. 심지어 일기까지 매일 썼다.

다른 집 애들은 80점만 맞아도 칭찬받는데 부모님은 내가 올백을 맞아 와도 대단하게 여기지 않았다. 처음부터 우리 형제에 대한 눈높이와 기대가 달랐다는 걸 한참 뒤에야 깨달았다. 두 번이나 죽을 뻔했던 서준유를 평범한 방법으로는 도저히 이길 수 없다는 것도 뒤늦게 알았다.

형은 내가 생각했던 것보다 훨씬 오래전부터 그 여자를 좋아한 게 틀림없다. 내가 짐작하는 것보다 더 많이 좋아할지도 모른다. 이제 나는 또 아무렇지도 않은 척하며 그녀를 잊어야 하는 걸까. 그게 진짜 나다운 걸까.

동해안 7번 국도는 내가 우리나라에서 가장 좋아하는 길이다. 동해안의 최북단 거진에서 부산까지, 남북으로 해안을 따라 길게 이어진 도로. 바다를 옆에 끼고 해안도로를 달리다 보면 인생의 크고 작은 걱정거리쯤은 잠시 잊게 된다.

그 길을 쭉 달려 속초 아바이 마을로 가면 달걀에 부친 오징어순대를 먹을 수 있다. 200원만 주면 드라마 〈가을동화〉의 주인공들이 탔던, 밧줄로 끌어당기는 갯배도 탈 수 있다. 조금 더 내려가 강릉 초당마을에 도착하면 깊은 바닷물을 넣어 만든 뜨끈한 순두부를 맛볼 수 있다. 아직은 이르지만 7번 국도 끝자락쯤엔 대게를 파는 영덕과 홍게를 쪄서 파는 울진이 기다린다.

스웨덴에 혼자 머물면서 나는 자유로웠지만 종종 한국이 그리웠다. 그리움과 외로움의 차이는 무엇일까. 유전자가 눈에 띄게 다른 인간들 틈에 해외 입양된 황인종이 된 듯한 느낌. 끊임없이 내 유전자는 무언가를 갈구했고 그리워했다.

이 나라에서 도대체 난 무얼 하고 있는 건가? 그런 생각은 그만하기로 했다. 대신 나만의 가족을 빨리 만들어야겠다고 생각했다. 언젠가 평생 사랑하고픈 여자가 생기면 7번 국도를 여행하겠다고. 바닷가 오토캠핑장에서 야영을 하고, 파도 소리에 잠이 깨는 새벽엔 나란히 손을 잡고 해돋이를 볼 거라고. 우리 다람쥐든, 우리 도토리든 간지러운 애칭을 불러 가며 뜨거운 순두부를 대신 후후 불어 주고, 이런 것도 못 하냐? 툴툴거리며 홍게의 다리 살을 길게 꺼내 내 여자의 입에 넣어 주겠다고. 이도 저도 싫증 나면 코펠에 밥을 짓고 잡탕 찌개를 끓여 나눠 먹겠다고.

그러고 싶은 사람이, 내게도 생겼다. 남아공의 216미터 높이 번지점프를 같이 하고 싶은 여자가. 그녀가 내게 준 것은 설렘만이 아니다. 나는 그 여자 곁에서 오랫동안 느끼지 못했던 안정감을 느꼈다. 두근거리는 동시에 편안했다. 때론 어린애처럼 장난을 걸고 어리광 부리고 싶었다.

그러니 이제 누가 내게 그런 소망은 터무니없는 거라고 설득해 줬으면 좋겠다. 이토록 평범한 일들이 나한테는 왜 이렇게 어려운 일이어야 하는지 알아듣게 설명해 주면 고맙겠다. 사랑하므로 헤어진다는 사람들을 비웃던 시간이 있었다. 제대로 시작도 해 보기 전에 그 여자를 포기했다. 이렇게 나는 현실로부터 도망치고 있다.

여기는 어디쯤인가. 빗발이 점점 거세져 와이퍼로 아무리 닦아 내도 시야를 가린다. 운전에 집중할 수가 없다. 휴게소 주차장 구석에 차를 세워 놓고 한참을 있었다. 매너 모드로 해 놓은 휴대폰이 다리 위에서 작은 신호를 보낸다. 귀에 익은 목소리의 스웨덴어가 들려왔다.

"카리나."

― 로케. 너 왜 이렇게 통화가 안 돼?

"좀 바빴어."

― 아직 너희 나라야?

"어. 아직 우리나라야."

― 화났어? 목소리가 왜 그래?

"아니야."

― 다들 기다리는데 왜 안 와?

"갈 거야. 조만간."

― 우리 7월 말에 스페인으로 배낭여행 가기로 했는데 너도 갈래? 같이 가자.

"생각 좀 해 보고."

― 로케, 나 안 보고 싶어? 난 너 진짜 보고 싶은데. 하늘만큼 땅만큼.

카리나가 나한테 배운 한국어를 어설프게 흉내 냈다. 내가 하늘만큼 땅만큼 보고 싶은 사람은 이 나라에 있다. 아직도 내게 화가 났을까. 내가 진짜 서재유인지 아닌지 지금도 궁금할까.

"……보고 싶어."

― 뭐라고? 한국말 하지 마.

어쩌면 그 여자를 평생 실물로 볼 수 없을지도 모른다. 어쩌면 서준유 옆에 앉아 웃고 있는 그녀의 얼굴을 모른 척해야 할지도 모른다. 어쩌면 나도, 형도 아닌 다른 남자의 팔짱을 끼고 있는 그녀를 보는 날이 올 수도 있다. 어쩌면…….

빗줄기가 세지는 만큼 눈앞이 흐려졌다. 이런 것에도 이별이란 타이틀을 붙일 수 있을까. 이 일방적인 이별에 긴말은 필요 없을 것 같다. 이별은 그저 슬픈 것이다.

여름은 아직 반도 안 지나갔다. 나는 부디 이 여름이 어서 지나가기만을 바란다. 시간이 해결해 주는 것이 생각보다 많기를 기대하면서.

〈더 원〉 2권에서 계속